L'art de marcher

REBECCA SOLNIT

L'art de marcher

Traduit de l'anglais (États-Unis)
par Oristelle Bonis

ÉDITIONS DE L'OLIVIER

ISBN 978.2.8236.1899.0

Première partie

LE RYTHME DES PENSÉES

1

Le bout de la terre. Entrée en matière

Qu'y a-t-il au départ ? Une tension musculaire. En appui sur le pilier d'une jambe, le corps se tient entre terre et ciel. L'autre jambe ? Un pendule dont le mouvement part de l'arrière : le talon se pose sur le sol, le poids du corps bascule vers l'avant du pied, le gros orteil se soulève, et à nouveau le subtil équilibre du mouvement s'inverse, les jambes échangent leur position. Au départ il y a un pas, puis un autre et encore un autre, qui tels des battements sur la peau d'un tambour s'additionnent pour composer un rythme, le rythme de la marche. Rien de plus évident, rien de plus obscur aussi que ce déplacement qui s'égare si facilement dans la religion, la philosophie, le paysage, l'aménagement du territoire, l'anatomie, l'allégorie, le désespoir.

L'histoire de la marche est une histoire secrète encore à écrire, qui se livre par fragments dans des milliers de passages anecdotiques d'ouvrages ou de chansons, au hasard des rues, dans les aventures de presque tout un chacun. L'histoire corporelle de la marche est celle de l'évolution du bipède humain et de son anatomie. On marche le plus souvent pour des raisons purement pratiques, en utilisant sans même y penser ce mode de locomotion pour aller d'un point à un autre. Sublimée en quête, en rite, en méditation, et subsumée sous la catégorie marche, l'activité qui consiste à mettre un pied devant l'autre est physiologiquement identique à la manière dont le facteur apporte le courrier ou dont le travailleur va prendre son train, mais elle en est philosophiquement différente. Ce qui revient à dire que ce thème porte à certains égards sur les significations particulières dont nous investissons des actes universels. Comme se nourrir ou respirer, marcher peut revêtir des acceptions culturellement très diverses – érotiques ou spirituelles, révolutionnaires ou artistiques. L'histoire de la marche, dès lors, relève en partie de l'histoire de l'imaginaire et de la culture : quels plaisirs, quelles libertés, quels sens poursuivent, à des moments différents, les différents types de marche et de marcheurs ? Pétrie par les espaces qu'elle traverse au rythme du pas, l'imagination les façonne en retour. En ouvrant des sentiers, des chemins, des routes commerciales, la marche a généré le sentiment de l'espace, proche ou démesurément lointain ; elle a dessiné les villes, les jardins, entraîné l'apparition des cartes, des guides de voyage, d'un équipement adapté, et bien plus encore : une gigantesque bibliothèque de récits et de poèmes, de relations de pèlerinages, de randonnées et d'ascensions, d'errances ou d'excursions en pique-nique. Portées par les paysages urbains ou agrestes, ces descriptions et ces évocations nous ramènent aux lieux de cette histoire.

De même que la marche est une activité d'amateur, l'histoire de la marche sollicite l'historien amateur. Pour prendre une métaphore qu'elle inspire, elle l'amène à traverser les territoires d'à peu près toutes les disciplines, aussi bien l'anatomie que l'anthropologie, l'architecture, le jardinage, la géographie, l'histoire politique et culturelle, la sexualité, l'étude des religions, sans s'arrêter à aucune au cours de sa longue route. En effet, à poursuivre cette comparaison entre domaines disciplinaires et domaines agricoles – arpents nettement délimités, dûment labourés et ensemencés pour la récolte d'espèces précises –, l'étude de la marche s'apparente à la marche elle-même de par son absence de limites. Aussi, bien que l'histoire de la marche, parce qu'elle relève de toutes ces disciplines et de l'expérience commune, soit théoriquement infinie, l'histoire que j'entreprends ici d'écrire est forcément partielle, sinon partiale ; l'itinéraire très personnel, frayé par la marcheuse que je suis à travers ces espaces, serpente à loisir et revient en arrière pour découvrir de nouveaux points de vue. Je me suis efforcée de jalonner les chemins empruntés jusqu'à nos jours par nombre d'habitants de mon pays, les États-Unis, afin de retracer une histoire qui trouve largement sa source en Europe, mais a été infléchie et bouleversée par l'échelle immensément autre de l'espace américain, par des adaptations et des mutations opérées sur plusieurs siècles, par des traditions différentes, asiatiques en particulier, auxquelles ces routes se sont ouvertes depuis quelque temps. L'histoire de la marche est l'histoire de tout le monde, et l'écrivain qui tente de la restituer ne peut qu'espérer en indiquer les voies les plus fréquentées dans son voisinage, manière de dire qu'il existe bien d'autres chemins que ceux que je repère ici.

Après m'être assise à ma table par un jour de printemps pour écrire sur la marche, je me suis vite levée car la surface du bureau n'est pas un lieu propice à la réflexion sur l'espace. Sortie marcher sur la pointe de terre qui s'étend au nord du Golden Gate, j'ai remonté un vallon et suivi une corniche avant de redescendre au bord du Pacifique. Après un hiver de précipitations plus abondantes que d'habitude, les collines venaient de retrouver ce vert cru, exubérant, que j'oublie et redécouvre tous les ans. À travers l'herbe tendre, çà et là pointaient les touffes de la saison passée, leurs ors de l'été dernier pâlis par les pluies en un gris cendré qui viendrait enrichir les nuances de la palette au cours des mois prochains. Henry David Thoreau, qui arpenta plus énergiquement que moi l'autre partie de ce continent, disait à propos de l'ici : « Une perspective absolument neuve est un grand bonheur qu'il m'est encore donné de connaître cet après-midi. Deux ou trois heures de marche, et me voilà dans une contrée aussi étrange que j'espérais la découvrir. Parfois, une ferme isolée que je vois pour la première fois vaut tous les territoires du roi du Dahomey. Il y a de fait une harmonie décelable entre les potentialités du paysage compris dans un cercle de quinze kilomètres de rayon, limite d'une promenade à la mi-journée, et l'intervalle de quelque soixante-dix ans que couvre la vie humaine. Jamais ce paysage ne devient tout à fait familier[1]. »

Ces chemins et ces routes qui s'abouchent forment un circuit de neuf kilomètres environ que j'ai commencé à explorer voici une dizaine d'années, afin de soulager en marchant les angoisses générées par un moment pénible. J'y suis revenue par la suite, pour m'accorder un répit dans mon travail mais aussi pour travailler, parce que dans une culture vouée à la productivité, penser est généralement assimilé à une inactivité difficile à assumer. On y parvient mieux en faisant semblant d'agir, et rien n'approche plus ce désœuvrement que marcher. De toutes les activités que nous effectuons délibérément, la marche reste la plus proche des rythmes qui agitent le corps sans que nous y soyons pour rien, tels la respiration ou les battements du cœur. Elle crée un équilibre subtil entre travailler et muser, être et faire. La marche est un effort du corps uniquement productif de pensées, d'expériences, d'arrivées. Après avoir marché pendant de longues années, pour comprendre tout autre chose, il était en définitive logique de rentrer travailler au plus près de l'ici, selon la définition de Thoreau, pour réfléchir à ce qu'est marcher.

Idéalement, marcher est un état où l'esprit, le corps et le monde se répondent, un peu comme trois personnages qui se mettraient enfin à converser ensemble, trois notes qui soudain composeraient un accord. Marcher nous permet d'habiter notre corps et le monde sans nous laisser accaparer par eux. Nous sommes libres, alors, de penser sans pour autant nous perdre entièrement dans nos pensées. Je ne savais pas, ce jour-là, si j'arrivais trop tôt ou trop tard pour les lupins violets dont la floraison est si spectaculaire, sur ce finistère pacifique, mais les stellaires qui poussaient sur le côté ombreux de la route menant au sentier me rappelaient les collines de mon enfance où, chaque année, ces fleurs blanches étaient les premières à fleurir à profusion. Les papillons noirs qui voletaient alentour, ailes palpitantes dans le vent, convoquaient une autre époque de mon passé. Avancer sur ses deux pieds rend semble-t-il plus facile le déplacement dans le temps ; l'esprit passe aisément des projets aux souvenirs, de la mémoire à l'observation.

Le rythme de la marche donne en quelque sorte son rythme à la pensée. La traversée d'un paysage ramène à des enchaînements d'idées, en stimule de nouveaux. L'étrange consonance ainsi créée entre cheminement intérieur et extérieur suggère que l'esprit, lui aussi, est un paysage à traverser en marchant. Souvent une idée neuve apparaît comme un trait depuis longtemps propre au paysage, et penser ressemble alors plus à voyager qu'à faire. En ce sens, l'histoire de la marche devient l'histoire matérielle de la pensée : à la différence des pieds, l'esprit progresse sans laisser de traces. Ou bien on peut comparer la marche à une activité visuelle, la moindre promenade prenant alors des allures de voyage suffisamment nonchalant pour permettre à la fois de regarder et de réfléchir à ce que l'on voit, d'intégrer la nouveauté à l'existence. Peut-être est-ce de là que vient cette utilité particulière de la marche pour les penseurs. Une simple balade dans les rues du quartier s'avère parfois aussi propice aux surprises, aux libérations, aux clarifications du voyage qu'un périple autour du monde ; marcher, c'est aller tout près et très loin à la fois. Peut-être encore serait-il plus juste d'assimiler la marche au mouvement plutôt qu'au voyage, dans la mesure où l'on peut marcher en tournant en rond et voyager autour du monde immobile dans un siège, et où seuls les gestes du corps qui se meut sont à même d'assouvir une bougeotte que laisse intacte le déplacement de la voiture, du bateau ou de l'avion. Ce mouvement et les vues qu'il découvre favorisent semble-t-il l'apparition d'objets qui occupent l'esprit, et c'est par là que la marche est une activité ambiguë et infiniment fertile : elle est en même temps un moyen et une fin, un voyage et une destination.

L'ancienne route de terre rouge construite par l'armée entame son cours sinueux et pentu à travers la vallée. Il m'arrivait de me concentrer sur ma progression, mais elle se poursuivait en grande partie sans même que j'y pense ; se fiant à leur science de l'équilibre, à leur habileté à éviter cailloux et trous, à avancer l'un après l'autre, mes pieds me laissaient tout loisir de regarder le moutonnement des collines, au loin, et la profusion des fleurs, tout près : des brodieas ; ces fleurs roses qu'on dirait en papier et dont je n'ai jamais su comment elles s'appelaient ; des plantes envahissantes et rébarbatives, qui fleurissent jaune et ressemblent à du trèfle ; et, au milieu du dernier tournant, une touffe de narcisses de la blancheur du papier. Ma pénible ascension durait depuis vingt minutes et je me suis arrêtée pour les sentir. Il y avait une laiterie, autrefois, dans la vallée ; plus bas, de l'autre côté du creux humide où les saules poussent à foison, subsistent les fondations de la ferme et quelques arbres fruitiers épars dans un vieux verger. La nature, ici, invite plus au labeur qu'aux loisirs ; les Indiens Miwok furent les premiers à s'établir dans la région, puis les agriculteurs qui leur avaient succédé furent eux-mêmes évincés, au bout d'un siècle, par une base militaire fermée dans les années soixante-dix, quand les côtes ne présentèrent plus d'intérêt pour une guerre de plus en plus abstraite et essentiellement aérienne. Confié depuis au National Park Service, l'endroit a été rendu aux gens qui, comme moi, perpétuent la tradition culturelle voulant que l'on marche pour le plaisir. Jamais les structures massives des postes de tir, des bunkers et des tunnels ne disparaîtront aussi totalement que les bâtiments de la laiterie, et pourtant c'est très certainement aux familles à qui elle a appartenu que l'on doit le vivant héritage des fleurs ornementales poussant au milieu des plantes autochtones.

Qui marche ignore la ligne droite, et à partir de la touffe de narcisses croisée au détour de la route de terre rouge mes pensées d'abord, puis mes pieds, se mirent à vagabonder. En haut de la crête, la route militaire croise le sentier que j'allais emprunter pour franchir la colline, puis suivre face au vent en descendant la pente et remonter doucement au long du versant ouest de la crête. Sur le sommet qui le surplombe, face à l'autre vallée creusée côté nord, se trouve une ancienne station radar entourée d'une clôture octogonale. L'étrange assortiment d'objets et de bunkers en ciment rassemblés sur l'aire goudronnée faisait partie d'un système de guidage de missiles baptisé Niké, conçu pour diriger vers d'autres continents les missiles nucléaires entreposés dans la vallée en contrebas (mais dont aucun, même en temps de guerre, ne fut jamais tiré d'ici). Restent les ruines, vestiges d'une fin du monde qui n'aura pas eu lieu.

Par un itinéraire aussi étonnant que sait l'être le cours ou le train des pensées, ce sont les armes nucléaires qui m'ont amenée à l'histoire de la marche. Dans les années quatre-vingt, je militais dans le mouvement antinucléaire et j'ai participé aux manifestations organisées au printemps sur le site d'essais nucléaires du Nevada. Depuis 1951 le gouvernement américain a fait exploser plus d'un millier de bombes atomiques sur ce territoire aussi grand que l'État de Rhode Island, géré par le ministère de l'Énergie et situé dans le sud du Nevada. Les armes nucléaires nous semblaient parfois aussi irréelles que les chiffres du budget de la Défense – chiffres du gaspillage, chiffres des victimes potentielles, qu'il fallait dénoncer par l'action militante, en publiant, en organisant des groupes de pression. Le caractère bureaucratique abstrait de la course aux armements et de la résistance à cette escalade faisait aussi perdre de vue le véritable enjeu, à savoir l'anéantissement de corps et de lieux bien réels. Il en allait autrement sur le site des essais nucléaires. Les armes de la destruction de masse explosaient dans cet environnement à la beauté austère près duquel nous campions une semaine ou quinze jours, le temps du rassemblement (les explosions souterraines devenues systématiques à partir de 1963 n'empêchaient pas toujours, loin de là, les radiations dans l'atmosphère, et la terre tremblait de toute façon chaque fois). Nous étions venus à bout de ces abstractions – nous, les Américains dépenaillés de la contre-culture, mais aussi des survivants d'Hiroshima et de Nagasaki, des moines bouddhistes, des franciscains et des religieuses, des anciens combattants devenus pacifistes, des physiciens renégats, des Kazakhs, des Allemands et des Polynésiens qui vivaient sous la menace de la bombe, des Indiens Shoshone, ici chez eux. Par-delà les abstractions il y avait des lieux, des panoramas, des actions, des sensations bien réelles – le contact des menottes et des épines, la poussière, la chaleur, la soif, le risque d'être irradié, les témoignages des victimes irradiées – mais aussi la lumière spectaculaire du désert, le sentiment de liberté que procure son immensité, l'émotion d'être là, un parmi des milliers unis dans la conviction que ce n'est pas avec l'arme nucléaire qu'il faut écrire l'histoire du monde. Nous nous rassemblions pour témoigner physiquement de nos certitudes, de l'intense beauté du désert, des apocalypses qui se préparaient quelques mètres plus loin. Nous manifestions en marchant : ce qui, du côté autorisé au public, s'apparentait à une procession solennelle, se transformait du côté interdit en violation de propriété passible d'arrestation. Nous nous sommes ainsi engagés dans un mouvement de désobéissance ou de résistance civile d'une ampleur encore inégalée, mais inscrit dans une tradition américaine que Thoreau avait été le premier à théoriser.

Poète de la nature, Thoreau était également un critique de la société. Son geste de désobéissance civile resté dans les annales (pour marquer son refus de la guerre et de l'esclavage, il refusa de payer l'impôt et accepta en conséquence de passer une nuit en prison) fut une forme de résistance qui ne recoupait pas, ou du moins pas directement, son souci d'explorer et d'interpréter les paysages de sa région – même si dès sa sortie de prison l'écrivain prit la tête d'une grande partie de cueillette de myrtilles. Dans les actions que nous organisions sur le site d'essais nucléaires, poésie de la nature et critique de la société ne se dissociaient pas de notre entêtement à camper, marcher et enfreindre le droit de propriété, comme si, à notre époque, il allait de soi qu'une partie de campagne offre à l'action un cadre révolutionnaire. Ce fut pour moi une révélation de réaliser que j'accomplissais un geste politique en marchant dans le désert et en franchissant la clôture qui protégeait la zone interdite. De plus, le voyage à entreprendre pour arriver dans ce coin du Nevada m'amenait à découvrir d'autres paysages de l'Ouest américain, ceux de l'intérieur des terres bordées par la côte où je vivais, à les explorer et à m'intéresser aux histoires qui me guidaient vers eux : l'histoire de la conquête de l'Ouest, bien sûr, mais aussi du goût romantique pour la promenade et le paysage, de la tradition résistante et révolutionnaire des démocrates, ou, plus loin dans le temps, du pèlerinage à pied à des fins spirituelles. J'ai trouvé ma voix d'écrivain en revenant sur ces tranches d'histoire qui contribuaient à forger les expériences auxquelles je participais sur le site d'essais nucléaires, et c'est en écrivant sur les lieux et l'histoire des lieux que je me suis mise à réfléchir et à écrire sur la marche.

Tout lecteur de l'essai de Thoreau, *Balades*, sait que mettre un pied devant l'autre amène inévitablement à aborder les sujets les plus divers. La marche est un thème vagabond par excellence. Elle entraîne, par exemple, jusque vers les étoiles filantes qui striaient le ciel de cette fin de terre, au nord du Golden Gate, sous les hauteurs de la base de missiles. Je ne connais pas de fleurs plus jolies que ces petits cônes magenta effilés en pointes noires, qu'on dirait aérodynamiquement dessinés pour une envolée toujours repoussée, comme s'ils avaient oublié, au cours de leur évolution, que les fleurs ont des tiges et les tiges des racines. Les halliers qui bordent le sentier de part et d'autre étaient d'un vert luxuriant, grâce à la condensation des brumes océanes dont ils bénéficient à la saison sèche et à l'ombre que leur procure l'exposition nord du versant. Autant la base de lancement de la crête est pour moi associée au désert et à la guerre, autant les talus qui courent en contrebas me rappellent les haies du bocage anglais, ces bordures champêtres diversifiées, peuplées d'oiseaux, qui composent un paysage idyllique. Ici, il y avait des fougères, un tapis de fraisiers sauvages et, blotti sous un buisson à coyote, un bouquet d'iris blancs.

Je m'étais donc mise à réfléchir à la marche, mais cela ne m'empêchait pas de penser aussi à des tas d'autres choses, à des lettres que j'aurais dû écrire, à des conversations qui me trottaient dans la tête. Au moins je ne m'éloignais pas trop de mon sujet quand ma rêverie me ramenait à la discussion que j'avais eue le matin même avec mon amie Sono. On lui avait volé sa camionnette devant son atelier de West Oakland, et, m'avait-elle confié, alors que tout le monde avait l'air de trouver que c'était une vraie catastrophe, elle n'était pas si navrée de cette perte, ni si pressée de se procurer une nouvelle voiture. Elle découvrait avec ravissement que son corps suffisait à la transporter là où elle devait aller et y voyait une occasion rêvée de rendre plus tangibles et plus concrètes ses relations avec son quartier et ses voisins. Nous avions parlé du sens du temps, précieux pour qui se déplace à pied ou par les transports en commun et doit donc programmer ses allées et venues, les prévoir à l'avance au lieu de foncer au dernier moment – et du sens de l'espace, si particulier à la marche. Bien des gens, aujourd'hui, vivent dans une série d'intérieurs séparés les uns des autres, passant de la maison à la voiture, de la voiture à la salle de gym, au bureau, aux magasins. À pied, au contraire, ces lieux restent reliés, car qui marche occupe les espaces entre ces intérieurs. Vit dans le monde, plutôt qu'à l'abri des murs érigés pour protéger du monde.

L'étroit sentier que je suivais s'arrêtait un peu plus loin, à la jonction de la vieille route goudronnée qui dessert la station radar. Quand on quitte le chemin de terre pour le bitume, on est suffisamment haut pour contempler l'immensité de l'océan qui s'étend jusqu'au Japon. Chaque fois que je franchis cette frontière j'éprouve le même plaisir soudain à redécouvrir l'océan qui se pare de reflets d'argent dépoli par grand beau temps, de reflets verts les jours gris, de teintes terreuses en hiver, à la saison des pluies, quand ruisseaux et rivières y déversent des flots de boue, de zébrures dans des tons bleus opalescents les jours à peine nuageux, et qui devient tout simplement invisible les jours de brouillard dense où seules les odeurs d'air salin préviennent de sa proximité. Ce jour-là, l'océan d'un bleu soutenu courait à perte de vue vers un horizon indistinct où une brume blanchâtre brouillait la transition avec le ciel d'un azur pur. Cet endroit marquait le point culminant de ma promenade. J'avais parlé à Sono d'une publicité remarquée quelques mois plus tôt dans le *Los Angeles Times*, et à laquelle je pensais souvent depuis. Il s'agissait d'une encyclopédie sur CD-Rom. L'annonce occupait une pleine page et le texte qui l'accompagnait disait : « Autrefois vous n'hésitiez pas à traverser la ville sous une pluie battante pour consulter nos encyclopédies. Vos enfants n'hésiteront sûrement pas à s'instruire en cliquant sur la souris. » Il me semble justement qu'un enfant a beaucoup à apprendre d'une course sous la pluie jusqu'à la bibliothèque, ne serait-ce que parce qu'elle éveille ses sens et son imaginaire. Certes, l'encyclopédie sur CD-Rom laisse sans doute à l'enfant la possibilité de s'évader par la pensée, mais rêvasser devant un livre ou un écran d'ordinateur obéit à des paramètres moins sensuels et spatialement plus contraignants. Ce sont les imprévus, les incidents inattendus entre les jalons officiels d'un parcours qui donnent son sens à la vie, l'incalculable qui lui confère sa valeur. Après avoir été, deux siècles durant, un moyen privilégié de partir à la découverte de l'imprévu et de l'incalculable, la marche en pleine nature ou en ville est aujourd'hui menacée sur bien des fronts.

La multiplication des outils technologiques pour des raisons d'efficacité est de fait en train de supprimer le temps libre, car en dégageant toujours plus de temps et d'espace pour la production elle réduit au minimum les plages de temps « vacant ». Dans un monde dont le mouvement semble s'accélérer, ces outils conçus pour gagner du temps ont pour effet d'accroître la productivité du travail, pas de libérer les travailleurs. De plus, les arguments d'efficacité développés autour des nouvelles technologies sous-entendent que seul a de la valeur ce qui peut être quantifié, que les multiples plaisirs entrant dans la catégorie du rien faire en particulier – être dans la lune ou dans les nuages, aller là où vos pas vous portent, lécher les vitrines – ne sont que des vides, des creux à occuper en se livrant à une activité plus précise, plus productive, plus rondement menée. Sur ma route de bout du monde qui ne mène à rien d'utile, des promeneurs pressés ont ouvert des raccourcis entre les lacets, comme si l'efficacité était devenue chez eux une seconde nature. À la balade buissonnière, si riche en découvertes fortuites, se substitue le trajet le plus court à parcourir à l'allure la plus rapide possible, voire les transmissions électroniques qui suppriment en partie la nécessité du déplacement physique. Pour appartenir à la foule des travailleurs indépendants d'aujourd'hui, je sais toute l'utilité de ces inventions et n'hésite pas à me servir d'une camionnette, d'un ordinateur, d'un modem, mais en même temps je redoute la fausse urgence qu'elles véhiculent, l'idée trop répandue que l'important serait moins de voyager que d'arriver. J'aime la marche pour sa lenteur, et d'ailleurs, à mon avis, l'esprit va à l'allure des pieds : cinq kilomètres à l'heure. Auquel cas, le rythme de la vie moderne serait plus rapide que celui de la pensée, ou de la réflexion.

Marcher, c'est être dehors, dans l'espace public, un espace lui aussi à l'abandon dans les vieux centres urbains, délaissé, éclipsé par des technologies et des services qui rendent superflu de quitter la maison, trop souvent hanté par la peur ; les lieux inconnus étant toujours plus inquiétants que les lieux familiers, moins on s'aventure dans la ville et plus elle paraît menaçante, moins les promeneurs y sont nombreux et plus ils s'y sentent seuls et courent de vrais dangers. Parallèlement, il est rare que l'espace public soit seulement pris en compte dans les plans des nouveaux quartiers : les anciennes places sont « repensées » pour accueillir des automobiles, le centre commercial a remplacé la grand-rue, les trottoirs disparaissent, les gens rentrent chez eux par le garage, il n'y a plus d'agora devant les hôtels de ville et des murs, des grilles, des barrières protègent le moindre bâtiment. La peur a inspiré tout un style d'architecture et d'aménagement urbain qui saute aux yeux en Californie du Sud où le piéton s'attire aujourd'hui la suspicion des habitants des lotissements et des ensembles résidentiels protégés. En même temps, la campagne et les abords des villes qui autrefois invitaient à la balade disparaissent, engloutis par des banlieues où l'on ne circule plus qu'en voiture, confisqués d'une manière ou d'une autre. Il est aujourd'hui des lieux où il est exclu d'être dehors en public, ce qui compromet gravement, non seulement les émerveillements du promeneur solitaire, mais aussi l'exercice collectif de la démocratie. C'est déjà à cette fragmentation des vies et des paysages que nous résistions, dans l'immensité infinie du désert provisoirement transformé en place publique.

Quand l'espace public disparaît, le corps, comme l'exprimait joliment Sono, ne suffit plus à transporter la personne. Avec Sono, nous avions aussi parlé de cette découverte qu'après tout nos quartiers, tenus pour certains des endroits les plus dangereux de Los Angeles, ne sont pas aussi épouvantables qu'on veut le croire, même s'ils ne sont pas assez sûrs pour qu'on puisse y oublier les règles élémentaires de la prudence. Il m'est arrivé de me faire menacer ou agresser, dans les rues de mon quartier, mais mille fois plus souvent de tomber sur des amis qui passaient par là. Je rêve devant la vitrine du libraire et j'échange des amabilités avec mes loquaces voisins, je m'arrête devant une merveille architecturale, une affiche de concert, des graffitis ironiques tracés à même les murs ou des tracts collés sur les poteaux de téléphone – à cause d'une diseuse de bonne aventure, de la lune qui se lève entre les immeubles, des bribes éparses de la vie d'autrui, des arbres citadins bruissant de chants d'oiseaux. C'est à la faveur du hasard, inespéré, que nous trouvons ce que nous cherchions sans le savoir, et aussi longtemps qu'un endroit ne nous surprend pas nous ne pouvons prétendre le connaître. Marcher permet de se prémunir contre ces atteintes à l'intelligence, au corps, au paysage, fût-il urbain. Tout marcheur est un gardien qui veille pour protéger l'ineffable.

Au tiers environ de la route qui descend en serpentant jusqu'à la plage on avait tendu un filet orange. Il ressemblait de loin à un filet de tennis, mais en m'approchant je m'aperçus qu'il signalait en fait une nouvelle grosse crevasse apparue dans la chaussée. La route s'effondre toujours davantage depuis que j'ai commencé à l'emprunter, il y a une dizaine d'années. Autrefois, son ruban se déroulait en continu du bord de mer à la crête. Un premier nid-de-poule apparut en 1989, sur la portion près de la côte, mais on pouvait le contourner, et peu à peu les pas des promeneurs frayèrent un sentier évitant ce trou en formation. Entraînés par les pluies d'hiver, les gravillons et la castine s'amoncelèrent au pied de la pente raide autrefois coupée par la route. Au premier abord, la vue de cette route brutalement interrompue en plein parcours déconcerte, car on attend des voies et des chemins qu'ils mènent toujours plus loin. Je l'ai si souvent suivie que chacun de ses segments éveille en moi des associations d'idées. Elle se détériore d'année en année et toutes les phases de son effondrement se sont gravées dans ma mémoire avec le souvenir de celle, si différente, que j'étais avant que la route s'abîme. Je me rappelle avoir expliqué à un ami, il y a de cela près de trois ans maintenant, pourquoi j'aimais tant reprendre sans arrêt le même chemin. Parodiant maladroitement la célèbre formule d'Héraclite sur les rivières, je lui affirmai qu'on ne met jamais deux fois ses pas dans les mêmes traces, quand soudain, peu après, nous sommes tombés sur l'escalier nouvellement taillé dans le versant abrupt, à distance suffisante de la côte pour rester plusieurs années durant à l'abri de l'érosion marine. Si une histoire de la marche est possible, elle aussi finit nécessairement au point où la route s'arrête – où l'espace, tout sauf public, est entièrement aménagé, bétonné, où la contrainte à produire amenuise et comprime le temps libre, où les corps, au lieu d'habiter le monde, n'habitent que l'intérieur des voitures et des immeubles, tant l'apothéose de la vitesse les a rendus anachroniques et chétifs. Dans ce contexte, la marche prend des allures de détour subversif, d'itinéraire panoramique dans un paysage d'idées et d'expériences en voie d'abandon.

Pour éviter la béance nouvellement apparue dans le vrai paysage, il me fallut faire un détour par la droite. Tôt ou tard, sur ce trajet, l'échauffement de l'ascension et la touffeur des collines se dissipent au contact de l'air océanique, que je sentis ce jour-là en arrivant à l'escalier, juste après l'éboulis provoqué par une entaille toute fraîche dans la roche veinée de vert. Je n'étais plus très loin du lacet à emprunter pour rejoindre la route. Elle longe en serpentant, de plus en plus près du bord, les falaises qui surplombent l'océan et ses vagues mugissantes venues se fracasser en bouillonnements d'écume blanche sur les grosses pierres noires. J'atteignis bientôt la plage. Aussi lisses et brillants que des phoques dans leurs combinaisons noires, les surfeurs glissaient sur les déferlantes qui se forment au nord de la crique, les chiens couraient après des bâtons, les gens se prélassaient sur leurs serviettes de bain. Ici, les vagues s'écrasaient mollement avant de s'étaler en flaques mouvantes et peu profondes pour lécher les pieds de ceux qui, comme moi, foulaient le sable durci découvert par la marée. Je touchais presque au terme de ma balade, qui s'achevait au-delà d'une petite éminence sableuse, le long d'une lagune aux eaux troubles fréquentée par une foultitude d'oiseaux.

La surprise, cette fois, vint du serpent, un serpent jarretière ainsi nommé à cause des bandes jaunes qui strient son corps noir de la tête à la queue, un serpent minuscule, ravissant, qui frémissait d'un friselis de vague en travers du sentier, d'abord, puis dans l'herbe, sur le bord. Sans vraiment m'alarmer, il me rappela à la vigilance. J'émergeai soudain de mes pensées pour remarquer à nouveau ce qui m'entourait, les chatons des saules, le clapotis de l'eau, le dessin mouvant des ombres du feuillage sur le sentier. Et moi, avançant de ce pas rythmé qui ne vient qu'au bout de plusieurs kilomètres, le balancement diagonal et relâché de mes bras, synchrone avec le déplacement de mes jambes, et cette impression que mon corps, plus grand, plus allongé, était aussi souple ou presque que celui du reptile. Ma promenade touchait à son terme. Quand elle prit fin, je cernais mon sujet et la manière dont j'allais le traiter avec une précision qui ne m'apparaissait pas au départ, neuf kilomètres plus tôt. Cela m'était venu avec la soudaineté d'une révélation qui peu à peu s'était muée en certitude : mon sujet m'habitait comme un lieu peut habiter la pensée. Les lieux se donnent à qui se donne à eux ; mieux on les connaît, plus on y sème souvenirs et associations, qui y germent, invisibles, attendant qu'on repasse par là pour les récolter, tandis que les lieux nouveaux offrent des idées et des possibilités inédites. Partir à la découverte du monde est un des meilleurs moyens d'aller à la découverte de l'esprit, et qui voyage à pied circule de l'un à l'autre.

2

L'esprit à cinq kilomètres à l'heure

ARCHITECTURE PIÉTONNE

Dans les *Confessions* Jean-Jacques Rousseau observe : « Je ne puis méditer qu'en marchant ; sitôt que je m'arrête, je ne pense plus, et ma tête ne va qu'avec mes pieds[1]. » Si l'histoire de la marche est plus ancienne que celle de l'humanité, la marche en tant qu'activité culturelle délibérée, et non plus simplement moyen d'arriver à une fin, apparut en Europe il y a quelques siècles seulement, du temps de Rousseau à qui elle doit beaucoup. Cette histoire-ci débuta au XVIIIe siècle avec les déambulations de promeneurs célèbres, dont les plus cultivés entreprirent de consacrer la marche en la faisant remonter à la Grèce antique, alors objet d'une vénération joyeuse peu soucieuse de vérité historique. L'excentrique John Thelwall, écrivain et révolutionnaire anglais, commit ainsi un foisonnant et volumineux ouvrage, *Le Péripatéticien*, où il rattache le romantisme d'inspiration rousseauiste à cette tradition classique apocryphe. « À un égard au moins je peux me targuer d'une ressemblance avec la simplicité des sages de l'Antiquité : je poursuis mes méditations à pied[2] », y déclare-t-il. Après la parution du livre de Thelwall, en 1793, l'affirmation, maintes fois réitérée, finit tellement bien par imposer l'idée que les anciens marchaient pour mieux penser que cette image d'Épinal paraît désormais indissociable de l'histoire culturelle : des hommes drapés dans des toges austères devisent avec gravité en évoluant devant un panorama méditerranéen aride, çà et là ponctué de colonnes de marbre. Cette croyance est née d'une conjonction entre architecture et langage. Lorsque Aristote fut prêt à ouvrir son Lycée à Athènes, la ville lui attribua un terrain. « Là, explique Felix Grayeff dans l'histoire qu'il a consacrée à l'école d'Aristote, se trouvaient des sanctuaires à Apollon et aux Muses, ainsi, peut-être, que d'autres bâtiments de moindre importance. [...] Une colonnade couverte conduisait au temple d'Apollon, ou le reliait peut-être au sanctuaire des Muses ; on ignore si elle existait avant ou si elle fut construite alors. Cette colonnade, ou promenade *(peripatos)*, donna son nom à l'école ; sans doute était-ce là, au début du moins, que se rassemblaient les élèves et que les professeurs faisaient cours. On y déambulait, d'une extrémité à l'autre ; c'est la raison pour laquelle on prétendit par la suite qu'Aristote lui-même enseignait en l'arpentant dans toute sa longueur[3]. » Les philosophes formés au Lycée furent appelés « péripatéticiens », ceux qui se promènent, d'un nom qui relie la pensée à la marche. La coïncidence ayant voulu qu'une école de philosophie soit fondée dans un temple à Apollon pourvu d'une longue colonnade ne s'arrête pas là, ou pas tout à fait.

Fameux marcheurs, les sophistes, philosophes qui dominaient la vie athénienne avant Socrate, Platon et Aristote, dispensaient souvent leur enseignement dans le bosquet poussant alors sur le site où devait plus tard ouvrir le Lycée d'Aristote. Platon les a combattus avec une virulence telle que le terme *sophisme* est resté synonyme d'illusion, de fausse vérité, alors pourtant qu'il dérive de *sophia*, la sagesse en grec. Quoi qu'il en soit, les sophistes travaillaient un peu sur le même mode que les orateurs et les conférenciers qui, au XIXe siècle, sillonnaient les villes et les villages d'Amérique du Nord pour discourir devant des auditoires avides d'idées et d'informations nouvelles. Leur enseignement ne se limitait pas à la rhétorique, même s'ils concevaient cette dernière comme un instrument du pouvoir politique (l'habileté à débattre et à convaincre était bien entendu essentielle à l'exercice de la démocratie grecque). Platon, qui a créé le plus redoutable et le plus roublard des rhéteurs en inventant plus ou moins le personnage de Socrate, n'est pas toujours de très bonne foi quand il s'en prend à ces philosophes.

Qu'ils aient ou non professé la vertu, les sophistes étaient pour la plupart itinérants, comme souvent les gens avant tout épris des idées. Peut-être est-ce leur loyauté à des objets aussi immatériels que les idées qui sépare les penseurs du commun des mortels, dont la fidélité s'exprime surtout envers les personnes ou les lieux, car autant leurs engagements lient et retiennent les derniers, autant ils poussent les premiers à circuler de ville en ville. Leur attachement particulier requiert le détachement. De plus, la culture des idées n'étant pas aussi sûre ni aussi répandue que celle du blé, par exemple, ceux qui les cultivent n'ont généralement d'autre choix que de poursuivre leur chemin en quête d'appuis aussi bien que de vérité. De la musique à la médecine, maintes spécialités, dans presque toutes les civilisations, ont ou ont eu un caractère nomade leur conférant une sorte d'immunité diplomatique eu égard aux dissensions qui fixent sur place quiconque se réclame d'une communauté contre une autre. Aristote lui-même avait d'abord eu l'intention de devenir médecin, comme son père avant lui, et en tant que tel il aurait appartenu à la société secrète des voyageurs qui se prétendaient issus du dieu de la médecine. S'il avait été philosophe du temps des sophistes, il aurait d'ailleurs très probablement voyagé, puisque ce n'est qu'à son époque que des écoles de philosophie s'installèrent pour la première fois de façon permanente à Athènes.

Bien qu'il soit aujourd'hui impossible d'affirmer avec certitude qu'Aristote et les péripatéticiens se promenaient volontiers en parlant philosophie, le lien entre la pensée et la déambulation pédestre est effectivement présent dans la Grèce antique, dont l'architecture adaptait à merveille la promenade à l'art social de la conversation. De même que les péripatéticiens ont ainsi été nommés d'après le *peripatos* de leur Lycée, de même les stoïciens doivent leur nom au *stoa*, le portique de leur école, autre promenade couverte et décorée de fresques, d'inspiration fort peu stoïque, qu'ils arpentaient en confrontant leurs arguments. Cette association entre la marche et la philosophie se répandit par la suite si bien que plusieurs villes d'Europe en perpétuent le souvenir : ainsi du célèbre *Philosophenweg* de Heidelberg, que Hegel aimait paraît-il suivre à pied, du *Philosophendamm* de Königsberg, où Kant venait se promener tous les jours (à la place, il y a aujourd'hui une gare de chemin de fer), ou encore du chemin des Philosophes de Copenhague dont parle Kierkegaard.

Nombreux sont les philosophes qui ont beaucoup marché, s'adonnant ainsi à une activité universelle. Jeremy Bentham, John Stuart Mill et bien d'autres parcouraient des kilomètres à pied. Thomas Hobbes s'était procuré une canne dont le pommeau contenait un encrier afin de noter ses idées en chemin. Le fragile Emmanuel Kant sortait tous les jours faire un tour dans Königsberg après souper, mais dans le seul but de se donner un peu d'exercice, car il pensait mieux dans la chaleur de son poêle, en contemplant le clocher de l'église par la fenêtre. Jeune, Friedrich Nietzsche s'exclame avec un merveilleux conformisme : « Pour me distraire j'ai trois choses vers lesquelles me tourner, et quelle merveilleuse distraction elles procurent ! Mon Schopenhauer d'abord, la musique de Schumann ensuite et pour finir les promenades solitaires[4]. » Au XXe siècle, Bertrand Russell raconte à propos de son ami Ludwig Wittgenstein : « Il passait chez moi vers minuit et pendant des heures il arpentait la pièce de long en large comme un tigre en cage. À peine arrivé, il déclarait qu'il allait se suicider en sortant de ma chambre. J'avais beau avoir sommeil, je répugnais à le mettre dehors. Une nuit, au bout d'une à deux heures d'un silence de mort, je lui dis : “À quoi pensez-vous Wittgenstein ? À la logique ou à vos péchés ?" "Aux deux", répondit-il, et il retomba dans le silence[5]. » Les philosophes marchent. Mais ceux d'entre eux qui ont appliqué leurs réflexions à la marche ne sont pas si nombreux.

CONSÉCRATION DE LA MARCHE

C'est Rousseau qui a posé les bases de l'édifice idéologique où la marche serait bientôt enchâssée : pas la déambulation à laquelle Wittgenstein se livrait dans la chambre de Russell, mais ce désir d'aller loin porté sur ses deux jambes qui emmenait Nietzsche dans la montagne. En 1749, Denis Diderot est emprisonné pour avoir remis en question la bonté divine dans sa *Lettre sur les aveugles*. Alors très lié à l'encyclopédiste, Rousseau va le voir régulièrement, effectuant à pied la dizaine de kilomètres entre son logement parisien et le château de Vincennes. Il faisait très chaud, cet été-là, raconte Rousseau dans ses *Confessions* (1781-1788) qui ne sont pas toujours à prendre au pied de la lettre, et pourtant il marchait car il était trop pauvre pour se déplacer autrement. « Je m'avisai, pour modérer mon pas, de prendre quelque livre, écrit-il. Je pris un jour *Le Mercure de France*, et tout en marchant et le parcourant je tombai sur cette question proposée par l'académie de Dijon pour le prix de l'année suivante : *Si le progrès des sciences et des arts a contribué à corrompre ou à épurer les mœurs* ? À l'instant de cette lecture, je vis un autre univers et je devins un autre homme[6]. » Dans cet autre univers, l'homme ainsi transformé remporta le concours, et le *Discours* où il livrait une charge furieuse contre le progrès devint vite célèbre.

La pensée de Rousseau est moins originale qu'audacieuse ; elle articule les tensions existantes de la façon la plus hardie, exalte les sensibilités naissantes avec une incomparable ferveur. L'homme est d'un temps où il devenait impossible de soutenir que Dieu, le pouvoir monarchique et la nature forment une trinité harmonieuse. Avec son ressentiment de petit bourgeois, sa méfiance de calviniste suisse à l'égard de la royauté et du catholicisme, son irrépressible désir de choquer et son inébranlable confiance en lui, Rousseau était tout désigné pour donner voix aux lointains roulements annonciateurs de discorde et les politiser. Dans son *Discours sur les sciences et les arts*, il affirme que l'instruction, et l'imprimé plus encore, ont pour effet de corrompre et de débiliter l'individu et la culture. « Voilà comment le luxe, la dissolution et l'esclavage ont été de tout temps le châtiment des efforts orgueilleux que nous avons faits pour sortir de l'heureuse ignorance où la sagesse éternelle nous avait placés[7]. » Les arts et les sciences, soutient-il, ne mènent ni au bonheur ni à la connaissance de soi ; ils nous distraient et nous dénaturent.

Aujourd'hui, c'est au mieux un lieu commun d'associer dans un même tout le naturel, le bon, le simple. Du temps de Rousseau, la thèse était incendiaire. Selon la théologie chrétienne, après la Chute la nature et l'humanité sont toutes deux tombées en disgrâce ; la civilisation chrétienne ayant pour but de les racheter, la bonté n'est pas tant un donné naturel qu'un effet de la culture. Le renversement qu'opère Rousseau (l'homme et la nature ne sont jamais meilleurs que dans leur condition originelle) est, entre autres, une attaque dirigée contre le mode de vie citadin, la noblesse, les arts « appliqués », le raffinement ; la dénonciation n'épargne pas non plus la théologie et reste par certains aspects pertinente (même si, curieusement, les Français, premiers lecteurs de Rousseau qui a apporté sa pierre à leur Révolution, ont à la longue fini par lui accorder moins de crédit que les Britanniques, les Allemands et les Américains). Rousseau continua par la suite à développer ses idées dans le *Discours sur l'origine de l'inégalité* (1754), et les romans *Julie ou la Nouvelle Héloïse* (1761) et *Émile* (1762). Dans ces deux derniers ouvrages, il s'attache à décrire, sous des biais différents, la simplicité d'une vie plus tournée vers la nature, en passant toutefois sur le caractère éminemment pénible des travaux champêtres. Comme lui-même à la plus belle époque de sa vie, ses personnages vivent dans une aisance dénuée d'ostentation grâce au labeur d'invisibles travailleurs. Peu importent toutefois les incohérences de l'œuvre, car si l'analyse n'est pas convaincante, pour son auteur il s'agit avant tout d'exprimer une sensibilité et des enthousiasmes nouveaux. L'élégance de son style participe de ces incohérences, et explique qu'il ait été si lu.

Dans le *Discours sur l'inégalité*, Rousseau dépeint l'homme à l'état naturel sous les traits d'un vagabond « errant dans les forêts, sans industrie, sans parole, sans domicile, sans guerre et sans liaisons, sans nul besoin de ses semblables comme sans nul désir de leur nuire[8] », mais il reconnaît cependant que nous ne savons pas grand-chose de sa condition. Passant avec désinvolture sur les récits chrétiens de la création de l'homme, cet essai annonce avec prescience l'anthropologie comparative de l'évolution sociale, et s'il reprend le thème de la Chute c'est pour en inverser la direction : privé de la grâce, l'homme tombe, non dans l'état de nature, mais dans la civilisation. Dans cette idéologie, marcher devient l'emblème de la vie simple et, pour peu qu'elle soit solitaire et agreste, un moyen de rester au contact de la nature et d'échapper à la société. Aussi détaché que le voyageur, le marcheur qui progresse sans bagage ni équipage ne compte que sur ses propres forces au lieu de s'en remettre aux commodités fabriquées ou transformées (chevaux, bateaux, voitures) que l'argent peut acheter. Après tout, marcher est une activité qui n'a pas été fondamentalement perfectionnée depuis l'aube des temps.

En se présentant si volontiers en piéton, Rousseau se veut le descendant du marcheur idéal d'avant le temps de l'histoire. Il est vrai d'ailleurs qu'il a beaucoup marché. Son existence vagabonde débuta le soir où, rentrant à Genève après une promenade dominicale, il arriva trop tard devant les murs de la cité dont on avait fermé les portes. Rousseau qui avait alors quinze ans décida impulsivement de planter là sa ville natale, l'apprentissage qu'il suivait et jusqu'à sa religion. Tournant le dos à Genève, il sortit de Suisse à pied. En Italie, puis en France, il trouva et perdit des emplois, des clients, des amis, au long d'un parcours qui ne le menait apparemment nulle part, jusqu'au jour où il tomba sur l'annonce parue dans *Le Mercure de France* et découvrit sa vocation. L'« autre homme » qu'il devint alors ne semble pourtant jamais avoir renoncé à retrouver le plaisir des errances insouciantes de sa jeunesse. À ce propos, il écrit par exemple : « Je ne me souviens pas d'avoir eu dans tout le cours de ma vie un intervalle plus parfaitement exempt de soucis et de peines que celui des sept à huit jours que nous mîmes à ce voyage. [...] Ce souvenir m'a laissé le goût le plus vif pour tout ce qui s'y rapporte, surtout pour les montagnes et pour les voyages pédestres. Je n'ai voyagé à pied que dans mes beaux jours et toujours avec délices. [...] J'ai cherché longtemps à Paris deux camarades du même goût que moi, qui voulussent consacrer chacun cinquante louis de sa bourse et un an de son temps à faire ensemble, à pied, le tour de l'Italie, sans autre équipage qu'un garçon qui portât avec nous un sac de nuit[9]. »

Rousseau ne trouva pas de candidats sérieux pour cette randonnée d'avant la lettre (et il n'a pas non plus expliqué pourquoi il lui fallait des compagnons pour l'entreprendre ; simplement peut-être pour régler les dépenses ?), mais il continua cependant à saisir toutes les occasions de marcher. Ailleurs, il s'exclame : « Jamais je n'ai tant pensé, tant existé, tant vécu, tant été moi, si j'ose ainsi dire, que dans ceux [les voyages] que j'ai faits seul et à pied. La marche a quelque chose qui anime et avive mes idées : je ne puis presque penser quand je reste en place ; il faut que mon corps soit en branle pour y mettre mon esprit. La vue de la campagne, la succession des aspects agréables, le grand air, le grand appétit, la bonne santé que je gagne en marchant, la liberté du cabaret, l'éloignement de tout ce qui me fait sentir ma dépendance, de tout ce qui me rappelle à ma situation, tout cela dégage mon âme, me donne une plus grande audace de penser, me jette en quelque sorte dans l'immensité des êtres pour les combiner, les choisir, me les approprier à mon gré, sans gêne et sans crainte[10]. » Sous sa plume, la marche devient un idéal qu'une personne en parfaite condition physique choisit librement parmi d'autres possibilités agréables et sans danger. C'est sous cette forme qu'elle devait être reprise par les innombrables héritiers de Rousseau, comme une expression du bien-être, de l'harmonie avec la nature, de la liberté et de la vertu.

Rousseau considère la marche à la fois comme un exercice de simplicité et un mode de contemplation. À l'époque où il travaillait à ses deux *Discours*, l'après-midi, explique-t-il, « j'allais me promener seul au bois de Boulogne, méditant des sujets d'ouvrages et je ne revenais qu'à la nuit[11] ». *Les Confessions*, d'où sont tirés ces quelques passages, ne furent publiées qu'après sa mort (en 1762, ses livres furent interdits à Paris comme à Genève et il commença sa vie d'exilé errant). Bien avant la publication des *Confessions*, toutefois, ses lecteurs voyaient déjà en lui le représentant d'un nouveau péripatétisme. James Boswell qui vint le visiter en 1764 près de Neuchâtel, en Suisse, écrit avec dévotion : « En vue de me préparer au grand Entretien, j'allai marcher seul. D'un pas pensif, je longeai la Ruse, dans une Vallée Sauvage magnifique entourée d'immenses Montagnes, certaines couvertes de rochers sévères, d'autres de neige scintillante[12]. » Boswell a alors vingt-quatre ans. Aussi timide que Rousseau, mais moins prêt que lui à l'admettre, il sait déjà que la marche, la solitude, la nature vierge sont par excellence rousseauistes, et il s'applique à orner son esprit de leurs effets comme il aurait paré son corps pour une rencontre plus conventionnelle.

La solitude est un état ambigu dans les textes de Rousseau. Le *Discours sur les origines de l'inégalité* évoque l'être humain à l'état naturel, heureux et solitaire habitant d'une forêt hospitalière. Dans les ouvrages où il se livre plus intimement, la solitude apparaît cependant moins comme un état idéal que comme une consolation et un refuge pour l'écrivain trahi et déçu. Souvent d'ailleurs il s'interroge dans ses écrits sur la nécessité ou l'intérêt de se lier avec ses semblables, et la démarche que cela suppose. D'une hypersensibilité frisant la paranoïa, trop convaincu d'avoir raison pour douter de son bon droit, Rousseau ne supportait pas qu'on le juge, et néanmoins il n'a jamais pu, ou jamais voulu, nuancer si peu que ce soit ses idées et ses manières d'agir hétérodoxes et souvent corrosives. Selon une thèse aujourd'hui très répandue, écrire lui aurait permis de conférer à son expérience une dimension universelle ; sa peinture de la déchéance d'une espèce passée de la simplicité et de la grâce à la corruption se rapporterait ni plus ni moins à sa déchéance personnelle, causée par son renoncement à la simplicité et à la sécurité de la Suisse, ou plus simplement par le passage de la naïveté de l'enfance à une vie incertaine vécue à l'étranger parmi des aristocrates et des intellectuels. L'explication vaut ce qu'elle vaut, mais l'influence de la version donnée par l'écrivain fut telle que de nos jours encore il est difficile d'échapper à son emprise.

À la fin de sa vie, Rousseau entreprit d'écrire *Les Rêveries du promeneur solitaire* (1782), un livre dont la marche est le prétexte plus que le sujet. Chaque chapitre se présente comme une promenade, et dans la Deuxième (le deuxième chapitre), il énonce ainsi son programme : « Ayant donc formé le projet de décrire l'état habituel de mon âme dans la plus étrange position où se puisse jamais trouver un mortel, je n'ai vu nulle manière plus simple et plus sûre d'exécuter cette entreprise que de tenir un registre fidèle de mes promenades solitaires et des rêveries qui les remplissent[13] […]. » La manière dont il construit ces courts essais rappelle l'enchaînement des idées ou des préoccupations qui traversent l'esprit pendant qu'on marche, même si rien ne prouve que les considérations qu'il expose soient le fruit de promenades particulières. Ici l'auteur médite sur une expression, là il convoque des souvenirs, ailleurs il fait plus qu'exposer ses griefs. À eux tous, ces dix textes (le huitième et le neuvième étaient encore à l'état d'ébauches lorsque Rousseau mourut, en 1778, et le dixième est inachevé) brossent le portrait d'un homme qui se réfugie dans les pensées et les quêtes botaniques où l'entraînent ses promenades.

Le promeneur solitaire est dans le monde sans y être tout à fait, avec le détachement du voyageur dégagé des liens qui retiennent le travailleur, le résident, le membre d'un groupe. Si marcher devint pour Rousseau un mode d'être idéal, peut-être est-ce parce que cette activité lui permettait d'habiter ses pensées et ses rêveries, de se suffire à lui-même, et donc de survivre au monde qui selon lui l'avait trahi. Marcher lui fournit littéralement une position d'où parler. Racontée et transformée en structure littéraire, la promenade encourage les digressions et les associations d'idées, contrairement à la forme plus stricte du discours ou à la progression chronologique du récit biographique ou historique. Un siècle et demi plus tard, pour tenter de décrire les mécanismes de l'esprit James Joyce et Virginia Woolf ouvriraient l'écriture au flux de la conscience. Dans les romans *Ulysse* et *Mrs Dalloway*, le méli-mélo des idées et des souvenirs de leurs personnages ne se déploie jamais mieux qu'à l'occasion d'une promenade. Ce déroulement de la pensée procédant ainsi de façon non structurée, par associations, est très généralement rapporté à la marche, manière de suggérer que l'improvisation y prend une part plus importante que l'analyse. Les *Rêveries* de Rousseau offrent une des toutes premières descriptions de ce rapport entre la pensée et la marche.

Rousseau, donc, chemine seul. Les plantes qu'il récolte et les inconnus qu'il rencontre sont les seules créatures vivantes à qui va sa tendresse. Dans la Neuvième Promenade, il se remémore d'autres promenades qui semblent s'appeler l'une l'autre, telles les mises au point successives d'un télescope braqué sur un passé lointain. Il commence avec celle qu'il a effectuée deux jours plus tôt à l'École militaire, passe à une autre, de deux ans plus vieille, dans les environs de Paris, puis à la visite d'un jardin en compagnie de sa femme quatre ou cinq ans auparavant, et relate enfin un incident qui le ramène beaucoup plus loin dans le temps, un jour où il acheta toutes les pommes que vendait une pauvresse et les distribua à des hérissons affamés. Tous ces souvenirs ont été ravivés par la lecture de l'avis de décès d'une personne de sa connaissance qui, rappelait la notice, aimait les enfants. Cette précision réveille la culpabilité de Rousseau à l'égard de sa progéniture abandonnée (les spécialistes doutent parfois que Rousseau ait jamais eu d'enfants, mais à lire *Les Confessions* il en aurait eu cinq de Thérèse, sa compagne, et les aurait tous placés en orphelinat). Sa mémoire, ici, tente de l'innocenter d'une accusation qu'il est seul à porter, proteste de l'affection qu'il éprouvait pour ses enfants et dont témoignent les rencontres fortuites qu'elle rappelle. Le texte est une plaidoirie imaginaire pour un procès qui n'eut pas lieu. La conclusion en déplace le sujet vers les tribulations que sa renommée vaut à l'écrivain : l'impossibilité pour lui de se promener parmi ses semblables incognito et serein. De là s'ensuit que l'échange social le plus anodin le ramène à un sentiment d'échec, quand seul le terrain de la rêverie le laisse libre de muser à sa guise. Rousseau écrivit l'essentiel de ce livre à Paris, où il vivait isolé par sa gloire et sa suspicion.

Si la littérature de la promenade philosophique commence avec Rousseau, c'est qu'il fut parmi les premiers à trouver que les circonstances de ses songeries méritaient d'être racontées en détail. Pour autant qu'on puisse le taxer de radicalisme, son acte le plus radical aura été de revaloriser le personnel et le privé, qui trouvent dans la marche, la solitude, la nature sauvage des conditions propices à leur affirmation. Et si Rousseau a inspiré des révolutions – révolutions de l'imaginaire et de la culture autant que de l'organisation politique – à ses yeux elles n'étaient nécessaires que pour vaincre les obstacles qui contrariaient cette expérience. La puissance de son intelligence et la force de conviction de ses arguments atteignent leur summum lorsqu'il aspire à retrouver et prolonger les états d'esprit et les situations qu'il dépeint dans *Les Rêveries du promeneur solitaire*.

Deux des chapitres de cet ouvrage évoquent des interludes de paix agreste qui lui étaient particulièrement chers. Dans la célèbre Cinquième Promenade, il décrit le bonheur de son séjour à l'île Saint-Pierre, sur le lac de Bienne, où il avait dû s'enfuir après avoir été chassé à coups de pierres de la ville de Môtiers, près de Neuchâtel, lieu de sa rencontre avec Boswell. « Quel était donc ce bonheur et en quoi consistait sa jouissance[14] ? » demande-t-il de façon très rhétorique, avant de se lancer dans une description de l'existence qu'il menait à l'époque où il ne possédait pas grand-chose et n'en faisait guère davantage, hormis botaniser et se promener en bateau. Tel est son paisible royaume pacifique : assez privilégié pour exempter du dur labeur, mais sans le raffinement ni les mondanités de la retraite aristocratique. La Dixième Promenade dresse l'éloge d'un bonheur champêtre similaire vécu à l'adolescence avec Louise de Warens, sa protectrice et sa maîtresse. Rousseau entreprit de l'écrire après avoir enfin trouvé dans le domaine d'Ermenonville un substitut à l'île Saint-Pierre. Il mourut à soixante-quinze ans, avant d'avoir achevé sa Dixième Promenade. Le marquis de Girardin, propriétaire d'Ermenonville, l'y enterra sur une île plantée de peupliers, et à son initiative ce lieu devint un but de pèlerinage où des disciples venaient rendre un hommage sentimental au grand homme. Le parcours balisé qu'ils devaient suivre leur expliquait non seulement comment se diriger dans le jardin jusqu'à la tombe, mais aussi ce qu'ils étaient censés éprouver. La révolte personnelle et privée de Rousseau était en passe de devenir publique et culturelle.

MARCHER EN PENSANT, PENSER EN MARCHANT

Søren Kierkegaard est lui aussi un philosophe qui a bien des choses à dire sur les balades pensives. Lui qui préférait les villes (en l'occurrence celle de Copenhague) pour se promener et étudier les types humains, comparait ses déambulations citadines à des excursions botaniques dont le but était de récolter des spécimens de l'humanité. Né un siècle après Rousseau dans une autre cité protestante, il vécut selon un certain nombre de principes rigides : la rude ascèse qu'il s'imposait était on ne peut plus étrangère à la complaisance de l'auteur des *Rêveries*, et de la naissance à la mort Kierkegaard demeura attaché à sa ville natale, à sa famille, à sa religion, ce qui ne l'empêcha pas de les contester violemment. Sur d'autres points (l'isolement social, la production prolifique d'œuvres à la fois littéraires et philosophiques, une embarrassante timidité), les deux hommes se ressemblent beaucoup. Fils d'un commerçant aisé à la foi farouche, Kierkegaard qui fut toute sa vie à l'abri du besoin passa de longues années sous la coupe de son père. Dans un souvenir qu'il attribue au narrateur du récit mais qu'il a très certainement vécu lui-même, il raconte que son père, pour le dissuader de sortir, se promenait de long en large avec lui dans une pièce en lui peignant le monde de façon si vivante qu'il arrivait à se le représenter dans toute sa diversité. Comme il grandissait, les récits paternels se transformèrent en dialogues : « Ce qui avait d'abord été une épopée se transformait en théâtre ; ils conversaient à tour de rôle. Lorsqu'ils marchaient le long de chemins sans surprises, ils se jetaient des regards insistants pour être sûrs de ne passer sur aucun détail ; lorsqu'ils empruntaient un chemin inconnu de Johannes, il inventait quelque chose, tandis que l'imagination toute-puissante du père transformait chacune des lubies enfantines en ingrédient du drame. Il semblait à Johannes que le monde prenait vie au cours de la conversation, comme si le père était le Seigneur Dieu et lui son disciple favori[15]. »

La vie du philosophe allait se consumer dans le rapport triangulaire qui le reliait à son père et à Dieu, au point qu'on peut le soupçonner d'avoir fait Dieu à l'image de son père. Lors de ces promenades à l'intérieur de la chambre, le père s'appliquait semble-t-il à façonner l'étrange personnage que deviendrait son fils. Kierkegaard s'est lui-même décrit comme un vieillard dès l'enfance, un spectre, un vagabond. Ses allées et venues dans un espace clos lui avaient sans doute appris à habiter un royaume imaginaire, magique et éthéré, dont il était l'unique habitant de chair et d'os. La kyrielle infinie des pseudonymes sous lesquels il a publié nombre de ses titres les plus célèbres apparaît comme un stratagème pour mieux se perdre en s'exposant et pour peupler sa solitude. Adulte, jamais Kierkegaard ne reçut d'invités chez lui, jamais il ne fut assez lié avec quelqu'un pour l'appeler son ami, et pourtant il avait beaucoup de relations. Selon le mot d'une de ses nièces, les rues de Copenhague étaient ses « pièces de réception », et de fait Kierkegaard prenait chaque jour un grand plaisir à se promener dans sa ville. Cet homme incapable d'être avec les gens trouvait là un moyen d'être parmi eux, de jouir, si peu que ce soit, du réconfort des brèves rencontres, des salutations échangées, des bribes de conversation saisies çà et là. Le promeneur solitaire est à la fois présent au monde qui l'entoure et détaché de lui, spectateur plus que protagoniste. Marcher soulage, ou légitime, cette aliénation : si le promeneur est ainsi un peu distant, c'est parce qu'il ne fait que passer, pas parce qu'il est incapable de se lier. Cette activité qui procurait à Kierkegaard comme à Rousseau une abondance de contacts fortuits avec ses semblables favorisait en même temps la contemplation.

En 1837, alors qu'il entame à peine son œuvre d'écrivain, Kierkegaard note : « Assez curieusement, mon imagination ne fonctionne jamais mieux que lorsque je suis seul au milieu d'une large assemblée, quand le tumulte et le bruit exigent le substrat de la volonté pour que l'imagination s'accroche à son objet ; sans cet environnement, l'étreinte épuisante d'une idée vague la rend exsangue[16]. » Ce tumulte, il le trouve dans la rue. À plus de dix ans d'intervalle, il écrit, toujours dans son journal : « Ma tension mentale est telle que pour la supporter j'ai besoin de diversion, de la diversion des contacts au hasard des rues et des allées, car en réalité la fréquentation de quelques individus triés sur le volet n'est pas une diversion[17]. » Ces remarques et d'autres qui émaillent son œuvre laissent entendre que l'esprit, pour fonctionner, a besoin de la distraction, qu'il s'applique mieux à capter ce qui l'intéresse dans le tumulte environnant que dans l'absolue solitude. Kierkegaard, qui appréciait l'agitation de la vie citadine, dit ailleurs : « Cet instant précis où le joueur d'orgue de Barbarie se met à jouer et à chanter dans la rue… c'est merveilleux, c'est cela qui donne son sens à la vie, les petits riens accidentels, insignifiants[18]. »

Kierkegaard affirme dans ses journaux avoir composé tous ses livres en marchant. « *Ou bien… ou bien* n'a pour l'essentiel été réécrit que deux fois (sans compter, bien sûr, les pensées qui me venaient en marchant, mais c'est toujours ainsi) ; aujourd'hui je préfère réécrire trois fois[19] », explique-t-il au détour d'un passage. Et il en existe beaucoup de semblables, où il s'insurge contre la vision qui assimile ses longues promenades à du désœuvrement alors qu'elles sont au contraire à la source de son œuvre abondante. Peut-être le spectacle de la rue le distrayait-il assez pour que, s'oubliant, il pense de manière productive, car souvent ses pensées personnelles l'entraînaient dans les dédales de la timidité et du désespoir. En 1848, il décrit ainsi dans son journal que lorsqu'il rentrait chez lui « écrasé sous le poids d'idées prêtes à se laisser coucher noir sur blanc, et si faible, en un sens, que je pouvais à peine marcher[20] », il lui arrivait fréquemment de tomber sur un pauvre homme ; chaque fois qu'il l'évitait ses pensées s'enfuyaient « et je m'abîmais dans la plus affreuse des tribulations spirituelles à la perspective que Dieu agirait envers moi comme j'avais agi envers cet homme. Si je prenais le temps de parler avec le pauvre homme, en revanche, les choses ne suivaient jamais ce cours[21] ».

Kierkegaard, à qui ces promenades dans la ville offraient son seul rôle social ou presque, se tracassait sur la manière dont ses apparitions seraient interprétées sur la scène de Copenhague. Il se montrait dans la rue un peu pour les mêmes raisons qu'il se dévoilait dans ses livres : pour être au contact des gens, mais pas trop près et à ses propres conditions. À l'instar de Rousseau, il entretenait avec son public des rapports exigeants. Lui qui a librement décidé de publier la plupart de son œuvre sous divers pseudonymes s'inquiétait de passer pour un oisif, puisque personne ne savait que sitôt de retour de promenade il s'installait à sa table pour écrire.

Après la rupture de ses fiançailles avec Regine Olsen, sans conteste la grande tragédie de sa vie, il continua à voir la jeune femme dans la rue, jamais autre part. Des années plus tard, il leur arriverait à plusieurs reprises de se croiser inopinément dans une venelle et il s'interrogerait longuement sur le sens de ces rencontres récurrentes. La rue, espace banal et collectif pour ceux qui s'investissent dans leur vie privée, devenait pour Kierkegaard un lieu presque intime.

L'autre grand moment de crise de sa vie au demeurant si calme tient dans les quelques paragraphes de sa protestation contre le *Corsair*, un magazine satirique danois. Malgré l'admiration de son rédacteur en chef pour Kierkegaard, ce journal avait publié des caricatures et des entrefilets qui raillaient le personnage du philosophe au grand amusement de ses concitoyens. Les piques n'étaient pas très méchantes ; leurs auteurs le décrivaient affublé d'un pantalon aux deux jambes de longueur inégale, brocardaient ses pseudonymes compliqués et son style d'écrivain, croquaient la silhouette alerte dans la redingote qui lui battait les mollets. Ces plaisanteries valaient au philosophe une célébrité dont il se serait bien passé ; se savoir la cible des risées le mettait dans les affres et il voyait la dérision partout. Kierkegaard qui a sans doute donné à ces moqueries plus d'importance qu'elles n'en avaient en a horriblement souffert, entre autres, ou surtout, parce qu'il ne se sentait plus libre de circuler dans la ville à sa guise. « Mon atmosphère a été assombrie. À cause de ma mélancolie et du travail énorme que je fournis, j'avais besoin de pouvoir être seul au milieu de la foule pour me reposer. Aussi je désespère. Ça m'est devenu impossible. Partout je suis cerné par la curiosité[22]. » Selon un de ses biographes, ce serait cette dernière crise, après celles vécues avec son père puis sa fiancée, qui sur la fin de ses jours l'aurait conduit à délaisser la philosophie et l'esthétique pour des matières plus théologiques. Il n'en continua pas moins à arpenter les rues de Copenhague, et au cours d'une de ses promenades s'effondra un jour sans connaissance ; tout de suite conduit à l'hôpital, il s'y éteignit quelques semaines plus tard.

Comme Rousseau, Kierkegaard est un hybride : un écrivain philosophe plus qu'un pur philosophe. Tous deux adoptent souvent un ton descriptif, évocateur, intime et poétiquement équivoque, à mille lieues du raisonnement serré au cœur de la tradition philosophique occidentale. Leur style fait place au plaisir, à l'expression de la personnalité, à des « riens » aussi précis que la musique d'un orgue de Barbarie dans la rue ou le spectacle de lapins qui s'ébattent sur une île. Rousseau s'essaie au roman, à l'autobiographie, à la rêverie, et Kierkegaard s'amuse à mélanger les genres : il ajoute une volumineuse postface à un essai relativement court, emboîte comme des poupées russes les références à des pseudonymes dont il truffe ses écrits. Les écrivains qui tels Italo Calvino ou Jorge Luis Borges pourraient se revendiquer de son héritage ont une pratique expérimentale de l'écriture : ils jouent de la manière dont la forme, la voix, les renvois et autres procédés stylistiques travaillent le sens.

Si ce goût pour la déambulation pédestre que cultivaient Rousseau et Kierkegaard nous est accessible, c'est qu'au lieu de se cantonner au royaume universel et impersonnel de la pure philosophie ils en ont parlé dans des œuvres au caractère très personnel, volontiers descriptives et particulières (*Confessions* et *Rêveries* pour Rousseau, journaux intimes pour Kierkegaard). La marche qui est en soi un moyen d'arrimer la pensée à une connaissance personnelle et physique du monde appelle peut-être ce style d'écriture. Ce pour quoi il en est surtout question ailleurs que dans la philosophie : dans les poèmes, les romans, les correspondances et les journaux intimes, les récits de voyage, les essais à la première personne. Ces excentriques que furent Rousseau et Kierkegaard considéraient par ailleurs que marcher leur offrait avant tout la possibilité d'adoucir leur aliénation. Or, ce sentiment d'aliénation est un phénomène nouveau au regard de l'histoire des idées. Eux qui n'étaient pas immergés dans la vie sociale de leur époque n'en étaient pas non plus retranchés (sauf Kierkegaard, sur le tard, après l'affaire du *Corsair*), en tout cas pas sur le mode longtemps observé par les contemplatifs religieux. Ils vivaient dans leur temps sans être de leur temps. Si courte que soit sa route, le marcheur solitaire est un instable qui passe d'un endroit à l'autre ; poussé dans l'action par le désir et le manque, il avance avec le détachement du voyageur, libéré des liens qui retiennent le travailleur, l'autochtone, le membre d'un groupe.

LE SUJET MANQUANT

Au début du XXe siècle, un philosophe a effectivement présenté la marche comme essentielle à son projet intellectuel. Il avait certes d'illustres prédécesseurs. Kierkegaard, notamment, qui citait Diogène en exemple : « Quand les Éléates affirmèrent que le mouvement n'existait pas, Diogène, comme chacun sait, s'avança pour les contrer. Il s'avança, littéralement, car sans prononcer un mot il fit quelques pas de long en large, présumant que cette attitude suffisait à les réfuter. » Dans un essai daté de 1931, le phénoménologue Edmund Husserl définit la marche comme l'expérience qui nous permet de saisir notre corps dans sa relation avec le monde[23]. Le corps, dit-il, est l'expérience que nous avons de l'ici toujours présent, et le corps en mouvement éprouve l'unité de toutes ses parties comme un « ici » permanent qui se déplace vers et à travers la série des « là-bas ». Autrement dit, si le corps bouge, le monde, lui, change, et c'est ainsi que chacun parvient à distinguer entre soi et l'autre : le déplacement, le voyage permettent de saisir la continuité du soi dans le mouvement du monde, et de commencer ainsi à comprendre le soi, le monde et leur rapport réciproque. Accordant plus d'importance à la mobilité du corps qu'aux sens ou à l'esprit, la thèse que propose Husserl se démarque des spéculations antérieures sur la manière dont l'homme éprouve le monde.

Ce n'est pas grand-chose, toutefois. On aurait pu penser que la marche allait inspirer les théories postmodernes, essentiellement articulées autour de la mobilité et de la corporalité. Or, elle marche, la corporalité, dès lors qu'elle devient mobile. Ces théories contemporaines sont largement issues des protestations féministes dénonçant la valeur universelle accordée à l'expérience masculine, ou plus spécifiquement à l'expérience des hommes de race blanche et de classe bourgeoise. Pour le féminisme et le postmodernisme, les perspectives intellectuelles des individus sont en grande partie tributaires du vécu corporel et de la situation sociogéographique. La vieille idée voulant que l'objectivité consiste à parler de nulle part (en transcendant les particularités du corps et du lieu) a fait long feu ; tout est histoire de position et il n'y a de position que politique (ainsi que le faisait remarquer George Orwell longtemps avant : « L'opinion selon laquelle l'art ne doit pas être politique est en soi une opinion politique »). Toutefois, en démantelant ce faux universel par la mise en évidence du rôle que joue dans la conscience le corps sexué et socialisé, ces penseurs en sont apparemment venus à généraliser le sens attribué au corporel et à l'humain en partant de leur propre expérience (ou inexpérience) de corps menant une existence apparemment assez inactive et extrêmement protégée.

Le corps décrit à l'envi dans les essais postmodernes ne souffre pas plus des intempéries qu'il ne rencontre d'autres espèces, ne connaît pas la peur à l'état brut, n'a guère de motifs de se réjouir. Ce corps ne s'engage pas dans l'effort physique, n'étire pas ses muscles au maximum, ne sait pas ce qu'est le plein air. Ce mot, « corps », si récurrent dans les textes postmodernes, se réfère dirait-on à un objet passif, et c'est le plus souvent couché sur une table d'examen ou un lit qu'il apparaît. Phénomène médical et sexuel, il est le site de sensations, de processus, de désirs, plutôt que la source de l'action et de la production. Libéré du travail manuel, installé dans les caissons de privation sensorielle que sont les appartements et les bureaux, ce corps a tout perdu fors l'érotisme, reste résiduel du sens attaché à la qualité d'être incarné. Il ne s'agit pas ici d'affirmer que le sexe et l'érotisme ne sont ni fascinants ni mystérieux (ni d'ailleurs étrangers à l'histoire de la marche, ainsi que nous le verrons plus loin), seulement d'avancer que l'importance qui leur est accordée tient au fait que, pour trop de nos contemporains, les autres aspects de cette qualité d'être incarné se sont atrophiés. En réalité, le corps qui nous est présenté dans ces centaines de livres et d'essais, ce corps dont les seuls signes de vie se résument à la sexualité et aux fonctions biologiques, ce n'est pas le corps humain dans son universalité mais le corps citadin du cadre supérieur, ou plus exactement un corps purement théorique que ni le cadre supérieur ni personne ne saurait habiter puisqu'il est exempté du moindre effort : ce corps tout théorique ne s'est jamais donné le mal ne fût-ce que de porter les œuvres complètes de Kierkegaard à bout de bras. « Si le corps est une métaphore des coordonnées qui nous situent dans l'espace et dans le temps, et partant de la finitude de la perception et du savoir humains, alors le corps postmoderne est tout sauf un corps[24] », écrit Susan Bordo, une théoricienne féministe fâchée avec cette version d'une corporalité désincarnée.

L'autre grand thème de la théorie postmoderne, le déplacement, se rapporte à la condition de l'être absolument mobile ; le corps postmoderne circule en avion ou en voiture, de préférence à une vitesse folle, ou même se déplace sans moyens musculaires, mécaniques ou économiques apparents. Le corps n'est plus qu'un paquet en transit, un pion bougé de case en case ; il ne se meut pas, il est mû. En un sens, ces problèmes sont dus au niveau d'abstraction atteint par la théorie contemporaine. Une grande partie des termes relatifs à la localisation et à la mobilité (les mots *nomade*, *excentré*, *marginalisé*, *déterritorialisé*, *frontière*, *migrant*, *exil*, pour prendre quelques exemples) ne sont pas rattachés à des endroits et des gens précis ; ils représentent des idées de déracinement et de mouvement qui semblent autant le résultat d'une théorie infondée que son objet putatif. L'abstraction dématérialise jusqu'aux tentatives pour parvenir à un accord avec le monde tangible des corps et du mouvement. Comme si, soulagés de leurs responsabilités à l'égard de la description explicite, les mots eux-mêmes se déplaçaient avec une liberté inventive.

Le corps ne redevient actif que dans les textes dissidents. Dans un ouvrage magistral intitulé *Le Corps souffrant. Déconstruction et construction du monde*, Elaine Scarry expose d'abord comment la torture détruit le monde conscient de ceux qui la subissent, puis théorise sur la manière dont les efforts créatifs (fabriquer des histoires aussi bien que des objets) construisent ce monde. Outils et objets manufacturés sont, dit-elle, des prolongements du corps dans le monde, et par conséquent des moyens de le connaître. Elle explique, arguments à l'appui, comment les outils se sont progressivement détachés du corps, jusqu'à ce que le bâton à fouir qui prolongeait le bras se transforme en soc qui se substitue au corps. Bien qu'elle ne traite pas directement de la marche, son travail ouvre des perspectives philosophiques sur le sujet. Non seulement marcher restitue ses limites originelles au corps en le rendant en quelque sorte souple, sensible, vulnérable, mais la marche elle-même étend le corps au monde, à l'instar des outils qui le prolongent. Le chemin est un prolongement du marcheur, les endroits réservés aux balades sont les monuments dédiés à son avancée, et marcher est autant une manière de fabriquer le monde que de l'habiter. On trouve donc trace du corps qui marche dans les lieux qu'il a créés ; chemins, jardins, trottoirs témoignent de la mise en œuvre de l'imagination et du désir ; cannes, chaussures, cartes, gourdes et sacs à dos sont d'autres concrétisations de ce désir. Comme agir et travailler, marcher exige un engagement corps et âme dans le monde, c'est une façon de connaître le monde à partir du corps, et le corps à partir du monde.

3

L'élévation et la chute. Théories sur la bipédie

Il était aussi vierge qu'une feuille de papier, cet espace qui m'attirait depuis toujours. Aperçues par-delà les vitres des trains et des voitures, imaginées pendant mes promenades au travers de terrains plus compliqués, ces étendues planes me faisaient miroiter des promesses d'excursion idéale. Et voilà que j'étais arrivée au plan pur du fond d'un lac asséché où j'allais pouvoir marcher absolument libre, sans rien qui gêne la vue ou le pas. Le désert recèle quantité de ces lacs asséchés, ou *playas*, depuis longtemps effacés ou transformés chaque année en surface aussi plate et tentante que le plancher d'une salle de bal. Il n'est jamais plus lui-même qu'en ces lieux : austère, ouvert, illimité, c'est une invite à l'errance, un laboratoire des perceptions, des proportions, de la lumière, un endroit où la solitude a un peu la saveur du luxe, comme dans les moments de cafard. Celui-ci, non loin du parc national de Joshua Tree, dans le sud-est du désert Mojave, se présente avant tout comme une longue plaine de terre sèche et craquelée où rien ne pousse. Pour moi, ces grands espaces sont associés à la liberté, celle qu'autorisent l'activité inconsciente du corps et l'activité consciente de l'esprit : on y marche à un rythme régulier qui semble se confondre avec le rythme même du temps. Pat, mon compagnon lors de cette traversée du lac asséché, préfère l'escalade en montagne, où chaque geste est un acte isolé qui requiert toute l'attention et ne suscite que rarement un rythme. Cette différence de style va profond dans nos vies : proche en cela des bouddhistes, Pat conçoit la spiritualité comme la conscience qu'on a de l'instant, alors que je ne résiste pas aux symboles, aux interprétations, aux histoires, et cède à une spiritualité d'inspiration plus occidentale, moins soucieuse de l'ici que du là-bas. Nous partageons toutefois l'idée que la forme d'existence idéale consiste à être dehors, les deux pieds sur terre.

Il y a des années, dans un autre désert, j'ai compris que marcher permet au corps de prendre sa mesure par rapport à la terre. Chaque pas que nous faisions sur le plancher de ce lac nous rapprochait, mais à peine, des chaînes de montagnes noyées de bleu par la lumière du soir qui s'élevaient à l'horizon en gradins successifs. Il faut imaginer le plancher de ce lac en plan purement géométrique que nos jambes mesuraient comme les branches d'un compas, en se déplaçant alternativement. Ces mesures nous disaient que la terre était vaste, et nous bien petits, redécouverte terrifiante et joyeuse que toute marche dans le désert a le don de rappeler. En cette fin d'après-midi, même les fissures creusées dans le sol projetaient de longues ombres aiguës, tandis qu'une ombre de gratte-ciel s'étendait loin devant la camionnette de Pat. Nos ombres à nous se déplaçaient sur le côté, à droite, et elles devenaient de plus en plus longues, d'une longueur que je ne leur avais jamais vue. Je lui demandai quelle pouvait bien être leur taille, à son avis. Il me dit de ne plus bouger pour qu'il compte les pas de la mienne jusqu'au bout. Je me plaçai face à l'est, face à mon ombre, tournée vers les montagnes les plus proches que les ombres étiraient toutes du même côté, et Pat se mit en marche.

Je restai seule, face à mon ombre qui dessinait une longue route sur laquelle il avançait. Dans cet air transparent, j'avais l'impression, non qu'il s'éloignait, mais rapetissait. Quand sa silhouette tint entre mon pouce et mon index serrés à presque se toucher et que son ombre se fut allongée jusqu'au pied des montagnes, il avait atteint l'ombre de ma tête, mais à l'instant où il y arrivait, le soleil, soudain, glissa sous l'horizon. Aussitôt, le monde changea. La plaine perdit ses ors, le bleu des montagnes s'assombrit, nos ombres si nettes se brouillèrent. Je le hélai pour qu'il s'arrête à la flaque sombre, vague à présent, produite par ma tête, et quand j'eus à mon tour couvert la distance qui nous séparait il me dit qu'il avait compté une bonne centaine de pas mais qu'au fur et à mesure de son avancée il avait eu de plus en plus de mal à distinguer ce qui constituait mon ombre. Nous regagnâmes la camionnette. La nuit approchait, l'expérience prenait fin. Où avait-elle commencé ?

Rousseau pensait qu'il fallait chercher la vraie nature de l'humanité dans ses origines, que comprendre ces origines permettrait de comprendre qui nous étions et devrions être. Ce thème des origines humaines a considérablement évolué depuis l'époque où le philosophe, parti d'une spéculation hasardeuse sur le « noble sauvage », entreprit d'assembler vaille que vaille quelques précisions sommaires sur les coutumes extra-européennes. Que ce terme, « origine », désigne l'année 1940 ou -3 millions d'années avant J.-C., l'argument selon lequel nous sommes et devrions être ce que nous étions originellement n'a fait depuis que se renforcer. Les ouvrages de grande vulgarisation et les articles scientifiques débattent à l'envi de la question de savoir si nous sommes une espèce éprise de violence, assoiffée de sang ou, au contraire, foncièrement altruiste, et ils se prononcent contradictoirement sur les différences sexuelles codées dans nos gènes. Dans un cas comme dans l'autre, il s'agit souvent de jolies histoires à propos de ce que nous sommes, pourrions être ou devrions être, histoires que chacun arrange à sa façon, selon qu'il défend la justesse de la tradition par conservatisme, ou que par souci diététique il préconise l'adoption de tel ou tel régime alimentaire primordial tout juste découvert. Cela, bien sûr, rend éminemment politiques ces interrogations autour de qui nous fûmes. Les scientifiques qui travaillent sur les origines de l'humanité se chamaillent beaucoup à propos de la nature humaine, et depuis quelques années le mode déambulatoire propre aux bipèdes occupe une large place dans leurs débats.

Si les philosophes n'ont pas grand-chose à dire sur la signification profonde de la marche, les scientifiques se montrent beaucoup plus diserts sur le sujet, ces temps-ci. Paléontologues, anthropologues, anatomistes se sont lancés dans une querelle passionnée, et souvent partisane, pour déterminer quand et pourquoi le singe dont nous descendons s'est dressé un jour sur ses pattes arrière et a marché suffisamment longtemps pour que son corps aboutisse au nôtre, en équilibre vertical sur deux jambes qui suffisent à sa locomotion. Le seul point incontesté est que ce mode de déplacement constitue le tout premier signe distinctif de ce qui devait devenir l'espèce humaine. Les causes de la bipédie sont peut-être multiples, mais ses conséquences sont innombrables : ouvrant une infinité de nouveaux horizons au possible, elle a, entre autres, libéré pour d'autres fonctions la paire de membres accrochés en haut de ce corps vertical, les bras, qui toujours en quête de quelque chose à saisir, faire ou détruire eurent alors tout loisir de se transformer en manipulateurs toujours plus élaborés du monde matériel. Pour certains spécialistes, la faculté de se déplacer debout serait le mécanisme grâce auquel notre cerveau s'est développé ; pour d'autres, ce serait la structure à la base de notre sexualité. Le débat sur la bipédie a beau s'appuyer sur quantité de descriptions très fines de l'articulation de la hanche ou de l'ossature du pied, s'étayer sur des méthodes de datation géologiques, en dernier ressort il concerne donc le sexe, le paysage et la pensée.

Généralement, c'est la conscience qui est présentée comme la spécificité absolue de l'humanité. Pourtant le corps humain est lui aussi sans équivalent sur terre, et à certains égards sa forme a façonné la conscience. Rien dans le règne animal ne ressemble à cette colonne de chair et d'os constamment menacée par la chute, rien n'est comparable à cette tour fière et branlante. Les quelques autres espèces à se tenir vraiment sur deux pattes – les oiseaux, les kangourous – gardent l'équilibre grâce à certaines particularités anatomiques, dont leurs appendices caudaux. Qui plus est, ces bipèdes-là marchent moins qu'ils ne sautent et sautillent. Notre façon d'aller de l'avant à longues enjambées est peut-être unique parce qu'elle est passablement précaire. Un quadrupède est seulement en équilibre stable lorsqu'il repose sur ses quatre pattes, alors que l'être humain l'est sur ses deux pieds avant même de commencer à se mouvoir. Tenir debout est déjà une prouesse en soi ; il suffit pour s'en convaincre d'observer des gens ivres ou de boire soi-même plus que de raison.

À lire les pages et les pages consacrées au mode de locomotion humain, on en vient presque irrésistiblement à penser à la Chute en termes d'une infinie succession de chutes : toutes celles, possibles, vers lesquelles court une créature qui, sitôt debout pour avancer, doit alternativement balancer son poids d'un pied sur l'autre. « La façon humaine de marcher, écrit John Napier dans un essai sur les lointaines origines de la marche, est une activité à nulle autre pareille, au cours de laquelle le corps, à chaque pas, frôle la catastrophe. La déambulation du bipède humain a des allures de catastrophe potentielle, car seul le mouvement rythmé qui pousse une jambe puis l'autre vers l'avant l'empêche de se casser la figure[1]. » C'est particulièrement net chez les petits enfants, dont les nombreux mouvements qui finiront par se fondre dans ce tout qu'est la marche restent encore trop dissociés et maladroits. L'enfant apprend à marcher en flirtant avec la chute : le corps penché en avant, il actionne ses membres inférieurs aussi vélocement que possible pour les obliger à rester sous ce corps. Arquées, grassouillettes, ses jambes semblent toujours un peu à la traîne ; elles luttent pour combler leur retard, et souvent, cédant à la frustration, l'enfant s'effondre avant de maîtriser l'art de marcher. Nos petits apprennent à marcher afin de courir après des désirs que nul ne saurait satisfaire à leur place : désir de saisir ce qui se trouve hors de portée, désir de liberté, d'indépendance loin des confins rassurants de l'éden maternel. Apprendre à marcher, c'est donc se précipiter vers une chute annoncée. La chute, ici, rencontre la Chute.

On trouvera peut-être que la Genèse n'a pas sa place dans un exposé scientifique, mais souvent les scientifiques eux-mêmes s'y réfèrent, involontairement ou en connaissance de cause. Les récits scientifiques s'efforcent tout autant que les mythes de la création d'expliquer qui nous sommes, et ils sont un certain nombre à reprendre le mythe au cœur de la culture occidentale, la vieille histoire d'Adam et Ève au paradis. Leurs hypothèses sont fréquemment des plus spéculatives, et moins fondées, semble-t-il, sur des faits avérés que sur des aspirations modernes ou des mœurs sociales d'un autre âge, surtout lorsqu'elles portent sur les rôles de sexe. Au cours des années soixante, l'histoire de l'Homme Chasseur avait le vent en poupe. Elle se répandit grâce à des ouvrages tels que *Genèse africaine*, de Robert Ardrey, qui s'ouvre sur cette phrase lapidaire : « L'homme n'est pas plus né dans l'innocence qu'en Asie. » Il s'ensuit logiquement que la violence et l'agression font intrinsèquement partie du tempérament humain – et qu'elles ont d'ailleurs du bon puisqu'elles furent les instruments de notre évolution (ou de l'évolution des mâles de l'espèce ; la plupart des grandes théories considèrent volontiers que les femelles n'ont guère fait que transmettre les gènes de leurs compagnons, vecteurs actifs de l'évolution). Les premières réfutations du scénario de l'Homme Chasseur, écrit l'anthropologue féministe Adrienne Zihlman, « établissent des parallèles entre, d'une part, l'interprétation voulant que la chasse ait propulsé le genre humain dans l'humanité, et, de l'autre, le mythe biblique de l'expulsion du jardin d'Éden, après qu'Ève eut mangé le fruit de l'arbre de la connaissance. Les auteurs soutiennent que ces deux destins (la chasse et l'expulsion) ont été précipités par l'acte de manger (de la viande dans le premier cas, le fruit défendu dans l'autre)[2]. » Ils soulignent de surcroît que la division du travail (la chasse aux hommes, la cueillette aux femmes) reflète la nette division des rôles dévolus à Adam et à Ève dans la Genèse. Au cours des années soixante et soixante-dix, on vit de même se développer une théorie selon laquelle le mode de locomotion humain serait apparu à la faveur d'un changement climatique radical qui, réitérant l'expulsion du paradis, aurait chassé les hommes des forêts profondes pour les transformer en hôtes de la savane. Bien que la prééminence accordée à la chasse et l'adaptation des hominidés à la savane ne soient à l'heure actuelle plus très prisées par les spécialistes de l'évolution, le langage perdure : les scientifiques qui aujourd'hui traquent les origines de l'humanité dans les gènes, et non plus dans les fossiles, parlent d'« Ève africaine », ou d'« Ève mitochondriale » à propos de notre hypothétique ancêtre commune.

La marche associée à la station debout est aujourd'hui considérée comme le Rubicon que durent franchir les représentants de l'espèce en évolution pour devenir des hominidés, distincts de tous les autres primates et prédécesseurs des êtres humains. La liste de ce que nous devons à la station debout est aussi longue qu'alléchante, pleine des arcatures gothiques et des allongements du corps humain. Elle part du bel alignement des orteils et de la voûte affirmée du pied, remonte le long des jambes et des cuisses verticales jusqu'aux fesses, rondes et protubérantes grâce au grand fessier massivement développé des marcheurs (un muscle peu remarquable chez les singes mais le plus volumineux du corps humain). Viennent ensuite le ventre plat, la taille souple, l'échine droite, puis les épaules basses, et la tête, juchée à l'extrémité du long cou. Les divers segments du corps dressé à la verticale sont posés les uns sur les autres en équilibre comme les segments d'un pilier, alors que chez les quadrupèdes l'échine supporte le poids de la tête et du buste à la manière d'un pont suspendu, latéralement maintenu par deux paires de pattes faisant fonction de pylônes. Les grands singes marchent en prenant appui sur les jointures de leurs doigts : ces créatures adaptées à la vie dans les forêts tropicales ne parcourent généralement que de courtes distances au sol, entre les troncs, dans cette posture diagonale autorisée par la longueur de leurs membres antérieurs. Les singes ont – comparés aux humains – le dos voûté, une taille inexistante, un cou très court, un buste en forme d'entonnoir à l'envers, un ventre proéminent, des hanches et un postérieur étriqués, des jambes arquées, des pieds plats pourvus d'un gros orteil opposable.

Lucy (le petit squelette d'*Australopithecus afarensis* trouvé en Éthiopie en 1974 fut ainsi baptisé sur la foi de détails semblant indiquer qu'il s'agissait d'un individu femelle) était simiesque sur bien des plans ; pour ainsi dire dépourvue de taille et de cou, elle avait des jambes courtes, des bras démesurés et une cage thoracique en entonnoir, comme celle des singes. Son bassin, en revanche, était large et peu profond, ce qui implique qu'elle tenait sur ses jambes grâce à l'écartement des articulations des hanches et des fémurs. Ces derniers allaient en s'effilant jusqu'aux genoux, eux-mêmes rapprochés comme chez les humains au contraire de ce qu'on observe chez les chimpanzés (dont les hanches étroites et les genoux écartés les font se dandiner dangereusement lorsqu'ils marchent debout). À en croire certains, Lucy courait sans doute nettement mieux qu'elle ne marchait. Il n'empêche qu'elle marchait. Cela au moins est sûr, et c'est là que les choses se compliquent.

Des dizaines de savants se sont penchés sur ses os et ont reconstruit ses muscles, sa démarche, sa vie sexuelle de dizaines de façons différentes avant de s'affronter sur la question de savoir si elle marchait bien ou mal. Toute découverte conférant à son auteur un privilège interprétatif, Johanson, du Muséum de Cleveland, prit avec lui les ossements qu'il avait trouvés à Hadar, en Éthiopie, et les confia à son ami Owen Lovejoy, anatomiste à l'université d'État de Cleveland et spécialiste de la locomotion humaine. Lovejoy rendit un verdict orthodoxe. Dans son livre, *Lucy*, Donald Johanson rapporte ces commentaires de Lovejoy à propos de l'articulation du genou de l'*afarensis* qu'il lui avait amené l'année précédente :

> Ça ressemble à l'articulation moderne du genou. Ce nain était parfaitement bipède.
> – Mais pouvait-il marcher debout ? insistai-je.
> – Mon cher, il marchait debout, c'est sûr. Si vous lui aviez expliqué ce qu'est un hamburger, neuf fois sur dix il serait arrivé avant vous au McDo le plus proche[3].

Le genou de Johanson fut le premier élément concret à l'appui de la thèse audacieuse de Lovejoy, persuadé que la bipédie était apparue et s'était perfectionnée bien plus tôt qu'on ne le pensait jusqu'alors. L'année suivante, le squelette de Lucy (ou les quarante pour cent qu'on en avait récupéré) corrobora son hypothèse sur l'ancienneté de la marche en station debout, hypothèse de surcroît confirmée par les empreintes de pas laissées par deux marcheurs voici quelque trois millions sept cent mille ans et découvertes en 1997 à Laetoli, en Tanzanie, par Mary Leakey. Restait à déterminer pourquoi ces créatures étaient devenues des bipèdes.

En 1981, Lovejoy avait élaboré une explication fort complexe sur les raisons qui poussèrent l'ancêtre de l'homme à se lever et à marcher. L'article qu'il publia cette année-là dans *Science*, « L'origine de l'Homme », est au ressort des arguments avancés depuis par ses confrères pour expliquer que la marche en station debout est apparue il y a quatre millions d'années ou plus. Selon Lovejoy, la diminution de l'intervalle entre les naissances accrut le taux de survie de l'espèce. « Chez la plupart des espèces de primates, écrit-il, les aptitudes masculines dépendent largement du succès que les mâles rencontrent auprès de l'autre sexe[4] » – autrement dit de leur capacité ou des occasions qui leur sont offertes de s'accoupler pour transmettre leur patrimoine génétique. Lovejoy avance qu'au Miocène (-5 millions d'années et davantage), nos ancêtres humains (masculins) modifièrent leur comportement : les mâles se mirent à ramener des provisions aux femelles, celles-ci furent en conséquence plus souvent enceintes puisqu'elles étaient en partie soulagées de la dure tâche consistant à se nourrir et à nourrir leurs petits, et ainsi naquit la famille nucléaire placée sous l'autorité du *pater familias*. En d'autres termes, les aptitudes masculines se sont élargies pour inclure l'approvisionnement, grâce à quoi les mâles ont pu transmettre leurs gènes plus fréquemment et plus sûrement. « La bipédie, précise Lovejoy dans un résumé de ses thèses paru en 1988, participait de ce nouveau système reproductif, parce que en libérant les mains elle permettait au mâle de porter à sa compagne la nourriture récoltée au loin[5]. » Sur le plan génétique, ajoute toutefois Lovejoy, cette séparation quotidienne des sexes ne jouait qu'en faveur des mâles, et en conséquence le comportement nouveau aboutit à la sélection de femelles monogames, autant que de mâles responsables. Dans la mesure où celles-ci, contrairement aux femelles de la plupart des espèces animales, n'indiquaient plus leurs périodes de fertilité par une conduite particulière, elles purent multiplier les rapports sexuels pour procréer et pour s'attacher leur partenaire. Si l'on considère qu'il s'agit là d'un mythe de la création, il accorde à la famille biparentale une nette antériorité sur l'espèce humaine : ici, les hominidés masculins sont des pères et des partenaires mobiles et responsables tandis que les femelles, leurs compagnes démunies, fidèles et casanières, ne concourent en *rien* à l'évolution vers la station debout.

Le mythe de l'Homme Chasseur en vogue dans les années soixante se vit supplanté par deux nouvelles théories apparues une dizaine d'années plus tard. Celle de « la Femme à la cueillette » postule que le régime alimentaire primordial était essentiellement végétarien, et de ce fait essentiellement assuré par les femmes, comme c'est le cas dans les sociétés qui de nos jours encore vivent de chasse et de cueillette. L'autre théorie considère que le partage de la nourriture était indispensable pour assurer la survie et encourager la création de lieux d'habitat où les vivres étaient acheminés et redistribués, ce qui à son tour se traduisit par une complexification de l'organisation sociale. La violence sanguinaire chère à Ardrey est ici évincée par une « Cène primitive » considérée comme le moteur de notre accession à l'humanité. Lovejoy a emprunté à ces deux théories pour brosser le portrait de « l'Homme soutien de famille », pourvoyeur de nourritures qu'il ne partageait qu'avec sa compagne et sa progéniture. Cette dernière thèse revient à admettre, d'une part que la station debout est l'affaire des mâles, et plus précisément de mâles porteurs de vertus familiales, d'autre part que lesdites vertus ont fait de nous des marcheurs. En fait, dit Lovejoy, non seulement Lucy et ses semblables marchaient mieux que nous, mais en outre le genre humain n'a pas leurs talents de grimpeurs.

J'ai travaillé sur ce chapitre dans la cabane que Pat possède en bordure du parc national de Joshua Tree. Préoccupée, l'esprit accaparé par le tri à opérer dans le matériau qui s'étalait à profusion devant moi, je pris l'habitude de l'entretenir des théories qui tentent d'élucider le mystère de la station debout à l'aide de moult détails anatomiques et fonctionnels. « C'est à ça qu'on paye les chercheurs ? » s'étonna-t-il bien des fois en éclatant d'un rire incrédule. Une idée avancée par Guthrie en 1974 (quand les hominidés devinrent bipèdes, les mâles utilisèrent leur pénis, désormais exposé, en « organe destiné à signifier la menace ») nous poussa à nous interroger sur les origines du rire. Le lendemain, tandis qu'il buvait un verre pour se détendre après une journée passée à guider des clients fous d'escalade sur les parois rocheuses, je lui lus l'attaque portée à Lovejoy par l'anthropologue Dean Falk[6]. L'expression « vigilance copulatoire » forgée par Lovejoy l'intrigua au plus haut point. Ce soir-là, Pat me jura de convaincre ses amis qui avaient ouvert et nommé la plupart des sentiers d'escalade du parc de baptiser le prochain « Vigilance copulatoire », obscur hommage à une théorie affirmant que nous avons perdu nos talents de grimpeurs, la plus grandiose selon lui des hypothèses émises sur les origines de l'humanité. Elle doit une bonne part de sa célébrité à ce que personne ou presque ne résiste au plaisir de la mettre en pièces.

J'ai eu l'occasion de rencontrer deux de ses tout premiers critiques, Jack Stern et Randall Sussman, spécialistes d'anatomie comparée à l'université d'État de New York, à Stony Brook. Ils m'ont reçue pendant des heures dans un bureau plein comme un œuf d'os et de livres, où tour à tour ils s'emparaient qui d'un bassin de chimpanzé, qui du moulage d'un fémur fossile pour illustrer tel ou tel point. Tous deux étaient d'avis que les ossements fossiles d'*Australopithecus afarensis* contemporains de la Lucy de Johanson étaient ceux d'apprentis marcheurs dont les longs bras et les jambes courtes, les doigts et les orteils préhensiles prouvaient qu'ils avaient longtemps continué à grimper dans les arbres avec beaucoup d'agileté. Stern et Sussman avaient aussi des choses à dire sur la taille « sexuée » des fossiles d'*afarensis* : à supposer que les grands et les petits squelettes trouvés en Éthiopie par Johanson et compagnie aient bien appartenu à des individus de même espèce (ce que conteste, entre autres, Richard Leakey), on aurait affaire à des femelles minuscules et des mâles gigantesques, disproportion peu compatible avec l'arrangement monogame imaginé par Lovejoy. Les espèces de primates (babouins et gorilles, par exemple) où les mâles sont nettement plus imposants que les femelles sont généralement polygames. Mes interlocuteurs en concluaient donc que Lucy devait être une très médiocre marcheuse aux grands pieds plats, une bonne grimpeuse dotée de longs bras puissants, et qu'elle faisait probablement partie d'un groupe polygame au sein duquel les femelles de petite taille passaient plus de temps dans les arbres que leurs grands mâles.

L'argumentation développée auparavant tournait en rond : les hominidés auraient appris à marcher pour s'aventurer dans la savane, et puisqu'ils avaient survécu dans ce milieu c'est qu'ils étaient bons marcheurs. La savane, en outre, représentait une image de liberté, d'espace illimité riche de possibilités pas moins illimitées, d'espace, en somme, plus noble que la forêt primitive, laquelle ressemblait moins aux bois où Rousseau se livrait à ses promenades solitaires qu'à la jungle où Jane Goodall et Dian Fossey ont étudié les primates.

> – Ce qui me tracasse le plus, déclara Stern au cours de cet entretien, c'est la manière dont les hominidés s'y prenaient pour mettre un pied devant l'autre. J'explique dans un article qu'ils ne pouvaient pas se déplacer comme nous. Leur pas n'était pas assez rapide, pas assez énergique pour être efficace. Mais si nous nous trompions ? Après tout, c'étaient peut-être de bons bipèdes…
>
> – À moins, le coupa Sussman, qu'ils aient d'abord été excellents pour grimper dans les arbres mais piètres marcheurs, et que petit à petit les proportions se soient inversées.
>
> – Je me rassure quelquefois en me disant qu'en réalité les chimpanzés ne sont jamais que de minables petits quadrupèdes, comme tous les animaux à quatre pattes. Si depuis sept millions d'années ils sont restés des petits quadrupèdes minables, pourquoi n'aurions-nous pas été des bipèdes minables pendant deux millions d'années[7] ?

Depuis ma rencontre avec ces deux scientifiques, les théories sur les origines de la bipédie n'ont cessé de se diversifier, les ossements de plus en plus nombreux exhumés en Afrique recèlent des énigmes toujours aussi cruciales, et les méthodes utilisées pour les interpréter rappellent la façon dont les Grecs tentaient de lire l'avenir dans les entrailles des animaux, ou les bâtonnets de I Ching que les Chinois jettent en l'air pour comprendre le monde. On manipule les os dans tous les sens pour établir des correspondances avec telle nouvelle ramification de l'arbre généalogique du vivant, tel ensemble de mesures récemment mis au point. C'est ainsi que deux anthropologues de Zurich ont récemment déclaré que le célébrissime squelette de Lucy était en fait masculin, alors que Falk soutient pour sa part que Lucy ne compte pas parmi nos ancêtres. La paléontologie rappelle la salle des pas perdus d'un tribunal, où avocats et magistrats montent en épingle les preuves qui confortent leurs hypothèses en ignorant superbement celles qui pourraient les infirmer. Un seul constat semble mettre tout le monde d'accord, celui établi par Mary Leakey dans un article consacré aux empreintes trouvées par son équipe à Laetoli : « On ne saurait assez insister sur l'importance de la marche en station debout en ce qui concerne l'évolution des hominidés. Là se trouve peut-être la différence la plus décisive qui distingue les ancêtres de l'homme des autres primates. Cette capacité unique en son genre a libéré les mains, désormais disponibles pour mille et une activités (porter, fabriquer des outils, procéder aux manipulations les plus compliquées). En réalité, ce changement est à lui seul à la source de toute la technologie moderne. Pour reprendre une image simplifiée à outrance, la liberté de mouvement des membres antérieurs constituait un défi majeur. Le cerveau s'est développé pour le relever. La formation de l'espèce humaine s'ensuivit[8]. »

Il revient à Dean Falk d'avoir signé la réfutation la plus irrévocable de l'hypothèse de Lovejoy, dans un essai de 1997 intitulé *L'Évolution du cerveau des femelles de l'espèce humaine*. À en croire ce dernier, écrit-elle notamment, « non seulement les femelles seraient restées à quatre pattes, enceintes, affamées, par peur de trop se dépenser physiquement dans leur petit domaine, mais elles seraient aussi restées à "attendre leur homme" ». Après s'être attardée sur certains détails, notamment l'invraisemblance de la monogamie entre des mâles et des femelles si disparates de par la taille, elle poursuit : « On peut envisager l'hypothèse de Lovejoy sur un tout autre plan, en considérant avant tout qu'elle se rattache à des questions, ou des angoisses, relatives à la sexualité masculine. Au niveau le plus fondamental, elle concerne l'évolution des conditions d'exercice de la sexualité masculine. » Falk souligne ensuite que l'observation du comportement des femelles dans les espèces de primates terrestres permet raisonnablement d'inférer que nos ancêtres hominidés femelles choisissaient des partenaires sexuels multiples, à des fins reproductives et récréatives. « Partout dans le monde, ironise-t-elle, bien des gens semblent craindre qu'il en soit toujours ainsi, comme l'indiquent l'observation attentive et le contrôle universel des conduites sexuelles qui ont cours dans les communautés humaines, sans parler de ce sentiment d'insécurité si masculin qu'on sent frémir à la surface de l'hypothèse de Lovejoy[9]. »

Après avoir ainsi balayé l'image du mâle pourvoyeur qui apporte les croissants à sa compagne monogame confinée à l'espace du foyer, Falk propose une explication beaucoup plus simple : la marche en station debout, explique-t-elle, eut pour effet de nettement diminuer la quantité de rayonnement solaire à laquelle s'exposaient les premiers hominidés lorsqu'ils se déplaçaient à découvert, entre deux étendues boisées, et elle leur permit par conséquent de quitter l'ombre des forêts. Peter Wheeler, l'auteur de cette théorie, a d'ailleurs précisé, nous dit Falk, que « le rafraîchissement de tout l'organisme ainsi induit finit par réguler la température du sang circulant (entre autres) dans le cerveau, ce qui diminua les risques de coups de chaleur et supprima par voie de conséquence la contrainte physiologique jusqu'alors exercée sur la taille du cerveau de *Homo*[10] ». Grâce à ces changements, l'espèce acquit un cerveau plus grand et plus gros, ainsi que la possibilité de s'aventurer de plus en plus loin. À l'appui de la théorie de Wheeler, Falk cite les résultats de recherches qu'elle a elle-même menées sur l'évolution et la structure du cerveau pour conclure, comme Mary Leakey quoique pour une autre raison, que notre transformation en marcheurs bipèdes n'a pas créé l'intelligence mais lui a servi de tremplin.

L'intelligence a beau siéger dans le cerveau, son influence s'étend à d'autres parties de l'anatomie. Au bassin, par exemple, ce théâtre secret où pensée et mouvement des jambes se rencontrent, même si ce n'est pas toujours sans conflit. Peu de parties du squelette sont aussi élégantes et complexes, et c'est pourtant une de celles qu'il est le plus difficile de se représenter tant elle est enrobée de chair, percée d'orifices et investie de préoccupations. Chez tous les autres primates, le bassin forme une longue structure verticale qui s'étend presque jusqu'à la cage thoracique et manque singulièrement de relief devant comme derrière. Dans l'espèce humaine, il s'est redressé pour abriter les viscères et supporter le poids du buste vertical, prenant la forme d'une coupe peu profonde d'où monte la tige de la taille. Relativement court, il est assez évasé. Sa largeur et les muscles abducteurs qui partent des crêtes iliaques (bord supérieur des deux os latéraux cintrés d'arrière en avant, juste en dessous du nombril) rendent stable le corps qui se meut sur ses pieds. Les organes génitaux féminins étant situés dessous (et non à l'arrière, comme chez les primates), d'un point de vue purement obstétricien le bassin tout entier s'apparente à une espèce d'entonnoir d'où tombent les bébés, au cours d'une chute qui est parmi les plus pénibles de celles, innombrables, qu'ils subiront par la suite. Si l'on tient à établir un parallèle entre l'évolution anatomique et la Genèse, il faut partir du bassin et de la malédiction : « Tu enfanteras dans la douleur. »

Autant la mise bas chez les singes et la plupart des autres mammifères est un processus relativement simple, autant elle est éprouvante dans l'espèce humaine, au point parfois d'être fatale à la mère et à l'enfant. Alors que l'évolution des hominidés s'est accompagnée d'un rétrécissement du trou ischio-pubien, l'évolution des êtres humains entraîna un accroissement de la taille du cerveau. À la naissance, la tête du bébé humain, qui contient déjà un cerveau aussi gros que celui d'un chimpanzé adulte, met à rude épreuve le théâtre osseux qu'il doit quitter. Les hormones fabriquées au cours de la grossesse ont pourtant augmenté le volume du bassin de la femme qui le porte, en ont assoupli les ligaments, et quand il est temps pour elle d'accoucher les cartilages qui constituent la symphyse pubienne s'écartent. Ces transformations rendent souvent la marche pénible avant et après l'accouchement. À en croire certains, la capacité volumétrique du bassin qui abrite la tête du nouveau-né fixe la limite de notre intelligence, et, à l'inverse, notre mobilité limitée tient à la conformation du bassin en vue de l'accouchement. D'autres vont plus loin en affirmant que l'adaptation du bassin féminin aux têtes volumineuses des bébés fait des femmes de moins bonnes marcheuses que les hommes, et des êtres humains tous sexes confondus des marcheurs ridicules en regard de leurs ancêtres à petites têtes (et petits cerveaux). L'idée que les femmes seraient moins douées que les hommes pour la marche court dans toute la littérature sur l'évolution. On dirait un autre anathème tiré de la Genèse, cette conviction trop partagée que les femmes sont le boulet de l'espèce, au mieux de simples auxiliaires sur la route de l'évolution, ou encore que si la marche a à voir avec l'activité de penser et la liberté, les femmes ont (méritent d'avoir) à ce double égard des aptitudes moindres. L'apprentissage de la marche a assurément libéré l'espèce – en lui permettant de découvrir d'autres lieux hospitaliers, d'inventer de nouvelles pratiques, de penser – mais la liberté de ses représentantes reste souvent associée à la sexualité qui, s'agissant d'elles, doit être contrôlée, contenue.

Tous ces exposés ambigus sur la différence des sexes et la station debout ont fini par tellement me lasser qu'un beau matin, à l'heure où les lapins de garenne gambadent encore dans l'enclos de la cabane en lisière du parc de Joshua Tree, j'ai décroché le téléphone pour appeler Owen Lovejoy.

Il m'indiqua les quelques points qui distinguent les anatomies masculine et féminine et *devraient*, dit-il, rendre le bassin des femmes moins bien adapté à la marche. « Mécaniquement parlant, ajouta-t-il, les femmes sont désavantagées. » Comme j'insistais, il convint que ces différences n'avaient guère d'incidence pratique – « absolument aucun effet sur la capacité à marcher » –, et sur ces réconfortantes paroles je suis sortie pour admirer l'énorme tortue du désert qui croquait en plein soleil une figue de Barbarie tombée dans l'allée. Stern et Sussman avaient beaucoup ri quand je leur avais demandé s'il était vrai que les femmes étaient de médiocres bipèdes. Ils m'avaient répondu qu'à leur connaissance personne n'avait encore procédé aux expériences scientifiques susceptibles d'étayer cette affirmation. La morphologie des grands coureurs, quel que soit leur sexe, se ramène à quelques caractéristiques physiques particulières, mais marcher n'est pas courir, et il est plus épineux de déterminer ce qui, en la matière, confère la suprématie. Que veut dire mieux, s'agissant de la marche ? Plus vite ? Plus efficace ? L'être humain est un animal lent, me déclarèrent Stern et Sussman. Capable de soutenir l'allure de son pas des heures, voire des jours durant, il excelle sur les longues distances.

Les spécialistes d'autres disciplines qui s'interrogent sur le mode de locomotion humain se prononcent en fait sur le sens qu'il revêt au gré des circonstances, selon qu'il sert la contemplation, la prière, la compétition. Au-delà de leurs prises de bec, ils effectuent un travail important en ce qu'ils s'attachent à l'examen des significations inhérentes à l'activité qui consiste à mettre un pied devant l'autre : non à ce que nous en faisons mais à ce qu'elle fait de nous. Vieux ressort de la théorie de l'évolution humaine, la faculté de marcher découle de la transformation anatomique qui, chassant le genre humain du règne animal, l'a propulsé à la place solitaire de maître du monde. C'est aujourd'hui une limite, puisque au lieu de nous mener vers quelque fantastique avenir elle nous lie à un passé infiniment ancien, qu'on le mesure à l'aune de centaines de milliers d'années, d'un million d'années ou, pour qui suit Lovejoy, de trois millions d'années. Nous devons peut-être à notre capacité à marcher debout la dextérité de nos mains, l'essor de notre intelligence, mais la marche elle-même n'en est pas devenue plus puissante ou plus rapide. Pour autant que ce soit elle qui nous ait séparés des autres animaux, elle est à l'heure actuelle – comme la sexualité et la naissance, la respiration et la digestion – une fonction qui nous ramène aux limites du biologique.

Le matin du jour où je devais partir, je suis allée me promener dans le parc national. Prenant pour point de départ les rochers où Pat donnait ses leçons d'escalade, j'ai adopté un pas mesuré afin d'éviter de trop transpirer et de me déshydrater. Son père lui avait appris, et m'avait appris, que le paysage n'est jamais le même à l'aller et au retour, et qu'il faut donc se retourner de temps en temps pour reconnaître la vue qu'on découvrira en revenant. Sage conseil, surtout dans un environnement aussi déroutant. Je me suis d'abord trouvée au milieu de rocailles énormes, sorte d'archipel ou de faubourg fait d'amoncellements rocheux aussi hauts que des tours d'immeubles. Ils barraient la vue, obligeant à observer la configuration du terrain et à se fier aux jalons du parcours faute de pouvoir scruter l'horizon lointain comme dans les autres déserts. Le soleil d'avant midi à ma gauche, je me suis dirigée vers le sud en suivant un sentier qui traversait une route, avant de s'élargir à son tour en semblant de voie carrossable envahie de touffes d'herbe en son milieu. Il s'incurvait en direction du sud-ouest puis s'embouchait dans un autre chemin, nettement plus fréquenté. De petits lézards filaient sous les buissons à mon approche. Les ombres s'illuminaient du pâle éclat vert tendre de l'herbe qui avait gagné cinq bons centimètres grâce au déluge tombé quelques semaines plus tôt. En traversant ces vastes espaces dont le silence n'était troublé que par le bruit du vent et de mes pas, pour la première fois depuis longtemps je ne me sentis ni empêtrée ni bousculée, à l'unisson du temps du désert. L'itinéraire s'achevait en cul-de-sac devant l'enceinte d'une propriété privée que j'ai dû contourner, partagée entre l'espoir de trouver un autre sentier qui me ramènerait à l'amas rocheux et la tentation de me perdre. Au loin, les chaînes de montagnes surgissaient puis disparaissaient tandis que je tournais sur l'aplat pour revenir aux rochers. J'ai fini par retrouver l'endroit où ma piste croisait la route désaffectée, par retrouver les traces de mes pas qui se dirigeaient dans l'autre sens et dont le dessin net recouvrait les empreintes plus brouillées de tous ceux qui étaient passés par là avant moi. J'ai suivi cette trace de mon passage vieux d'une heure, ou à peu près, jusqu'à l'endroit d'où j'étais partie.

4

La voie escarpée vers la grâce. Pèlerinages

La marche nous vient de l'Afrique, de l'évolution et de la nécessité, et elle s'est partout répandue, le plus souvent sous les espèces d'une quête. Le pèlerinage en est un mode constitutif : le pèlerin marche en quête de quelque chose d'intangible et nous étions partis en pèlerinage. Entre les pins pignons et les genévriers, la terre rouge se parait d'un étincelant mélange de cailloux de quartz, d'éclats de mica, des dépouilles de la mue des cigales rentrées sous terre pour une nouvelle période de dix-sept ans. Curieuse impression, de fouler aux pieds ce revêtement somptueux et pauvre à la fois, à l'image du Nouveau-Mexique. C'était le Vendredi saint, nous allions à Chimayó. J'étais la plus jeune des six personnes à avoir entrepris cette expédition, la seule à n'être pas du coin. Le groupe s'était formé quelques jours auparavant, quand plusieurs individus, dont moi, avaient demandé à Greg s'il voulait bien de notre compagnie. Deux d'entre eux, un géomètre et une infirmière, faisaient partie du groupe des survivants au cancer constitué par Greg. Quant à mon amie Meridel, elle était venue avec son voisin David, charpentier de son état.

Notre itinéraire (ou plus exactement l'itinéraire tracé par Greg) empruntait le trajet du grand pèlerinage annuel au sanctuaire de Chimayó, et c'est donc en tant que pèlerins que nous cheminions. Le pèlerinage est une des structures fondamentales du voyage : il tend vers un but, quand bien même celui-ci vise une transformation personnelle, ce pourquoi, pour les pèlerins, marcher est une tâche. La marche profane passe en général pour un divertissement, même si compétition et rigueur n'en sont pas toujours absentes ; elle recourt à un équipement et des techniques visant à la rendre aussi confortable et efficace que possible. Les pèlerins, en revanche, s'efforcent souvent d'augmenter la pénibilité du voyage. L'anglais *travel*[1] est étymologiquement associé au « travail », autrement dit au tourment, à la torture, aux douleurs de l'enfantement, et depuis le Moyen Âge les pèlerins s'échinent à marcher déchaussés ou avec des cailloux dans leurs souliers, au pas de course ou affublés de tenues de pénitents. De nos jours encore, c'est pieds nus que les pèlerins irlandais se hissent sur les éboulis rocheux du Croagh Patrick, le dernier dimanche de juillet, et maints autres pèlerinages se concluent par une progression à genoux. Un des premiers alpinistes à s'être risqué sur l'Everest a décrit un mode de pèlerinage plus ardu encore, pratiqué au Tibet. « Ces gens simples et pieux venus de Chine et de Mongolie parcourent jusqu'à trois cents kilomètres, et ils couvrent chaque centimètre de ce chemin en s'y mesurant littéralement, explique le capitaine John Noel. Ils se prosternent à plat ventre, en imprimant leurs doigts sur le sol un peu en avant de leurs têtes, puis se lèvent, posent leurs orteils sur la marque ainsi tracée et se jettent à nouveau par terre, allongés de tout leur long, les bras tendus, en marmonnant une prière répétée pour la millionième fois[2]. »

À Chimayó, chaque année quelques pèlerins se présentent chargés d'une croix qui, selon les modèles, est relativement légère et facile à porter, ou au contraire si massive que chaque pas exige un effort quasi surhumain. Dans la chapelle où s'achève le pèlerinage, l'une de ces croix reste en permanence à droite de l'autel. Une petite plaque en métal fixée dessus porte cette inscription : « Cette croix est un symbole destiné à remercier Dieu d'avoir bien voulu que mon fils,

Ronald E. Cabrera, rentre sain et sauf du service sous les drapeaux au Viêt-nam. Moi, Ralph A. Cabrera, avais promis de faire un pèlerinage de deux cent trente kilomètres à pied, entre Grants, au Nouveau-Mexique, et Chimayó. Ce pèlerinage s'acheva le 28 novembre 1986. » La plaque de Cabrera et sa croix en bois noueux d'un bon mètre quatre-vingts sur laquelle est cloué un Christ folklorique indiquent clairement que le pèlerinage tient du travail, ou, mieux, du labeur, dans une économie spirituelle où l'effort et la privation méritent récompense. Nul n'a jamais vraiment précisé si les bénéfices dégagés par ce système économique sont fonction du labeur fourni, ou si la purification attendue des pèlerins vaut largement un tel sacrifice. La précision serait d'ailleurs superflue. Présent dans presque toutes les civilisations, le pèlerinage est littéralement perçu comme le passage obligé du voyage spirituel, de même que l'ascétisme et l'effort physique sont presque universellement considérés comme des tremplins du développement spirituel.

Certains pèlerinages, celui de Saint-Jacques-de-Compostelle, par exemple, doivent s'effectuer entièrement à pied : ils commencent dès le premier pas et le voyage en est l'élément le plus important. D'autres, tels le *hadj* qui entraîne les musulmans vers La Mecque ou les visites à Jérusalem diversement nommées, ont aujourd'hui toutes les chances de débuter à bord d'un avion, les pèlerins n'entamant leur marche qu'une fois arrivés à destination (ce qui n'exclut pas que les musulmans d'Afrique de l'Ouest puissent consacrer leur vie, sur plusieurs générations parfois, à lentement s'acheminer à pied vers l'Arabie saoudite, et que soit ainsi apparue une civilisation de nomades dont le but ultime est La Mecque). Chimayó est toujours un pèlerinage pédestre, même si nombre des piétons qu'il rassemble se font volontiers transporter par une voiture qui les lâche à tel endroit pour les reprendre à tel autre. Inséré dans une culture qui sacrifie à l'automobile, ce pèlerinage suit l'autoroute quittant Santa Fe par le nord, puis le bas-côté de la voie de moindre importance qui se dirige vers le nord-est en direction de Chimayó. Sur les derniers kilomètres, la route est encombrée de véhicules dont les chauffeurs suivent à la trace parents ou amis ; en ville, les émanations d'oxyde de carbone dues aux embouteillages rendent souvent l'air irrespirable. À partir de Santa Fe, le trajet est balisé par des panneaux recommandant de rouler au pas et de faire attention aux pèlerins.

L'itinéraire choisi par Greg partait à une vingtaine de kilomètres au nord de Santa Fe, puis coupait à travers la campagne pour rejoindre le trajet traditionnel non loin de Chimayó. Tous nous étions arrivés à huit heures du matin sur le terrain que Greg et sa femme, MaLin, avaient acheté des années plus tôt, afin de marcher avec lui pour relier ce bout de terre à la terre promise située quelque vingt-cinq kilomètres plus au nord. L'idée ne nous paraissait pas si folle. Aucun d'entre nous n'était catholique, ni même chrétien, mais nous voyions dans une pérégrination en pleine campagne un moyen d'accéder à ce paradis des incroyants, la nature, avant de rallier notre destination – religieuse et des plus traditionnelles. Sans cesse je devais me rappeler qu'il ne s'agissait pas d'une randonnée et vaincre mon envie d'aller à mon rythme, au gré de mon humeur. En fait, c'est sa lenteur qui rendit cette marche passablement pénible.

À l'instar de la plupart des bourgades du Nouveau-Mexique, Chimayó a un parfum d'ancienneté rare dans ce pays oublieux que sont les États-Unis. Les constructions en pierre des Indiens, les tessons de leurs poteries, les inscriptions qu'ils ont gravées dans la roche sont comme incrustés dans le paysage, et les Pueblos, les Navajos, les Hopis forment toujours une partie non négligeable de la population. Les Hispaniques, nombreux eux aussi, sont là depuis que leurs ancêtres ont fondé Santa Fe, première ville européenne créée sur le territoire de ce qui deviendrait les États-Unis d'Amérique. Au contraire de ce qui s'est passé dans d'autres régions du pays, ces peuples n'ont pas sombré dans l'oubli, n'ont pas été éradiqués de la surface de la terre, et il est impossible d'imaginer qu'ici la nature était vierge et inculte avant l'arrivée des Yankees. Les Américains anglo-saxons qui viennent visiter le coin ou s'y installent durablement découvrent avec plaisir ces cultures du Sud, deviennent des connaisseurs de l'architecture en adobe et des parures indiennes en argent, des danses pueblos, de l'artisanat hispanique, des coutumes et des traditions locales, dont le pèlerinage.

Avant l'arrivée des conquistadors, ce sont les ancêtres des Indiens Pueblos Tewa qui vivaient sur le site de Chimayó. Ils nommèrent Tsi Mayo (« le lieu où la pierre s'écaille ») la colline qui surplombe le sanctuaire. La présence espagnole dans la vallée en contrebas est attestée depuis 1774. On vit ici entre soi, comme souvent au Nouveau-Mexique, aussi y parle-t-on un espagnol désuet. Plusieurs observateurs ont d'ailleurs remarqué que la culture locale rappelle la civilisation espagnole d'avant le siècle des Lumières. De par les liens puissants qui la rattachent à l'agriculture et au terroir, de par ses traditions, la pauvreté de ceux qui la partagent, son conservatisme social et le catholicisme magique et pieux qu'elle entretient, cette culture apparaît souvent comme une survivance du Moyen Âge.

Situé au sud de la ville, le sanctuaire s'ouvre sur une petite *plaza* en terre battue, derrière une rue où s'alignent des bicoques en adobe et des boutiques aux enseignes peintes à la main. Un cimetière entoure l'église, minuscule et massive, elle aussi construite en briques séchées au soleil. Dedans, des fresques murales aux teintes estompées racontent la vie des saints, et la facture du Christ accroché à sa croix verte emprunte tout à la fois au style figuratif byzantin et à l'austère iconographie des Amish. Ce sont toutefois les chapelles nord qui donnent à l'église son caractère exceptionnel. La première est pleine d'images de Jésus, de Marie et des saints, amenées là par les fidèles, mélange de coloriages, de découpages et de maquettes en trois dimensions d'où se détachent une Vierge noire toute vêtue d'argent et le chromo verni et craquelé d'une Cène. Le mur extérieur de cette chapelle est littéralement couvert de crucifix ; devant, s'aligne un rang serré de béquilles dont les cannes en aluminium forment un motif de barreaux de prison que les regards de tous ces christs scrutent inlassablement. Il faut franchir une porte basse, côté ouest, pour accéder à la partie la plus importante de l'église : une petite chapelle où un trou creusé à même le sol fournit aux pèlerins la précieuse poussière qu'ils ramèneront chez eux. L'année de notre pèlerinage, on y avait placé une mesure à lessive en plastique vert dont les fidèles se servaient pour prélever un peu de cette terre sablonneuse, humide et friable. La coutume veut qu'on la boive dissoute dans un peu d'eau, qu'on la conserve pour l'appliquer sur des plaies ou des parties malades, qu'on écrive ensuite à l'église pour témoigner des guérisons miraculeuses. Les béquilles d'à côté sont, comme dans maints lieux de pèlerinage, des ex-voto placés là par des infirmes qui ont retrouvé l'usage de leurs membres.

J'avais bien sûr souvent entendu parler de sources ou de fontaines miraculeuses, mais jamais d'un puits de poussière accomplissant des miracles. Guère encline à considérer la poussière comme un vecteur de la grâce, l'Église catholique a fait une exception pour Chimayó. Il semble en fait qu'avant l'arrivée des Espagnols, les Indiens Tewa tenaient la terre de cet endroit pour sacrée, ou à tout le moins riche de vertus médicinales, et que l'épidémie de variole qui ravagea la région vers 1780 convainquit les femmes des colons de se plier à certaines coutumes locales. Attribuer à la terre un caractère sacré, c'est associer le plus bas et le plus matériel des éléments à ce qu'il y a de plus haut, de plus éthéré, combler la brèche entre la matière et l'esprit. Le geste est subversif en ce qu'il suggère que le sacré se trouve peut-être sous nos pieds plutôt qu'au-dessus de nos têtes. Lors de mes précédentes visites au sanctuaire, on m'avait laissée comprendre que le puits, par prodige, se remplissait de lui-même, et que son inépuisable abondance était la substance même de ce qu'on appelle miracle, qu'il s'agisse des cornes auxquelles les Celtes s'abreuvaient sans jamais les vider ou des pains et des poissons multipliés par Jésus. Il est indubitable que le trou de Chimayó a toujours à peu près la taille d'un seau alors que voilà près de deux siècles que les fidèles l'écopent. Des ouvrages spécialisés trouvés chez mon libraire précisent toutefois noir sur blanc que les prêtres le comblent régulièrement de terre bénie ramenée d'un peu partout, et que le Vendredi saint ils déposent sur l'autel un grand coffret contenant ces provisions de terre.

L'histoire raconte qu'au début du XIXe siècle, un propriétaire terrien de la région, Don Bernardo Abeyta, accomplissait à l'occasion de la Semaine sainte les rituels de pénitence exigés par son Église. Attiré par une lumière qui brillait à même le sol, il s'approcha et trouva dans un creux un crucifix en argent qui chaque fois qu'il le plaçait dans une église des environs revenait systématiquement au trou de Chimayó. À la troisième tentative, comprenant que le miracle était indissolublement lié au site de la découverte, Don Bernardo érigea là une chapelle bâtie entre 1814 et 1816. Il faut préciser que les propriétés extraordinaires de la terre étaient déjà connues en 1813 : il suffisait, paraît-il, d'en saupoudrer une pincée pour détourner les orages.

L'idée que le sacré n'est pas absolument immatériel et qu'il existe une géographie du pouvoir spirituel est l'hypothèse au départ du pèlerinage. Tout pèlerinage trace une invisible démarcation entre spiritualité et matérialité, attaché qu'il est à une histoire factuelle et au cadre dans lequel elle s'est déroulée. S'il s'agit bien d'une quête de spiritualité, elle s'appuie sur des détails très concrets : on se rend sur les lieux de la mort du Bouddha ou de la naissance du Christ, ceux où sont conservées les reliques, où jaillit l'eau miraculeuse. Peut-être aussi l'entreprise vise-t-elle à réconcilier le spirituel et le matériel, car partir en pèlerinage revient à exprimer les désirs et les croyances de l'âme au moyen du corps et de ses mouvements. Le pèlerinage, en effet, unit la foi et l'action, la pensée au faire, et l'on comprend que cette harmonie se réalise quand le sacré est investi d'une présence physique et associé à un lieu déterminé. Parce qu'ils désapprouvent la pratique du pèlerinage, trop proche selon eux de l'adoration des images, les protestants et avec eux un certain nombre de bouddhistes et de juifs soutiennent que chacun doit chercher en soi le spirituel au lieu de le traquer dans le monde, car sa manifestation est purement immatérielle.

Comme la randonnée en montagne, le pèlerinage chrétien met le voyage et l'arrivée en relation symbiotique. Le voyage sans point de destination aurait quelque chose d'aussi inachevé que l'arrivée non précédée d'un voyage. Le pèlerinage est un déplacement physique effectué pas à pas, au prix de rudes efforts, vers ces buts spirituels intangibles si durs à atteindre autrement. Nous nous demandons depuis l'aube des temps comment accéder à la miséricorde, à la guérison, à la vérité, mais nous savons aller en marchant d'un point à un autre, si pénible que soit le trajet. De même, nous imaginons volontiers que la vie est un voyage, et le fait d'entreprendre pour de bon une expédition renforce encore cette comparaison, la concrétise ; le corps allié à l'imagination la met en acte dans un monde dont la géographie s'est spiritualisée. L'image du marcheur qui progresse au long de la route difficile le menant vers quelque lieu lointain compte parmi les représentations les plus convaincantes et les plus universelles de l'être humain : individu solitaire et minuscule en regard de l'immensité du monde, le marcheur ne peut compter que sur sa force et sa volonté. Le voyage du pèlerinage est soutenu par l'espoir radieux des bienfaits spirituels qui récompenseront l'arrivée à destination. Chemin faisant, le pèlerin accomplit sa propre histoire, et par là aussi il devient partie intégrante d'une réalité religieuse où l'histoire du voyage est celle d'une transformation.

Ce fut assez facile, au début. Il fallut emprunter une passerelle en bois jetée par-dessus un cours d'eau aux berges d'une rare luxuriance, puis suivre la pente pour traverser le coude bordé de chênes que dessinait le champ de maïs de Greg et de MaLin. Après avoir enjambé un fossé d'irrigation, nous avons sauté la barrière qui séparait leur domaine de la réserve de Nambe, première des innombrables clôtures que nous allions devoir franchir en nous faufilant dessous, en les escaladant tant bien que mal, en ouvrant de rudimentaires portails de pieux et de barbelés. Une fois dans la réserve de Nambe, nous passâmes non loin de la cascade, sans vraiment la voir alors que nous l'entendions rugir au fond de sa gorge. Qu'elle nous reste ainsi cachée me plaisait, comme un rappel que nous n'étions pas là pour admirer des vues panoramiques ou découvrir le paysage conformément au goût européen de la promenade. Nous étions tout près de cette cascade, nous l'entendions, et en nous tordant le cou nous pûmes en deviner une partie, mais étant donné le trajet que nous suivions, la seule solution pour au moins l'entrevoir distinctement aurait été de dégringoler jusqu'au goulot qu'elle creusait au fond de l'à-pic. Aussi, nous contentant de la rapide vision de ses franges d'écume blanche et du ruisseau né en contrebas, nous poursuivîmes notre chemin. Jusqu'à mi-parcours nous marchâmes tous du même pas, en suivant un itinéraire qui à vrai dire ne ressemblait guère au trajet que Greg nous avait montré sur les cartes d'état-major mais qu'il arrivait à repérer sans trop de problèmes, en se fiant au tracé des routes, aux fossés d'irrigation, aux repères qui le jalonnaient.

« Où que tu sois tu es là », répondait-il invariablement à ceux d'entre nous qui lui demandaient si nous ne nous étions pas perdus[3]. Cela égaya la matinée, et contrairement aux prévisions de Sue qui avait pensé que nous marcherions en silence, chacun y allait de ses anecdotes et de ses observations. De l'autre côté du réservoir de San Juan, à l'endroit où la réserve de Nambe jouxte la terre de Greg, nous prîmes un premier casse-croûte sous un peuplier au bord du chemin avant d'arriver aux abords de la ville indienne – chevaux au pré, arbres fruitiers, huttes où travaillent des artisans sous-payés, buffles placides et maisonnettes éparpillées.

Prenant vers le nord et laissant derrière nous la réserve de Nambe, nous atteignîmes le plateau de grès impropre aux cultures. Jusqu'aux falaises pourpres qui se dressent dans le lointain, des colonnes de pierre rouge taillées par le vent ponctuent la vastitude de ces espaces suffocants, envahis de sable, de cailloutis, de terre sèche ocre sombre. Les deux autres femmes du groupe commençaient à traîner la patte, les deux hommes que je ne connaissais pas filaient loin devant. Le groupe se reconstitua à l'éolienne, repère qui marquait un changement de terrain et de direction, et s'accorda une pause à l'ombre de son réservoir vide. Vu l'état de fatigue de Sue, Greg et elle décidèrent alors de contourner la colline que nous devions franchir en ligne droite. L'étendue désertique avait fait place à ce type de relief parsemé d'accidents de terrain où il est difficile de naviguer à vue, si bien qu'au lieu d'une colline nous dûmes gravir et redescendre les crêtes qui moutonnaient sur ce sol rouge maintenant jonché de bosquets. Après avoir crié en vain pour alerter Greg et Sue, nous continuâmes à avancer. L'un de nos compagnons parti en éclaireur disparut bientôt ; les autres marchaient à une allure trop rapide pour Meridel. Elle est sportive, mais petite, et une élongation d'un ligament du genou l'obligeait à ralentir le pas. Cet éparpillement avait quelque chose de démoralisant. Elle aurait pourtant dû être idyllique, voire paradisiaque, cette expérience qui réunissait des amis de vieille date et quelques nouveaux venus sympathiques, tous décidés à traverser de conserve un paysage varié sous un ciel bleu azur en direction d'un but remarquable. Hélas, nous n'avions ni le même corps ni le même style. Cela faisait déjà quelques heures que le rythme de cette excursion m'irritait. Jusqu'à ce que nous soyons enfin arrivés au vaste espace de la prairie, je balançais, tiraillée entre la tentation de rejoindre l'homme qui ouvrait la marche et l'envie d'attendre la femme qui la fermait. Nous fûmes trois à arriver ensemble à la route qui se trouvait tout au bout. Un flux ininterrompu de piétons et de véhicules à moteur y circulait – les premiers comme un seul homme, à l'assaut de la pente, les seconds dans les deux sens. Je m'y glissai en compagnie de Meridel. Nous nous fondions maintenant dans cette grande communauté étirée sur des dizaines de kilomètres le long de la route, trajet principal de ce pèlerinage. Les bouteilles d'eau vides et les pelures d'orange abandonnées sur les bas-côtés attestent du dévouement des bénévoles qui, chaque année, plantent ici leurs étals où ils disposent des quartiers d'orange, de l'eau, des sodas, des gâteaux, ou, en saison, des friandises de Pâques que chacun est cordialement invité à goûter. Cela reste pour moi un des aspects les plus émouvants de ce pèlerinage, tous ces gens accourus non pour mériter leur propre salut mais pour aider autrui à le gagner.

J'ai fait ce pèlerinage à deux reprises, chaque fois avec l'impression étrange de marcher aux côtés de gens vivant dans un autre monde, celui des croyants ; des gens convaincus que le sanctuaire situé au bout de la montée recelait un incontestable pouvoir au sein d'un cosmos organisé autour de la Sainte-Trinité, de la mère de Dieu et des saints, de la géographie des églises, des lieux saints, des autels, des sacrements. Pour le reste, j'endurais moi aussi les tourments du pèlerin : mes pieds me mettaient à la torture.

Si les pèlerinages n'ont rien d'événements sportifs, c'est bien sûr moins à cause du rude traitement qu'ils infligent au corps que parce que, bien souvent, ils rassemblent des individus qui espèrent ainsi remédier à un problème de santé ou assurer la guérison d'un être cher. S'équiper en prévision de cette épreuve est le cadet de leurs soucis. Quand j'avais appelé Greg pour lui demander s'il m'accepterait dans son groupe, il m'avait expliqué que peu de temps après avoir appris qu'il était atteint d'une leucémie, il avait passé un marché avec les instances divines. Définis par cette tranquillité d'esprit qui le caractérise, les termes de la transaction étaient tout sauf rigides : s'il survivait, il effectuerait le pèlerinage à Chimayó à condition d'en avoir le loisir. Il l'entreprenait pour la troisième année consécutive, et chaque fois cela lui paraissait plus facile. Quatre ans plus tôt, alors qu'il était terrassé par la maladie, Jerry et Meridel s'étaient rendus à Chimayó pour demander sa guérison et lui avaient rapporté une petite poignée de la terre du sanctuaire.

En cette semaine pascale où nous marchions vers Chimayó, un pèlerinage similaire se déroulait de Paris à Chartres et des multitudes bien plus importantes de chrétiens se rassemblaient à Rome ou à Jérusalem. Le dernier demi-siècle a vu surgir quantité de rassemblements moins traditionnels, et franchement profanes, qui étendent la notion de pèlerinage à la sphère politico-économique. Peu avant que je me mette en route, une « Marche pour la justice » était organisée à San Francisco le jour anniversaire de la naissance de César Chávez, l'organisateur des luttes paysannes en Californie. À Memphis, dans le Tennessee, les militants de la campagne pour les droits civiques marchaient pour commémorer le trentième anniversaire de l'assassinat de Martin Luther King. Au mois d'avril, j'aurais pu me mêler à la marche qui, conduite par des moines franciscains, ralliait Las Vegas au site des essais nucléaires du Nevada dans une protestation pacifiste contre les retombées atomiques (proche en cela de cet autre pèlerinage civil d'une cinquantaine de kilomètres qui va de Chimayó à Los Alamos, où la bombe A fut mise au point). Il y avait aussi, dans la première semaine du mois d'avril, la marche annuelle de l'Association pour la lutte contre la dystrophie musculaire, et, le dernier week-end du même mois, la pléthore des marches organisées aux quatre coins du pays pour l'opération « Pièces jaunes ». À Gallup, au Nouveau-Mexique, j'étais tombée sur un tract de la société « Native Americans for Community Action, Inc. », appelant au « quinzième rassemblement annuel sur la montagne Sacrée : concours de marche avec prières sur dix kilomètres, concours de marche libre sur deux kilomètres » ; cette manifestation qui devait avoir lieu à Flagstaff au mois de juin me rappelait les « courses spirituelles » organisées par cinq tribus indiennes dans le sud-est de la Californie contre un projet de décharge nucléaire sur un site de la Ward Valley. Cette année comme les précédentes, le cancer du sein et le sida allaient mobiliser quantité de marcheurs qui se retrouveraient dans le parc du Golden Gate, à San Francisco, ainsi que dans maintes autres villes des États-Unis, et il n'était pas douteux qu'ailleurs d'autres gens encore traversaient le continent pour défendre une bonne cause. Toutes ces manifestations sont des excroissances du pèlerinage, des adaptations de l'esprit qui l'anime.

Ces pèlerinages remis au goût du jour forment les innombrables affluents du fleuve majestueux de ceux qui marchent ensemble. La première petite source à l'avoir alimenté jaillit sans doute il y a près d'un demi-siècle par la décision d'une femme. Celle que l'on ne connaîtrait désormais que sous le nom de Peace Pilgrim (« Pèlerine pour la paix ») se mit en route le 1er janvier 1953 après avoir fait le vœu « de rester vagabonde jusqu'à ce que l'humanité ait trouvé la voie de la paix[4] ». Ayant découvert sa vocation quelques années auparavant, après une nuit entière passée à marcher dans les bois, elle résolut, dit-elle, « volontairement et sans réserve aucune de consacrer ma vie au service de Dieu[5] », ce à quoi elle se prépara en parcourant à pied trois mille kilomètres dans les monts Appalaches. Avec son franc-parler, sa certitude que la frugalité et les principes simples qu'elle avait adoptés convenaient à tout un chacun, cette femme qui avait grandi à la campagne et activement milité dans le mouvement pacifiste avant d'abandonner jusqu'à son nom composait à bien des égards un personnage typiquement américain. Le livre où elle raconte ses années de pérégrination et les rencontres qu'elles ont occasionnées est empreint d'une bonne humeur joyeusement ponctuée de points d'exclamation, où ni la complexité, ni les dogmes, ni les doutes n'ont leur part.

Partie de Pasadena, en Californie, Peace Pilgrim marcha vingt-huit ans durant, affrontant tous les types de temps, traversant tous les États du pays avec des incursions au Canada et au Mexique. Déjà d'un âge certain lorsqu'elle entama son périple, elle allait en toute saison chaussée de tennis, vêtue d'un pantalon et d'une chemise bleu marine, avec par-dessus une tunique de même couleur imprimée des mots « Peace Pilgrim » tracés au pochoir sur la poitrine, et, dans le dos, d'une inscription qui changea au fil des ans ; après « du Pacifique à l'Atlantique à pied pour la paix », ce fut « quinze mille kilomètres à pied pour le désarmement », puis « quarante mille kilomètres à pied pour la paix ». L'explication qu'elle avance à propos du choix de la couleur bleu marine (« elle n'est pas salissante et représente la paix et la spiritualité[6] ») livre quelque chose de sa piété vive et de son sens pratique. Elle-même attribuait sa santé et son endurance extraordinaires à la spiritualité, mais il est tentant de penser que l'inverse, peut-être, était aussi vrai.

Malgré le ton peu polémique de son livre, Peace Pilgrim avait des opinions très arrêtées en matière de politique intérieure et étrangère. Elle a protesté contre la guerre de Corée, la guerre froide, la course aux armements, la guerre en général. La guerre de Corée était toujours d'actualité, en 1953, de même que la chasse aux rouges lancée par le sénateur Joe McCarthy. Retranchés dans les bunkers du conformisme et de la répression d'État où ils s'étaient réfugiés par peur de l'apocalypse nucléaire et du communisme, les Américains vivaient alors une des pages les plus lugubrement ternes de leur histoire. Prendre le parti de la paix tenait de l'héroïsme, à l'époque. En décidant, le 1er janvier 1953, de tout quitter en n'emportant que les vêtements qu'elle avait sur le dos et, dans ses poches, « un peigne, une brosse à dents pliable, un stylo-bille, des copies de son message et des lettres[7] », Peace Pilgrim osait quelque chose d'incroyable. L'économie était en plein essor, le capitalisme triomphant passerait bientôt pour la consécration de la liberté, et cette femme, tournant le dos à l'échange monétaire, renonçait pour le restant de ses jours à avoir de l'argent sur elle et à acheter quoi que ce soit. « Pensez à la liberté qui est la mienne ! dit-elle à ce propos. Si je veux voyager, je n'ai qu'à me lever et à mettre un pied devant l'autre. Rien ne me retient. » Bien qu'elle se soit surtout inspirée de modèles chrétiens, on peut à bon droit penser que son choix doit beaucoup à la crise culturelle et spirituelle qui, dans les années cinquante, conduisit John Cage, Gary Snyder et tant d'artistes et de poètes à embrasser le bouddhisme zen ou d'autres traditions spiritualistes non occidentales, tandis qu'un Martin Luther King faisait le voyage en Inde pour étudier les leçons de Gandhi sur la non-violence et se former au *satyagraha*, la force d'âme.

Peace Pilgrim était évangéliste autant que pèlerine. Elle mit neuf ans à parcourir à pied quarante mille kilomètres pour la paix. Après cela, elle continua à marcher dans le même but mais cessa de compter les distances. « Je marche jusqu'à ce qu'on m'héberge, je jeûne jusqu'à ce qu'on me nourrisse, dit-elle. Je ne demande pas – on me donne sans que j'aie à demander. Les gens sont si bons ! [...] en moyenne, je parcours chaque jour une petite quarantaine de kilomètres, cela dépend du nombre de personnes qui s'arrêtent pour me parler en chemin. Il m'est arrivé de faire jusqu'à soixante-quinze kilomètres d'une traite, pour arriver à l'heure à un rendez-vous où parce que je n'avais pas trouvé de gîte. Par les nuits très froides, je continue à marcher pour me réchauffer. Comme les oiseaux, je migre vers le nord en été et vers le sud en hiver[8]. » Le temps aidant, elle devint une conférencière très demandée, et il lui est arrivé d'accepter un bout de conduite pour arriver au meeting où elle devait prendre la parole. L'ironie du sort voulut qu'elle meure sur le coup dans un accident de voiture en juillet 1981.

À l'instar des pèlerins, elle embrassa l'état liminal décrit par les Turner[9], tira une croix définitive sur son identité, sur les biens matériels et sa position sociale. Ceci étant, son adaptation de la forme religieuse du pèlerinage à un message politique rend sa démarche assez peu orthodoxe. Traditionnellement, en effet, le pèlerin est mû par un souci de guérison (il est malade, ou tente de sauver un de ses proches), alors que cette femme se mit en route parce qu'elle estimait que la guerre, la violence et la haine sont des fléaux qui ravagent le monde. Cette vision politique des choses et la manière dont elle entreprit de les changer en influençant ses semblables au lieu d'en appeler à l'intervention divine font d'elle le chef de file de la horde des pèlerins modernes.

L'après-guerre a peut-être définitivement mis un terme à la croyance en l'omnipotence de l'intercession divine. Dieu fut impuissant à empêcher l'Holocauste, et les juifs gagnèrent leur Terre promise par des moyens politiques et militaires. De leur côté, les Afro-Américains qui avaient si longtemps recouru à la métaphore biblique de la Terre promise cessèrent d'attendre et d'espérer. Au plus fort du mouvement pour les droits civiques, Martin Luther King déclara qu'il marcherait en tête des manifestations de Birmingham[10] « jusqu'à ce que Pharaon relâche le peuple de Dieu ». La marche collective associe l'iconographie du pèlerinage à celle du défilé militaire et des manifestations ouvrières, ou plus généralement politiques : démonstration de force adressée au pouvoir temporel, elle n'a en principe que faire du pouvoir spirituel – en principe, car le point se discute, surtout s'agissant du mouvement pour les droits civiques.

Plus que d'autres luttes, en effet, ce dernier récupéra un certain nombre des traits propres au pèlerinage, à cause, notamment, du nombre d'ecclésiastiques ralliés à sa cause, de la pratique de la non-violence, du recours au langage de la rédemption religieuse, et des martyrs qu'il compta dans ses rangs. En grande partie motivé par l'injustice de la ségrégation, il prit d'abord forme sur les lieux auxquels les Noirs n'avaient pas accès : sit-in dans les bus, boycott des transports en commun, accompagnement des enfants dans les écoles « blanches », occupation de cafétérias et de self-services interdits aux Noirs. C'est toutefois dans les actions qui alliaient la manifestation ou la grève à l'imagerie du pèlerinage qu'il prit véritablement son essor : la marche de Selma à Montgomery[11] pour l'obtention du droit de vote, les nombreuses marches qui eurent lieu à Birmingham et dans maintes autres villes du pays, la grande marche sur Washington[12]. Le premier grand événement de ce combat fut d'ailleurs initié par la Conférence des leaders chrétiens du Sud[13] : il s'agit nommément du « pèlerinage de prières » au Lincoln Memorial de Washington, organisé le 17 mai 1957 pour commémorer le troisième anniversaire d'une décision de la Cour suprême en faveur de la déségrégation scolaire. Parce qu'il n'est pas associé à la revendication, le mot « pèlerinage » a une connotation plus lénifiante que « marche » ou « manifestation ». Martin Luther King, qui admirait beaucoup les écrits et la démarche du Mahatma Gandhi, lui emprunta, en sus du principe de la non-violence, la pratique des marches et des boycotts qui avaient hâté l'émancipation de l'Inde.

Six ans après avoir fondé la SCLC, il se résolut à admettre que la résistance non violente était inopérante et qu'il fallait alerter l'opinion publique sur les exactions violentes commises par les ségrégationnistes à l'encontre de la population noire. Ce constat le conduisit à changer la nature de son message, désormais adressé au monde entier et non plus aux seuls oppresseurs. La nouvelle stratégie fut pour la première fois appliquée lors des luttes de Birmingham, sans doute l'épisode le plus important du mouvement pour les droits civiques. Elles débutèrent le Vendredi saint de l'année 1963 par une marche, ou un cortège, qui en annonçait bien d'autres. Les images qui ont le plus marqué les consciences viennent de là : le monde découvrit avec indignation ces scènes où l'on voit les manifestants fauchés dans leur élan par le jet puissant des lances à incendie ou férocement attaqués par des chiens policiers. Martin Luther King et des centaines de militants avec lui furent jetés en prison. Les lycéens et les écoliers venus se substituer aux adultes empêchés de participer défilèrent pour la liberté avec une jubilation hardie

– jusqu'au 2 mai suivant où neuf cents d'entre eux furent arrêtés à leur tour. Sortir dans la rue en sachant qu'ils allaient se faire violemment interpeller, taper dessus, qu'ils risquaient la prison et la mort exigeait de leur part une résolution peu commune, que l'ardeur religieuse des baptistes du Sud et l'iconographie chrétienne du martyre ont très probablement contribué à renforcer. Un mois après le lancement de cette campagne pour les droits civiques, écrit un des biographes de Martin Luther King, « le révérend Charles Billup et d'autres ecclésiastiques de Birmingham prirent la tête d'un cortège de plus de trois mille jeunes gens qui se rendirent à la prison de la ville en priant et en chantant "Que Jésus marche avec moi"[14] ».

Une photo que j'ai gardée plusieurs mois sur mon réfrigérateur rend bien compte de l'esprit inspiré de la marche de 1965 de Selma à Montgomery. Sur ce cliché de Matt Heron, on voit la foule des manifestants avancer par trois ou quatre de front, de la droite vers la gauche. Le photographe a dû s'accroupir très bas pour le prendre, car les silhouettes humaines s'y dressent contre les nuages pâles du ciel. Tous ces gens savent, dirait-on, qu'ils vont vers une transformation et entrent dans l'histoire ; leurs grandes enjambées, leurs mains levées, l'assurance de leurs postures, tout parle ici de leur détermination à franchir ce pas. En marchant de la sorte, ils deviennent les acteurs d'une histoire qu'ils ne veulent plus subir, ils évaluent leurs forces, essaient leur liberté, et leurs mouvements expriment ce sens de la destinée dont résonne l'invincible éloquence de Martin Luther King.

La forme du pèlerinage contemporain s'éloigna encore un peu plus de ses origines en 1970, année du premier « Walkathon » organisé pour l'opération « Pièces jaunes ». Les premiers à y prendre part – des étudiants de San Antonio, au Texas, et de Columbus, dans l'Ohio – devaient parcourir pas loin de quarante kilomètres. Au fil des ans, ce parcours fut réduit au quart de sa distance et la participation s'accrut dans des proportions considérables. L'année où j'ai fait le pèlerinage à Chimayó à partir du terrain de Greg, les organisateurs prévoyaient que près d'un million de personnes se joindraient à cette manifestation désormais baptisée « WalkAmerica » ; elle permit de réunir quelque soixante-quatorze millions de dollars pour la protection maternelle et infantile et la recherche médicale dans ce secteur. Sponsorisé par des grandes entreprises de l'agroalimentaire qui trouvent là un support publicitaire idéal, animé par des bénévoles qui récoltent des fonds pour des œuvres caritatives, ce type de mobilisation a depuis été repris par des centaines d'associations constituées pour la plupart autour d'une maladie ou d'un problème de santé publique particulier.

L'été d'avant, j'étais tombée par hasard sur la onzième « Marche contre le sida » qui a lieu dans le parc du Golden Gate, à San Francisco. Sous un soleil radieux, les marathoniens en short et casquette, chargés qui d'une boisson fraîche, qui de tracts publicitaires, qui d'échantillons cadeaux, se pressaient en nombre impressionnant autour de la zone d'où serait donné le départ. La brochure d'une centaine de pages publiée pour l'occasion se composait pour l'essentiel de publicités des sponsors de l'opération (marques de vêtements, établissements de crédit), qui avaient également installé leurs stands autour des pelouses. Malgré son caractère assez surréaliste, ce mixte d'événement sportif et de meeting politique bariolé de logos et de pubs avait sûrement un sens profond pour beaucoup des participants. Le lendemain, j'appris en lisant le journal que les vingt-cinq mille marcheurs rassemblés là avaient réuni trois millions et demi de dollars qui iraient aux associations antisida de la région ; l'article parlait notamment d'un marcheur qui portait un tee-shirt imprimé de la photo de ses deux fils, morts du sida, avec en dessous cette inscription : « Personne ne surmonte jamais ça. Marcher est un moyen de l'affronter. »

Ces marches organisées autour d'une collecte d'argent sont devenues la version américaine contemporaine du pèlerinage. Si éloignées qu'elles soient de leur modèle original, de par leur banalité même elles s'y conforment sur plus d'un point : elles ont pour objet la santé et la guérison, rassemblent une communauté, et leur rentabilité est fonction des efforts, sinon de la souffrance, qu'elles exigent des marcheurs. Cela, du moins, était vrai jusqu'à l'invention des « cybermarches », dernier avatar sans gloire du pèlerinage d'antan où il suffit de signer une pétition circulant sur l'Internet pour participer à un défilé ou un cortège virtuel.

Suivant la route qui monte en lacet, nous avions fini, nous aussi, par arriver à Chimayó. Je me suis assise sur le trottoir avec Sal pour attendre Meridel. Devant nous, c'était un défilé incessant de voitures, de policiers, d'enfants qui léchaient leurs esquimaux. Juste derrière nous, quelques arbres fruitiers rabougris fleurissaient dans un pré tout en creux et bosses. Au bout d'un moment, Sal s'est levé pour prendre place dans la longue file d'attente qui s'étirait devant le sanctuaire tandis que j'allais nous acheter de la limonade au petit camion d'épicerie garé au coin de la rue, près de la chapelle du Santo Niño (où les fidèles viennent déposer des chaussures d'enfant, car le Santo Niño, nom espagnol de l'Enfant Jésus, aurait, dit l'histoire, usé les siennes en écumant les alentours la nuit pour dispenser la charité). J'appréciais de me retrouver en terrain connu. Je savais ce qu'il y avait à l'intérieur du sanctuaire, je me rappelais les croix entrelacées par milliers pour former la barrière anticyclone qui s'élevait à l'arrière de la chapelle, et, en contrebas, les croisillons taillés dans des ceps de vigne, des brindilles de peuplier et des bâtons plus gros… et aussi le fossé d'irrigation qui courait de l'autre côté de la barrière, le ruisseau d'eau vive et peu profonde qui traverse la ville, la boutique où se procurer des aliments respectant les interdits du Carême, les vieilles maisons en adobe et les caravanes qui ne sont plus de la première jeunesse, les affichettes et les pancartes aux avertissements rébarbatifs : « Attention. Ne vous séparez pas de vos effets personnels », « L'établissement (la municipalité) décline toute responsabilité en cas de vol », « Chien méchant ». Bourgade désespérément misérable, Chimayó s'est acquis une réputation de lieu saint hanté par la violence, la drogue, le crime. Jerry West attendait sa femme, Meridel, devant cette chapelle. Toujours chargée de la limonade, j'ai donc rebroussé chemin et, après avoir fait mes adieux à Sal, je suis partie pour le dernier bout de trajet à pied vers le point culminant de ce voyage. Près de dix mille pèlerins avaient ce jour-là investi la ville et ils s'alignaient devant la chapelle en attendant de pouvoir y entrer. Jerry retrouva Greg et Sue parmi eux. Quand nous ressortîmes, la lune s'était levée. Des gens en plus grand nombre encore suivaient l'étroit bas-côté de la route, vagues silhouettes associées en petits groupes qui, à cette heure et dans le noir, toute gaieté envolée, donnaient surtout une impression de fragilité et de dévotion zélée.

5

Labyrinthes et chemins de croix. Incursions dans le royaume du symbolique

Si je ne pris pas place dans la longue file des pèlerins qui patientaient devant le portail de l'église de Chimayó, c'est qu'en réalité je m'étais fixé un autre but. L'année précédente, j'avais parcouru à pied la dernière dizaine de kilomètres de la route du pèlerinage, et en tentant de rattraper l'ami qui m'avait accompagnée en voiture j'étais passée devant la Cadillac peinte des stations du chemin de croix. Je n'y avais alors jeté qu'un coup d'œil en passant ; la décision d'y regarder à deux fois mûrit en moi très, très lentement. Dans l'intervalle écoulé entre ces deux Vendredis saints, la Cadillac ornée des quatorze scènes de la Passion prit peu à peu les dimensions d'un objet absolument fantastique, chariot divinement étrange véhiculant un tourbillon de langages symboliques et de désirs. Devant la chapelle du Santo Niño, Jerry me dit qu'elle était garée un peu plus haut sur la route, et je suis donc repartie cahin-caha pour, cette fois, la regarder vraiment.

Tout en longueur, bleu pâle, dégageant une telle impression de douceur que le métal de sa carcasse semble avoir la consistance du velours ou du voile, cette Cadillac de 1976 ne laisse pas d'être contrariante. Les stations du chemin de croix drapent son corps fuselé sous la ligne chromée qui le partage en deux horizontalement. Condamné juste avant la portière du conducteur, Jésus porte sa croix, tombe, s'achemine vers son calvaire en faisant le tour de la voiture, est crucifié au milieu de l'autre portière avant, près de la poignée, puis inhumé du même côté, au niveau du siège arrière. Le ciel gris foncé traversé d'éclairs peint le long des flancs situe le lieu de son agonie au Nouveau-Mexique, souvent surplombé des rapides nuées des orages. On retrouve encore Jésus sur le coffre, ou plutôt sa tête, de tendre facture et représentée en gros plan, ceinte de la couronne d'épines et flanquée d'anges, de roses épineuses et de ces rubans ondulants chargés de texte fréquents dans les tableaux du Moyen Âge et la peinture religieuse mexicaine. Les épines partout présentes sont comme un rappel supplémentaire de la parenté établie entre Chimayó et Jérusalem, cités de paysages arides. D'autres roses aux tiges épineuses jonchent le capot où sont réunis la Vierge Marie, le Sacré-Cœur, un ange et un centurion.

Conçue pour être contemplée au repos, la voiture garde toutefois sa capacité de mouvement. Peu importe qu'elle n'aille jamais bien loin, il suffit que ce soit simplement possible, que les images puissent circuler à vive allure sur la route, fouettées par le vent, cinglées par la pluie. Il faut l'imaginer rouler à cent à l'heure, filer au pied des mesas en laissant derrière elle les bâtisses en adobe à moitié effondrées, les troupeaux au pré, çà et là un panneau signalant un centre de pseudo-artisanat indien, les enseignes des Dairy Queens et des motels pas chers, Sixtine de huit cylindres retournée comme un gant qui, sous le ciel changeant, fonce vers un horizon désolé. L'artiste, Arthur Medina, un homme mince et remuant, très brun, des crans dans les cheveux, arriva tandis que j'admirais son œuvre et s'adossa à l'abri en bois adjacent pour recevoir mes compliments et satisfaire ma curiosité. « Pourquoi une Cadillac ? » lui demandai-je. Soit incompréhension, soit désintérêt, il ne s'arrêta pas à examiner l'hypothèse qu'une voiture de luxe ne constituait peut-être pas le plus neutre et le plus naturel des supports pour une représentation de la Passion. Reformulée, ma question – « Pourquoi avoir choisi ce thème pour décorer la voiture ? » – s'attira cette réponse : « Pour donner quelque chose aux gens pendant le Carême. » De fait, Medina sort son chef-d'œuvre chaque année à la même époque.

Ce n'était pas la première voiture peinte par lui ; il en avait également fait une à la gloire d'Elvis, et d'ailleurs, ajouta-t-il sombrement, les artistes du coin ne se gênaient pas pour le copier. Un autre coupé des années soixante-dix était effectivement garé plus près du sanctuaire, devant une boutique à la façade blanche reproduite dans les moindres détails sur le côté visible de la longue automobile dont le capot s'ornait, de surcroît, d'une rayonnante reproduction du sanctuaire. Dans la partie nord du Nouveau-Mexique, il est de tradition depuis près d'un quart de siècle de personnaliser ainsi les véhicules, et celui-ci atteste d'un grand professionnalisme dans le maniement du pistolet à peinture. Mais cela n'enlève rien à Arthur Medina, dont les principes esthétiques sont nettement moins conformistes. Plus simples, plus plats, ses personnages et ses décors créent une atmosphère foisonnante et nébuleuse. Au fond, on pourrait dire que si la plupart des voitures décorées empruntent au baroque et à un hyperréalisme quelque peu cynique, les siennes ont quelque chose de l'inspiration pieuse et naïve de la peinture médiévale.

Une auto avant tout conçue pour ces piétons que sont les pèlerins est en soi un objet extraordinairement donquichottesque, un article de grand luxe, mais paradoxal puisqu'il dit la souffrance, le sacrifice, l'humiliation. La Cadillac de Medina est de plus un trait d'union entre deux traditions pédestres radicalement opposées, l'une érotique, l'autre religieuse. Les voitures personnalisées sont des objets d'art qui perpétuent en la modernisant l'habitude espagnole, devenue latino-américaine, du *paseo*, ou *corso*. Tous les villages et villes d'Antigua (Guatemala) à Sonoma (Californie) sont construits autour d'une place qui permet de sacrifier à ce rituel. Dans certains coins du Mexique et d'ailleurs, il était autrefois si bien réglé que les hommes tournaient autour de la place dans un sens et les femmes dans l'autre. Sous-catégorie bien particulière de la marche, ce type de promenade requiert une certaine lenteur majestueuse de la démarche, de la sociabilité, le désir de paraître. Il ne répond pas à l'envie d'aller quelque part mais simplement de montrer qu'on est là, d'où son mouvement essentiellement circulaire, que ce soit à pied ou en voiture.

À l'époque où je rédigeais ces pages, j'ai croisé José, un ami de mon frère Steve, dans le parc Dolores de San Francisco, et je l'ai interrogé sur la coutume du *paseo*. Dans la bourgade du Salvador où il avait vu le jour, on appelait ça « faire un tour dans le parc », le parc désignant en l'occurrence la *plaza* du centre-ville. Cette forme de socialisation était surtout le fait des adolescents qui trouvaient plus agréable de se retrouver dehors, car là-bas le climat est clément et les logements souvent étroits. Comme il était exclu que les filles aillent seules « au parc », José servait de chaperon en herbe à sa grande sœur et à ses trois jolies cousines. Enfant, il passait ainsi ses samedis et dimanches soir à déguster un esquimau sans se mêler à leurs conversations avec les garçons. Le *paseo* offre la possibilité d'avoir en public des échanges personnels, de parler de choses intimes à l'écart des oreilles indiscrètes, mais il oblige à s'en tenir là car l'espace est visuellement sous contrôle. Personne, me dit José, n'ayant les moyens de rester au village, les bluettes développées à la faveur de ces promenades se concluent rarement sur des mariages. À chaque retour au pays, pourtant, les jeunes gens devenus adultes reviennent « au parc », moins pour y nouer de nouvelles relations que pour évoquer ce moment de leur vie. La tradition perdure dans toutes les localités du Salvador et, croit savoir José, du Guatemala. « Plus la ville est petite, précise-t-il, plus c'est important pour la santé mentale des gens. » On la retrouve également, avec des variantes, en Espagne, dans l'Italie méridionale et la plupart des pays d'Amérique latine. Au vu de son extension, le monde devient une gigantesque salle de bal à l'air libre, et la marche une sorte de valse lente.

La vogue plus récente des sorties en voiture autour de quelque point névralgique du centre-ville est l'héritière directe du *paseo*, ou *corso*. Le *cruise*, comme on dit aux États-Unis, consiste à rouler au pas tout en flirtant avec sa petite amie et en défiant les copains qui en font autant. En 1980, mon amie Meridel réalisait sa première série de photographies sur le Nouveau-Mexique, un reportage sur les voitures surbaissées qui à l'époque faisaient fureur. Leurs jeunes conducteurs les exhibaient tous les soirs en tournant autour de la vieille place centrale de Santa Fe. Là comme ailleurs, ils se heurtèrent bien sûr à l'hostilité des autorités municipales qui décidèrent d'aménager la place en rond-point à sens unique et prirent un certain nombre d'autres mesures expressément dirigées contre cette pratique. Une fois qu'elle eut achevé son reportage, Meridel put organiser une exposition de photos sur la place, et les pilotes des caisses surbaissées furent invités à présenter en même temps leurs machines. En les associant de la sorte à l'Art avec un grand A, elle leur permit simultanément de réintégrer l'espace dont ils avaient été chassés et de familiariser le public avec leur travail et leur monde. Jamais une manifestation artistique n'avait rencontré un tel succès à Santa Fe. Des gens de toutes conditions circulaient autour de la place pour regarder les voitures, les photos, s'examiner du coin de l'œil ou se dévisager franchement, dans un vrai *paseo* réinventé par l'art.

Si la mode de rouler au pas en voiture est sûrement dérivée du *paseo*, la décoration des caisses surbaissées se rattache à des traditions bien différentes. Au Nouveau-Mexique où la piété est encore très vive, par exemple, elle est si clairement d'inspiration religieuse que Meridel compare volontiers ces véhicules à des oratoires, des châsses ou même des cercueils, capitonnés qu'ils sont parfois de velours et de satin. Au lieu d'un ensemble de contradictions, elle y voit un tout indivisible où s'exprime la culture d'une jeunesse à la fois croyante et plutôt repliée sur elle-même. Il y a aussi, bien sûr, la place accordée à la voiture au Nouveau-Mexique, État où les trottoirs et les voies piétonnières sont quasi inexistants, où à la campagne comme en ville tous les déplacements ou presque sont motorisés. Pour en revenir à la Cadillac d'Arthur Medina, il s'agissait cependant moins d'un véhicule que d'un objet d'art. Campé à côté, l'artiste attendait mes compliments, et ensemble nous l'avons contournée, non dans l'esprit de mortification dont tout chemin de croix devrait s'accompagner, mais avec l'œil exercé de connaisseurs visitant un musée.

En lui-même, le chemin de croix est d'ailleurs un objet culturel composé de nombreuses couches superposées. La première correspond au cours présumé des événements qui se sont succédé entre la condamnation de Jésus et son inhumation au caveau, lors de sa difficile progression de la maison de Pilate au Golgotha, reprise tous les Vendredis saints par les pénitents porteurs de croix de Chimayó. À l'époque des croisades, les pèlerins de Jérusalem se rendaient sur chacun des lieux témoins de ces événements en priant tout au long du trajet. Ils recouvrirent le chemin de croix d'une deuxième strate de pieuse reconstitution à l'origine de l'indéniable parenté entre pèlerinage et tourisme. Aux XIVe et XVe siècles, les moines franciscains apposèrent la troisième couche en fixant définitivement les jalons (quatorze au total) de cet itinéraire, geste qui universalisa la Passion du Christ en l'abstrayant du cadre où elle s'était produite. La coutume d'orner les églises catholiques de ces quatorze saynètes peintes ou sculptées, disposées de part et d'autre de la nef, est l'aboutissement de cette abstraction audacieuse. Il n'est plus nécessaire de faire le voyage à Jérusalem pour suivre le parcours emprunté deux mille ans plus tôt par le Christ. Aller d'image en image suffit à se pénétrer de l'esprit de ce drame survenu pourtant en un autre temps, un autre lieu. (Généralement la prière est en l'occurrence considérée comme un moyen de revivre les épreuves de la Passion, aussi ne s'agit-il pas seulement d'un acte de foi mais d'identification et d'imagination.) Le christianisme est une religion portative : même ce chemin autrefois propre à Jérusalem a été exporté aux quatre coins du monde.

Qui trace un chemin interprète le premier le paysage qu'il traverse, et ceux qui l'empruntent à sa suite acceptent cette interprétation ou marchent sur ses traces, tels les savants, les chasseurs, les pèlerins. Suivre le même chemin, c'est réitérer quelque chose de profond ; traverser un même espace de la même manière permet en quelque sorte de s'identifier à cet autre, de se laisser habiter par ses pensées. Ce théâtre spatial est aussi spirituel, car la tentative d'imiter les saints ou les dieux puise au moins autant dans l'espoir de s'en rapprocher que dans l'ambition de les personnifier pour autrui. L'importance qu'il accorde à la répétition et à l'imitation distingue le pèlerinage de toutes les autres formes de déambulation pédestre. Ressembler à un dieu n'est pas à la portée des humains que nous sommes, mais au moins pouvons-nous marcher comme un dieu. Jésus n'est d'ailleurs nulle part plus humain qu'au long de ce chemin de croix où il trébuche, transpire, souffre, tombe à trois reprises, meurt en une chute rédemptrice. Quand les différentes stations de ce trajet composèrent une suite d'images accrochées dans toutes les églises du monde, les fidèles empruntèrent un chemin qui serpentait, non plus au travers d'un site, mais d'une histoire. Les scènes de la Passion qui s'alignent le long des nefs d'église permettent aux croyants de se transporter à Jérusalem et de suivre pas à pas l'histoire au cœur du christianisme.

Bien d'autres stratagèmes nous permettent d'entrer de plain-pied dans une histoire. Celui, par exemple, que j'ai découvert l'été dernier. Je devais aller boire un verre avec des amis au Tonga, le faux bar tahitien kitsch à souhait de l'hôtel Fairmont, juché en haut de Nob Hill. J'entrepris l'ascension de la rue escarpée, remarquai au passage l'épicerie fine où le mot « caviar » s'étalait sur la vitrine, le gamin chinois qui gambadait joyeusement, les adultes plus compassés de ce quartier chic et snob. Contournant la cathédrale de la Grâce par l'arrière, je traversai une cour où glougloutait une fontaine et où un jeune homme agitait une bible à bout de bras en marmonnant Dieu sait quoi. C'est là, tout au bout, qu'à mon grand ravissement je vis la nouveauté aménagée en ces lieux. Un labyrinthe. En dalles de ciment claires et plus foncées, il reprenait le schéma de celui, en pierre, de la cathédrale de Chartres : onze cercles concentriques divisés en quadrants égaux que le chemin parcourait en sinuant pour aboutir à la fleur à six pétales située au centre. J'étais en avance pour mon rendez-vous, aussi je ne résistai pas à l'envie de me risquer dans ce dédale. Le circuit qu'il décrivait m'absorba si bien que j'en oubliai les passants alentour. À peine si j'entendais le bruit de la circulation, puis la cloche qui sonna six heures.

La surface à deux dimensions du labyrinthe cessa immédiatement d'être un plan non clos, susceptible d'être traversé dans n'importe quel sens. Seuls m'importaient les méandres du sentier, et à garder ainsi les yeux fixés dessus, le motif finit par occuper un espace agrandi à l'infini, fascinant. Après l'entrée, la première portion du chemin atteint presque le centre des onze anneaux, puis diverge pour serpenter en boucles qui s'en éloignent ou s'en rapprochent, mais jamais d'aussi près que la promesse initiale, ou du moins pas avant longtemps, seulement quand le promeneur a ralenti le pas et s'est laissé accaparer par le parcours qu'il met un bon quart d'heure à accomplir en entier alors que le cercle ne mesure guère que douze mètres de diamètre. Ce rond devenait un monde dont j'observais les règles, et je compris ainsi la morale du labyrinthe : il faut savoir rebrousser chemin pour atteindre le but ; on croit parfois y toucher alors qu'on en est très loin ; le détour est souvent un passage obligé. Après cette progression prudente, constamment effectuée les yeux baissés, la facilité de l'arrivée m'émut profondément. Au-dessus de la ville, des nuages blancs tout griffes et plumes s'effilochaient vers l'est dans le ciel bleu. Cela me bouleversait de réaliser que les métaphores et les significations peuvent se transférer spatialement à l'intérieur du labyrinthe. Dire avec des mots que le terme du voyage semble encore très loin lorsqu'on l'atteint soudain est une vérité facile, qui prend une autre consistance lorsqu'on l'éprouve avec les pieds.

Marianne Moore parle dans un de ses poèmes de « vrais crapauds dans des jardins imaginaires ». Le labyrinthe nous offre la possibilité d'entrer « pour de vrai » dans un espace symbolique. C'est à une histoire pour enfants que je pensais en suivant ses boucles, car les livres que j'avais préférés dans mon enfance étaient pleins de personnages qui tombent la tête la première dans des images soudain devenues plus réelles que la réalité, errent dans des jardins où les statues prennent vie ou, exemple entre tous célèbre, passent de l'autre côté du miroir, là où les pièces du jeu d'échecs, les fleurs, les animaux vivent leur vie fantasque. Ces histoires laissent entendre que les frontières entre le réel et sa représentation ne sont pas si étanches et qu'il suffit de les franchir pour entrer dans un monde magique. Les espaces comme le labyrinthe nous font, eux aussi, passer « de l'autre côté » ; circuler dedans, c'est voyager, fût-ce vers une destination symbolique, et cela se passe sur un registre qui n'a rien à voir avec le fait de penser à un voyage ou de regarder l'image d'un endroit où nous aimerions partir en voyage. Dans ce contexte, en effet, le réel correspond ni plus ni moins aux lieux que nous occupons physiquement. Un labyrinthe est un voyage symbolique ou une carte de l'itinéraire menant au salut, à ceci près qu'il s'agit là d'une carte conçue pour que nous marchions vraiment dessus, et qui donc brouille la différence entre la représentation cartographique et le monde réel ainsi représenté. Si le corps est le registre du réel, l'acte qui consiste à lire avec ses pieds a un poids de réalité qui manque à la lecture effectuée au seul moyen de l'œil. Aussi bien, il arrive que la carte *soit* le territoire.

Ce type de labyrinthe ne subsiste que dans quelques églises alors qu'il était très répandu au Moyen Âge. On le surnommait alors « chemin de Jérusalem », car il s'agissait, au bout du parcours, d'arriver à Jérusalem – ou au paradis. Bien qu'un éminent spécialiste de l'histoire des labyrinthes, W. H. Matthews, signale qu'on ne sait pas avec certitude à quel usage ils servaient[1], l'interprétation la plus courante veut qu'ils aient permis de ramener le pèlerinage à l'espace restreint ainsi délimité sur le sol d'un lieu consacré, leurs tours et détours symbolisant les difficultés du progrès spirituel. Celui de la cathédrale de la Grâce de San Francisco fut commandé en 1991 par la chanoinesse Lauren Artress. « D'ordinaire, écrit-elle, les labyrinthes sont de forme circulaire, avec un chemin sinueux mais mûrement réfléchi, qui part du bord vers le centre puis diverge. Il n'y a qu'un parcours par labyrinthe, et une fois prise la décision de le suivre il devient une métaphore du voyage de la vie[2]. » Depuis, Artress a lancé ce que l'on peut appeler un « culte du labyrinthe ». Cette invention à fins spirituelles prolifère sur le territoire des États-Unis, en même temps qu'on assiste à un nouvel engouement pour les dédales jardiniers.

Même si tous les labyrinthes sont associés à la pérégrination, tous ne sont pas chrétiens : il en est qui symbolisent le voyage initiatique, la progression de la naissance à la mort, le salut, parfois aussi le jeu de l'amour. Certains n'ont, semble-t-il, pour but que de souligner la complexité inhérente au voyage, la difficulté de trouver son chemin ou simplement de savoir où l'on va. Les Grecs de l'Antiquité en ont mentionné plus d'un, et si le légendaire labyrinthe crétois où était enfermé le Minotaure n'a jamais été redécouvert et n'a sans doute jamais existé, le dessin en fut gravé sur des pièces de monnaie. Quantité d'autres, en revanche, nous sont parvenus à travers les siècles : gravés dans la roche en Sardaigne, inscrits sur la surface pierreuse du désert au sud de l'Arizona et en Californie, ou fabriqués en mosaïque par les Romains. On en a recensé près de cinq cents en Scandinavie, tous en pierres dressées ; au début du XXe siècle encore, avant de sortir en mer les pêcheurs les suivaient systématiquement afin de s'assurer une bonne pêche et des vents favorables. En Angleterre, les labyrinthes en gazon dessinés à même le sol étaient prétexte à des divertissements galants où, le plus souvent, un garçon devait rejoindre la fille postée au centre en longeant les verts méandres vraisemblablement censés figurer les complexités du rapport amoureux. Toujours outre-Manche, les célèbres dédales de buis taillé sont une innovation plus tardive, plus aristocratique, des jardiniers de la Renaissance. Les spécialistes établissent volontiers la distinction suivante entre les dédales et les labyrinthes : alors que les premiers – ceux des parcs surtout – comportent plusieurs embranchements et sont destinés à dérouter quiconque s'y aventure, les seconds tracent un unique trajet qu'il suffit de suivre pour arriver au paradis (au centre), et de prendre à rebours pour gagner la sortie. D'où la métaphore morale associée à ces deux structures : si le dédale représente les errements sans but du libre arbitre, le labyrinthe trace pour sa part la voie inflexible du salut.

À l'instar du chemin de croix, labyrinthes et dédales nous invitent à risquer le pas pour habiter physiquement les histoires qu'ils déroulent sous nos pieds, autant que sous nos yeux. Non seulement ces histoires symboliquement et concrètement investies se ressemblent entre elles, mais qui plus est elles ressemblent à tous les chemins, toutes les histoires du monde. Les routes, les pistes, les sentiers doivent en partie leur caractère unique de structures construites à l'impossibilité dans laquelle se trouve l'observateur immobile de les percevoir d'emblée dans leur totalité. Tout comme une histoire lue ou écoutée, ils se déploient dans le temps au rythme de la progression du voyage. Un virage en épingle à cheveux est un retournement de l'intrigue, une côte escarpée tient la vue en haleine jusqu'au panorama découvert du sommet, les travaux sur la chaussée introduisent un nouveau développement dans le récit et l'arrivée au but signe la fin de l'histoire. De même que l'écrit permet de lire les mots assemblés par une personne absente, de même les routes permettent de reparcourir le trajet des absents. Elles sont la trace de ceux qui sont passés par là avant nous, et en les suivant nous marchons dans les pas de ceux qui ne sont plus – non des saints ni des dieux, mais des bergers, des chasseurs, des ingénieurs, des émigrants, des paysans se rendant au marché, des banlieusards. Les structures symboliques telles que les labyrinthes rappellent à l'attention la nature de tous les chemins, tous les voyages.

Le rapport particulier qui unit le récit au voyage tient précisément à cela, comme, peut-être, les raisons pour lesquelles il existe des liens si étroits entre l'écriture narrative et la marche. Écrire, c'est ouvrir une route dans le territoire de l'imaginaire, ou repérer des éléments jusque-là passés inaperçus le long d'un itinéraire familier. Lire, c'est voyager sur ce territoire en acceptant l'auteur pour guide – un guide avec qui nous ne serons pas forcément d'accord, dont nous nous méfierons, au besoin, mais dont nous pouvons au moins être sûrs qu'il nous conduit bien quelque part. J'ai souvent rêvé que mes phrases accolées forment une seule ligne suffisamment longue pour établir cette identité entre la phrase et la route, la lecture et le déplacement. (D'après mes calculs, le texte d'un de mes livres mesurerait six kilomètres de long si, au lieu d'être assemblé en cahiers de feuilles, il se dévidait tel le fil autour de sa bobine en une ligne unique.) Il y a un peu de cela dans les rouleaux manuscrits chinois. Les chansons des aborigènes australiens sont l'exemple le plus connu de cette fusion entre le paysage et le texte : leurs paroles sont des outils pour naviguer dans l'immensité du désert, tandis que la mémorisation des traits du paysage permet en retour de se rappeler les histoires. En d'autres termes, le texte est une carte, le paysage un récit.

Les histoires, donc, sont des voyages, et les voyages des histoires. C'est parce que nous imaginons la vie sous la forme du voyage que ces promenades symboliques – et, au-delà, toutes les promenades, tous les déplacements – acquièrent une pareille résonance. La difficulté à imaginer les mécanismes de l'esprit, de la pensée, et aussi bien la nature du temps, explique que nous usions volontiers de métaphores pour assimiler ces manifestations intangibles à des événements physiques situés dans l'espace. De ce fait, nous avons avec elles un rapport physique et spatial : nous allons à leur rencontre, ou nous en détournons. Si le temps s'apparente à l'espace, ce déroulement du temps qui donne sa mesure à une vie s'apparente au voyage, et peu importe, en l'occurrence, que les vivants se déplacent peu ou beaucoup dans l'espace. Marcher, voyager sont ainsi devenus des métaphores si bien inscrites dans la pensée et le discours que c'est à peine si nous les remarquons. Des choses, nous disons qu'elles se mettent en travers de notre chemin ou nous aident à le trouver, qu'elles nous donnent un nouveau point de départ ou des indications sur la voie à suivre si nous les comparons à des jalons, des bornes ou des repères. Chacun fait son chemin dans le monde, passe par des carrefours importants, avance à son rythme, saute éventuellement le pas. Déboussolés, nous nous perdons, nous nous égarons ; faute de remonter la pente, nous la dévalons, et toute erreur est un faux pas qui nous fait trébucher, déraper ; alors, nous n'avançons plus, n'allons plus nulle part. Sans compter aussi les expressions plus imagées de la sagesse populaire : suivre la voie de la facilité, courir à sa perte ou marcher au triomphe, réchapper d'un mauvais pas, choisir un chemin solitaire, avancer sur un boulevard… Plus communément, on marque le pas, on progresse à pas de géant, on fait un pas en avant, on suit l'allure, on met ses pas dans ceux des autres au fil des étapes de la vie.

Si la vie même, le passage du temps alloué à chacun d'entre nous, a l'allure d'un voyage, le plus souvent c'est à un voyage à pied que nous la comparons : tous nous sommes des pèlerins qui cheminons dans le paysage de nos histoires personnelles. L'image du marcheur solitaire, actif, qui traverse l'existence sans vraiment s'y installer correspond à une vision très forte de la condition humaine, que l'on pense à un hominidé se risquant à terrain découvert dans la savane ou aux vagabonds de Samuel Beckett qui se traînent le long de quelque route de campagne. La métaphore de la marche retrouve une dimension littérale chaque fois que nous nous déplaçons à pied. Si la vie est un voyage, lorsque nous voyageons vraiment nos vies deviennent plus tangibles : nous allons vers un but, pouvons mesurer notre progression, comprendre nos exploits… La métaphore va de pair avec l'action. Les labyrinthes, les pèlerinages, l'escalade en montagne, les randonnées vers quelque destination claire et satisfaisante, tous ces déplacements nous permettent de faire du temps qui nous est imparti un voyage au sens littéral du terme, doté d'une dimension spirituelle que nos sens nous rendent accessible. Si le voyage et la marche sont en effet des métaphores *princeps*, alors tous les voyages, toutes les promenades nous ouvrent un espace symbolique qui vaut bien celui des dédales et des rites, même s'il est moins absorbant.

La fusion entre la marche et la lecture s'opère dans bien d'autres domaines encore. Les Européens d'avant l'époque moderne n'étaient pas tous assez instruits pour lire des livres, mais ils lisaient les images à la perfection et savaient distinguer les dieux et les mortels de la mythologie classique, ainsi que la cohorte des saints de l'iconographie chrétienne. Les sources de ces images étant le plus souvent littéraires, chacune d'entre elles correspondait à une histoire et leur juxtaposition donnait lieu à des combinaisons diverses. La sculpture aussi avait sa place dans les jardins – non en tant qu'objet d'art mis en valeur par un décor de verdure, comme c'est aujourd'hui le cas, mais en tant qu'élément d'un tout qui appelait l'interprétation et faisait du jardin un espace aussi intellectuel que la bibliothèque. La disposition des statues – celle des éléments d'architecture aussi, parfois – répondait à un ordre que les promeneurs déchiffraient en le découvrant, si bien que le charme de ces jardins tenait en grande partie au rapport intime et harmonieux qu'ils établissaient entre la déambulation et la lecture, le corps et l'esprit.

Chacun connaissant l'histoire, il était superflu de la mettre en mots. L'espace et le temps de la promenade, la reconnaissance des statues offrait cependant l'occasion de se la répéter ou d'en rafraîchir le souvenir. Le jardin constituait de ce fait un lieu tout à la fois poétique, littéraire, mythologique et magique. Dans les grands jardins de la villa d'Este, à Tivoli, une série de bas-reliefs retrace les *Métamorphoses* d'Ovide. Le labyrinthe de Versailles, détruit en 1775, contenait un texte beaucoup plus radicalement tronqué ; il abritait, autour d'une statue d'Ésope, des groupes de personnages tirés de ses fables et, dit W. H. Matthews, « chacun des personnages doué de parole figurant dans les groupes émettait un jet d'eau, représentant son discours, et à chaque groupe était associé une plaque où étaient gravés des vers plus ou moins bien choisis du poète Benserade[3] ». Le labyrinthe s'apparentait de la sorte à une anthologie en trois dimensions où il s'agissait de marcher, de lire et de regarder pour voyager dans l'univers des fables en se pénétrant de leur morale. Versailles, le plus grand de tous les jardins classiques européens, était aussi celui qui possédait la statuaire la plus complexe, le labyrinthe d'Ésope ne constituant à cet égard qu'une manière de diversion. Toutes les statues ou presque (les ajouts et les suppressions opérés par la suite ne permettent pas de se prononcer avec certitude) y étaient disposées relativement à la position centrale occupée par le Roi-Soleil. Les soixante-dix sculpteurs engagés firent en sorte que les bronzes et les marbres, les fontaines et jusqu'aux végétaux parlent aux promeneurs du pouvoir du roi, un pouvoir naturalisé et avalisé par les représentations solaires et l'image d'Apollon, ce à une échelle qui portait le symbolique à la dimension d'un monde autrement plus vaste que le modèle grandeur nature. Un siècle plus tard, les célèbres jardins de Stowe, à Buckingham, en Angleterre, furent transformés selon le « style naturel », ou paysager, mais cette modification s'accompagna de l'introduction de motifs architecturaux chargés de sous-entendus politiques dans les moindres coins et recoins des collines et des bosquets. Le temple de la Vertu antique fut érigé non loin du temple (en ruine) de la Vertu moderne et du temple des Britanniques de mérite, bâti de l'autre côté d'un étang à la gloire des poètes et des hommes d'État agréés par le très conservateur propriétaire des jardins. Ce rapprochement stigmatisait l'état du monde en ce XVIIIe siècle, tout en consacrant les whigs en héritiers des grands anciens. Certains des éléments décoratifs de Stowe parlaient avec plus d'humour à qui savait lire ces espaces et leur symbolisme ; l'ermitage placé à proximité du temple de Vénus, par exemple, opposait l'ascétisme à la sensualité. Pour autant qu'un récit enchaîne entre eux les événements qu'il retrace, ces jardins de sculptures faisaient du monde un livre puisque les événements s'y inscrivaient dans l'espace réel, et assez loin les uns des autres pour pouvoir être « déchiffrés » au cours d'une promenade (en ce sens, Versailles et Stowe se présentaient comme des ouvrages de propagande politique). La lecture jardinière n'est pas toujours aussi prosaïque. Selon les architectes paysagers Charles W. Moore, William J. Mitchell et William Turnbull, « une allée de jardin peut devenir le fil conducteur d'une intrigue et donner sa trame au récit en reliant entre eux des moments et des incidents. La structure narrative n'est parfois qu'une simple chaîne d'événements avec un début, un milieu et une fin. Elle peut aussi s'enrichir de diversions, de digressions, de retournements picaresques, s'accompagner de chemins parallèles (les intrigues secondaires), ou bifurquer pour mener à des impasses trompeuses semblables aux divers scenarii possibles des romans policiers[4] ». On a une illustration de ce genre à Los Angeles, avec la « Promenade des Stars » de Hollywood Boulevard où les touristes sont invités à lire les noms des stars de cinéma inscrits sous leurs pieds.

Il existe des marcheurs capables de surimposer leur imaginaire à l'environnement immédiat et de parcourir ainsi un territoire de leur invention. Piéton infatigable, le pasteur John Finlay confiait à un ami : « Il vous intéressera peut-être d'apprendre que j'ai mis au point un petit jeu auquel je joue seul : franchir à pied, dans telle ou telle partie du monde, autant de kilomètres que j'en parcours effectivement ici jour après jour, avec ce résultat que j'ai parcouru près de trente mille kilomètres en cet endroit au cours des six dernières années, autrement dit que j'ai couvert la partie immergée de la terre dans un circuit autour du globe. Hier soir, je suis arrivé au bout d'un trajet de trois mille kilomètres entamé le 1er janvier 1934, et ce faisant j'ai atteint Vancouver par la route du nord[5]. » L'architecte nazi Albert Speer traversait en imagination le monde en arpentant la cour de la prison, comme Kierkegaard et son père déambulaient dans leur chambre. Quant à la critique d'art Lucy Lippard, à son retour à Manhattan elle s'aperçut qu'elle pouvait renouer avec l'habitude des promenades quotidiennes qui, « sous une forme comme issue du corps – pas à pas[6] », avaient tenu pour elle un rôle si important pendant son séjour d'une année dans la province anglaise.

Sur un mode très pratique, suivre même en imagination un itinéraire permet de retracer l'esprit ou la pensée de ce qui s'y est déjà passé. Quand on s'y livre sans réfléchir, cette activité favorise le surgissement spontané de souvenirs liés à des endroits. Délibérément poursuivie, c'est un procédé mnémotechnique qui convoque l'architecture du « palais de la mémoire ». Hérité de l'Antiquité grecque, ce procédé fut abondamment utilisé jusqu'à la Renaissance, aussi longtemps que, faute de papier et d'imprimerie, l'écrit n'avait pas supplanté la mémoire dans son rôle d'archiviste des informations indispensables. Frances Yates, qui a superbement reconstitué l'histoire de cette étrange technique dans son livre, *L'Art de la mémoire*, en décrit en détail le mécanisme de la façon suivante : « Il n'est pas difficile de saisir les grands principes de la mnémonique, écrit-elle. La première étape consistait à inscrire toute une série de lieux dans la mémoire. Il existait plusieurs systèmes mnémotechniques de ce type reposant sur la localisation, mais le plus courant consistait à partir d'un modèle architectural. La description la plus claire du processus ici en jeu est celle que nous a laissée Quintilien. Il explique en effet que pour agencer plusieurs séries d'espaces dans la mémoire, il faut mémoriser un édifice aussi vaste et varié que possible, avec sa cour de devant, ses espaces de réception et ses petits salons, ses chambres, sans oublier les statues et les divers ornements servant à la décoration des pièces. Les images grâce auxquelles le discours va se graver dans la mémoire [...] sont alors placées en imagination aux endroits mémorisés à l'intérieur du bâtiment. Dès lors, chaque fois qu'il s'avère nécessaire de raviver le souvenir des faits, il suffit de visiter ces différents endroits et d'en réclamer les archives à leurs gardiens. Il faut imaginer l'orateur de l'Antiquité en train de se déplacer en pensée dans le palais de sa mémoire pour extraire des endroits mémorisés les images qu'il y a rangées. La méthode garantit que les points du développement s'enchaîneront dans l'ordre prévu, puisque ce dernier est déterminé par l'enfilade des pièces de l'édifice[7]. »

De même que l'esprit et le temps, la mémoire est inimaginable sans dimensions physiques. Se la représenter sous la forme d'un espace concret revient à la transformer en paysage où les souvenirs qu'elle contient ont une place assignée. N'est accessible, en effet, que ce qui a été localisé ; en d'autres termes, si l'on imagine la mémoire comme un lieu réel – un site déterminé, un théâtre, une bibliothèque –, l'acte qui consiste à se souvenir est lui-même imaginé comme un acte réel, c'est-à-dire physique (la marche, par exemple). L'érudition s'intéresse surtout à l'agencement du palais imaginaire où l'information a été classée selon sa nature dans telle ou telle pièce, objet après objet, mais pour accéder à ces archives bien classées et les restituer à la conscience, il faut aller de pièce en pièce comme on visite un musée. Refaire le même chemin peut signifier suivre à nouveau un même fil de pensée, autrement dit assimiler les pensées, les idées, à des objets insérés dans un paysage qu'il suffit de savoir traverser. En ce sens, marcher est strictement équivalent à lire, même si en l'occurrence ces deux activités sont imaginées ; le paysage de la mémoire devient alors un texte aussi construit que les récits inscrits dans les jardins, les labyrinthes ou le chemin de croix.

Bien que le livre ait supplanté le palais de la mémoire dans le rôle de dépositaire de l'information, il a conservé quelques-uns de ses principes de base. Plus exactement, s'il est des promenades qui ressemblent à des livres l'inverse n'est pas moins vrai, et l'on connaît de grands livres qui pour décrire un univers recourent à l'activité « interprétative » de la marche. L'exemple le plus achevé en est *La Divine Comédie*, où Dante, guidé par Virgile, entreprend d'explorer les trois séjours de l'âme après la mort. Sorte de récit de voyage surnaturel, *La Divine Comédie* progresse à l'allure régulière de l'excursion, sans s'arrêter plus que nécessaire devant les visions et les personnages croisés en chemin. L'ouvrage est suffisamment précis sur sa géographie propre pour que de nombreuses éditions soient agrémentées de cartes, et que Frances Yates voie dans ce chef-d'œuvre un palais de la mémoire. À l'instar de quantité d'histoires imaginées avant et après lui, il décrit une expédition, un périple où le mouvement même du texte fait écho aux déplacements des personnages qui en traversent l'espace imaginaire.

Deuxième partie

L'APPEL DE LA NATURE

6

L'allée au bout du jardin

DEUX PROMENEURS ET TROIS CASCADES

C'étaient un frère et une sœur qui cheminaient dans la neige, quinze jours avant que le siècle s'achève. Ils avaient tous deux le teint très halé et, d'après leurs amis, se tenaient l'un et l'autre dans une posture déplorable lorsqu'ils marchaient, mais la ressemblance entre eux s'arrêtait là. Le frère, grand et calme, avait le nez aquilin, alors que la sœur, petite, frappait par son regard farouche. Le 17 décembre, date à laquelle ils avaient entamé leur voyage, ils firent près de trente-cinq kilomètres à cheval avant de se séparer de leur ami, propriétaire des montures, pour effectuer encore une petite vingtaine de kilomètres à pied jusqu'à leur gîte, qu'ils atteignirent « après avoir parcouru les cinq derniers kilomètres dans le noir, dont deux sur une route gelée à pierre fendre au grand dam de nos pieds et de nos chevilles. Le lendemain matin, la légère couche de neige qui recouvrait la terre suffit à nous rendre la route plus douce et moins glissante[1]. » Comme la veille, les voyageurs firent un détour pour aller voir une des cascades de cette région montagneuse. « En ce petit matin glacé, raconte le frère dans une lettre de vœux envoyée pour Noël, malgré la neige qui menaçait le soleil brillait ardemment ; nous avions devant nous plus de trente kilomètres à parcourir, en hiver où les jours sont courts.

[…] En nous en approchant de plus près, il nous sembla que l'eau tombait du haut d'une grande arche ou, mieux, d'une niche qui s'était formée d'elle-même à la faveur des imperceptibles effritements survenus dans le mur d'un antique château. Nous quittâmes ce lieu à regret, mais tout ragaillardis[2]. »

Dans l'après-midi, un nouveau crochet les conduisit au bord d'une troisième cascade dont l'eau semblait se changer en neige en tombant sur la glace. « Le flux jaillissait d'entre les rangées de glaçons en autant de poings à la force inégale dont la masse liquide variait d'un instant à l'autre, poursuit le poète. À certains moments, il se jetait dans la cuvette en décrivant une courbe continue, à d'autres, interrompu presque à mi-parcours dans sa chute, il était comme soufflé vers nous et l'eau se déversait pour partie non loin de nos pieds, telle une averse d'orage des plus violentes. En pareille situation, on sent à tout instant la présence du ciel. Loin au-dessus du point le plus haut de la cascade, les grandes toisons des nuages dérivaient à l'aplomb de nos têtes et le ciel semblait d'un bleu plus éclatant que d'ordinaire. » Après ce détour, ils franchirent quinze kilomètres en deux heures et quart « grâce au vent que nous avions dans le dos et au bon état de la route », exploit de marcheur qui semble avoir presque autant réjoui le poète que la beauté du paysage. Il leur restait encore une dizaine de kilomètres à parcourir avant de gagner l'endroit où ils devaient passer la nuit. Le lendemain matin, ils atteignirent la ville de Kendal, porte du district des Lacs où ils avaient décidé de s'établir.

Le siècle dans lequel ils allaient s'engouffrer aussi vite qu'ils se dirigeaient vers leur nouveau lieu de résidence serait le XIXe, la maison était un cottage bâti à l'extérieur du petit village de Grasmere, en bordure de lac. Le lecteur aura peut-être reconnu William et Dorothy Wordsworth dans ces deux vigoureux marcheurs. Ce qu'ils ont accompli lors de cette randonnée de quatre jours à travers la chaîne Pennine, au nord de l'Angleterre, est proprement extraordinaire. D'autres avant eux avaient voyagé à pied, et dans des conditions bien pires. Le poète et sa sœur venaient juste de naître quand, une trentaine d'années auparavant, leurs compatriotes avaient commencé à se prendre de passion pour les beautés naturelles et sauvages de l'Angleterre – ses montagnes, ses falaises, ses landes, ses tempêtes, ses rivages marins… ses cascades. En France et en Suisse, les premiers alpinistes se risquaient à l'assaut des cimes et le plus haut sommet d'Europe, le mont Blanc, avait été « vaincu » quatorze ans plus tôt. Mais Wordsworth et ses compagnons passent pour avoir transformé l'idée même de la marche, et fondé de ce fait la longue lignée de ceux qui la pratiquent pour le double plaisir d'avancer sur leurs deux jambes et de s'imprégner du paysage à la source de leur inspiration[3]. La plupart des auteurs spécialistes de la période considèrent que les romantiques de la première génération ont réinventé la marche en tant qu'activité culturelle participant pleinement de l'expérience esthétique.

En 1917, Christopher Morley écrivait : « Je me suis toujours imaginé que la marche entendue comme l'un des beaux-arts n'a guère été pratiquée avant le XVIIIe siècle. Le livre célèbre de l'ambassadeur Jussurand nous apprend que de très nombreux voyageurs se rendaient à pied dans des pays étrangers au XIVe siècle, mais aucun d'entre eux ne voyageait pour le plaisir de la méditation ambulante et du paysage. […] De manière générale, on ne saurait nier qu'avant Wordsworth, les longues promenades dans la campagne pour le pur délice de placer un pied devant l'autre à une allure cadencée étaient l'exception. Il fut me semble-t-il l'un des premiers à avoir utilisé ses jambes au service de la philosophie[4]. » Morley n'a pas tort, à ceci près que le XVIIIe siècle était largement entamé quand Wordsworth vit le jour, en 1770, et qu'il assimile un peu vite l'art de la marche aux « longues promenades dans la campagne ». Depuis, trois autres livres consacrés aux liens particuliers qui unissent la marche à la culture anglaise ont accrédité l'idée que l'art de la marche était apparu à la fin du XVIIIe siècle, avec les expéditions à pied de Wordsworth et de ses semblables.

Morris Marple en 1959, Anne D. Wallace en 1993 et Robin Jarvis en 1998 appuient tous trois leur démonstration sur le cas du pasteur allemand Karl Moritz[5]. Ce dernier qui, en 1782, avait entrepris de traverser l'Angleterre à pied dut maintes fois essuyer le mépris et les rebuffades des aubergistes et de leurs employés, ou décliner les propositions des cochers et des voituriers qui ne comprenaient pas son entêtement à marcher. « Dans ce pays, le voyageur qui circule à pied passe apparemment pour une sorte de sauvage, un être insolite que tous ceux qui le croisent dévisagent, plaignent, soupçonnent ou évitent[6] », a-t-il écrit. Bien que la lecture de son livre amène à se demander si ceux qu'il rencontrait n'étaient pas aussi déconcertés par sa tenue, ses manières ou son accent que par sa détermination à aller à pied, les explications qu'il fournit sont reprises par les trois auteurs cités plus haut.

Jusqu'à la fin du XVIIIe siècle, les voyageurs ne se déplaçaient sur le territoire anglais qu'à leurs risques et périls, car bandits de grand chemin et détrousseurs de tout poil écumaient les routes, mal entretenues et dans un état déplorable. Ceux qui en avaient les moyens voyageaient à cheval ou en voiture, en calèche, en diligence, au pire en charrette, et il n'était pas rare qu'ils soient armés. Les autres, piétons par nécessité, étaient généralement des vagabonds indigents ou des voleurs, et cela resta vrai jusque dans les années 1770, époque où quelques intellectuels excentriques se firent piétons par plaisir. À la fin du XVIIIe, les routes étaient devenues meilleures et plus sûres, et la marche avait fini par s'imposer comme une façon tout à fait respectable de voyager. Quand le siècle suivant s'amorça, les Wordsworth purent goûter sans frein à la joie de cheminer sur les routes ou hors des sentiers battus, à travers landes et futaies ; ils n'avaient aucune raison de craindre qu'on les prenne pour des brigands ou qu'on les couvre de quolibets, tandis qu'ils admiraient le paysage en se félicitant de leur capacité à marcher par un temps exécrable qui tenait les gens ordinaires calfeutrés chez eux.

Ils avaient visité la région des Lacs six ans avant cette fameuse randonnée hivernale. « Côte à côte avec mon frère, je suis allée à pied de Kendal à Grasmere (vingt-sept kilomètres), et après cela de Grasmere à Keswick (vingt-deux kilomètres), au travers de la plus jolie région qui se puisse voir[7] », écrit Dorothy dans un accès d'enthousiasme, à la suite de leur excursion de 1794 ; sur un ton plus défensif elle déclare à sa tante : « Je ne saurais passer sans m'y arrêter sur cette partie de votre lettre où vous parlez de mes "divagations à pied dans la campagne". Je m'imaginais que mes amis, loin de trouver la chose condamnable, se réjouiraient au contraire d'apprendre que j'ai le courage d'employer les forces dont la nature m'a dotée, quand non seulement cela me procure infiniment plus de plaisir que je n'en aurais éprouvé à rester assise dans une malle-poste, mais que de surcroît cela me permet d'épargner au moins trente shillings[8]. » À se fonder sur le témoignage apporté par Dorothy Wordsworth en 1794 plutôt que sur celui de Karl Moritz en 1782, il semble donc que les longues randonnées dans la campagne n'étaient, au pire, qu'une forme d'exercice encore assez peu pratiquée et passablement surprenante de la part d'une femme.

William Wordsworth fut en un sens l'initiateur d'un goût moderne qui aura grandement contribué à modeler certaines des contrées les plus agréables du monde et les imaginaires de ceux qui y vivent, mais il était lui-même l'héritier d'une longue tradition. Eu égard au sujet qui nous occupe, il serait donc plus juste de ramener son rôle à celui d'un agent de transformation, d'un catalyseur de l'histoire de la marche à la découverte des paysages. Ses précurseurs n'empruntaient guère, eux non plus, les grands axes de circulation (de même, d'ailleurs, que ses descendants, aujourd'hui que l'automobile rend les routes aussi dangereuses qu'autrefois). Avant lui, l'excursion à pied était déjà une activité de loisir importante, mais pas à dessein de voyager : les promeneurs auxquels il a succédé préféraient les parcs et les jardins aux routes.

« Quand nous marchons, nous nous dirigeons naturellement vers les champs et les bois : qu'adviendrait-il de nous si nous ne marchions que dans un jardin ou le long d'une avenue ombragée[9] ? » se demandait Thoreau au milieu du XIXe siècle. Pour lui, le désir de marcher n'a pas d'histoire ; il est purement naturel, pour autant qu'on entende par nature la vérité intemporelle découverte par l'homme et non cette particularité historique qu'il a fabriquée. Même si nombre de nos contemporains choisissent aujourd'hui d'aller marcher à travers champs et bois, ce désir est nourri par des croyances, des goûts, des valeurs cultivés trois siècles durant. Auparavant, les privilégiés qui pouvaient s'adonner à la quête du plaisir et à l'expérience esthétique ne marchaient que dans l'espace du jardin, ou le long d'une promenade urbaine. Le goût de la nature déjà bien affirmé à l'époque de Thoreau, exacerbé par la nôtre, relève d'une histoire particulière qui, si l'on peut dire, a « culturalisé » la nature. Pour mieux comprendre pourquoi des hommes et des femmes ont choisi d'explorer à pied certains paysages dans tel dessein ou dans tel autre, il faut d'abord revenir sur la manière dont ce goût s'est formé puis propagé à partir des jardins anglais.

De même que la révolution culturelle survenue au XIIe siècle promut l'amour romantique au rang de thème littéraire d'abord, d'expérience du monde ensuite, de même le XVIIIe siècle fut à l'origine d'une dilection pour la nature sans laquelle William et Dorothy Wordsworth n'auraient probablement pas entrepris leur long voyage à pied en plein hiver, et sûrement pas allongé un trajet déjà pénible en soi pour aller admirer des cascades. Non, bien sûr, qu'avant ces deux révolutions personne n'ait jamais nourri de tendre passion amoureuse ni songé à s'extasier devant une chute d'eau. Simplement, les cadres culturels qu'elles ont successivement imposés ont généralisé ces tendances, les ont canalisées vers des modes d'expression conventionnels, leur ont attribué des valeurs rédemptrices, et la transformation du monde qui s'ensuivit eut pour effet de les renforcer. On ne saurait trop insister sur ce que l'amour de la nature et l'amour de la marche doivent à la révolution des Lumières : elle a puissamment refaçonné le monde intellectuel et le monde physique en expédiant des multitudes de voyageurs vers des destinations jusqu'alors obscures, induit la création de quantité de parcs, de réserves, de sentiers, de clubs et autres associations de randonnée, sans oublier tout un corpus d'œuvres artistiques et littéraires d'une ampleur à peu près inégalée avant le XVIIIe siècle.

Certaines des influences ici à l'œuvre, aisément repérables, forment un héritage transmis de génération en génération. Les plus profondes, cependant, sont comme la pluie : elles imbibent le paysage culturel et nourrissent les perceptions quotidiennes. Elles ont de ce fait toutes les chances de passer inaperçues, car nous croyons si volontiers que les choses ont de tout temps été ainsi que tout naturellement nous voyons le monde ainsi, uniquement ainsi. C'est à une influence de cet ordre que pensait Shelley lorsqu'il écrivait : « Les poètes sont les législateurs insoupçonnés du monde. » L'ordre poétique auquel il fait allusion se fonde sur le goût romantique pour le paysage, les lieux restés sauvages, la simplicité, la nature portée au rang d'idéal, la marche en tant qu'elle réalise ce rapport privilégié avec ces sites en l'articulant à un désir d'innocence, de pureté, de solitude. Pour le dire autrement, la marche est une activité naturelle (ou, mieux, indissociable de l'histoire naturelle), mais l'acte qui consiste à choisir ce mode de locomotion dans un but contemplatif, spirituel ou esthétique s'inscrit dans une histoire culturelle spécifique. Déjà naturalisée pour un Thoreau, cette histoire entraîne les marcheurs à s'aventurer de plus en plus loin, car elle est tributaire de l'évolution du goût qui prescrit où il est bon de marcher.

Si Wordsworth et ses pairs sont facilement pris pour les fondateurs de la tradition qui pose la marche en activité esthétique, sans doute est-ce parce que, avant eux, la marche ou plutôt la promenade n'existe que relativement à l'histoire de l'architecture et des jardins. On en trouve mention dans des romans, des journaux ou des lettres, mais il n'existe pas de littérature qui lui soit spécifiquement consacrée et son histoire est contenue dans celle, plus large, de l'aménagement des lieux de promenade, dont l'importance spatiale et culturelle alla en s'affirmant au cours du XVIIIe siècle. Cette histoire est également celle d'une transformation radicale du goût, qui détrôna les espaces officiels savamment structurés au profit des espaces informels, naturels. Bien que ses débuts se confondent avec la chronique somme toute banale de l'oisiveté de la noblesse et de l'architecture conçue à son intention, au bout du compte elle aura créé des lieux et des pratiques parmi les plus subversifs et les plus agréables du monde contemporain. Sorte de cheval de Troie de la démocratisation de nombreux espaces, le goût de la marche et du paysage finit au XXe siècle par littéralement abattre les murs qui protégeaient les domaines aristocratiques.

À la Renaissance, quand les châteaux commencèrent d'être aménagés en palais et en manoirs, ils étaient souvent agrémentés d'une galerie. Étroite et tout en longueur, comparable à un couloir de par ses proportions mais ne menant nulle part, cette pièce ouverte sur l'extérieur servait à prendre de l'exercice sans avoir besoin de se risquer dehors. La reine Élisabeth Ire fit adjoindre au château de Windsor une terrasse surélevée où elle se promenait tous les soirs une heure avant le dîner, lorsque le vent ne soufflait pas trop fort[10]. Marcher était alors surtout considéré comme une pratique salutaire, même si bien sûr on se promenait aussi dans les jardins, et sans doute avec plaisir. On était peu sensible, en revanche, à la beauté du paysage. Le 11 octobre 1660, Samuel Pepys sortit après dîner faire un tour dans St James Park, mais ses seules remarques portent sur les pompes à eau qu'il y vit fonctionner. Deux ans plus tard, le 21 mai 1662, il note dans son journal être allé visiter White Hall Garden avec son épouse, et ce jour-là il semble qu'il se soit surtout attardé devant la lingerie de la maîtresse du roi, mise à sécher dans le jardin privé. Pepys s'intéressait à la société, nullement à la nature, car de son temps le paysage en tant que tel n'était pas encore un thème d'élection de la peinture et de la poésie britanniques. Longtemps, la marche ne fut que mouvement. Elle ne devint expérience qu'à la faveur de l'importance prise peu à peu par l'environnement.

Une révolution, pourtant, s'amorçait dans les jardins. Les hauts murs qui les ceignaient au Moyen Âge servaient en partie à en assurer la sécurité. Sur les images qu'il nous en reste, souvent leurs occupants sont assis ou allongés, écoutent de la musique ou conversent paisiblement (depuis le Cantique des cantiques le jardin clos est une métaphore du corps féminin, et le décor idéal de la galanterie et du flirt depuis, au moins, l'apparition de l'amour courtois). Fleurs, herbes médicinales, arbres fruitiers, fontaines et instruments de musique en font un lieu qui parle aux sens ; hors de ce sanctuaire de volupté, maintes occasions d'exercice s'offrent à la noblesse médiévale qui prend toujours une part active à la guerre et à la gestion du domaine. Puis, peu à peu le monde devint plus sûr, les nobles résidences prirent un aspect plus riant, et dans l'Europe entière le jardin gagna du terrain mais aux dépens de ses fleurs et de ses fruits ; désormais c'est exclusivement l'œil que devait séduire ce royaume en expansion. Si les jardins de la Renaissance étaient encore conçus pour la promenade autant que pour le repos, les jardins baroques s'étendaient à perte de vue. De même que marcher était l'exercice recommandé à ceux qui n'étaient pas contraints de travailler, de même ces jardins immenses étaient des espaces cultivés indépendamment de toute contrainte productive ; ils ne servaient qu'à stimuler les marcheurs mentalement, physiquement et socialement.

Malgré la richesse et la puissance qui se déploient à l'envi dans les jardins baroques, leur rigueur abstraite pourrait à bon droit être qualifiée d'austère. Leurs arbres et leurs haies strictement taillés composent des volumes cubiques ou coniques ; allées et avenues y dessinent des lignes rectilignes et l'eau, canalisée, est pompée dans les fontaines ou déversée dans des bassins de forme géométrique. Marquant le triomphe d'un ordre platonicien dont l'idéal vient recouvrir le matériau brut du réel, ces aménagements prolongent jusque dans le monde organique la géométrie et la symétrie de l'architecture. En même temps, cependant, ils encouragent à la décontraction, à une certaine familiarité des manières. De tout temps, en effet, les jardins aristocratiques ont eu pour principale fonction d'offrir à leurs propriétaires des espaces propices à la méditation ou aux confidences échangées à l'abri des regards et des oreilles indiscrètes. En 1699, Guillaume III d'Orange et Marie II Stuart, alors souverains d'Angleterre, firent si bien agrandir les jardins de Hampton Court qu'on pouvait y marcher sur près de deux kilomètres avant d'arriver à l'enceinte. Les allées dites promenades (assez larges pour que deux personnes puissent y circuler de front), sans lesquelles il ne serait bientôt pas de jardin digne de ce nom, témoignent indirectement de l'importance croissante accordée aux déambulations. Ce sera ensuite au tour des murs d'enceinte de disparaître, si bien que la distinction entre le jardin et le paysage environnant deviendra de plus en plus difficile à établir.

Les murs des jardins britanniques tombèrent dans les premières décennies du XVIIIe siècle, remplacés par des fossés autrement appelés « sauts-de-loup » (ou, en anglais, *ha-ha*, onomatopée dictée par le cri de surprise qui échappait aux promeneurs lorsqu'ils arrivaient devant cet obstacle), sortes de barrières invisibles qui n'arrêtaient plus le regard. Or, les pieds vont volontiers aussi loin que va l'œil. La plupart des domaines anglais se composaient d'une succession d'espaces – le parc, le jardin, la maison – de plus en plus strictement contrôlés de la périphérie vers le centre. D'abord prévus pour servir de réserves de chasse, les parcs jouèrent ensuite longtemps, grâce à leurs bois et à leurs prés, le rôle de zones tampons entre la classe des oisifs et celle des paysans et des villageois. Dans l'ouvrage qu'elle a consacré à l'histoire des parcs anglais, Susan Lasdun explique que les avenues plantées d'arbres qu'on y aménagea au XVIIe siècle procuraient « l'ombre et le couvert pour des promenades qui, une fois que la mode en fut lancée par Charles II, devinrent de rigueur dans les parcs. [...] Certes, l'amour du grand air et de l'exercice passait déjà pour un goût "anglais". Les propriétaires privés entreprenaient à présent de dessiner des promenades dans leurs domaines campagnards et les excursions à pied en vinrent à faire partie des plaisirs du parc au même titre que la chasse et les sorties en voiture ou à cheval. Le tracé même des promenades fut de plus en plus pensé pour éveiller l'intérêt, en fonction de considérations esthétiques qui, parties de la perspective simplement découverte depuis une fenêtre ou une terrasse, finirent par prendre en compte des points de vue plus mobiles. [...] Le marcheur, en fait, effectuait un circuit, et à partir du XVIIIe siècle cette façon de se promener allait commander l'agencement des jardins et des parcs. L'époque où l'on ne pouvait se promener en toute sécurité que sur la terrasse du château était depuis longtemps révolue[11] ».

Savamment composé de haies taillées au cordeau, de bassins géométriques, d'arbres alignés en rangées strictes, le jardin classique se fondait sur la certitude que l'homme seul peut ordonner le chaos de la nature. Les jardins d'Angleterre se départirent de ce classicisme à mesure que le XVIIIe siècle progressait, et les principes à la base de cette conception naturaliste communément appelée *jardin anglais**, ou « paysager », sont une des grandes contributions britanniques à la culture occidentale. En même temps que disparaissait la clôture visuelle qui le séparait de son environnement, le jardin fut repensé pour s'y intégrer sans hiatus. Dès 1709, Anthony Ashley Cooper, comte de Shaftesbury, pouvait s'écrier : « O, glorieuse Nature ! Suprêmement Juste, souverainement

* En français dans le texte.

Bonne ! […] Je ne résisterai pas plus longtemps à la Passion qui grandit en moi pour les Choses d'un genre Naturel dont ni l'Art, ni l'Idée, ni le Caprice de l'Homme n'ont gâté l'Ordre authentique en s'immisçant de force dans cet État primitif. Il n'est pas jusqu'aux rudes Rochers, aux Cavernes moussues, aux Grottes à la grossièreté intouchée, aux Cascades au débit haché, qui, d'être parés des Grâces horribles de l'Inculte, n'en représentent que plus la Nature et sont de ce fait d'autant plus engageants. Leur Magnificence dépasse de très loin la Parodie des Jardins Princiers[12]. » Les fleurs de cette rhétorique devançaient la pratique : il s'écoulerait encore des décennies avant que les jardins princiers s'abandonnent à l'inculte. La vision optimiste du comte de Shaftesbury, pour qui la nature était foncièrement bonne, allait toutefois être confortée par l'idée tout aussi optimiste que l'homme est capable de s'approprier, d'améliorer ou de réinventer la nature en ses jardins.

« La Poésie, la Peinture et la Science du Paysage, ou Jardinage, seront à jamais tenues par les Hommes de Goût pour Trois Sœurs, les Trois Grâces Nouvelles qui vêtent et ornent la Nature[13] », proclama Horace Walpole, esthète fortuné qui s'employait à inculquer le goût romantique à ses contemporains. Dans cette tirade, il postule d'abord que le jardinage est un art au même titre que les savoir-faire plus classiquement tenus pour tels des poètes et des peintres (s'agissant de l'attention portée aux jardins, son époque apparaît effectivement comme une sorte d'âge d'or, ou plus exactement peut-être comme une période d'incubation au cours de laquelle l'amour de la nature couvait dans ces jardins, ces poèmes, ces peintures) ; il postule ensuite que la nature a besoin d'être vêtue, ornée, à tout le moins dans les jardins, et que la peinture indique quelques moyens d'y parvenir. Le jardin anglais tel qu'il commence alors à se profiler subit notamment l'influence des paysages italiens du XVIIe siècle qui ont séduit un Claude Lorrain, un Nicolas Poussin ou un Salvator Rosa, avec leurs reliefs moutonnants courant jusqu'à l'horizon, leurs bosquets dont les feuillages duveteux soulignaient la perspective, leurs étendues d'eau sereines, leurs édifices classiques, leurs ruines (et, chez Rosa, les falaises, les torrents et les bandits qui en font le plus « gothique » de ces trois artistes). Des temples à colonnades et des ponts palladiens furent ajoutés aux jardins anglais, voulus à l'image de la campagne italienne représentée sur ces tableaux et destinés de surcroît à suggérer que l'Angleterre avait hérité des vertus et des beautés de la Rome antique. « Le jardinage est toujours peinture de paysage », affirmait Alexander Pope. De même qu'on avait appris à regarder le paysage dans la peinture, on apprenait désormais à regarder le paysage dans les jardins.

À la différence des jardins classiques et des tableaux, créés en fonction d'un point de contemplation idéal, le jardin paysager anglais « demandait à être exploré, ses surprises et ses recoins insoupçonnés devaient se découvrir à pied[14] », écrit John Dixon Hunt. Carolyn Bermingham va dans le même sens, dans son analyse des rapports que les différentes classes sociales entretiennent avec le paysage : « Alors que le jardin classique à la française s'organisait à partir d'une perspective unique, dans l'axe de la maison, le jardin anglais se compose d'une série de multiples vues de biais qui sont autant d'invites au détour[15]. » Pour prendre une comparaison anachronique, le jardin se veut alors plus scénique que pictural : conçu pour être découvert dans le mouvement, il offre, au lieu d'un seul plan statique, une succession de compositions qui se fondent les unes dans les autres. Pour l'agrément des promeneurs, son dessin d'ensemble doit désormais satisfaire une double exigence esthétique et pratique ; le plaisir de voir commence alors à se nouer au plaisir de marcher.

La naturalisation croissante du jardin obéit également à d'autres facteurs, le plus décisif étant peut-être l'équation établie entre le jardin paysager et la liberté anglaise. Le goût de la nature cultivé par les aristocrates anglais définit d'une certaine façon leur classe et leur ordre social comme naturels, par opposition à l'artifice français. Ainsi que Bermingham l'a brillamment indiqué, il y a donc bien un substrat politique derrière les passe-temps campagnards auxquels ils s'adonnent volontiers, les portraits où ils posent avec un paysage en arrière-plan, la création de leurs jardins et parcs « naturalisés ». En définitive, ce changement du goût témoigne d'une confiance extraordinaire. Le jardin clos, le château étaient les corollaires d'un monde dangereux dont il fallait se protéger, littéralement et esthétiquement. Le jardin sans ses murs suggère qu'il existe un ordre de la nature en harmonie avec la société « naturelle » qui sait apprécier ce type de jardins. L'engouement pour les ruines, les montagnes, les torrents, les situations propres à susciter la peur ou la mélancolie – et pour les œuvres d'art exploitant ces thèmes – laisse supposer que les privilégiés anglais bénéficiaient de conditions de vie si douces et agréables qu'ils pouvaient tranquillement raviver pour s'en divertir les vieilles terreurs dont leurs ancêtres cherchaient à se protéger. Par ailleurs, l'expérience intime et la simplicité artistique connaissaient alors une vogue sans précédent, surtout sensible dans le succès du roman.

Les jardins de Stowe, à Buckingham, illustrent à merveille cette évolution. Passés par presque tous les stades qu'a connus le jardin anglais au XVIIIe siècle, ils se présentent aujourd'hui comme une sorte de lexique des conceptions jardinières de ce siècle. Rien n'y manque. Il y a des temples, des grottes, un ermitage, des ponts, un lac et ses aménagements « paysagers », quelques « chinoiseries » parmi les premières introduites dans l'île et des exemples de l'architecture « gothique » si prisée en Angleterre. Son propriétaire, le vicomte de Cobham, commença par remplacer le salon de plein air réalisé en 1680 par un jardin classique plus vaste dont il corrigea sans cesse le dessin, jusqu'à le gommer complètement à mesure que le siècle avançait. Les champs Élysées, où se trouvaient les temples des Britanniques de mérite, de la Vertu antique et de la Vertu moderne mentionnés au chapitre précédent, furent progressivement adoucis grâce à l'introduction d'ondulations souples qui finirent par gagner tout l'espace du jardin. Les allées rectilignes devinrent sinueuses, plus propices à la divagation qu'au salubre exercice de la promenade. Fief du parti whig, Stowe, nous dit Christopher Hussey, réalise la transmutation de la politique en architecture d'extérieur par l'assouplissement de la conception classique du paysage « en harmonie avec l'humanisme du temps, sa foi en la liberté disciplinée, son respect pour les qualités naturelles, sa croyance en l'individu, homme ou arbre, sa haine, enfin, de la tyrannie, aussi bien en politique qu'en matière de plantations[16] ». La plupart des grands architectes paysagers de l'époque ont travaillé pour Cobham, tandis que de nombreux poètes et écrivains illustres comptaient parmi ses invités. Les jardins, eux, ne cessèrent de s'étendre, annexant chaque fois plusieurs hectares d'un coup. « En trente ans, résume un de leurs historiens, son goût [celui du vicomte de Cobham] le fit passer d'un souci des arrangements ordonnés avec pelouses en terrasse, statues et chemins au tracé droit [...] à une tentative de tableau paysager en trois dimensions visant à créer un paysage idéal[17]. »

En 1770, l'architecte « gothique » Sanderson Miller se promenait dans les jardins de Stowe en compagnie de plusieurs personnes, dont l'architecte paysager Lancelot « Capability » Brown, celui-là même qui porterait à son terme la révolution de l'agencement de ces espaces en y insérant des étangs, des bois et des prairies sans apprêts artificiels. Il créa à Stowe la Vallée grecque, l'espace le plus vaste et le plus plat du parc, qui malgré son aspect absolument naturel fut creusé à la main par une armée d'ouvriers. Débarrassé des sculptures et des éléments architecturaux, le jardin tel que le conçoit Brown ne célèbre plus la gloire de la politique et de l'histoire des hommes. La Nature, ici, n'est pas traitée en décor, elle occupe la place du sujet. Quant aux promeneurs, au lieu d'être incités à des réflexions banales sur la vertu ou sur Virgile, ils ont tout loisir de dérouler le fil de leurs pensées personnelles en suivant les tours et détours des chemins. L'espace autrefois public et architecturalement structuré des jardins dessinés avec autorité s'ensauvageait pour le plus grand profit de la méditation et de la rêverie solitaires.

Les bouleversements introduits par Brown étaient cependant loin de faire l'unanimité. Le président de la Royal Academy, Sir Joshua Reynolds, exprimait son scepticisme en ces termes : « Le jardinage, pour autant qu'il soit un art ou mérite d'être nommé de la sorte, est une déviation de la nature ; car, si le vrai bon goût consiste, comme beaucoup en sont d'avis, à supprimer jusqu'à l'apparence de l'art, ou jusqu'aux moindres traces des pas de l'homme, alors il n'y aura plus lieu de parler de jardin[18]. » Reynolds n'avait pas tort. À force de se fondre toujours davantage dans le paysage environnant, le jardin finit par devenir superflu. Horace Walpole disait à propos de l'architecte paysager William Kent qu'il avait « sauté la clôture et compris que la nature tout entière était un jardin[19] ». À partir du moment où le jardin ne se voulait plus qu'un espace agréable à l'œil et invitant à la flânerie, mieux valait partir à sa découverte plutôt que le discipliner. Dès lors, rien ne s'opposait à ce que la promenade se prolonge en excursion touristique. Plutôt que d'admirer l'œuvre de l'homme, le marcheur champêtre irait admirer la nature dans ses œuvres et parachever ainsi une révolution majeure. Pour citer une fois encore Shaftesbury, les jardins princiers s'étaient enfin abandonnés à l'inculte et le monde non humain devenait un objet approprié à la contemplation esthétique.

D'abord enserré dans l'enceinte du château fort, le jardin aristocratique effaça peu à peu ses limites. Sa progressive intégration dans le monde indique combien l'Angleterre s'était pacifiée (ainsi, à un moindre degré, qu'une grande partie de l'Europe occidentale où la mode des jardins anglais eut tôt fait de se répandre). À dater des années 1770, ce pays connut une « révolution des transports » entraînée par l'amélioration des routes, la baisse sensible des agressions de voyageurs et du prix des déplacements. La nature même du voyage en fut transformée. Avant la seconde moitié du XVIIIe siècle, les récits de voyage ne mentionnent pour ainsi dire pas les étendues traversées entre les jalons religieux ou culturels. Jusqu'alors, l'espace séparant les points de départ et d'arrivée du pèlerinage ou du déplacement en général apparaissait surtout comme une redoutable *terra incognita*. Une fois cet espace élevé au rang de paysage, le voyage devint une fin en soi, un prolongement de la flânerie au jardin. Les expériences vécues en cours de route en vinrent ainsi à s'apparenter à autant de buts qui se substituaient à la nécessité d'arriver, puisque le paysage même représentait la destination de ceux qui s'aventuraient dans un monde supportant d'être regardé comme un jardin, ou un tableau. Depuis longtemps déjà, la marche était une activité récréative, et ce n'était plus qu'une question de temps pour que le voyage à pied, imposant sa lenteur en vertu, se taille la part belle dans les plaisirs de la découverte des lieux. Le moment approchait qui verrait un pauvre poète traverser à pied toute une région sous la neige en compagnie de sa sœur.

Cette aventure amena d'ailleurs Wordsworth à écrire un guide de la région des Lacs, où il retrace l'histoire résumée plus haut. « Au cours des soixante dernières années, écrivit-il en 1810, une pratique, baptisée Jardinage d'ornement, s'imposa peu à peu à toute l'Angleterre. L'admiration pour cet art, et dans certains cas l'opposition qu'il a suscitée, créèrent un engouement pour des sites choisis du paysage naturel ; et les Voyageurs, au lieu de réserver leurs observations aux Villes, aux Manufactures ou aux Mines, commencèrent (chose auparavant inouïe) à s'aventurer dans l'île en quête d'endroits isolés, distingués [...] pour le caractère sublime ou la beauté des formes de la Nature qui s'y offrent aux regards[20]. »

L'invention du tourisme rural

Le pauvre Karl Moritz qui si souvent eut l'impression d'être rejeté au cours de son voyage pédestre en Angleterre a cependant rencontré une pléthore de marcheurs dont ni lui ni ses lecteurs modernes ne font grand cas. Laconique à propos des nombreuses personnes qu'il vit marcher de Greenwich à Londres, il trouve la « médiocrité » de St James Park « largement compensée par le nombre étonnant de gens qui le fréquentent en fin de journée, par beau temps ; nos plus belles promenades ne sont jamais aussi courues, même au plus fort de l'été. J'ai goûté ce soir pour la première fois à l'exquis plaisir d'être mêlé à un si grand concours de gens, pour la plupart bien habillés et de belle prestance[21]. » Au fond, nous dit ici Moritz, la promenade est un passe-temps plus distingué, ou, pour être précis, un passe-temps *public* plus distingué en Angleterre qu'en Allemagne, ce qui n'est pas le cas du voyage à pied (du même coup, Moritz se révèle pour le snob qu'il était, ce qui explique peut-être qu'il ait si mal supporté la condition plébéienne du voyageur piéton). Lors de ce séjour à Londres, il visita également les jardins du Ranelagh et de Vauxhall. Cousins des foires champêtres et des parcs de loisirs modernes, ces sites populaires proposaient des spectacles de musique et de théâtre en plein air, des buvettes, des parcours balisés, et la bonne société et la bourgeoisie s'y rassemblaient en fin de journée pour se divertir dans une ambiance de garden-party. Comme nos contemporains qui aujourd'hui se côtoient sur les *plazas* d'Amérique latine, dans les jardins publics, les défilés de carnaval ou les zones piétonnes, nobles et bourgeois venaient là pour s'observer les uns les autres autant que pour se détendre. Ces sorties éminemment sociales sont un autre aspect de la culture de la marche, alors en plein essor et dont les moments solitaires se déroulaient encore dans l'intimité du jardin ou du parc. « Le Peuple de Londres apprécie autant les promenades que nos amis de Pékin aiment monter à cheval, dit Olivier Goldsmith, s'imaginant dans la peau d'un Chinois en visite à Vauxhall. En été, l'une des principales distractions des citoyens d'ici consiste à se rendre à la tombée de la nuit dans un jardin non loin de la ville, où ils se promènent, se montrent dans leurs plus beaux atours et sous le jour le plus avenant, vont écouter un concert donné pour l'occasion[22]. »

La visite d'une célèbre caverne de la région des Pics, qui se trouve dans le Derbyshire non loin de la région des Lacs, fut un autre temps fort du voyage de Moritz. Il n'est pas insignifiant de savoir qu'un guide lui en fit découvrir les merveilles contre rémunération. Le tourisme rural commençait en effet à se développer dans cette partie du nord de l'Angleterre, au pays de Galles et en Écosse. Et de même que la vogue du jardin paysager anglais avait suscité une avalanche de descriptions poétiques et épistolaires, dès ses débuts le tourisme encouragea la production d'ouvrages destinés à guider les visiteurs. Comme ceux dont nous nous servons aujourd'hui, ils dressaient la liste des sites intéressants et indiquaient comment s'y rendre. Les plus complets, notamment ceux du pasteur William Gilpin, précisaient en outre *comment* regarder ce qu'il y avait à voir. Le plaisir pris au paysage était une marque de raffinement, et pour cultiver ce raffinement il convenait de s'instruire dans la connaissance du paysage. On peut d'ailleurs soupçonner que les lecteurs qui firent la renommée de Gilpin consultaient ses ouvrages un peu comme les générations suivantes se fieraient aux manuels de savoir-vivre, car il écrivait à une époque où la bourgeoisie acquérait ce goût du paysage resté jusque-là un apanage de l'aristocratie. Si la création ou la jouissance des jardins paysagers était un luxe réservé à quelques privilégiés, le spectacle de la nature, accessible à tous, attirait de plus en plus de gens de condition modeste.

Pour se moquer de la romantique Marianne, l'héroïne du roman de Jane Austen *Le Cœur et la Raison*, son ami Edward remarque qu'elle achèterait volontiers « chaque ouvrage lui disant comment admirer un vieil arbre difforme[23] ». John Barrell estime pour sa part qu'« on peut en un sens avancer qu'à la fin du XVIIIe siècle, la simple contemplation du paysage, indépendamment de la manière dont elle s'exprime en peinture, en littérature ou dans tout autre domaine, en vint à être considérée comme une occupation importante pour les gens cultivés, quasiment une pratique artistique à elle seule. Le bon goût en matière de paysage était un talent de société presque aussi estimable que savoir chanter ou bien tourner une lettre. Les héroïnes de nombreux romans de la fin du XVIIIe siècle manifestent ce goût avec une virtuosité presque ostentatoire, et certains romanciers ont traité comme des indications sûres des différences de caractère, non seulement le fait d'avoir ou non le goût du paysage, mais aussi les variations qui nuancent cette tendance générale[24] ». Tout en affirmant son romantisme par l'amour qu'elle voue aux vieux arbres tourmentés, Marianne Dashwood s'excuse de cultiver un goût si à la mode : « Il est tout à fait vrai [...] que l'admiration des éléments du paysage champêtre s'est muée tout bonnement en l'adoption d'un jargon. Chacun prétend ressentir, et tente de décrire avec le goût et l'élégance de celui qui a donné à la beauté pittoresque sa première définition[25]. » Il s'agit là aussi d'une allusion à Gilpin, qui répandit en Angleterre l'usage du mot « pittoresque » à l'origine appliqué à des paysages comparables à des tableaux, ou pouvant être perçus comme tels, et qui finit par qualifier les sites sauvages, austères, ou à tout le moins peu accueillants.

Gilpin, en effet, apprend à ses lecteurs à se planter devant le paysage comme devant un tableau. Il leur explique ce qu'il faut regarder, et comment le cadrer en imagination. Ainsi déclare-t-il à propos de l'Écosse : « N'était ce manque général d'objets, de bois en particulier, dans les panoramas écossais, je ne doute pas qu'ils pourraient rivaliser avec ceux d'Italie. Les grands contours sont tous tracés, il n'y manque que quelques retouches[26] », manière de dire que ce thème nouveau que compose le territoire écossais peut être appréhendé au moyen de comparaisons avec l'art et les paysages italiens depuis longtemps sacralisés.

À l'instar du goût pour le paysage, l'attention accordée à ses qualités picturales et l'invention du tourisme rural datent elles aussi du XVIIIe siècle. Lorsqu'il s'acheva, la région des

Lacs était un site touristique couru, qui l'est resté grâce, entre autres, à Gilpin, Wordsworth et… Napoléon : à l'époque troublée de la Révolution française puis des guerres napoléoniennes, les Anglais qui auparavant voyageaient volontiers à l'étranger se rabattirent sur les visites de leur île. Pour ce faire, ils prirent d'abord les diligences, puis le train. Leurs guides de voyage en poche, ils admiraient les paysages, achetaient des souvenirs. Et arrivés sur place, ils marchaient. Dans un premier temps, la balade ne fut sans doute qu'un à-côté du voyage, une façon commode de bouger pour découvrir le meilleur point de vue. Très vite, cependant, la mode des excursions et des randonnées, notamment en montagne, en fit une composante essentielle de l'entreprise touristique.

DE LA BOUE SUR SON JUPON

Bien que les guerres napoléoniennes n'aient pas leur place dans ses romans, Jane Austen traite avec une grande sagacité d'autres sujets d'actualité. Dans *L'Abbaye de Northanger*, elle ironise sur le roman gothique, son ton macabre et les ressorts invraisemblables des frissons qu'il procure ; dans *Le Cœur et la Raison*, elle se montre presque aussi sarcastique vis-à-vis de la façon toute romantique dont Marianne Dashwood envisage l'amour et le paysage. Par la suite, Austen devait néanmoins se rallier, dans une certaine mesure, au culte du paysage ; son dernier roman, *Mansfield Park*, établit plus qu'un parallèle entre les vertus morales de l'héroïne et sa sensibilité aux beautés de la nature. Peuplée de jeunes femmes distinguées qui vivent à la campagne, l'œuvre de la romancière propose par ailleurs un merveilleux catalogue des usages de la promenade à la fin du XVIIIe et au début du XIXe siècle. *Orgueil et Préjugés* est à cet égard le roman le plus complet. Pour conclure cet examen des conditions dans lesquelles William et Dorothy Wordsworth se mirent en route pour Grasmere en décembre 1799, nous allons donc accompagner l'intrépide Elizabeth Bennet dans ses échappées (en rappelant au passage que si *Orgueil et Préjugés* fut publié en 1813, sa première version date de 1799). Austen est là très proche des Wordsworth, et ses descriptions nous offrent un aperçu du monde par trop raisonnable qu'ils laissaient derrière eux.

La promenade est omniprésente dans *Orgueil et Préjugés* ; l'héroïne part faire un tour à la moindre occasion, et nombre des rencontres et des conversations décisives se produisent dehors, entre des personnages sortis se dérouiller les jambes. Ce rôle fortuit dévolu à la marche indique à quel point elle était alors intégrée aux usages de la société étudiée par Jane Austen. À la charnière des XVIIIe et XIXe siècles, la promenade est une occupation par excellence féminine. « C'étaient des dames de la campagne, qui bien sûr appréciaient la distraction des dames de la campagne : elles allaient à pied[27] », note Dorothy Wordsworth dans une lettre de 1792. Les textes des auteurs masculins abondent en remarques sur la conception et les admirables perspectives des jardins, mais les descriptions des promeneurs et des promenades à l'intérieur des jardins se trouvent surtout dans les lettres et les romans écrits par des femmes. Peut-être parce qu'elles se saisissaient plus facilement des sujets de la vie quotidienne, ou bien parce que le choix d'activités offert aux Anglaises, et en particulier aux Anglaises de la bonne société, était tout de même assez restreint. Elizabeth Bennet, la principale protagoniste d'*Orgueil et Préjugés*, lit beaucoup, écrit des lettres, coud un peu, joue du piano passablement bien, et marche.

Dans les premières pages du roman, Jane Bennet, sa sœur, prend froid en se rendant à Netherfield, chez M. Bingley, son prétendant. Elizabeth s'empresse aussitôt de venir l'y rejoindre à pied. Elle ne peut y aller autrement car elle n'est pas « cavalière » et ne dispose que d'un cheval au lieu des deux qu'il lui faudrait pour atteler la voiture. La témérité et la verve qui en font une héroïne si attachante ne sont de toute façon pas étrangères à son enthousiasme de marcheuse, première grande manifestation de son indépendance d'esprit.

Sans couvrir, loin s'en faut, la distance qui a valu à Dorothy Wordsworth les réprimandes de sa tante, Elizabeth franchit comme elle les limites assignées aux femmes de sa classe, ce que ne se privent pas de commenter les personnes rassemblées chez M. Bingley. « Plus d'une lieue à pied, de si bon matin, par un temps si vilain, et toute seule – Mme Hurst et Mlle Bingley avaient peine à le croire ; Elizabeth eut en outre la certitude que cela ne leur inspirait que mépris[28]. » Il semble en l'occurrence que la transgression dont se rend coupable la jeune fille tienne autant à sa décision de s'aventurer seule dans le monde extérieur qu'au fait qu'elle a ainsi transformé le passe-temps raffiné de la promenade en démarche utile. Tandis qu'elle s'occupe de sa sœur dont l'état, entre-temps, s'est aggravé, ces dames se répandent en commentaires affligés sur la boue qui macule son jupon, son « indépendance et [sa] prétention abominables », son « mépris des convenances parfaitement digne d'un trou de province[29] ». M. Bingley estime quant à lui que cette excursion peu orthodoxe prouve l'affection qu'elle porte à sa sœur, et M. Darcy lui trouve les yeux « encore plus animés après cet exercice[30] ».

Les occupants de cette maison distinguée vont bientôt montrer comment il convient de marcher – en compagnie, sans se risquer au-delà des buissons qui bordent le jardin. Mlle Bingley entretient toujours M. Darcy de l'inconduite d'Elizabeth, quand Mme Hurst et l'héroïne surgissent inopinément d'une autre allée. Aussitôt, Mme Hurst s'empare du bras resté libre de M. Darcy et laisse Elizabeth marcher seule. Pour contrer la rudesse des deux femmes, M. Darcy déclare alors : « "Cette allée n'est pas assez large pour quatre. Allons dans l'avenue, nous y serons mieux." Mais Elizabeth, qui n'avait aucune envie de rester avec eux, répondit dans un éclat de rire : "Non, non, restez où vous êtes. Vous formez un groupe charmant et cela vous met remarquablement en valeur. Tout le pittoresque serait gâché si l'on ajoutait un quatrième. Au revoir[31]." »

Ils l'ont critiquée pour avoir dépassé les limites de la bienséance en venant voir sa sœur à pied ; à son tour elle se moque de ce jardin où ils sont chez eux en suggérant qu'ils font ni plus ni moins partie du cadre, tels des éléments décoratifs à contempler au même titre que les arbres et l'étang.

Comme d'autres romans de son temps, *Orgueil et Préjugés* développe l'idée que la promenade est aussi un moment d'intimité partagée qui se prête aux conversations importantes. Les convenances exigeaient des hôtes et des invités d'une maison de campagne qu'ils passent leurs journées ensemble, dans les pièces conçues à cet effet, et les promenades au jardin permettaient à chacun de rompre momentanément avec le groupe pour goûter à la solitude ou à un tête-à-tête. *Orgueil et Préjugés* dresse aussi, accessoirement, un petit inventaire des milieux propices à la promenade. Vers la fin du roman, le lecteur découvre certains agencements du jardin des Bennet, où Lady Catherine vient de faire irruption pour sonder Elizabeth sur ses intentions envers M. Darcy. « "Mademoiselle Bennet, déclare-t-elle afin de l'engager à venir avec elle, il m'a semblé voir un petit bosquet assez gentillet d'un côté de votre pelouse. Il ne me déplairait pas d'y faire un tour, si vous voulez bien me faire la faveur de m'accompagner." "Vas-y, ma chérie, s'écria sa mère, et montre toutes les allées à madame. À mon avis, l'ermitage va lui plaire[32]." » Nous savons ainsi qu'il s'agit d'un jardin d'assez belle taille aménagé au milieu du XVIIIe siècle et comprenant au moins un ornement architectural.

Nous ne découvrirons jamais, en revanche, les particularités du parc de Lady Catherine, à ceci près que lorsque Elizabeth séjourne dans les environs, sa « promenade favorite [...] était de longer le bosquet dégagé qui bordait ce côté-là du parc en empruntant un sentier bien abrité, qu'en dehors d'elle personne ne semblait apprécier, et où elle se sentait à l'abri de la curiosité de Lady Catherine[33] ». En revanche elle n'échappe pas à celle de M. Darcy, qu'il lui arrive trop souvent de rencontrer. Elle a beau lui signaler qu'il s'agit là d'« un de ses lieux de promenade favoris[34] », l'importun qui est bien sûr amoureux d'elle s'obstine à l'y rejoindre. « Au cours de leur troisième rencontre, elle se rendit soudain compte que, de manière bizarrement décousue, il lui demandait si elle était contente d'être à Hunsford, si elle aimait les promenades solitaires[35] […]. »

Pour l'auteur et ses lecteurs comme pour M. Darcy, ces promenades solitaires sont l'expression de l'indépendance qui, éloignant l'héroïne de la sphère sociale composée des maisons et de leurs habitants, l'entraîne vers des espaces plus vastes et isolés où elle peut penser à sa guise : la marche associe la liberté du corps à celle de l'esprit. Bien que Jane Austen s'étende ici moins longuement sur le spectacle de la nature que dans *Mansfield Park*, la sensibilité d'Elizabeth au paysage est une marque du raffinement de son intelligence. Ainsi, ce n'est pas la personne de M. Darcy mais son domaine de Pemberley qui va changer le regard qu'elle porte sur lui : « Jamais elle n'avait vu un site autant favorisé par la nature, et où la beauté naturelle fût aussi peu contrariée par un goût maladroit […] ; en cet instant elle se dit que c'était peut-être quelque chose que d'être maîtresse de Pemberley[36] ! » Ce parc magnifique aménagé conformément aux règles naturalistes prônées par Capability Brown est aussi révélateur du caractère de son propriétaire que le plaisir pris par Elizabeth à ses promenades solitaires. Quand le hasard veut qu'ils s'y rencontrent, ils s'appliquent à donner à leur relation une forme plus policée en suivant « le circuit ordinaire qui, en traversant des bois en surplomb, les fit redescendre au bout d'un moment jusqu'au bord de la rivière, dont le lit était en cet endroit des plus étroits. Ils la traversèrent en empruntant un pont tout simple, et en harmonie avec l'impression générale produite par ce tableau […] : la vallée qui, à cet endroit, se resserrait en une gorge, ne laissait de place que pour la rivière et un étroit sentier au milieu des taillis laissés à l'état sauvage. Elizabeth aurait aimé en explorer les détours[37] ».

Leur goût commun pour la nature va permettre au héros et à l'héroïne de ce roman de trouver un terrain d'entente et d'aplanir leurs divergences. Ils n'auraient cependant pas pu jouir à l'unisson des beautés de Pemberley si l'oncle et la tante de la jeune fille ne l'avaient pas invitée à visiter avec eux la région des Lacs (ce qu'elle accepte avec enthousiasme : « Quelle joie ! s'écrie-t-elle. Quelle félicité ! Vous me redonnez force et vie. Adieu dépit, adieu humeurs noires. Que sont les hommes à côté des rochers et des montagnes[38] ? »). Mlle Bingley peut toujours accabler de son mépris cet oncle et cette tante qui vivent du commerce et habitent un quartier quelconque de Londres ; ils apportent la preuve de leur authentique raffinement en choisissant la forme presque d'avant-garde du tourisme rural. Ayant ainsi réuni dans la région des Lacs les quatre personnages les plus sympathiques de son roman, Jane Austen quitte le plan jusque-là très abstrait de son récit, où seuls figuraient les détails concrets indispensables, pour se lancer dans des descriptions ébouriffantes de Pemberley. S'agissant de la contrée où se trouve ce domaine, après avoir averti le lecteur que son roman n'avait pas pour objet de lui vanter les charmes du Derbyshire, elle évoque néanmoins, parmi les attractions visitées par ses touristes, les superbes jardins de Chatsworth et ces merveilles naturelles que sont Dovedale, Matlock ou la région des Pics.

La promenade, dans ce roman, répond à une remarquable multiplicité de besoins. Elizabeth marche pour fuir la société, pour s'entretenir en privé avec sa sœur ou, à la fin, avec son amoureux. Elle apprécie les vieux jardins démodés et les nouveaux, au goût du jour, les paysages du Nord à la beauté intacte, et ceux plus civilisés du Kent. Elle marche pour prendre de l'exercice, comme la reine Élisabeth, et elle marche pour bavarder, comme Samuel Pepys. Elle marche dans les jardins, comme Walpole et Pope, dans les régions touristiques, comme Gilpin, ou simplement pour se déplacer, comme Moritz et les Wordsworth, et s'attire alors la même réprobation qu'eux. Le répertoire pédestre s'enrichit constamment de nouveaux buts, mais, aucun d'entre eux n'étant abandonné, la balade y gagne sans cesse en significations et en nouveaux usages, au point de devenir un mode d'expression à part entière. Socialement et spatialement, c'est elle, de surcroît, qui offre la plus grande latitude aux femmes. Au cours d'une promenade où Elizabeth et Darcy ont réussi à semer leurs compagnons, ils réussissent enfin à s'expliquer, se comprendre, et cet échange et le bonheur dont il s'accompagne les retiennent si longtemps que lorsque la jeune fille rentre enfin, les autres, sa sœur compris, l'assaillent d'une même question différemment formulée : « Ma chère Lizzy, où étiez-vous donc passée[39] ? » Elle ne peut que répondre qu'ils ont tant marché qu'elle ne savait plus où elle était. En arrachant littéralement Elizabeth à elle-même, la fusion opérée entre sa conscience et le paysage lui ouvre des possibilités insoupçonnées. Ce sera le dernier service rendu par la marche à la remuante héroïne d'*Orgueil et Préjugés*.

7

Les jambes de William Wordsworth

« Les connaisseurs de sexe féminin que j'ai eu l'occasion d'entendre s'exprimer sur ce point condamnent ses jambes à l'unanimité, déclare Thomas De Quincey à propos de Wordsworth. Elles n'étaient pas affligées d'une difformité rédhibitoire ; c'étaient à n'en pas douter des jambes serviables au-delà de ce qu'exigent les besoins humains normaux », poursuit-il avec ce mélange d'admiration et d'animosité qui caractérise les sentiments de la plupart des poètes de la génération suivante pour leur écrasant prédécesseur. « Renseignements dûment pris, j'ai en effet calculé qu'à l'aide de ces jambes, Wordsworth a dû couvrir une distance comprise entre cent soixante-quinze et cent quatre-vingt mille miles anglais, manière de les utiliser qui avait sur sa personne l'effet du vin, de l'alcool ou de tout autre stimulant sur les esprits animaux ; il lui est redevable d'une vie de bonheur sans nuages, et nous du meilleur de ses écrits[1]. » Wordsworth ne fut certes pas le premier ni le dernier à marcher. Bien d'autres poètes romantiques se lancèrent aussi dans de longues randonnées, mais personne avant ni après lui n'a accordé à la marche la place essentielle qu'elle occupe dans sa vie et dans son art. Il a dû marcher tous les jours ou presque de sa vie, qui fut fort longue, et c'est en marchant de la sorte qu'il allait à la rencontre du monde et écrivait ses poèmes.

S'agissant de lui, il faut se garder de confondre la marche

avec une petite promenade vers un endroit plaisant ou, selon la définition récemment développée par les spécialistes du mouvement romantique, avec le voyage vers un but lointain. Marcher, pour Wordsworth, est une façon d'être, pas un mode de transport. Lui qui à vingt et un ans s'était lancé dans une expédition de trois mille kilomètres à pied se contenta pendant les cinquante dernières années de sa vie d'arpenter de long en large son petit jardin en terrasse pour trouver son inspiration, mais ces deux formes du voyage pédestre avaient autant d'importance à ses yeux et il ne se privait d'ailleurs pas de flâner dans les rues de Paris ou de Londres, d'escalader des montagnes, de partir en excursion avec sa sœur ou ses amis. Les différents états de la marche trouvent à s'exprimer dans son œuvre. Il les associe avec une force inégalée à la nature, à la poésie, à la pauvreté, à l'errance, en valorisant bien sûr l'espace rural sur l'espace urbain :

Heureux en cela : de marcher avec la nature
Et de n'avoir pas eu de commerce trop précoce
Avec les difformités d'une vie bousculée [2].

C'est encore vers Wordsworth que la postérité se tourne pour retracer l'histoire de la marche en pleine nature : il est devenu le dieu de la piste.

Né en 1770 à Cockermouth, à quelque distance au nord de la région plus sauvage et plus accidentée des Lacs, vers la fin de sa vie il se présentait volontiers comme un être simple et frugal ayant vu le jour dans une république pastorale de petits propriétaires terriens et de bergers. En réalité, son père était l'homme de confiance de Lord Lowther, despote immensément riche qui possédait presque toutes les terres du district. Le futur poète n'avait pas huit ans lorsque sa mère mourut. Séparé de Dorothy qui dut quitter la maison pour être élevée par des parents, il partit lui-même en pension à Hawkstead, au cœur de la région des Lacs. Lorsque à son tour son père disparut, il avait treize ans, et comme ses frères et sœurs fut confié à des relations dévouées, mais de moins en moins zélées car, pendant près de vingt ans, Lord Lowther réussit à empêcher les cinq enfants de se partager l'héritage paternel. Les années que le jeune Wordsworth passa dans l'excellente école de Hawkstead furent néanmoins idylliques, en dépit, ou à cause, de tous ces bouleversements familiaux. Il y apprit à tendre des pièges, à patiner sur les lacs gelés, à escalader les falaises pour dénicher des œufs, à sortir en bateau. Surtout, il marchait tout son soûl, le soir et souvent le matin, avant le début des cours, en compagnie d'un camarade qui faisait avec lui le tour d'un lac voisin sur un trajet de sept à huit kilomètres. C'est du moins ce qu'il raconte dans *Le Prélude*, grand poème autobiographique de plusieurs milliers de vers, qui certes malmène la chronologie et tait certains faits mais n'en offre pas moins un somptueux aperçu des débuts dans la vie du poète.

Le Prélude se déroule un peu comme une longue, longue promenade qui ne s'arrête jamais vraiment malgré quelques interruptions, qui multiplie les digressions et les détours, et dont la continuité est assurée par l'image récurrente du marcheur. Petite silhouette qui poursuit obstinément son tour du monde à pied, elle a quelque ressemblance avec le Chrétien du *Voyage du pèlerin*[3] ou le narrateur de *La Divine Comédie*, à ceci près que le monde du *Prélude* se compose de lacs, de danses, de rêves, de livres, de grandes amitiés et d'une infinité de lieux. Le poème se présente aussi comme une sorte d'atlas des années de formation du poète, dans la mesure où le rôle de telle cité, telle montagne, tel site l'emporte largement sur les influences humaines. Dans une veine mi-respectueuse, mi-dédaigneuse, qui rappelle les remarques de Thomas De Quincey sur les jambes de Wordsworth, l'essayiste William Hazlitt écrit : « Il ne voit que sa propre personne et l'univers[4]. » L'histoire de la littérature anglaise lie l'apparition du roman au développement de l'intérêt consciemment porté à la vie personnelle, ici entendue comme l'ensemble des pensées intimes, des émotions, des sentiments et des relations avec autrui. À cet égard, bien que Wordsworth soit allé beaucoup plus loin que les romanciers de son temps dans l'inventaire de ses pensées, de ses émotions, de ses souvenirs et de ses liens avec la topographie, sa vie paraît curieusement impersonnelle tant il est réticent à parler de ses rapports avec autrui. D'où la remarque railleuse de Hazlitt.

Sa passion pour la marche et le paysage lui vient semble-t-il de son enfance. Au départ peut-être apparentée à cette curiosité propre aux enfants, sauvée et esthétisée sur le tard, elle débuta cependant trop tôt et l'entraîna trop loin pour qu'on puisse simplement l'assimiler à un effet de la mode qui conduisait tant de ses contemporains à admirer le paysage et à le décrire. Dans le quatrième des treize livres du *Prélude*, il évoque ce petit matin où, tout jeune encore, alors qu'il rentrait chez lui après une nuit passée à danser quelque part dans la région des Lacs, il vit se lever une aube « d'une gloire inoubliable[5] ». Ce matin-là, « la mer riait au loin, toutes / les solides montagnes brillaient comme des nuages ». Ce spectacle va décider de sa vocation (« Je n'émis pas de vœux, mais des vœux / furent alors émis pour moi ») et faire de l'aspirant poète « un esprit consacré. Je repris ma route / dans un état de grâce qui depuis ne m'a pas quitté ». Franchi le cap de ses vingt ans, considérant sans doute que l'errance et la rêverie étaient des préalables indispensables à l'accomplissement de sa destinée, il semble s'être ingénié à échouer dans tout domaine autre que la poésie.

Le guide que j'ai choisi
Ne serait-il au mieux qu'un nuage vagabond
Je ne saurais m'égarer[6],

déclare-t-il dès les premières strophes de cet imposant poème auquel il mit un premier point final en 1805, avant de le remanier à plusieurs reprises, et qui ne fut publié qu'après sa mort, en 1850.

Le voyage à pied qu'il effectua en France puis dans les Alpes avec Robert Jones, un de ses condisciples de Cambridge, pendant des vacances qu'ils auraient dû consacrer à réviser leurs examens, marqua un tournant important et dans sa vie, et dans *Le Prélude*. « On peut considérer que cet acte de désobéissance marque le début de sa carrière de poète romantique[7] », affirme le dernier en date de ses biographes. Cette longue marche eut ses côtés canailles et rebelles, mais l'escapade visait aussi la quête d'une identité différente. Le tour d'Europe faisait alors partie de l'éducation des jeunes Anglais. En règle générale, ils partaient avec armes et bagages, en diligence, afin de rencontrer des personnes du même milieu qu'eux et découvrir les œuvres d'art et les monuments de France et d'Italie. Ces experts en jardins et en paysages que furent Horace Walpole et Thomas Gray s'embarquèrent ainsi pour le continent en 1739, et tous deux écrivirent des pages émerveillées sur les Alpes qu'ils traversèrent pour se rendre en Italie. Ceci étant, choisir de partir à pied, et pour la Suisse plutôt que l'Italie, revenait à complètement inverser les priorités en mettant la nature et la démocratie en lieu et place de l'art et de l'aristocratie. Qui plus est, traverser la Manche en 1790 impliquait de se mêler au fleuve des révolutionnaires qui convergeaient sur Paris et de respirer l'atmosphère grisante de la Révolution française. Les Alpes, déjà devenues des objets de culte pour les adorateurs du sublime dans le paysage, exerçaient bien sûr leur attraction sur nos deux voyageurs, mais ils étaient tout aussi attirés par le gouvernement républicain de la Suisse et ses associations avec Rousseau. Leur ultime destination, qu'ils atteignirent avant de remonter le Rhin en bateau, était l'île Saint-Pierre, présentée comme un paradis naturel dans *Les Confessions* et *Les Rêveries du promeneur solitaire*. Rousseau est à l'évidence un précurseur de Wordsworth : pour lui aussi la marche était à la fois moyen et fin, condition de la création littéraire et manière d'être.

Arrivés à Calais le 13 juillet, les deux jeunes gens s'éveillèrent le lendemain dans l'ambiance festive des célébrations du premier anniversaire de la prise de la Bastille. Ils traversèrent

des hameaux, des bourgades
Clinquants des reliques de cette fête –
Les fleurs fanaient sur les arcs de triomphe et aux guirlandes des fenêtres.
[...]
Logés à la belle étoile nous vîmes
Les danses de la liberté et aux dernières heures de la nuit
On dansait encore en plein air.

Wordsworth et Jones qui n'en avaient pas moins préparé leur voyage avec soin devaient chaque jour couvrir une cinquantaine de kilomètres à pied pour mener à bien leur projet ambitieux.

Ce fut une marche menée au pas de charge.
Devant nous les images, la forme de la terre
Changeaient aussi vite que les nuages dans le ciel.
Jour après jour, tôt debout et couchés tard,
Nous allions de val en val, de colline en colline,
Passions d'une province à l'autre,
Chasseurs agiles lancés dans une traque de trois mois et demi.

Leur vigueur était telle qu'à leur grand désappointement ils franchirent les Alpes sans même s'en rendre compte. Arrivés au dernier col, persuadés qu'il leur fallait encore grimper beaucoup, ils s'engagèrent sur un raidillon qui montait vers les cimes quand un paysan à qui ils demandaient leur chemin les renvoya sur le plat finir leur descente en Italie. Là, ils contournèrent rapidement le lac de Côme afin de rentrer en Suisse. Wordsworth arrête ici la relation de ce voyage, mais évoque plus loin dans *Le Prélude* ceux qui le ramenèrent en France en 1791.

On ne s'étonnera pas qu'il ait essayé de comprendre la Révolution française en arpentant les rues de Paris, en visitant « tous les coins d'ancienne et de nouvelle réputation[8] », des vestiges de la Bastille au Champ-de-Mars et à Montmartre. Ses pérégrinations l'amenèrent à rencontrer le colonel John Oswald et « Stewart le Marcheur », ainsi peut-être que d'autres de ses compatriotes. Le premier, nous dit Johnston, après être « allé en Inde où il était devenu végétarien et s'était converti au mysticisme de la nature, regagna l'Europe à pied et s'engagea tête baissée dans la Révolution française pour, de son propre aveu, l'exporter en Angleterre[9] ». Wordsworth en fera plus tard un des protagonistes de son premier drame en vers, *Les Frontaliers*. Stewart, qui ressemblait sur bien des points à Oswald, devait son surnom de « Marcheur » à ses exploits remarquables (revenu lui aussi d'Inde à pied, il avait sillonné de même l'Europe et l'Amérique du Nord), mais il a surtout publié des libelles sur d'autres sujets. De Quincey déclare à son propos : « À l'exception, je crois, de la Chine et du Japon, il n'est pas une région accessible aux pieds humains que M. Stewart n'ait visitée avec le style philosophique qui le caractérise ; un style qui entraîne l'homme à lentement se déplacer dans un pays et à tomber sans cesse sur les indigènes dudit pays[10]. » Un troisième excentrique, John Thelwall (déjà croisé au chapitre II), fait un peu figure de modèle : autodidacte, il exalta plus qu'aucun autre la trinité constituée par l'esprit révolutionnaire, l'amour de la nature et les vertus de la marche. Thelwall se lia assez étroitement avec Wordsworth et Coleridge au début de la décennie 1790, et elle n'était pas achevée quand il vint se réfugier auprès d'eux après avoir de peu réchappé à la potence à cause de ses opinions politiques. Wordsworth possédait un exemplaire de son *Peripatetic* où, entre maintes digressions philosophiques, il récapitule les conditions de vie et de travail des ouvriers happés par l'industrie alors à ses débuts. À en juger d'après l'exemple de ces quatre hommes, choisir d'aller à pied, quelle que soit la distance couverte, était pour un Anglais un acte de radicalisme politique manifestant le refus des conventions et la volonté de s'identifier aux pauvres (voire de passer pour un des leurs). Dans une lettre datée de 1795, Wordsworth confie : « J'ai dans l'idée d'aller explorer le pays qui s'étend à l'ouest du nôtre au cours de l'été prochain, mais avec une sorte d'humilité évangélique, autrement dit *à pied*[11] » ; et *Le Prélude* contient ce vers : « Tel un paysan j'irai donc mon chemin[12]. »

On retrouve ici l'équation rousseauiste compliquée qui établit l'équivalence de la vertu avec la simplicité, l'enfance et la nature. Au début du XVIIIe siècle, quand les aristocrates anglais associaient la nature à la raison et à l'organisation sociale en vigueur, ils postulaient que l'ordre des choses était tel qu'il devait être. La nature est cependant une déesse qu'il est dangereux d'idolâtrer. Une petite centaine d'années plus tard, Rousseau et le romantisme y reconnurent la source de la sensibilité et de la démocratie, et leur dénonciation du caractère hautement artificiel de l'organisation sociale rendit toute « naturelle » la révolte contre les privilèges de classe. Dans l'histoire qu'il a consacrée à l'idée de nature au XVIIIe siècle, Basil Willey observe : « La Révolution se fit au nom de la Nature, Burke la dénonça au nom de la Nature et, toujours au nom de la Nature, Tom Paine, Mary Wollstonecraft et [le philosophe et écrivain révolutionnaire William] Goldwin se dressèrent contre Burke[13]. » Arpenter à pied le cadre gracieux et onéreux du jardin, c'était associer la marche avec une nature aménagée pour les classes oisives et avec l'ordre garant de leur oisiveté. Arpenter le monde à pied revenait en revanche à associer l'excursion à pied avec une nature travaillée par les classes laborieuses et avec les efforts révolutionnaires de tout bord pour défendre les droits et les intérêts des « travailleurs ». Par ailleurs, à partir du moment où la société fut perçue comme une déformation de la nature, dans un renversement radical les enfants et les gens sans instruction furent tenus pour les plus pures et les meilleures des créatures. Wordsworth qui est parfaitement de son temps s'imbibe de ces valeurs et les restitue dans ses poèmes extraordinaires sur l'enfance (la sienne et celle qu'il prête à ses personnages imaginés) et les nécessiteux. Reprenant le flambeau de Rousseau, il le lève plus haut en choisissant de décrire, plutôt que de démontrer, les rapports qui unissent l'enfance, la nature et la démocratie. Bien que seuls les deux premiers termes de cette trinité soient aujourd'hui évoqués par les adorateurs du dieu de la piste, le troisième est au cœur de la première de ses œuvres au moins. « Peut-être savez-vous déjà que j'appartiens à cette odieuse classe d'hommes qu'on appelle démocrates », écrit-il à un ami en 1794, avant d'ajouter, avec une assurance que les faits se chargeront de démentir, qu'il sera « à jamais de cette classe[14] ».

Wordsworth a trouvé son style en suivant ces routes, en côtoyant ces gens, en travaillant ces questions. La condescendance, le flou, les images conventionnelles qui truffent les poèmes de ses débuts rappellent les *Saisons* de Thomson, mais l'ardeur révolutionnaire du jeune Wordsworth et son identification compatissante avec les pauvres lui évitent d'être assimilé aux petits poètes du paysage.

Dans la préface qu'il rédigea après coup pour *Ballades lyriques*, le recueil de poésies qu'il publia avec Coleridge en 1798, il explique : « Ainsi, le principal objet proposé dans ces poèmes consista à choisir des incidents et des situations dans la vie réelle et à les raconter ou les décrire tout le temps, dans toute la mesure du possible, à l'aide d'un choix de mots que les hommes utilisent vraiment et, simultanément, à répandre dessus une coloration imaginaire. [...] En règle générale, le choix d'une vie humble et rustique tient à ce que, dans cet état, les passions essentielles du cœur trouvent un meilleur terreau [...] et parlent une langue plus simple et plus emphatique. » Les pauvres qu'il évoque sont des personnes, pas des personnages de fables morales sur la vertu et la pitié, de même que les paysages qu'il décrit fourmillent de détails précis au lieu d'être noyés sous les généralisations et les allusions allégoriques. Opter de la sorte pour la simplicité du langage était un geste politique qui donna des résultats artistiques spectaculaires.

Les premiers poèmes de Wordsworth ont ceci de merveilleux qu'ils lient la marche, subversive en ce qu'elle favorise toutes les rencontres, à la flânerie champêtre du connaisseur esthétisant. Rétrospectivement, on se dit que ces deux thèmes du paysage et de la pauvreté ne devaient pas aller sans tensions, mais dans l'exaltation qui était alors la sienne Wordsworth n'en a pas conscience. Le paysage lui paraît plus radieux, d'être peuplé de vagabonds plutôt que de nymphes, et sa luminosité incandescente s'avère d'autant plus nécessaire qu'elle est pour les désespérés un droit inaliénable, la sublime coloration de leur cadre de vie. Une promenade interrompue par une rencontre avec ceux que la crise économique a transformés en itinérants constitue la structure récurrente de ces premiers poèmes. Avant Wordsworth, d'autres poètes, d'autres artistes s'étaient étonnés du pittoresque et de la détresse émanant des chaumières et des corps des déshérités, mais aucun écrivain aussi important n'avait trouvé bon de s'arrêter pour leur parler. « Quand nous marchons, nous nous dirigeons naturellement vers les champs et les bois », a dit Thoreau. Wordsworth, lui, cheminait aussi volontiers le long des routes que des sentiers de montagne ou de bord de lac. On marche dans les rues parce qu'on a envie de contacts, on emprunte les petits chemins pour goûter à la solitude et admirer la nature. La route procurait semble-t-il à Wordsworth un moyen terme idéal, un espace à la fois propice aux longs moments seul à seul et aux rencontres occasionnelles. Il s'en explique ainsi :

J'aime la grand-route. Il est peu de vues
Qui me plaisent plus : cet objet a exercé son pouvoir
Sur mon imagination depuis la prime enfance,
Au temps où sa ligne, disparaissant dans le lointain,
Chaque jour suivie du regard jusqu'au versant dénudé
Très au-delà des limites franchies par mes pieds,
Semblait guider, sinon vers l'éternité,
Au moins vers des choses inconnues, infinies.

Manière de dire qu'il y a dans la route une magie de la perspective, une séduction propre à l'inconnu. Mais pas seulement ; il y a la foule aussi :

Lorsque je commençai à m'informer,
À observer ceux que je croisais, à les questionner, à parler
Avec eux de choses et d'autres, les routes solitaires furent pour moi l'école
où chaque jour j'étudiais
Avec délectation les passions de l'humanité.
Là, je plongeai les yeux au fond d'âmes humaines,
Ces âmes qui semblent n'avoir pas d'épaisseur
Pour l'œil vulgaire [15] *[...].*

La figure mobile du marcheur est également présente dans l'œuvre des contemporains de Wordsworth, et sans doute n'est-il pas faux de penser que la marche plaçait littéralement sur le même terrain ceux qui voyageaient pour leur plaisir, en quête d'aventures, et ceux qui sillonnaient les routes pour survivre. Des Anglais m'ont expliqué que le rôle de premier plan qu'elle joue encore de nos jours dans la culture britannique tient en partie à ce qu'il s'agit d'une des rares activités où les différences de classe n'ont pas cours et où tout le monde se retrouve *grosso modo* sur un pied d'égalité. Le jeune Wordsworth parle dans ses poèmes des soldats démobilisés, des rétameurs, des colporteurs, des bergers, des enfants perdus, des femmes abandonnées – « La vagabonde », « L'attrapeur de sangsues », « Le vieux mendiant du Cumberland », et tant d'autres, nomades de condition ou contraints à l'errance. Le Juif errant, d'ailleurs, apparaît dans son œuvre comme dans celle de bien d'autres romantiques. Hazlitt décrit en ces termes la transformation radicale de la poésie anglaise amenée par Wordsworth, Coleridge et Robert Southey : « Ils étaient entourés, à côté des Muses, d'une cohue misérable d'apprentis désœuvrés et de forçats de Botany Bay, de vagabondes, de bohémiens, d'humbles filles de la famille du Christ, de jeunes demeurés et de mères folles, poursuivis la nuit par les hiboux et les rapaces nocturnes[16]. »

Le colporteur qu'aurait pu être Wordsworth est le principal narrateur de son premier long poème narratif, « La chaumière en ruine ». Très caractéristique de l'œuvre de jeunesse, ce poème relate la rencontre d'un jeune homme aisé, parti pour un voyage à pied, avec un homme qui lui raconte l'histoire à la source de l'élan créateur. Le jeune poète et sa flânerie servent en quelque sorte de cadre à ce tableau poignant, l'isolent et le mettent en valeur. Rejoignant Wordsworth devant une chaumière délabrée, le Colporteur lui fait le récit pathétique des malheurs advenus à ses derniers occupants, séparés et jetés sur les routes par la dureté des temps. Les personnages de cette histoire se déplacent tous à pied, mais pour des raisons différentes : le narrateur se promène, le colporteur est un nomade, le mari enrôlé dans l'armée a dû partir au loin, et à force d'aller jusqu'à la route par laquelle il rentrera peut-être son épouse désespérée a tracé un chemin dans l'herbe.

La promenade au jardin permettait à ceux qui marchaient par plaisir de se distinguer de ceux qui marchaient par nécessité, ce pourquoi ils avaient à cœur de ne pas quitter les limites du jardin et se refusaient à voyager à pied. Wordsworth allait au contraire délibérément vers les êtres incarnant cette autre façon de marcher (ou, plus d'une fois, s'inspira des gens que Dorothy rencontrait et qu'elle décrit avec précision dans son journal). Si révolutionnaire que soit leur substance, les treize livres du *Prélude* s'apparentent à un millefeuille dont la pâte serait le paysage. Le poème s'achève sur un long soliloque amené par l'expérience visionnaire vécue par l'auteur en haut du mont Snowdon, au pays de Galles. Pas de précisions d'ordre géographique, dans ces vers. Un berger (en Europe les premiers guides de montagne étaient souvent des bergers) conduit de nuit l'auteur et un ami anonyme jusqu'au sommet afin qu'ils y assistent au lever du soleil. Les deux jeunes gens sont si bons marcheurs qu'ils arrivent à destination avant l'heure prévue. Le récit abandonne Wordsworth sur la cime inondée d'une lumière soudaine qui découvre le panorama et apporte la révélation. Partir à l'assaut des montagnes était devenu un moyen d'arriver à la connaissance de soi par la compréhension du monde et de l'art. Ce n'est plus une « sortie », c'est un geste culturel.

Plus qu'un thème, la marche est pour Wordsworth un mode de composition privilégié. La plupart de ses poèmes donnent l'impression d'avoir été composés tandis qu'il marchait et s'entretenait, à voix haute, avec un compagnon ou avec lui-même. L'impression qu'il produisait sur les gens était parfois comique, même si ses concitoyens de Grasmere le trouvaient passablement inquiétant. « C'était pas un homme à causer avec n'importe qui, remarque l'un d'entre eux, mais tout seul il aimait la parlote. Combien de fois je l'ai vu frétiller des lèvres[17]. » Un autre précise : « Il se tenait la tête un peu penchée en avant, les mains derrière le dos, et il se mettait à blablater. Et bla, bla, bla, dans un sens, et bla, bla, bla dans l'autre, jusqu'au bout. Après seulement il s'asseyait, il prenait un morceau de papier et il écrivait dessus[18]. » Il est question dans *Le Prélude* d'un chien avec qui il partait marcher et qui, à l'approche d'un inconnu, lui signalait que mieux valait se taire s'il ne voulait pas passer pour simple d'esprit. Grâce à son exceptionnelle mémoire, Wordsworth était capable d'évoquer avec un luxe de détails visuels et d'émotions des scènes vues longtemps auparavant, de longuement citer les poètes qu'il admirait, de composer en marchant et de coucher ensuite noir sur blanc les poèmes ainsi créés. Les écrivains modernes sont généralement des créatures d'intérieur, qui s'enferment dans leur bureau pour écrire et qui, ailleurs, ne peuvent au mieux qu'esquisser des plans ou noter des idées. La méthode adoptée par Wordsworth serait à cet égard comme un retour à la tradition orale, ce qui explique que ses œuvres les plus abouties aient la musicalité des chansons et le coulant de la conversation. Comme si la régularité de son pas lui dictait le rythme de ses poèmes à la manière du métronome des musiciens.

C'est à pied, lors d'une randonnée effectuée au pays de Galles avec Dorothy en 1798, qu'il composa l'un des plus connus (« Vers composés à quelques miles en amont de l'abbaye de Tintern, lors d'un périple entrepris pour revoir les rives de la Wye », selon son titre *in extenso*). De retour à Bristol, il jeta le tout sur le papier et l'introduisit tel quel, sans l'avoir remanié, dans les *Ballades lyriques*. Ce poème clôt le recueil dont il est l'un des plus beaux, comme il est l'un des plus beaux de l'œuvre de Wordsworth et sans doute de la langue anglaise. Écrit en marchant, « L'abbaye de Tintern » restitue à la perfection l'état de songerie du marcheur, les glissements temporels suscités par ces allers et retours entre souvenirs, attention au présent, espoirs suscités par la découverte d'un lieu. La langue de ses vers non rimés est si proche du discours ordinaire qu'elle coule de source, comme la conversation, et pourtant il suffit de l'articuler à voix haute pour retrouver la cadence vigoureuse des excursions d'il y a deux siècles.

En 1804 Dorothy écrit à une amie : « À présent, il marche, et voici deux heures qu'il est dehors bien qu'il ait plu toute la matinée à grosses gouttes. Quand le temps est menaçant, il prend un parapluie, choisit le coin le mieux abrité, l'arpente de long en large, et bien que la distance qu'il couvre de la sorte soit comprise entre trois cents et six cents mètres, il est vite aussi enfermé dans les limites qu'il a choisies qu'il le serait entre les murs d'une prison. Il compose généralement ses vers dehors ; lorsqu'il est ainsi retenu, il est rare qu'il ait conscience du temps qui passe et c'est à peine s'il sait qu'il pleut ou qu'il fait beau[19]. » En haut du petit jardin de Dove Cottage se trouve un chemin d'où le poète pouvait voir le lac, par-delà la maison, ainsi que les chaînes montagneuses qui s'élèvent autour, et il a composé plus d'un poème en le parcourant inlassablement. Une partie non négligeable des « cent soixante-quinze à cent quatre-vingt mille miles anglais » qu'il aurait couverts à en croire De Quincey le furent ici, sur cette terrasse de quelque douze pas de long, ou sur celle, très similaire, de la maison plus spacieuse où il s'installa en 1813. Parlant de la « relation quasi physiologique qu'entretient un poète qui compose avec la musique du poème », Seamus Heaney dit du mouvement d'allées et venues de Wordsworth qu'il « ne favorise pas le voyage mais habitue le corps à une espèce de rythme rêveur[20] ». Il fait également de l'écriture poétique un labeur physique exigeant, comparable à celui du paysan qui trace ses sillons ou du berger qui traverse les pâtures à la recherche d'un mouton égaré. Peut-être est-ce à cause de ce rude effort à fournir pour créer la beauté que le poète se comparait sans vergogne aux besogneux et aux itinérants. « Dans ce qu'il a de meilleur comme dans ce qu'il a de pire, Wordsworth est avant tout un poète piéton », conclut Heaney[21].

Eût-il été un parfait poète romantique, il serait mort la trentaine accomplie entre deux déambulations autour de l'humble Dove Cottage, en nous laissant la première, et la meilleure, version du *Prélude*, ses ballades et ses récits de jeunesse sur les pauvres gens, les odes et les poésies lyriques de l'enfance, l'image intacte du radical qu'il fut. Malheureusement pour sa réputation, mais pour son bonheur et celui des siens, il s'attarda cinquante bonnes années de plus à Grasmere puis dans la vaste demeure des environs de Rydal, devenant au fil du temps de plus en plus conservateur et de moins en moins inspiré. Ce grand romantique se transforma progressivement en grand victorien, transition exigeante en renoncements. Bien qu'il ait abjuré ses premières opinions politiques, il resta sa vie durant fidèle à la marche. Curieusement, c'est son héritage de marcheur, et non d'écrivain, qui nous rend accessible l'esprit joyeusement insurrectionnel de ses débuts.

Il eut un de ses derniers élancements démocratiques en 1836, alors qu'il avait soixante-six ans. Il était parti marcher avec le neveu de Coleridge et tous deux traversaient une propriété privée quand, raconte un biographe, « le seigneur à qui appartenait ces terres surgit et leur dit qu'ils violaient son droit de propriétaire. Au grand embarras de son compagnon, William soutint que les gens avaient toujours emprunté ce chemin et que le seigneur s'était mis dans son tort en le fermant ». Le neveu de Coleridge se souvenait pour sa part que « Wordsworth exprima son point de vue avec plus de chaleur, en quelque sorte, que je ne l'eusse souhaité et serais capable de restituer. Il prenait à l'évidence plaisir à revendiquer ces droits et estimait apparemment que c'était un devoir[22] ». Selon une autre version, la confrontation aurait eu lieu au château de Lowther, où Wordsworth, le neveu de Coleridge et le seigneur en question dînaient ensemble. Le dernier déclara au cours de la conversation que quelqu'un avait démoli son mur et qu'il cravacherait volontiers le coupable. « À ces mots, le vieux barde grave qui se tenait au bout de la table s'empourpra et, se levant, il répondit : "J'ai démoli votre mur, Sir John. Il barrait un ancien droit de passage et je recommencerais si besoin. Je suis tory, mais il suffirait de me gratter l'échine un peu fort pour retrouver le whig que j'ai toujours en moi[23]." »

De Quincey est sans doute le seul de tous les autres romantiques à avoir nourri sa vie durant une passion pour la marche comparable à celle de Wordsworth, et bien que le plaisir ne se mesure pas il reste possible de se prononcer sur ses effets : pour le plus jeune de ces deux écrivains, marcher n'était ni un thème d'inspiration ni une méthode de composition. Il innova sur d'autres plans. Morris Marple le crédite d'avoir été le premier à partir en randonnée avec une tente, sous laquelle il dormit dans sa jeunesse au pays de Galles, lors d'un séjour qui se devait d'être économique. (L'industrie du matériel de camping et de randonnée fit ses premières armes avec les manteaux que Wordsworth et Robert Jones avaient spécialement commandés à un tailleur londonien pour leur tour d'Europe, les cannes de marcheur de Coleridge, la tente de De Quincey, l'étrange tenue de voyage de Keats.) Les meilleurs textes que De Quincey ait consacrés à la marche évoquent ses déambulations de jeune bohème sans-le-sou dans Londres, ce qui est bien différent, s'agissant du contexte, et se traduit autrement dans l'écriture. Son contemporain, l'essayiste Thomas Hazlitt, est l'auteur du premier essai sur la marche, mais loin de s'inscrire dans la lignée d'un Wordsworth il inaugura ce faisant un nouveau genre littéraire où la locomotion pédestre a plus les allures d'un passe-temps que d'une occupation prenante. Quant à Shelley et Byron, le premier était un anarchiste trop aristocrate et le second un aristocrate trop claudicant pour s'être penchés de près sur le sujet ; ils voyageaient de préférence à cheval et en bateau.

Coleridge, en revanche, fut dix ans durant (de 1794 à 1804) un piéton dont l'insatiable appétit transparaît dans les œuvres qu'il écrivit à l'époque. Il n'avait pas encore rencontré Wordsworth quand il partit explorer le pays de Galles à pied, avec un camarade du nom de Joseph Hucks, puis le Somerset, dans le sud de l'Angleterre, en compagnie de son ami poète et futur beau-frère Robert Southey. L'année 1797 marqua le début de son extraordinaire collaboration avec Wordsworth, avec qui il arpenta de nouveau ces régions du Midi anglais. C'est lors d'une expédition à laquelle participait Dorothy qu'il composa son plus célèbre poème, « Vers du vieux marin » (autour des thèmes de l'errance et de l'exil qui à la même époque inspiraient son ami). Par la suite, Coleridge accompagna à maintes reprises les Wordsworth dans leurs excursions. Il y eut l'inoubliable tour de la région des Lacs, avec William Wordsworth et son jeune frère John, qui décida Wordsworth à revenir vivre au pays de son enfance ; quantité de promenades plus courtes après que Coleridge et Southey se furent installés un peu plus au nord, à Keswick ; et pour finir le voyage gâché en Écosse avec William, Dorothy et une carriole tirée par un âne : les deux hommes se trouvèrent mutuellement si insupportables qu'ils jugèrent préférable de se séparer, ce dont leur amitié allait durablement pâtir. Une solitaire et athlétique randonnée dans la région des Lacs permit également à Coleridge de devenir le premier conquérant du Scafell Peak, mais la gloire qu'aurait pu lui valoir cette difficile ascension fut passablement ternie par la descente ; il ne réussit pas à négocier la pente et dégringola jusqu'au bas de la montagne. À partir de 1804, Coleridge renonça aux voyages pédestres. Bien que les liens entre la marche et l'écriture ne soient pas, loin s'en faut, aussi explicites et abondants dans son œuvre que dans celle de son ami, le critique Robin Jarvis note qu'il cessa d'écrire en vers non rimés à partir du moment où il cessa de se vouloir marcheur.

Qu'il l'ait été, puis cessé de l'être, comme plusieurs de ses pairs, laisse supposer que la mode du voyage à pied devenait plus populaire. On est là à un moment charnière où la littérature fort peu poétique des guides de voyage commence à se spécialiser à l'intention des marcheurs. L'existence même de la randonnée suggère d'ailleurs que les critères définissant la meilleure façon de marcher se mettent alors en place. Comme ç'avait été le cas pour la promenade au jardin, la signification et la pratique de la marche au long cours se banalisent, ce qu'illustre amplement la seule grande expérience en la matière de John Keats. En 1819, mû par l'amour de la poésie, le jeune poète décide de partir à pied, mais l'excursion qu'il envisage tient autant du rite de passage qu'elle témoigne de sa sensibilité raffinée. « D'ici un mois je me propose de prendre mon sac à dos et de partir pour un voyage pédestre dans le nord de l'Angleterre et une partie de l'Écosse en manière de prologue à la vie que j'ai l'intention de mener, à savoir écrire, étudier et voir toute l'Europe à moindres frais. J'escaladerai vaille que vaille les nuages, j'existerai[24] », proclame-t-il ; peu de temps après il confie à un ami : « Je ne me serais pas consenti ces quatre mois de vagabondage dans les Highlands si je n'avais estimé qu'ils accroîtraient mon expérience, me dépouilleraient de mes préjugés, m'habitueraient à l'épreuve, que la reconnaissance de la beauté supérieure des scènes me lesterait plus de la majesté des montagnes et augmenterait plus mes capacités de poète que le fait de rester chez moi entouré de livres, quand bien même j'eusse lu Homère[25]. » En bref, la formation du poète exigeait qu'il vive à la dure et se familiarise avec la montagne. À l'instar des marcheurs qui lui emboîtèrent le pas, Keats n'était séduit que par l'aspect initiatique de l'épreuve. Quelque temps plus tard, rebuté par la misère sans fard de l'Irlande, il résoudra de ne pas embarquer pour l'île asservie, un refus de l'expérience qui rappelle *a contrario* un moment clé du *Prélude* et de la vie de Wordsworth. Ce dernier arpentait les routes de France avec le révolutionnaire Michel Beaupuy lorsqu'ils rencontrèrent une « fille rongée par la faim[26] » qui se traînait dans une ruelle. Beaupuy lui déclara qu'elle était la raison d'être de leur combat. Chez Wordsworth, marcher est lié au plaisir et à la souffrance, à la politique et à la nature. Il l'a sortie du jardin, espace aux possibilités aussi raffinées que restreintes, et pourtant la plupart de ses successeurs ont souhaité que le monde qu'ils parcouraient à pied ne soit qu'un immense jardin.

8

Mille et un miles de conformisme sentimental

LE PUR

D'autres types de marche ont survécu. Celui qui nous est présenté dès les premières pages du roman de Thomas Hardy, *Tess d'Urberville*, se fond dans les traditions héritées du romantisme. Tess et ses compagnes du village célèbrent le mois de mai en participant à une cérémonie préchrétienne en hommage au printemps. Toutes vêtues de blanc, les jeunes filles et quelques femmes plus âgées défilent « deux par deux en procession autour de la paroisse[1] », jusqu'à la prairie où elles doivent danser. Ce spectacle est suivi à distance par « trois jeunes gens de la classe supérieure, portant de petits sacs à dos fixés par des lanières à leurs épaules et tenant à la main de solides bâtons. Les trois frères ont expliqué à ceux qu'ils croisaient en chemin qu'ils passaient les fêtes de la Pentecôte à explorer la Vallée à pied[2] [...] ». Deux de ces trois fils d'un pieux pasteur ont embrassé la profession de leur père ; moins assuré de l'ordre du monde et de la place qu'il y occupe, le troisième choisit de se mêler à la danse. Les paysannes qui avancent en procession et les excursionnistes participent les uns comme les autres, mais sur des modes très différents, à des rituels en l'honneur de la nature. Affublés de leurs sacs à dos et de leurs bâtons, les hommes sont artificiellement naturels, car, de leur point de vue, la communion avec la nature est question de loisirs, d'absence de cérémonie, de déplacement. De leur côté, les femmes qui se livrent à ce rite très élaboré venu de la nuit des temps sont naturellement artificielles : leurs gestes touchent à deux aspects de la vie que tout projet de randonnée proscrit explicitement, le travail et la sexualité. Ce qu'elles célèbrent est en effet un rite de fertilité destiné à assurer la moisson, et les jeunes gens du village viendront danser avec elles quand ils auront achevé les travaux qui les retiennent aux champs. La nature n'est pas une villégiature, pour elles ; elles y vivent, et le travail, la sexualité, la fertilité de la terre font partie intégrante de leur vie, même si les survivances païennes et les rites paysans sont des formes minoritaires du culte de la nature.

Mythe esthétique au XVIIIe siècle, mythe révolutionnaire quelque cent ans plus tard, la Nature devint au milieu du XIXe siècle l'objet d'une religion largement observée par la bourgeoisie et, en Angleterre bien plus qu'aux États-Unis, par la classe ouvrière. Chose affligeante, cette religion fut aussi pétrie de dévotion, aussi puritaine et moraliste que le christianisme qu'elle venait étayer ou relayer, selon les cas. Partir « en pleine nature » était un acte de foi pour les Européens et les Américains héritiers du romantisme et du transcendantalisme. Dans un essai joyeusement caustique intitulé « Wordsworth sous les tropiques », Aldous Huxley déclare : « Dans les parages du cinquantième degré de latitude nord et depuis une centaine d'années environ, un axiome veut que la Nature soit d'essence divine et moralement édifiante. Pour les bons wordsworthiens (et la plupart des esprits sérieux sont aujourd'hui de ce nombre, par inspiration directe ou dérivée) une promenade à la campagne vaut une messe, une excursion dans le Westmorland est aussi bénéfique qu'un pèlerinage à Jérusalem[3]. »

William Hazlitt fut le premier, en 1821, à spécifiquement consacrer un essai à la marche. Ce texte qui fixe le cadre de la marche « dans la nature » et de la littérature qu'elle allait susciter s'ouvre sur ces mots : « Une des choses les plus agréables au monde est de partir en voyage ; pour ma part, j'aime voyager seul[4]. » Le marcheur a tout intérêt à opter pour la solitude qui lui permet « de lire le livre de la nature, sans être perpétuellement mis dans la pénible obligation de le traduire au bénéfice d'autrui[5] ». De plus, poursuit Hazlitt, « il me plaît de voir mes idées vagues flotter tel le duvet de chardon, sans être tenues d'aller s'empêtrer dans les églantiers et les aubépines de la controverse[6] ». Son absorption solitaire dans le grand livre de la nature est cependant hautement suspecte puisque, dans ce court texte, il se débrouille pour citer, en vrac, Virgile, Shakespeare, Milton, Dryden, Gray, Cooper, Sterne, Coleridge et Wordsworth, sans oublier l'Apocalypse de saint Jean. Si la nature est une religion et la marche son rite majeur, elle a aussi ses saintes écritures qui en prescrivent le droit canon.

Hazlitt a institué un genre. Son essai figure dans les trois anthologies de textes sur la marche que je possède (une édition anglaise de 1920, deux éditions américaines de 1934 et 1967), et il est abondamment cité par maints autres essayistes. L'exercice d'écriture ici requis et le type de marche décrit ont bien des choses en commun : quels que soient les détours qu'ils s'autorisent, au terme du parcours ils n'ont pas varié d'un iota sur l'essentiel. La déambulation comme le texte se doivent d'être agréables, voire charmants, et il est donc exclu que l'auteur-marcheur se perde dans une forêt profonde pour s'y nourrir de baies et d'eau de pluie, fasse l'amour dans un cimetière avec une parfaite inconnue, se mêle à une bagarre, ait des visions d'un autre monde. Les excursionnistes étant majoritairement des pasteurs et autres ministres du culte protestant, les essais sur la marche se ressentent de leur pruderie guindée. Les plus classiques résistent rarement à la tentation d'expliquer comment il convient de marcher. Çà et là, on trouve cependant de fort jolies pages. Reprenant le thème cher à Hazlitt des flâneries de l'esprit, Sir Leslie Stephen déclare : « Les promenades sont le fil discret reliant entre eux d'autres souvenirs, et pourtant chacune est en soi un petit drame qui, conformément aux exigences d'Aristote, a son intrigue, ses épisodes, ses catastrophes ; c'est tout naturellement qu'elle s'entrelace à l'ensemble des pensées, des amitiés, des intérêts qui forment le fond de la vie ordinaire[7]. » La remarque ne manque pas de finesse, et Sir Stephen, érudit distingué qui fut l'un des tout premiers alpinistes et un marcheur athlétique, est tout à fait passionnant – jusqu'au moment où il ne peut s'empêcher de rappeler que Shakespeare a lui aussi marché, de même que Ben Johnson et bien d'autres, y compris l'inévitable Wordsworth. La morale, alors, pointe le bout de son nez. Byron, nous dit-il, était affligé d'une « boiterie trop grave pour autoriser la marche, et par conséquent toutes les humeurs malsaines qu'aurait évacuées une bonne marche à travers champs s'accumulaient dans son cerveau où elles provoquaient les défauts, l'affectation morbide, la misanthropie perverse qui ont à moitié gâté les accomplissements de l'intelligence la plus masculine de son temps[8] ». Après avoir encore énuméré une dizaine d'auteurs anglais, Sir Stephen affirme sans ambages : « La marche est la meilleure des panacées pour guérir les écrivains de leurs tendances morbides[9]. » Suivent les prescriptions de rigueur, auxquelles aucun de ces essayistes n'est semble-t-il capable de résister. Selon Sir Stephen, les monuments en tout genre ne doivent pas « être le but avoué de la promenade, mais un accidentel surcroît d'intérêt ».

Robert Louis Stevenson a plus tôt fait d'établir son ordonnance. À la deuxième ou troisième page de « Randonnées à pied », écrit en 1876, il décrète : « Il faut effectuer seul une excursion à pied. La liberté, en effet, lui est essentielle : il faut pouvoir s'arrêter et repartir, suivre ce chemin-ci ou celui-là à sa guise ; il faut, enfin, marcher à son rythme, et ni trotter au côté d'un champion de la marche, ni aller à petits pas menus pour respecter l'allure d'une jeune fille[10]. » Pour sa longue randonnée dans les Cévennes françaises, racontée dans *Voyage avec un âne*, Stevenson s'était équipé d'un pistolet mais il se borne à décrire des situations pittoresques ou gentiment burlesques. Trop rares sont les essayistes qui s'abstiennent d'expliquer qu'il faut marcher parce que c'est bon pour la santé ou de prodiguer des conseils sur le port et l'allure à adopter. Le « Marcher » de l'historien G. M. Trevelyan commence ainsi : « J'ai deux médecins, ma jambe gauche et ma jambe droite. Quand mon corps et mon esprit sont patraques (et chez moi ces deux parties jumelles sont si étroitement soudées que la mélancolie de l'une contamine tout de suite l'autre), je sais qu'il me suffit de consulter mes médecins pour me sentir à nouveau bien. [...] Mes pensées se mettent en branle avec moi, aussi insubordonnées que des mutins barbouillés de sang se livrant à la débauche à bord du navire dont ils se sont emparés, mais le soir, quand je les ramène à la maison, elles batifolent et se bousculent comme de braves petits scouts qui s'en donneraient à cœur joie[11]. »

L'idée qu'on puisse préférer tenir les braves petits scouts à distance ne semble pas l'effleurer. Il fallait en tout cas que ce soit un écrivain qui ose, en 1918, blasphémer contre le culte. Le satiriste anglo-allemand Max Beerbohm s'emporte en ces termes contre la sacro-sainte manie de la promenade : « Chaque fois que je me trouvais avec des amis à la campagne, je savais qu'à tout moment, sauf s'il pleuvait à verse, l'un des hommes allait soudain lancer : "Allez, on va se promener", sur ce ton sec et impérieux qu'il n'aurait jamais songé à utiliser en d'autres circonstances. Les gens semblent penser qu'il y a quelque chose de foncièrement noble et vertueux dans le désir d'aller se promener[12]. » Poussant plus loin l'hérésie, Beerbohm soutient que marcher ne facilite en rien l'activité de la pensée ; l'esprit, en effet, se refuse à accompagner ce corps prêt à se risquer dehors « parce que le simple fait d'agir ainsi est un signe infaillible de noblesse, de probité, de grandeur à toute épreuve[13] ». Il prêchait dans le désert, bien sûr, un désert densément peuplé de créatures convaincues du contraire.

De l'autre côté de l'Atlantique, un autre essai sur la marche avait été publié un bon demi-siècle plus tôt. Il touchait au sublime, et pourtant son auteur, Henry David Thoreau, n'avait pas pu, lui non plus, se retenir d'y aller de son petit sermon. « Je souhaite dire un mot en faveur de la Nature, de la liberté absolue et de la beauté sauvage[14] », déclare-t-il en préambule à ce texte de 1851, car, à l'instar de tous les autres essayistes, il associe la marche dans le monde organique à la liberté, et cède comme eux à la tentation d'enseigner l'exercice de cette liberté. « Au cours de ma vie je n'ai rencontré qu'une ou deux personnes qui comprenaient l'art de la Marche, autrement dit de la promenade ; qui avaient, si l'on me passe le terme, le génie de la flânerie[15]. » À la page suivante le propos devient plus précis : « Sans doute devrions-nous toujours choisir le plus court chemin dans un esprit d'aventure éternelle, jamais avec l'idée de rentrer. [...] Si vous êtes prêt à quitter père et mère, frère et sœur, femme, enfant et amis et à ne jamais les revoir ; si vous avez réglé vos dettes, rédigé votre testament, mis en ordre toutes vos affaires et si vous êtes un homme libre, alors oui, vous êtes prêt à partir en promenade[16]. » Malgré leur audace, leur outrance, ces instructions demeurent des instructions. La notion de *devoir* apparaît peu après : « Vous devez être né dans la famille des Marcheurs[17] », décrète Thoreau, puis : « Il faut marcher comme le chameau, le seul animal, dit-on, qui rumine en marchant. À un voyageur qui lui demandait de lui montrer le bureau de son maître, la servante de Wordsworth répondit : “Voici sa bibliothèque, son bureau se trouve hors de la maison[18].” »

L'essai sur la marche a beau se présenter comme une célébration de la liberté physique et mentale, en réalité il ne prépare pas le monde à cette fête ; sur ce point, la révolution a déjà eu lieu. Il vise au contraire à domestiquer la révolution en fixant la portée autorisée de la liberté par elle introduite. De là son ton facilement moralisateur. En 1970, un siècle et demi après Hazlitt, Bruce Chatwin à son tour publia un texte dans la même veine, en principe consacré aux nomades mais dont le propos s'élargit jusqu'à inclure le *Voyage avec un âne* de Stevenson. Bien que Chatwin écrive divinement bien, il s'obstine à confondre le nomadisme (voyage perpétuel qui s'effectue par tous les moyens de transport imaginables, mais rarement à pied) et la marche, qui n'est pas toujours associée au voyage. Il gomme cette différence en assimilant au nomadisme une randonnée pédestre à la découverte du patrimoine britannique, ce qui lui permet de qualifier les romantiques de nomades et de se prendre – passagèrement – pour l'un des leurs. Peu après avoir mentionné Stevenson, il emboîte le pas à la tradition : « La meilleure chose est de marcher. Nous devrions suivre le poète chinois Li Po dans "les épreuves du voyage et les multiples bifurcations du chemin", car la vie est un voyage dans le désert. L'idée, si universelle qu'elle confine à la banalité, n'aurait pas survécu si elle n'était biologiquement fondée. Aucun de nos héros révolutionnaires ne vaut grand-chose tant qu'il n'a pas marché ce qui s'appelle marcher. Che Guevara parlait de la "phase nomade" de la révolution cubaine. Considérez ce que Mao Tsé-toung doit à la Longue Marche, ou Moïse à l'Exode. Comme l'avait compris Robert Burton (l'auteur de *L'Anatomie de la mélancolie*), le mouvement est le meilleur remède à la mélancolie[19]. »

Un siècle et demi de sermons ! Un siècle et demi d'exhortation courtoise ! Tous ces bons docteurs se sont relayés pour affirmer que la marche est bonne pour la santé, oubliant que la prescription médicale n'a qu'un intérêt limité, en littérature. De plus, seule la déambulation pédestre garantie exempte d'un certain nombre de péripéties (agressions, avalanches…) est vraiment salutaire, et celle-là seule est conseillée par nos gentlemen sermonneurs, apparemment inconscients des limites qu'ils assignent à l'activité tant préconisée (un des plaisirs de la balade en ville tient précisément à ce qu'elle est tout sauf salutaire). Je dis gentlemen parce que tous ces écrivains donnent l'impression d'appartenir au même club – et pour tout dire à une coterie assez élitiste. Il s'agit en règle générale de privilégiés (la plupart des Anglais écrivent comme s'ils sortaient tous d'Oxford ou de Cambridge, Thoreau est passé par Harvard) nourrissant au moins une vague sympathie pour le cléricalisme, et ce sont systématiquement des hommes. Au détour d'un passage, Thoreau glisse d'ailleurs très pertinemment : « Comment les femmes qui sont encore plus confinées à la maison que les hommes arrivent-elles à supporter cela, je l'ignore[20]. » Bien des femmes, pourtant, appréciaient comme Dorothy Wordsworth les longues promenades solitaires. Après s'être séparée de son célèbre époux, Sarah Hazlitt partit seule pour un périple à pied dont elle rend compte dans un journal qui ne fut pas publié de son vivant, comme le plus grand nombre des documents écrits par des marcheuses ; l'autobiographie de Flora Thompson, par exemple, qui raconte comment elle sillonnait à pied la campagne du comté d'Oxford pour porter le courrier en toutes saisons, mais qui est exclue des anthologies car elle était femme, pauvre, y parle de travail (de sexe, aussi, à propos d'un garde-chasse qui la poursuivait de ses assiduités chaque fois qu'elle traversait le territoire qu'il surveillait) et de bien d'autres choses encore. Ces marcheuses sont des anomalies au même titre que les grandes voyageuses du XIXe siècle (Alexandra David-Néel au Tibet, Isabelle Eberhardt en Afrique du Nord, Isabella Bird dans les Rocheuses). Nous verrons plus longuement pourquoi au chapitre XIV.

LE SIMPLE

La croyance que la marche (dans la nature) est en soi vertueuse s'est maintenue jusqu'à nos jours. En feuilletant une revue bouddhiste, je suis récemment tombée sur un article particulièrement ennuyeux soutenant que tous les problèmes de la planète seraient résolus si les chefs d'État marchaient. « La marche est peut-être la voie de la paix dans le monde. Les dirigeants du monde entier n'ont qu'à se rendre à pied sur le site des conférences au lieu d'y aller dans des limousines qui sont des agents de contagion du pouvoir. Enlevons les tables de conférence, quelles que soient leur taille et leur forme, et obligeons les grands cerveaux à se rencontrer sur les bords du lac Léman[21]. » Un exemple concret montre le peu de foi à accorder à cette idée. Ronald Reagan tenait à ce que ses Mémoires s'ouvrent sur le moment le plus important de son mandat, explique Michael Korda, l'éditeur qui a tenté de faire un livre de ces souvenirs. L'ancien président situait cet apogée à sa première rencontre avec Mikhaïl Gorbatchev dans les environs de Genève. Tout près de la ville natale de Rousseau, donc, et la scène telle qu'il la rapporte a d'ailleurs des accents rousseauistes. « Reagan avait compris que les discussions du sommet étaient dans l'impasse, écrit Korda. Entourés de conseillers et de spécialistes de la question du désarmement, les deux hommes étaient dans l'incapacité d'établir un contact humain, si bien que Reagan finit par taper sur l'épaule de Gorbatchev et par l'inviter à faire un tour avec lui. Ils sortirent tous deux, et Reagan emmena Gorbatchev sur la rive du lac Léman[22]. » Reagan ajoute dans ses Mémoires qu'ils eurent à cette occasion « une longue et chaleureuse discussion » au cours de laquelle ils s'entendirent sur le principe de l'inspection et de la vérification mutuelles des stocks d'armes nucléaires, puis envisagèrent les premières étapes du désarmement. Korda fit remarquer à un conseiller présidentiel que cette touchante anecdote est assez peu crédible étant donné que Reagan ne parlait pas plus le russe que Gorbatchev l'anglais. Pour autant que la promenade ait bien eu lieu, ce fut sûrement avec toute une escorte d'interprètes et de gardes du corps qui lui donnait plus l'allure d'un cortège officiel que d'une petite promenade amicale.

Croire que les problèmes de la planète pourraient être résolus par deux vieillards marchant côte à côte au bord d'un lac suisse (et qui plus est dans la ville natale de Rousseau), c'est supposer, premièrement, que le bon, le simple et le naturel ne sont pas dissociables, deuxièmement, que ces chefs d'État assez puissants pour détruire la planète sont eux-mêmes des gens simples (autrement dit bons ; que par conséquent leurs régimes respectifs sont justes et leurs accomplissements honorables, série de postulats alignés comme des dominos derrière la première de ces présuppositions romantiques). L'esthétique des vertus de la simplicité continue de triompher sur l'esthétique du cortège royal, forme complexe et sophistiquée composée de nombreux représentants de la société. Après Jimmy Carter qui avait descendu à pied l'avenue de Pennsylvanie le jour de son entrée en fonctions, son successeur, Ronald Reagan, réintroduisit la pompe et le faste à la Maison-Blanche. Aucun président américain ne s'est autant que lui approché de l'éclat du Roi-Soleil. Il y est parvenu en abreuvant les Américains d'histoires simples à propos de leur innocence perdue, des effets corrupteurs de l'instruction et des beaux-arts, de leurs aptitudes à vivre selon les vertueux principes de la cabane en rondins, autant de contes qui les dégageaient des liens d'obligations réciproques créés par la société et par l'économie. Son autoportrait en marcheur rousseauiste est de la même eau. L'histoire de la marche fourmille de gens qui se dépeignent volontiers sous les traits d'êtres simples, sains, naturels, amis des hommes de toutes conditions et de la nature, et qui ce faisant trahissent souvent leur désir de toute-puissance. D'autres poursuivent au contraire le projet révolutionnaire de s'attaquer aux fondements des lois et de l'autorité qui étouffent tout le monde, y compris ceux qui les incarnent.

LE LOINTAIN

Si, au XIXe siècle, les livres consacrés à la marche se présentaient majoritairement sous la forme d'essais, au XXe ce genre fut supplanté par d'interminables récits de très longues randonnées. Le XXIe siècle nous apportera peut-être autre chose, de totalement différent. La littérature de voyage était très en vogue au XVIIIe, mais ceux qui couvraient alors de très longues distances à pied n'ont pas souvent consigné leurs exploits par écrit. Le tour des Alpes que Wordsworth décrit dans *Le Prélude* ne fut publié qu'en 1850, et à vrai dire ce poème n'est pas exactement une relation de voyage. Quant à Thoreau, aussi attaché à dépeindre les circonstances de ses promenades à pied que le milieu naturel où elles prenaient place, il est plus l'auteur d'essais naturalistes que d'essais sur la marche. À ma connaissance, le premier ouvrage important qui célèbre ce mode de déplacement est le *Quinze cents kilomètres à pied à travers l'Amérique* de John Muir. Parti d'Indianapolis, Muir rallia les Keys de Floride en 1867 (son livre ne fut toutefois publié qu'en 1914). Le Sud qu'il découvrit était une plaie béante que la guerre de Sécession n'en finissait pas de creuser, mais l'intérêt très relatif de ce botaniste acharné pour l'observation des conditions sociales a sûrement de quoi frustrer les historiens. Muir est une sorte de saint Jean-Baptiste qui serait retourné dans un désert soudain paré de tous les charmes pour en prêcher les merveilles (désert, parce que la population indigène de la région en avait été chassée et décimée avant l'arrivée de Muir, mais c'est une autre histoire). Évangéliste américain de la nature, il adapte le langage de la religion à la description des plantes, des montagnes, de la lumière et de tous les phénomènes chers à son cœur. Aussi bon observateur de la nature que Thoreau, il est plus enclin que lui à chausser les lunettes de la foi. Ce fut par ailleurs un des grands montagnards de son siècle ; en gros lainages et lourds brodequins, il a accompli des exploits que peu de nos contemporains se soucient de répéter, alors pourtant qu'ils sont mieux équipés. Bien qu'il n'ait ni les talents poétiques d'un Wordsworth ni l'esprit contestataire d'un Thoreau, cet homme a marché comme ils rêvaient de le faire, seul pendant des semaines en pleine nature, finissant par fréquenter ses montagnes comme on visite de vieux amis, laissant peu à peu sa passion des lieux se transformer en engagement politique (même si cela n'eut lieu que des dizaines d'années après sa longue marche dans le Sud).

Quinze cents kilomètres à pied est anecdotique, comme souvent les récits de voyage dont la trame, sempiternellement reprise, se ramène à une série de déplacements d'un point à l'autre (à quoi s'ajoute, pour les plus introspectifs, la transformation personnelle qui s'ensuit). En un sens, ces ouvrages qui célèbrent la marche nous parlent du paradis : ici, rien d'essentiel ne va mal et le protagoniste (vigoureux, solvable, libre de tout lien) peut tranquillement se mettre en quête de petites aventures. Au paradis, les seuls sujets dignes d'intérêt sont nos pensées, le caractère de nos compagnons, les incidents de parcours, l'aspect du milieu environnant. Malheureusement, les écrivains grands marcheurs ne sont pas toujours des penseurs fascinants. Observateur attentif, souvent extatique, de la nature, Muir ne livre aucune explication sur les raisons qui l'ont conduit à prendre la route, mais le lecteur comprend assez facilement qu'il est audacieux, pauvre, et possédé d'une passion pour la botanique que l'excursion lointaine lui permet de satisfaire. Malgré l'absence de frontière littéraire bien tracée entre le récit de voyage pédestre et l'essai naturaliste, pour les auteurs qui privilégient le second genre marcher est, au mieux, un moyen implicite d'aller à la rencontre de la nature qu'ils décrivent, rarement un thème à part entière. Le corps et l'âme semblent ainsi se fondre dans l'environnement – à ceci près que Muir retrouve son enveloppe corporelle chaque fois que sa chance paradisiaque tourne court : quand, affamé, il attend l'argent qui tarde ou, plus tard, contracte une maladie qui met ses jours en danger.

Soixante-dix ans après Muir, un autre jeune homme d'une vingtaine d'années décida de parcourir plus de quinze cents kilomètres à pied, de Cincinnati à Los Angeles. « Je ne courais ni après le temps ni après l'argent, mais après la vie, explique d'emblée Charles F. Lummis. Non pas la vie au sens pitoyable qu'elle revêt pour le pauvre type obsédé par sa forme physique, car je jouissais d'une santé parfaite et d'une forme athlétique, mais la vie comprise de façon plus authentique, plus large, plus douce : le plaisir réjouissant de vivre hors des tristes barrières de la société, avec un corps parfait, l'esprit éveillé. […] Je suis américain, et j'avais honte de connaître mon pays aussi mal que la plupart des Américains[23]. » Un peu plus loin, il dit à propos d'une rencontre de hasard : « C'est le seul vrai marcheur vivant que j'aie rencontré pendant ce long voyage, et ce fut enthousiasmant de débiter les kilomètres dans un froid polaire avec un compagnon pareil[24]. » Lummis se vante volontiers ; en témoignent les innombrables épisodes où il surpasse en adresse et rudesse les gens de l'Ouest, les serpents à sonnette, les tempêtes de neige, et quand il s'essaie sérieusement à faire rire dans la veine d'un Mark Twain ses tentatives tombent à plat. Il se rachète néanmoins par la profonde affection (étonnante pour l'époque) qu'il porte aux habitants et aux terres de l'Ouest américain, et par quelques anecdotes à ses dépens. Au fond, il écrit là une remarquable histoire de rude endurance, de capacité à s'orienter et à s'adapter à des conditions extrêmes. Aux États-Unis ou sur le continent américain en général, le périple à pied ne saurait prétendre à la distinction de l'excursion. C'est une plongée vers les étendues sauvages et désolées qui amène à traverser des espaces rebutants, des autoroutes, par exemple, ou des bourgades hostiles.

Ces odyssées répondent semble-t-il à trois mobiles principaux (comprendre l'organisation naturelle ou sociale d'un lieu, se comprendre soi-même, établir un record) et elles jouent souvent sur les trois registres. La marche sur très longue distance est souvent abordée comme une manière de pèlerinage, une façon d'éprouver la foi ou la volonté, un instrument de découverte spirituelle et pratique. Sa banalisation amena les auteurs de récits de voyage à partir en quête d'expériences plus exigeantes, de sites plus reculés. Un des postulats implicites de ce type de littérature est que le voyage, plus que le voyageur, doit être exceptionnel pour mériter d'être publié (ce qui n'empêche pas Virginia Woolf d'avoir écrit un texte magnifique sur une longue déambulation dans Londres un soir où il lui fallait absolument acheter un crayon, ni James Joyce d'avoir signé le plus grand roman du XXe siècle sur les pérégrinations d'un placeur d'annonces publicitaires dans les rues de Dublin). Un long parcours à pied offre une évidente continuité narrative à l'écrivain. Si tout chemin est une histoire, comme je le proposais plus haut, toute longue randonnée peut nourrir un gros livre. Ainsi en tout cas le veut la logique de ces ouvrages relativement récents, et elle n'est pas absolument sans fondements : le marcheur ne passe guère sur les détails, il observe de près, se rend vulnérable et accessible aux gens, aux lieux. À l'inverse, il peut aussi se laisser dévorer par son athlétique entreprise au point de devenir totalement indifférent à ce qui l'entoure, surtout s'il s'est fixé un programme précis ou un défi. Ces limites conviennent très bien à certains ; à un Colin Fletcher, par exemple, l'un de ces inévitables Anglais qui, en 1958, choisit d'effectuer sa première longue marche dans la partie orientale de la Californie. Intitulé *L'Été des mille miles*, le livre qu'il commit dans la foulée fait penser à un assortiment d'amuse-gueule : quelques bouchées d'épiphanies, une petite louche de leçons de morale, des ampoules, des rencontres, des détails pratiques pour calmer la faim. Il repartit ensuite vers d'autres horizons et, comme Graham, rédigea un guide, *Tout sur la marche*, que les marcheurs continuent d'utiliser. Dix ans plus tard, en 1968, un autre Anglais, John Hillaby, traversa à pied la Grande-Bretagne dans toute sa longueur (plus de quinze cents kilomètres), écrivit un best-seller sur cette expérience, puis d'autres livres, sur d'autres périples.

En 1973, quand Peter Jenkins se mit en route pour parcourir près de cinq mille kilomètres à travers les États-Unis (projet sponsorisé par le *National Geographic*), ce type d'expédition transcontinentale était déjà une sorte de rite d'initiation pour les jeunes Américains de sexe masculin, mais la grande majorité d'entre eux utilisaient des moyens de transport motorisés. Traverser le continent, c'était l'embrasser ou l'étreindre, au moins symboliquement, en suivant une route qui l'entourait comme un ruban le paquet. Le film *Easy Rider* doit en partie sa sensibilité aux *road stories* de Jack Kerouac, ces livres plus proches du récit de voyage que du roman, où la digression tient lieu d'intrigue. Jenkins partait au-devant des gens. À la différence de Muir, l'Amérique qui l'intéressait était moins celle des espaces naturels que des espaces habités. Comme Wordsworth qui croisait constamment des personnages avides de s'épancher, il prend le temps d'écouter chacun de ceux qu'il rencontre et en parle avec une naïve honnêteté dans *L'Amérique à pied*, suivi de *L'Amérique à pied II*. Ce voyage, décidé au moins en partie à rebours de l'antiaméricanisme professé par les jeunes révoltés de son temps, conduisit Jenkins à séjourner chez un agriculteur des Appalaches, à partager plusieurs semaines durant la vie d'une famille noire très pauvre, à s'éprendre en Louisiane d'une conférencière baptiste, à se convertir à sa religion, puis à l'épouser, et, au bout de mois de marche en sa compagnie, à arriver sur la côte de l'Oregon en homme radicalement différent de celui qu'il était avant de partir. Il s'agit bien là d'un parcours à l'image de la vie, car son auteur va aussi lentement que l'exige l'acquisition de l'expérience.

La littérature de la longue marche suit fatalement sa pente. En bas, s'amoncellent les livres de marcheurs pas nécessairement écrivains, tant il est vrai que le style de la langue et la robustesse des mollets sont deux qualités rarement réunies. Parmi tous ces plumitifs, Robyn Davidson fait figure d'exception, peut-être parce qu'il n'entrait pas au départ dans ses projets d'écrire. Elle s'en tire brillamment dans *Pistes*, où elle relate un périple de deux mille cinq cents kilomètres de l'intérieur des terres australiennes à la mer, effectué avec trois chameaux (et lui aussi financé par le *National Geographic*). À mi-parcours, elle décrit en ces termes l'état d'esprit dans lequel elle se trouve : « Il se passe de drôles de choses quand jour après jour, mois après mois, on couvre laborieusement sa trentaine de kilomètres quotidiens. Des choses dont on ne prend pleinement conscience qu'après coup. D'abord, tout ce que j'avais vécu par le passé et les gens liés à ce passé me sont revenus en mémoire avec la précision et les détails du Technicolor. Chaque mot des conversations que j'avais pu avoir ou surprendre longtemps, longtemps avant, quand j'étais petite, m'est revenu en mémoire, et cela m'a permis de faire retour sur ces événements avec une sorte de détachement, comme s'ils étaient arrivés à quelqu'un d'autre. J'ai redécouvert ou appris à connaître des gens morts et oubliés depuis des années. [...] Surtout, j'étais heureuse, c'est tout simplement le mot[25]. » Robyn Davidson nous ramène sur le terrain des philosophes et des grands essayistes, sur le rapport entre les activités de marcher et de penser, mais elle y parvient à partir d'une expérience extrême que peu d'entre eux ont connue.

Les années soixante-dix sont un peu l'âge d'or des lointaines expéditions à pied. Cette époque vit également la publication des *Chemins de Sata* d'Alan Booth, un livre superbe qui montre combien la littérature de la marche a su élargir ses confins. Son auteur est un Anglais qui passa sept ans au Japon, suffisamment pour parler la langue et bien connaître la civilisation japonaise. Avec un humour et une modestie à toute épreuve, il évoque à merveille les lieux, rapporte des échanges souvent comiques et ne pousse jamais jusqu'à la révérence le respect qu'il a pour la culture. Il décrit avec élan son voyage, marqué par les chaussettes sales, la chaleur étouffante des printemps, le saké, trop de saké, la rencontre de personnages drôles ou tragiques et de débauchés des deux sexes, le climat éprouvant. Désabusé il remarque : « Les habitants des pays correctement civilisés considèrent les marcheurs avec la plus grande suspicion et ont appris à leurs chiens à en faire autant[26] », mais cela ne l'empêche pas de se donner du bon temps. Reste que son livre n'est pas à proprement parler un livre sur la marche, et porte plus sur les circonstances et les occasions que sur l'activité en tant que telle. Marcher n'est en l'occurrence qu'un moyen de favoriser autant que possible la rencontre, et peut-être de tester le corps et l'âme.

Ce dernier objectif motiva les innombrables périples à l'actif de Ffyona Campbell, auteur d'un tour du monde à pied et d'un livre où elle en rend compte. Fille d'un militaire intransigeant, elle s'est dirait-on lancée à la découverte d'elle-même pour lui révéler qui elle était, la marche prenant chez elle des allures d'obsession assez comparable à l'anorexie de sa sœur. En 1983, Campbell, alors âgée de seize ans, réussit son pari de traverser la Grande-Bretagne à pied avec le soutien financier du quotidien *Evening Standard*, dans le but avoué de recueillir des fonds pour un hôpital. Elle décida ensuite de se lancer dans un tour du monde, mais à sa manière, avec des variantes et des ruptures, car elle n'a que faire du fil narratif continu qui caractérise tant de récits de marcheurs. « Selon le *Livre Guinness des records*, un périple autour du monde commence et s'achève au même endroit, doit passer par quatre continents et couvrir au total vingt-cinq mille kilomètres au moins[27] », lit-on dans la préface de son ouvrage. Deux ans plus tard elle abordait sa traversée des États-Unis, cinq ans plus tard celle de l'Australie ; huit ans plus tard, ce fut l'Afrique dans toute sa longueur, et onze ans après la première balade à travers l'Angleterre elle remontait une partie de l'Europe, de l'Espagne jusqu'aux côtes anglaises de la Manche. Seule l'espèce de comptabilité tenue par Campbell permet de rassembler les morceaux de ce parcours aussi décousu que possible et de lui donner l'aspect d'un tout à peu près cohérent (elle revint ultérieurement en avion en Afrique, puis aux États-Unis, afin d'achever des portions d'itinéraire qu'elle n'avait pas suivies jusqu'au bout).

Campbell n'a peut-être pas sa place dans la littérature du voyage pédestre mais elle a sûrement subi l'influence de la culture de la marche. À cet égard, elle serait plutôt l'héritière des athlétiques piétons de la fin du XVIIIe et du début du XIXe siècle, qui semblaient se ficher comme d'une guigne de parcourir leurs milliers de kilomètres le long d'un sentier ou d'une route. Le paysage n'apparaît presque jamais dans ce qu'elle nous raconte des continents par où elle est passée. Si donc elle ne tient pas de Wordsworth, l'idée pourtant que la marche est d'une certaine façon rédemptrice – et d'autant plus qu'on la pousse loin – survit chez elle sur un mode assez effrayant. Or, cette conception fait indubitablement partie de l'héritage victorien, à tout le moins de l'héritage des victoriens qui se réclamaient de Wordsworth. Ainsi le veut le trajet sinueux qu'emprunte l'histoire, dont les perspectives successives découvrent des désirs différents. Comme Robyn Davidson, Ffyona Campbell semble obéir à une nécessité intérieure, à cette différence près que Davidson représente un spécimen plus intellectuel et plus fin de l'individu blessé cherchant à se racheter par l'épreuve, qu'elle est dotée d'une sensibilité littéraire et d'un goût du paysage incommensurablement plus développés. Leur atroce aliénation, en revanche, se ressemble ; on a l'impression que ces deux jeunes femmes se cramponnent à leur entreprise ardue parce qu'elles n'ont pour elles que cet entêtement. Peter Jenkins, lui, est plus doux, moins fermé sur lui-même ; peut-être parce que ces choses sont plus faciles pour un homme, ou parce qu'il se cache moins ce qu'il cherche : il sait pour quel pèlerinage il s'est embarqué.

Par certains côtés, Campbell rappelle les marathoniens des bonnes causes d'aujourd'hui. Elle a beaucoup marché pour recueillir des fonds destinés à des œuvres charitables (et plus encore pour trouver une cause à défendre afin de pouvoir subventionner ses expéditions forcément coûteuses, puisque organisées à grand renfort de publicité et d'assistance technique). Ceci étant, la prouesse remarquable qui consiste à couvrir en l'espace d'une journée une distance de cinquante à soixante kilomètres devient stupéfiante quand elle est réitérée le lendemain, et d'une brutalité inouïe quand elle se répète plusieurs jours d'affilée sous le climat épouvantable du désert australien, le long d'une route qui plus est. Campbell l'a fait. Elle a parcouru quatre mille huit cents kilomètres sur ce continent en quatre-vingt-quinze jours, le record mondial. Ses jambes d'une vigueur à toute épreuve ont implacablement poursuivi le but qui leur était assigné, mais de leurs marches formidables il ne reste que l'exploit : rien sur le paysage, dans le livre de Campbell, rien du plaisir, et les rencontres se comptent sur les doigts d'une main. Cette femme se bat pendant trente mille kilomètres pour savoir qui elle est, ce qu'elle vaut, mais s'embrouille de façon inquiétante dans ses propres valeurs : elle sollicite les sponsors et l'attention des médias, puis vitupère contre les journalistes et les capitalistes ; elle insulte les automobilistes croisés lors de sa deuxième marche aux États-Unis alors qu'elle est arrivée à son nouveau point de départ dans le camping-car qui avait servi à transporter son équipe la première fois. Son livre s'achève sur une anecdote qui sape tous ses efforts, un des nombreux passages où elle exprime en termes confus le respect qu'elle professe pour les autochtones. Des militaires mettent au défi des aborigènes australiens de se mesurer à eux en courant à pied en plein désert, ce que les intéressés acceptent avant d'abandonner la course pour aller récolter du miel. La façon dont Campbell relate cette histoire laisse penser qu'elle est du côté des aborigènes et dédaigne comme eux les objectifs par trop rigides, la quantification de l'expérience, la compétition, jusqu'à la manie de prendre des notes ou de laisser des traces. La tragédie est que Campbell a abondamment démontré qu'elle était *de facto* du côté des militaires.

Au fond, elle est peut-être celle qui exemplifie le mieux la pure activité de marcher. L'impureté de la marche est précisément ce qui la rend digne d'être tentée : les paysages, les pensées, les rencontres – toutes ces choses qui relient l'intelligence au monde par l'intermédiaire du corps vagabond et sont le levain de l'esprit absorbé en lui-même. Les ouvrages cités dans les pages qui précèdent montrent que la marche est un sujet glissant dont la réflexion a le plus grand mal à se saisir. Ce thème ouvre trop facilement sur des tas d'autres choses : le tempérament du marcheur ou des gens qu'il croise en chemin, la nature, l'accomplissement, tellement bien que, parfois, il disparaît totalement du cadre. Il n'empêche que ce reste – la substance des essais sur la marche et de la littérature de voyage en général – tisse l'histoire des raisons de traverser à pied une portion de territoire, histoire tout de même vieille de deux siècles, et cohérente malgré son cours capricieux.

9

À l'assaut des cimes

L'histoire rapportée par Ffyona Campbell, de ces militaires qui courent vers la ligne d'arrivée tracée dans le bush australien pendant que leurs rivaux aborigènes quittent la piste pour aller ramasser du miel, livre à mots couverts quelques-unes des nombreuses raisons et façons de marcher et de vivre – ou du moins suggère bien des questions en rapport avec elles. La gloire a-t-elle plus ou moins de prix que le plaisir, et ces deux buts désirables sont-ils exclusifs l'un de l'autre ? Peut-on décomposer une activité en parties mesurables et comparables entre elles ? Que signifie arriver, ou, à l'inverse, vagabonder sans souci de la destination ? L'envie de se mesurer aux autres est-elle infamante ? Peut-on soutenir qu'en l'occurrence les soldats sont les champions de l'esprit de discipline, et les aborigènes de l'esprit de détachement ? Ces questions relatives aux modalités et aux motifs de la course, de la marche, du voyage pédestres se posent avec plus d'insistance, ou plus d'évidence, en ce qui concerne l'alpinisme.

L'alpinisme est l'art de partir à pied à la conquête des cimes – quitte à s'aider des mains au besoin, car même si l'escalade en est le point fort, en règle générale l'ascension est avant tout affaire de déplacement pédestre (les bons grimpeurs grimpant avec leurs jambes dans toute la mesure du possible, on pourrait dire de l'escalade qu'elle est l'art de la marche à la verticale). Sur les pentes les plus escarpées, le rythme régulier et semi-inconscient des jambes ralentit, chaque pas exige de prendre une décision relative à la direction et à la sécurité, et l'activité toute simple de la marche se transforme en talent très spécialisé qui requiert souvent un matériel sophistiqué. Mon propos porte ici sur l'alpinisme, dont l'escalade est indissociable, et laisse délibérément de côté la discipline particulière qu'est l'escalade en dehors de l'alpinisme. On trouvera peut-être ce parti pris artificiel mais il me paraît justifié. L'escalade *per se* représente un canyon latéral d'exploration récente dans l'histoire de l'alpinisme, discipline, ou sport, dont la technique s'est sans cesse affinée pour permettre l'ascension de parois *a priori* inabordables. La difficulté de l'escalade n'est pas fonction de la longueur du parcours ; elle vient de ce que chaque geste ou presque pose un « problème » dont la solution passe par une application de tous les instants et un entraînement assidu. Par ailleurs, si traditionnellement l'alpinisme rallie les amoureux des paysages montagnards, la technicité de l'escalade ménage de tout autres plaisirs. L'imagination, depuis le XVIIIe siècle, se représente essentiellement la nature sous la forme de paysages, autrement dit de scènes observables à une certaine distance, alors que l'escalade oblige à un face-à-face avec la roche et suppose donc un engagement très différent. Les perceptions tactiles, la sensation de la pesanteur des corps (de leur mortalité aussi, parfois), les joies cinétiques d'un déplacement à la limite du possible favorisent sans doute une expérience de la nature tout aussi valable, quoique moins insérée dans la culture. Enfin, marcher encourage cet état de conscience particulier entre vigilance et flânerie, où l'espace parcouru n'est pas toujours présent à l'esprit. L'escalade, en revanche, mobilise suffisamment l'attention pour qu'un guide m'ait déclaré : « Il n'y a que quand j'escalade une paroi que j'arrive vraiment à me concentrer. » L'escalade se suffit à elle-même ; l'alpinisme concerne toujours aussi la montagne.

Les alpinistes d'hier et d'aujourd'hui ont un illustre précurseur en Pétrarque, « premier homme à avoir entrepris l'ascension d'une montagne pour la beauté du geste et pour admirer la vue du sommet », selon l'historien d'art Kenneth Clark[1]. Longtemps avant qu'il se risque sur les pentes d'un mont Ventoux pontifical (en 1335), maints pionniers s'étaient lancés à l'assaut des cimes dans d'autres parties du monde. Pétrarque cultiva avant l'heure le plaisir esthétique consacré par le romantisme de la promenade en montagne, et avec lui l'ambition d'atteindre leurs sommets pour des raisons avant tout profanes. Ceci étant, l'histoire de l'alpinisme débuta en fait en Europe à la fin du XVIIIe siècle, à la faveur d'une curiosité et d'un changement de sensibilité qui incitèrent quelques hardis personnages à tenter de vaincre les cimes alpines au lieu de se contenter d'excursionner dans le massif. De leurs efforts répétés naquit l'alpinisme, fondé sur des savoir-faire progressivement acquis et quelques postulats – par exemple qu'arriver au sommet est un geste chargé d'une signification incommensurable avec l'activité consistant à franchir des cols à pied ou à randonner dans les contreforts. En Europe, le nouveau sport prit d'abord la double forme d'un hobby réservé à une élite masculine et d'un métier, celui de guide, le premier groupe étant souvent obligé de s'en remettre aux compétences des professionnels qui composaient le second ; en Amérique du Nord, les premières ascensions dont on ait connaissance furent le fait d'explorateurs et de géomètres obligés de parcourir des distances considérables (alors que plusieurs ascensions alpines furent suivies au télescope depuis les villages en contrebas, dans le nouveau continent il fallait des expéditions de plusieurs semaines à travers des étendues désolées pour atteindre la montagne). Évidemment, comme le rapporte un de ces géomètres montagnards, lorsqu'en 1871 il parvint au sommet du mont Whitney (le point dominant de quarante-huit États), ce fut pour constater qu'on avait « empilé un petit monticule de pierres sur le pic et solidement fiché dedans la hampe d'une flèche indienne dont la pointe était tournée vers l'ouest[2] ». La montagne attirait déjà l'attention, et les marcheurs, avant que le romantisme ait engendré l'alpinisme.

Points culminants, barrières naturelles, territoires mystérieux, les montagnes rompent le continuum du paysage, et autant les changements géographiques sont imperceptibles au niveau de la latitude, autant ceux qu'introduit l'altitude sont frappants : entre les premiers reliefs à l'aspect souvent riant et les crêtes glaciales et désolées, l'écologie et le climat subissent des transformations drastiques. C'est d'abord la limite de la forêt et au-dessus, bien au-dessus, ce que l'on pourrait appeler la limite vitale, car au-delà rien ne pousse ni ne vit. À partir de cinq mille cinq cents mètres, s'étend la zone létale des montagnards, le règne glacial de l'oxygène raréfié où l'organisme s'asphyxie et la raison se trouble ; les alpinistes les plus endurcis y laissent quelques neurones cérébraux. Tout en haut, la biologie est bannie d'un univers modelé par les forces autrement plus âpres de la géologie et de la météorologie ; ne subsiste que le squelette nu de la terre environnée de ciel. Partout sur la planète, les montagnes ont été considérées comme des seuils, des passages entre l'ici-bas et l'au-delà, des lieux qui confinent au spirituel. Aussi, presque partout elles en acquièrent une signification sacrée, car si terrifiant que puisse être le monde spirituel il est rarement le siège de forces exclusivement mauvaises. À cet égard, l'Europe chrétienne qui voyait dans les montagnes d'affreux séjours infernaux est sans doute une exception. Les cimes suisses furent longtemps abandonnées aux dragons, aux âmes damnées et au Juif errant (condamné, dit la légende, à aller où ses pas le portent jusqu'à la Seconde Venue du Messie pour n'avoir pas reconnu Jésus, ce personnage donne la mesure du mépris dans lequel les chrétiens européens tenaient les vagabonds et, bien sûr, les juifs). Pour beaucoup d'écrivains anglais du XVIIe siècle, les montagnes, « hautes et hideuses », sont une « abomination », les « difformités » de la planète, un irréparable dommage causé par le Déluge sur une terre autrefois lisse et plate. Ainsi, bien que les Européens aient été les pionniers de l'alpinisme moderne, l'ambition qui les a hissés vers les sommets ne put se développer qu'à la faveur de la réhabilitation romantique d'un amour de la nature que le reste du monde n'avait jamais perdu[3].

Une des premières ascensions historiquement attestées fut celle du « premier empereur chinois » qui, au IIIe siècle avant J.-C., poussa son chariot sur les pentes du Taishan (le pic de l'Est), contre l'avis de ses conseillers qui lui avaient recommandé de partir à pied[4]. Plus célèbre pour avoir entrepris l'édification de la Grande Muraille et décidé la destruction par le feu de bibliothèques entières afin que son règne marque le début de l'histoire chinoise, l'empereur Qin Shi Huangdi est bien capable d'avoir anéanti les documents relatifs aux exploits de ceux qui avaient atteint ce sommet avant lui. Depuis, bien d'autres au cours des siècles ont gravi les quelque sept mille marches qui, jalonnées par les trois Portes célestes, relient la cité de la Paix, en bas de la montagne, au temple de l'Auguste Empereur de Jade. Gretel Ehrlich, une bouddhiste américaine qui vit de sa plume et a usé ses semelles sur l'interminable escalier du Taishan et maints sites de pèlerinage chinois, nous apprend que « l'équivalent chinois de l'expression “partir en pèlerinage”, *ch'a-o-shan chin-hsiang*, signifie en réalité “rendre hommage à la montagne”, comme si cette dernière était une impératrice ou une ancêtre devant qui il faut se prosterner[5] ». Au IVe siècle après J.-C., une pèlerine bien différente, la chrétienne Égérie, escaladait les flancs des montagnes qui se dressent à l'autre bout de l'Eurasie. Il ne reste d'elle que le journal relatant son périple, manuscrit qui permet d'inférer qu'elle devait être abbesse, ou à tout le moins investie d'une charge assez importante, et que le mont Sinaï, au fin fond du désert égyptien, était alors un grand pèlerinage chrétien. Des moines se chargèrent de guider Égérie dans « l'immense et plate vallée qui servit de résidence aux enfants d'Israël, en ces jours où le saint Moïse montait sur la montagne de Dieu[6] » après la fuite hors d'Égypte. Escortée de ses compagnons, Égérie grimpa à pied le dénivelé de plus de deux mille cinq cents mètres du mont Sinaï, notant au passage que « de toutes parts cela semble être une seule montagne ; et cependant, une fois que l'on a pénétré dans cet espace on s'aperçoit qu'il y en a beaucoup mais la chaîne tout entière a reçu le nom de montagne de Dieu[7] ». Le Sinaï était pour elle la montagne où Dieu était descendu et Moïse monté afin de recevoir les Tables de la Loi. S'y risquer à son tour constituait donc un acte de foi dans les Saintes Écritures, un retour sur les lieux des moments forts de l'histoire sainte. Depuis, un escalier a également été creusé sur les flancs du mont Sinaï ; un mystique du XIVe siècle le gravissait paraît-il tous les jours pour exprimer sa dévotion.

Semblable en cela aux labyrinthes et autres dédales, la montagne a une double fonction symbolique et métaphorique. L'équivalent géographique le plus clair du triomphe qu'est l'atteinte du but reste la conquête des cimes (même si beaucoup des pèlerins qui circulent dans l'Himalaya les contournent car c'est pour eux un sacrilège de se tenir au sommet). « Il n'y a rien à voir au-dessus, tout est en bas[8] », aurait déclaré l'alpiniste victorien Edward Whymper après avoir planté son piolet en haut du Cervin. Cette formule d'un athlète hors du commun et énormément ambitieux vaut aussi bien au sens littéral que figuré. « L'homme arrivé là, poursuit-il, est en quelque sorte dans la position de celui qui a atteint tout ce qu'il désirait : il n'a plus aucune aspiration. » La séduction de l'ascension se déduit également des métaphores du langage. En anglais, en français et dans bien d'autres langues, l'altitude, la hauteur, l'élévation sont associées au pouvoir, à la vertu, au prestige social. On est au sommet de sa carrière, au plus haut de ses capacités ; on grimpe dans la hiérarchie ou dans l'échelle sociale ; on prend de l'altitude, on a une haute idée de sa personne et des vues d'autant plus louables qu'elles sont élevées. Dans la cosmologie chrétienne, le paradis est au ciel et l'enfer sous la terre. Le purgatoire de Dante est une longue éminence conique que le narrateur gravit péniblement dans un parcours spirituel et géographique (en partant d'une « cheminée » familière aux passionnés d'escalade d'aujourd'hui : « Nous montions par-dedans une fente du roc, / Sur les deux flancs nous serraient les parois, / Et le sol réclamait nos mains comme nos pieds[9] »).

Dans l'imaginaire japonais, les montagnes – chaque montagne – sont au centre de gigantesques mandalas qui recouvrent le paysage comme « des fleurs dont les pétales se chevaucheraient », pour reprendre la comparaison d'un érudit. Qui se dirige vers le centre d'un mandala approche en fait de la source du pouvoir spirituel, même si le trajet qu'il suit n'est pas toujours le plus court. Cela est vrai aussi du labyrinthe, où le but paraît parfois tout proche alors qu'il reste encore un long chemin à parcourir, et Égérie put constater d'expérience que la montagne changeait sans cesse de forme au fur et à mesure qu'elle se hissait sur ses pentes. La célèbre parabole zen du maître qui considérait avant d'avoir étudié que les montagnes n'étaient que des montagnes, qui s'aperçut au cours de ses études que les montagnes n'étaient plus des montagnes, et pour qui les montagnes redevinrent des montagnes lorsqu'il sut ce qu'il avait appris peut s'interpréter comme une allégorie de ce paradoxe perceptuel. Thoreau note à ce propos : « Pour le voyageur, le dessin d'une montagne varie à chaque pas et présente une infinité de profils bien qu'il n'ait, absolument, qu'une seule forme[10]. » Cette forme s'appréhende au mieux à distance. Sur toutes les estampes sauf une des *Trente-Six vues du mont Fuji* du Japonais Hokusai, le cône parfait de la montagne se dresse suffisamment loin, mais assez près, pour donner leur orientation et leur continuité à la ville et à la route, aux champs, à la mer. La forme familière qui sert de trait d'union aux œuvres de cette série ne disparaît que sur une seule d'entre elles, où l'on voit des pèlerins gravir les pentes du mont Fuji. Cédant à l'attrait d'un paysage, nous allons vers lui, mais quand nous en sommes tout près ses contours séduisants se dissolvent. Ainsi, de même que le visage de l'être aimé se brouille dans l'approche du baiser, de même le cône lisse du mont Fuji se transforme en amas de roches escarpées qui masque le ciel dans cette estampe où Hokusai a peint des pèlerins ascensionnistes. La forme objective de la montagne semble alors se fondre dans l'expérience subjective, tandis que le sens prêté à l'ascension se fragmente.

L'alpinisme a ceci de fascinant qu'il renvoie à des contextes très différents, de telle sorte que si l'idée de pèlerinage n'en est jamais tout à fait absente il s'inscrit souvent dans une tradition sportive ou militaire. Alors cependant que les pèlerins suivent un itinéraire consacré par la foi vers une destination qui rassemble les foules, les alpinistes les plus admirés sont généralement ceux qui se fraient les premiers la voie vers le sommet et qui, tels les athlètes, établissent ainsi un record. Leur discipline est perçue comme la forme la plus pure de la conquête : elle exige du courage, de l'endurance, quantité de vertus héroïques, mais si violent qu'il soit l'effort qu'elle réclame ne vise pas l'appropriation (raison pour laquelle le grand alpiniste français Lionel Terray choisit d'intituler ses souvenirs *Les Conquérants de l'inutile*). Le 17 mars 1923, alors qu'il effectuait une tournée de conférences destinée à financer une expédition sur l'Everest, exaspéré sans doute de s'entendre sempiternellement demander pourquoi il voulait tenter l'ascension de cette montagne, dans une réplique restée parmi les plus célèbres de l'histoire de l'alpinisme George Mallory déclara : « Parce qu'elle existe. » L'explication officielle qu'il avait préparée pour les journalistes avait toutefois une autre tonalité : « Nous espérons montrer que l'esprit de courage qui a permis la constitution de l'Empire britannique n'est pas encore mort[11]. » L'expédition, pourtant, fut fatale à Mallory et à son compagnon, Andrew Irvine, et malgré les recherches effectuées depuis on ne sait pas s'ils ont atteint le sommet avant de disparaître (le cadavre de Mallory fut découvert soixante-quinze ans plus tard, le 1er mai 1999, en triste état mais conservé par le froid).

La partie quantifiée d'une expérience étant souvent ce qui

permet le plus facilement d'en rendre compte, les pics les plus hauts et les tragédies les plus coûteuses ont beaucoup fait pour la réputation de l'alpinisme, assise sur une succession de records : première ascension, première par la face nord, par un Américain, par un Japonais, par une femme, avec ou sans telle ou telle pièce d'équipement, ascension la plus rapide, etc. Le mont Everest est un inépuisable prétexte à calculs pour les Occidentaux qui commencèrent à s'y intéresser par le biais de la trigonométrie. En 1852, un employé de la succursale indienne du Bureau de la trigonométrie britannique calcula que la montagne baptisée « pic XV » par les géographes de l'empire et « Chomalungma » par les Tibétains dominait tous les autres sommets himalayens. Il lui donna le nom d'un personnage qui ne s'y était jamais intéressé, l'ancien directeur du Service géodésique de l'Inde, Sir George Everest, opérant du même coup une sorte de changement de sexe puisque *chomalungma* signifie « déesse du lieu[12] ». Loin toutefois d'être la plus vénérée des Tibétains, cette montagne est devenue pour nous « le toit du monde », comme si le globe, au lieu d'être sphérique, était pyramidal. L'historien des religions Edwin Bernbaum, qui fut aussi un montagnard chevronné, a cette phrase désabusée : « Les priorités et supériorités considérées comme telles par la société occidentale se parent souvent d'une aura d'absolu qui les rend plus que tout réelles et désirables, en un mot sacrées[13]. » Or, priorités et supériorités se décrètent à partir de comparaisons mesurables ; en alpinisme comme dans la plupart des sports, le triomphe est question d'antériorité, de rapidité, de fréquence.

Parce que l'alpinisme est un sport, les résultats venus couronner son effort n'ont qu'une valeur symbolique, mais la nature de ce symbolisme s'impose à l'interprétation (ce pourquoi, par exemple, le Français Maurice Herzog estime que l'ascension qu'il a conduite en haut de l'Annapurna, le septième sommet du monde, fut une immense victoire, et non un désastre qui l'obligea à redescendre à dos d'homme après que le gel l'eut amputé de ses doigts et de ses orteils). Au milieu des années soixante, David Roberts dirigea la deuxième expédition tentée de mémoire d'homme sur le mont Huntington, dans l'Alaska. À lire ce qu'il explique dans *La Montagne de ma peur*, on a l'impression que l'expédition commença en fait au Massachusetts, par l'étude attentive des clichés de la montagne, les cogitations sur le tracé de l'itinéraire, l'envie d'accomplir un exploit inédit. Motivée par des représentations visuelles et le désir de Roberts d'inscrire son nom dans l'histoire, elle passa par une longue phase de préparation, de financement, de recrutement, d'achat de matériel et de rédaction de listes, pour ne se concrétiser que beaucoup plus tard dans le corps-à-corps avec la montagne. Je trouve fascinante cette tension entre l'histoire et l'expérience, entre les projections dans l'avenir, les souvenirs et l'instant. C'est une constante de toutes les activités humaines, bien sûr, mais elle devient, si l'on peut dire, plus transparente en altitude. Je m'explique : l'histoire attribue son sens à une action en la resituant imaginairement par rapport à d'autres actions équivalentes, telles qu'elles ont été perçues en leur temps ; elle se forge à partir d'un imaginaire collectif acharné à comprendre la manière dont l'action personnelle s'intègre à la vie publique. Portée par la mémoire, l'histoire s'immisce dans les lieux les plus reculés pour déterminer ce que signifie, même là-bas, le geste individuel. Qui sait cependant de quel poids elle pèse pour ceux qui l'y emportent avec eux ?

Dans la mesure où les cimes montagneuses dominent de très haut les zones habitées, où les mystiques et les hors-la-loi choisissent souvent les hauteurs pour s'y faire oublier, où « il n'y a que quand j'escalade une paroi que j'arrive vraiment à me concentrer », la volonté d'introduire l'histoire jusque dans la montagne peut paraître des plus paradoxales – comme l'alpinisme est un sport paradoxal, du moins quand on l'appréhende comme un sport. Gwen Moffat, devenue en 1953 la première femme britannique à exercer officiellement le métier de guide de montagne, s'intéressait surtout aux satisfactions immédiates qu'il procure. « Avant de me mettre en route j'éprouvais l'impression familière qui m'envahit quand je m'apprête à accomplir quelque chose de difficile. C'est une relaxation mentale et physique, un relâchement des muscles si complet que le visage lui-même se détend ; les yeux s'agrandissent, le corps devient souple et léger, entité aussi flexible, aussi coordonnée devant la perspective de l'ascension que le cheval devant l'obstacle. En cet instant délicieux qui précède le rude effort, ce moment où l'on regarde et où l'on comprend, les questions que pose le désir d'escalader la montagne trouvent parfois leur réponse[14]. » Avec un complice, Moffat décida un jour d'établir le record de la plus lente traversée d'une ligne de crête de l'île de Skye, et le blizzard s'en étant soudain mêlé il n'est pas impossible qu'elle ait réussi[15].

L'histoire de l'alpinisme débuta à la faveur d'une sorte de compétition. La vallée de Chamonix et son glacier attiraient les touristes longtemps avant qu'ils se risquent à l'assaut du mont Blanc, et ce goût croissant pour les paysages grandioses et sauvages eut sur la population locale des retombées économiques aussi positives que pour les habitants du nord du pays de Galles ou de la région des Lacs. En 1760, Horace Bénédict de Saussure, un jeune géologue genevois tout juste âgé de vingt ans, si fasciné par les glaciers qu'il avait décidé de leur consacrer sa vie, annonça qu'il remettrait une somme rondelette à la première personne qui attendrait le sommet du mont Blanc, alors étalonné à quatre mille huit cent dix mètres d'altitude. Le point culminant de l'Europe fut un pôle d'attraction pour les premiers adorateurs de la montagne, une des icônes culturelles de la dévotion romantique pour le paysage, le thème d'un des plus grands poèmes de Shelley, la première mesure de l'ambition des montagnards. En 1786, un médecin et un chasseur de Chamonix vainquirent pour la première fois le prestigieux sommet. Une expédition tentée quelques années plus tôt avait tellement épouvanté les quatre guides qui y participaient que, depuis, le mont

Blanc avait la réputation d'être « inviolable ». À l'époque, personne n'était d'ailleurs sûr que l'être humain pouvait survivre à de telles altitudes. Le médecin savoyard Michel Gabriel Paccard consacra, nous dit Eric Shipton, lui-même alpiniste chevronné, « sa vive intelligence et son expérience déjà affirmée de grimpeur aux problèmes posés par la survie en montagne. [...] Il ne cherchait pas la notoriété et parlait peu de ses exploits, qui démontrèrent plus d'une fois sa détermination et son endurance physique extraordinaires. S'il voulait gravir le mont Blanc, c'était apparemment plus dans le désir d'y arriver le premier pour la France – et dans l'intérêt de la science – que pour s'attirer la gloire. Il rêvait notamment de procéder à des observations barométriques au sommet[16] ».

Quatre tentatives infructueuses convainquirent le Dr Paccard de recruter Jacques Balmat, solide montagnard, grand chasseur et collectionneur de cristaux. Ils partirent au mois d'août, par une nuit de pleine lune, et n'ayant ni les cordes ni les piolets dont s'équiperaient plus tard les alpinistes, durent se risquer par-dessus les profondes crevasses gelées en s'aidant en tout et pour tout de deux longues perches. Lorsqu'ils arrivèrent au site redouté de la vallée Blanche, long repli bordé de parois de glace où n'avaient pas voulu s'engager les quatre guides qui avaient tenté l'ascension quelques années auparavant, le médecin dut user de toute sa force de persuasion pour convaincre son compagnon de gravir les crêtes enneigées sous les bourrasques de vent. Ils arrivèrent au sommet dans la soirée du lendemain, quatorze heures après s'être mis en route. Après que Paccard eut effectué ses mesures, les deux hommes passèrent la nuit à l'abri d'une saillie rocheuse. Cruellement éprouvés par les morsures du vent et du froid, ils repartirent dans des conditions d'autant plus difficiles que Paccard, aveuglé par la neige, dut se laisser guider jusqu'en bas. « Au vu du seul effort physique engagé, la première ascension du mont Blanc fut une performance remarquable », conclut Shipton. L'histoire, toutefois, ne s'arrête pas là. Balmat s'arrogea en effet tout le mérite de l'expédition en répandant partout qu'il avait ouvert la route et que le médecin avait plus gêné sa progression qu'autre chose. Enjolivant sans cesse son récit, il alla jusqu'à affirmer que Paccard avait perdu connaissance à quelques centaines de mètres du but et que c'est donc seul qu'il avait vaincu le mont Blanc. La vérité ne se rétablit que lentement, et il fallut attendre le XXe siècle pour que le brave docteur retrouve la place qui lui revenait de droit parmi les héros de l'alpinisme (un siècle plus tard, l'explorateur Frederick Cook n'hésiterait pas lui non plus à mentir et à truquer des photos pour accréditer l'idée qu'il avait le premier gravi le mont Denali, en Alaska).

La conquête du mont Blanc fit bien sûr des émules. Au milieu du XIXe siècle, quarante-six expéditions – anglaises, pour une part non négligeable – l'avaient gravi avec succès[17], et les passionnés de montagne commençaient à s'intéresser à d'autres cimes alpines, ou à d'autres itinéraires pour atteindre la plus haute d'entre elles. Beaucoup étaient des gens remarquables, mais j'ai une affection toute particulière pour Henriette d'Angeville. Née dans le massif alpin, elle avait déjà quarante-quatre ans lorsque, en 1838, elle entreprit cette ascension. Dans son livre, *Mon excursion au mont Blanc*, elle s'empresse de clarifier tout de suite l'inévitable question sur ses motivations en déclarant : « L'âme, comme le corps, a des exigences particulières à chaque individu. [...] Je suis de ceux qui préfèrent la grandeur des paysages naturels aux vues les plus agréables et les plus charmantes qu'il soit possible d'imaginer [...] et c'est la raison pour laquelle j'ai choisi le mont Blanc[18]. » Snobée par le milieu des montagnards à cause d'une impardonnable boutade (elle avait déclaré s'être lancée dans cette aventure pour devenir aussi célèbre que George Sand), elle continua à gravir les montagnes dans l'indifférence générale jusqu'à soixante ans passés. Le récit de son « excursion » expose pudiquement les difficultés d'une ascension des plus pénibles, qui démarra avec l'établissement de listes extravagantes et s'acheva sur un joyeux dîner pour fêter la victoire avec les guides engagés pour l'occasion. Les guides de montagne commençaient à s'imposer en tant que professionnels, et la technique et les outils avaient considérablement évolué depuis l'époque de Paccard.

Tout âge d'or est promis au déclin, et l'âge d'or de l'alpinisme ne fit pas exception à la règle. Il se prolongea une dizaine d'années, de 1854 à 1865, qui virent fleurir les premières sur les sommets alpins. Près de la moitié des courses les plus importantes furent le fait de Britanniques aisés qui pratiquaient le nouveau sport en amateurs, en recrutant les services de guides locaux. Fondé en 1857, le Club alpin britannique tenait à la fois du club masculin traditionnel et de la société scientifique, et son histoire se mêle si étroitement à celle de l'alpinisme qu'on ne songe plus à s'étonner de l'intérêt presque exclusif de cette association britannique pour les montagnes du continent. En Grande-Bretagne et ailleurs, le nouveau sport fascinait le grand public. *Mont Blanc*, un spectacle monté par Albert Smith à la suite de l'ascension qu'il avait réalisée en 1851, resta des années durant à l'affiche d'un théâtre londonien, tandis que des ouvrages comme *Randonnées à travers les Alpes* d'Alfred Willis, ou les brochures de la collection « Pics, cols et glaciers » éditées par le Club alpin d'outre-Manche, trouvaient de nombreux lecteurs.

Leur succès décida un graveur de vingt et un ans, Edward Whymper, à partir pour les Alpes avec en poche un contrat d'illustrateur. Quand il ne dessinait pas, il explorait le massif et se découvrit bientôt des talents de grimpeur. Il conquit ainsi un certain nombre de sommets mais le Cervin, surtout, hantait son imagination. Entre 1861 et 1865, il en tenta à sept reprises l'ascension, rivalisant avec d'autres montagnards pour arriver le premier. La huitième tentative fut la bonne, et pour différentes raisons qu'il reste à éclaircir ce serait elle qui aurait signé la fin de l'âge d'or. On invoque à ce propos l'état d'esprit différent, plus ouvertement ambitieux, avec lequel Whymper abordait l'entreprise, le fait que le

Cervin était le dernier grand sommet alpin encore invaincu, ou encore le drame qui endeuilla cette victoire. Whymper s'était assuré le concours de l'un des plus grands alpinistes amateurs de l'époque, le révérend Charles Hudson, de deux jeunes Anglais et de trois guides savoyards. Pendant la descente, la cordée formée par Hudson, les deux jeunes gens et Charles Croz, un guide très respecté, fut entraînée dans l'abîme à la suite d'un faux pas. Il n'y eut pas de rescapés. Ce drame provoqua l'équivalent d'un tapage médiatique dans la société victorienne de l'époque ; des voix indignées s'élevèrent pour condamner les risques injustifiables auxquels exposait l'alpinisme, on mit en doute le professionnalisme et l'éthique de Whymper et de ses guides. *Escalade dans les Alpes*, le livre de Whymper, devint néanmoins un classique de la littérature de montagne – et c'est peut-être à cause de lui que le Cervin fait partie des attractions de Disneyland.

L'histoire de l'alpinisme est celle des courses extrêmes, des victoires remportées sur la montagne et du lourd tribut des catastrophes, mais derrière les noms illustres qu'elle met en avant se cachent d'innombrables anonymes dont les récompenses, plus discrètes, sont entièrement personnelles. Cette dichotomie se retrouve dans les deux grands genres qui composent la littérature de montagne : les épopées, qui sont généralement des succès de librairie, et les mémoires, qui touchent un public beaucoup plus restreint. Récits héroïques, les épopées sont du registre de l'Histoire et, presque toujours, de la Tragédie : il y est question de la souffrance endurée par le corps, de la détermination et du courage à la clef de la survie, le tout agrémenté de précisions macabres sur les dommages corporels provoqués par le froid, l'hypothermie, la folie des cimes, les chutes mortelles – autant de traits qui me rappellent irrésistiblement les ouvrages consacrés aux camps de concentration et aux marches forcées, à ceci près que l'alpinisme est pratiqué par des volontaires qui souvent y trouvent de profondes satisfactions. À l'inverse, les souvenirs réconfortants laissés par des grimpeurs qui pour certains connurent aussi leur heure de gloire (Joe Brown, Don Whillens, Gwen Moffat, Lionel Terray) se lisent plutôt comme d'amusantes aventures dont le principal attrait n'est pas la difficulté. Il s'agit surtout ici du plaisir pris aux petites et grandes ascensions, ainsi que d'amitié, de liberté, d'amour de la montagne, des progrès de la technique individuelle, sans oublier l'ambition contenue et la bonne humeur expansive, assombrie parfois par un accident comme il y en a tant.

Dans ces livres où l'expérience personnelle prend le pas sur l'histoire officielle, le récit qui n'est plus dicté par la volonté d'atteindre le sommet s'intéresse aux faits et gestes de ceux qui aiment simplement marcher en altitude. Délaissant le sport pour le sport, les défis, les records, leurs auteurs pratiquent simultanément l'esprit de discipline (indispensable pour arriver au but) et l'esprit de détachement. Smoke Blanchard, qui atteignit sa majorité en escaladant les sommets de l'Oregon pendant la Grande Dépression américaine, écrit dans ce qui est à mon sens le chef-d'œuvre absolu des Mémoires de montagnard : « Pendant près d'un demi-siècle j'ai essayé de défendre l'idée que la meilleure façon d'aborder l'alpinisme consiste à le concevoir comme un mélange de pique-nique et de pèlerinage. [Sous cette forme] il devient fort peu agressif et immensément satisfaisant. J'espère arriver à démontrer que la randonnée en moyenne montagne peut être une activité qu'on poursuit sa vie durant avec plaisir, sans nécessairement établir des records. Qui songerait à tenir le registre d'une histoire d'amour[19] ? » Partageur, plein d'humour, Blanchard se veut marcheur autant que montagnard. Il ne boude pas le plaisir que lui procurent ses longues randonnées sur la côte de l'Oregon ou à travers la Californie, de l'est de la sierra Nevada à l'océan. À l'instar d'autres montagnards familiers des rivages du Pacifique, John Muir ou Gary Snyder par exemple, il sait aussi concilier le bonheur du vagabondage avec la nécessité d'arriver, et sur un mode qui rappelle les traditions plus anciennes en cours en Chine et au Japon, de l'autre côté de l'océan.

Les poètes, les sages et les ermites d'Extrême-Orient songent moins à célébrer l'ascension que la montagne elle-même, fréquemment dépeinte dans la poésie et la peinture chinoises comme une retraite contemplative à l'écart des remous de la vie politique et sociale. Dans ce contexte, la joie d'atteindre au but est très relative en regard du plaisir pris à l'errance (« selon le code taoïste, le mot "errer" désigne l'accès à une possible extase », signale un érudit). Reprenant un thème courant dans la poésie chinoise de son temps, le poète Li Po, qui vivait au VIIIe siècle, intitula une de ses compositions : « Visite à un maître taoïste dans les montagnes de Tai T'ien où il ne se trouvait pas[20] ». La géographie physique et symbolique de la montagne confère à la marche un poids tout métaphorique :

Ils demandent le chemin de la Montagne Froide.
La Montagne Froide ? Aucune route ne va là-bas…
Vraiment, vous espérez l'atteindre en m'imitant ?
Votre cœur et le mien ne sont pas un seul cœur[21],

dit l'ermite bouddhiste Hanshan, un loqueteux plein d'humour qui fut le contemporain de Li Po.

Au Japon, les montagnes sont vénérées depuis la préhistoire, mais, rappelle Bernbaum : « Jusqu'au VIe siècle avant J.-C. les Japonais ne se risquaient pas sur les pentes de leurs montagnes sacrées, considérant qu'elles constituaient un royaume distinct du monde ordinaire, trop sanctifié pour que l'être humain y pénètre. Ils érigeaient des sanctuaires à leur pied pour les adorer à distance. Tout changea avec l'introduction du bouddhisme, propagé au VIe siècle à partir de la Chine et qui généralisa la pratique d'escalader ces hauteurs sacrées jusqu'au sommet afin de communier directement avec les divinités[22]. » L'ascension en montagne devint dès lors un aspect essentiel de la religiosité, en particulier pour le Shugendo, sorte de secte bouddhiste montagnarde. « Chaque aspect du Shugendo est conceptuellement ou concrètement relié au pouvoir des montagnes sacrées et aux bienfaits venus combler ceux qui les traitent avec déférence[23] », écrit H. Byron Earhart, le meilleur spécialiste occidental de ce culte. Les montagnes y sont assimilées à des mandalas bouddhistes, et l'ascension vers les cimes doit se dérouler conformément aux six étapes de la progression spirituelle qui mène à l'illumination (au cours de l'une d'elles, les initiés, suspendus dans le vide, devaient confesser leurs péchés). Bashô, le grand poète zen du XVIIe siècle, gravit au cours de ses pérégrinations certains des sommets les plus sacrés du Shugendo, ainsi qu'il le rapporte dans *La Sente étroite du bout du monde*, chef-d'œuvre du haïku et du récit de voyage : « Je [...] partis avec mon guide pour une longue marche de trois lieues jusqu'au sommet de la montagne. Respirant l'air rare des hautes altitudes, foulant du pied la glace traîtresse et la neige, j'allais parmi brumes et nuages quand enfin, par une porte de nuages ouverte, eût-on dit, sur les chemins du soleil et de la lune, j'atteignis la cime, pantelant, presque mort de froid[24]. » Proscrit du sol japonais à la fin du XIXe siècle, le bouddhisme Shugendo a beaucoup perdu de son influence mais ne s'est jamais tout à fait éteint. Il a encore des sanctuaires et des adeptes, le mont Fuji reste un grand site de pèlerinage et les Japonais comptent aujourd'hui parmi les « alpinistes » les plus acharnés du monde.

Montagnard aguerri et grand poète lui aussi, Gary Snyder semble avoir réussi à concilier les traditions religieuses et laïques, lui qui fit le voyage en Asie pour étudier le bouddhisme et apprit l'escalade à un âge encore tendre avec un club d'alpinisme de l'Oregon. Au Japon où il résida plusieurs années durant, il s'adonna à la marche contemplative et entra en contact avec des initiés Shugendo. « J'eus la chance, dit-il, de vérifier qu'une promenade dans la nature peut se transformer en rituel et en méditation. J'ai fait le pèlerinage de cinq jours sur la chaîne Omine, en essayant d'entrer en contact avec Fudo, l'archaïque déité bouddhiste de la montagne. Cet exercice très ancien consiste à visualiser l'excursion du sommet au plancher de la vallée, en l'imaginant comme un lien intérieur qui rattacherait l'utérus aux royaumes du mandala de diamant du bouddhisme Vajrayana[25]. »

En 1956, Snyder, qui partirait bientôt pour le Japon, emmena Jack Kerouac pour une randonnée nocturne des rivages du Pacifique au mont Tamalpais, éminence haute de huit cents mètres environ, qui s'élève à l'autre bout du Golden Gate de San Francisco. C'est à cette occasion qu'il confia à son compagnon aux pieds endoloris : « Plus tu touches de près la vraie matière, la pierre, l'air, le feu, le bois, plus le monde y gagne en spiritualité, mon vieux[26]. » À suivre l'exégète David Robertson, cette déclaration énonce « ce qui est peut-être, non seulement l'idée au cœur de la poésie et de l'œuvre en prose de Gary Snyder, mais aussi le point fixe autour duquel tournent les pensées et les pratiques de tous ceux qui prennent la piste. Parcourir de longues distances à pied est pour Snyder un moyen de favoriser l'avènement d'une révolution politique, sociale et spirituelle. [...] La nature essentielle des choses n'est ni un moteur aristotélicien ni une dialectique hégélienne ; elle ne poursuit pas de but. Elle ne saurait donc faire l'objet d'une quête, à la différence du Graal. Elle tourne toujours sur elle-même, sans cesse, un peu à l'image de la randonnée qui réunit Kerouac et Snyder, sur un mode en tout cas très semblable au poème que Snyder projetait d'écrire et dont il entretint Kerouac en marchant[27] ».

Ce poème sera *Des montagnes et des fleuves à l'infini* dont une partie décrit le site du mont Tamalpais et rapporte les mélopées entonnées « en signe de respect et pour clarifier l'esprit » lors d'une excursion d'une journée effectuée en 1965 avec Philip Whalen (converti depuis au bouddhisme zen) et Allen Ginsberg. Directement inspiré par le style de déambulation propre aux peuples de l'Himalaya, le pèlerinage imaginé par les bouddhistes californiens se répète plusieurs fois par an sur quelque vingt kilomètres et comprend dix stations qui se succèdent autour du Tamalpais à partir de la base de son flanc est. Ce circuit s'enroule autour de la colline dans une spirale d'interprétations empruntées pour l'essentiel à la spiritualité orientale. La montagne est un thème récurrent dans la poésie de Snyder. Il a reformulé en poème les pages écrites par Muir sur son ascension du mont Ritter, composé après Hanshan ses propres *Poèmes de la montagne froide*, longuement évoqué, non seulement l'escalade et la marche en montagne, mais aussi la vie des gens de la montagne, le travail des vigiles du feu et des traceurs de pistes. *Des montagnes et des fleuves à l'infini* s'ouvre sur ce qui apparaît de prime abord comme la longue description d'un paysage naturel, alors qu'il s'agit en réalité d'une peinture chinoise. Snyder traverse dans le même esprit tous les types d'espace, aussi bien les tableaux que les villes ou les sites sauvages. Marchant dans Manhattan, il songe aux rencontres survenues longtemps plus tôt entre les Indiens et les colons européens ; il voit dans les gratte-ciel les divinités du commerce, il voit les arbres et les faucons pèlerins qui nichent « au trente-cinquième étage », les sans-abri qui errent dans les canyons new-yorkais, entre « les arêtes et les contreforts » des immeubles. La vraie montagne lui procure toutefois un plaisir qu'il ne trouve pas à Manhattan, ainsi que le suggèrent ces trois vers d'un poème très bref au titre interminable :

Des chaînes et des chaînes de montagnes
Année après année, à jamais.
Je suis toujours épris[28].

10

Des bataillons de marcheurs

LA SIERRA NEVADA

« Encore une journée parfaite dans la sierra Nevada », me lança Michael Cohen sur un ton légèrement sarcastique, en se penchant sur sa tasse de café tandis que je me penchais sur ma tasse de thé après avoir, comme lui, admiré les jeux de la lumière matinale sur la surface du lac. Valerie Cohen n'était pas encore levée et il était trop tôt pour que je sois moi-même complètement réveillée. Nous passions des vacances ensemble dans le cabanon que les Cohen possèdent au bord du lac June, sur les contreforts orientaux de la sierra Nevada, à quelque distance au sud-ouest des montagnes du parc national de Yosemite, et je ne sais plus par quelle association d'idées Michael ajouta soudain : « Les membres du Sierra Club prétendent volontiers qu'il a été fondé par John Muir, mais en réalité c'est un pur produit de la culture californienne. » Nous étions, nous aussi, les produits de cette culture. Les Cohen qui avaient tous deux grandi dans la région de Los Angeles fréquentaient assidûment la sierra depuis l'enfance. Pour ma part, j'étais loin de nourrir la passion qui les poussait à sans cesse explorer ce coin du monde, même si mes grands-parents paternels s'étaient rencontrés dans des clubs de randonneurs immigrés de Los Angeles. Je laissais donc à mes amis le soin de choisir le but de notre balade quotidienne, car ils connaissaient mieux que personne ces hauteurs où ils s'adonnaient aux joies du ski, de l'escalade, de la randonnée, où ils travaillaient et s'étaient d'ailleurs mariés trente ans plus tôt.

Elle s'annonçait magnifique, en effet, cette journée de la mi-août. Les prairies étaient encore vertes, grâce à l'exceptionnelle longueur d'un hiver particulièrement humide, et c'était partout une abondance de fleurs. De marcheurs aussi, d'ailleurs. Valerie ouvrant la marche, nous nous engageâmes d'un bon pas sur la piste qui part de Tuolumne Meadows, et pendant les deux premiers kilomètres notre guide évoqua ses souvenirs du temps où elle patrouillait à cheval sur ce sentier pour faire appliquer la loi et avait affaire aux cinglés et aux alcooliques de tout poil qui hantent les hautes terres. Une des anecdotes qu'elle nous racontait conduisit Michael à observer que la théorie qui place la nature à la source du bonheur entraîne bien des désespérés à venir s'y réfugier. C'est sûrement très vrai. Combien de parias du bonheur se mêlent chaque année aux millions de personnes accourues pour visiter le parc national de Yosemite, un des sites naturels les plus célèbres et les plus fréquentés du globe ?

Yosemite est aussi un grand site historique, ne serait-ce qu'en ce qui concerne l'histoire de la marche, de l'alpinisme et de la défense de l'environnement. Non content d'avoir écrit l'histoire du Sierra Club, Michael était l'auteur d'une biographie de John Muir, et c'était donc pour moi une aubaine de suivre avec lui ce sentier du col de Mono, qui trace à travers son domaine de recherche. Il avait raison de voir en Muir un des fondateurs, sinon le fondateur, du Sierra Club, association qui transforma profondément le paysage social dans sa volonté de garder intact le paysage naturel (même si, au début de son existence, elle s'empressa d'y ouvrir de nombreux sentiers). Un peu plus d'un siècle après le départ des Wordsworth pour leur longue excursion hivernale, près d'un siècle avant que je m'éloigne des itinéraires balisés en compagnie des Cohen, quatre-vingt-seize membres du Sierra Club (dont son président, John Muir) passèrent quinze jours à camper et crapahuter dans les reliefs qui dominent Tuolumne Meadows. Entreprise au mois de juillet 1901, cette première excursion en altitude du Sierra Club marque d'une pierre blanche l'histoire déjà longue de l'amour de la marche en pleine nature. Ce n'en est bien sûr pas le seul jalon, car, ainsi que l'exprimait le secrétaire du club, William Colby : « Une excursion de ce genre, pour peu qu'elle soit correctement menée, aura l'effet infiniment salutaire de susciter un intérêt bien compris envers les forêts et autres caractéristiques naturelles de nos montagnes, de même qu'elle contribuera à forger entre nos membres un esprit de bonne camaraderie. Les Clubs de Mazamas et des Appalaches qui existent depuis de nombreuses années prouvent combien ces voyages peuvent être réussis et passionnants[1]. » La marche était désormais si bien intégrée à l'histoire culturelle qu'elle allait à son tour devenir un vecteur de changements par le biais des associations de marcheurs.

La création du Club alpin, fondé en 1857 par des Anglais férus de montagne, encouragea une prolifération d'organisations comparables en Europe et en Amérique du Nord[2]. La plupart fonctionnaient à la fois comme des clubs de loisirs et des sociétés scientifiques attachées à leurs activités d'édition et d'exploration. Le Sierra Club se distingue du lot, en ce sens qu'il a d'emblée conféré un sens politique à l'« intérêt bien compris envers les forêts et autres caractéristiques naturelles ». Dès 1890, Muir et une poignée de ses amis (dont le peintre William Keith et l'avocat Warren Olney) réfléchissaient aux moyens de défendre le parc Yosemite contre l'appétit des promoteurs qui exploitaient ses forêts et ses richesses minières. Ils s'associèrent avec des professeurs de l'université de Californie désireux de créer un club d'excursionnistes, et, prenant exemple sur le Club des Appalaches, décidèrent de donner au nouveau groupe le nom du massif montagneux qu'ils se proposaient d'explorer. Le Sierra Club vit officiellement le jour le 4 juin 1892.

Prétendre que le monde est un jardin relève d'une attitude essentiellement apolitique, aveugle aux malheurs qui empêchent qu'il en soit ainsi. À l'inverse, s'efforcer de transformer le monde en jardin est généralement une entreprise de nature politique dans laquelle sont engagés les clubs de marcheurs les plus militants. Muir et les membres du Sierra Club auront au moins lesté d'un sens précis le vague mérite associé depuis un certain temps déjà à la marche en pleine nature : tout marcheur est en puissance un défenseur de l'environnement. Cela fait de leur club une organisation idéologique solidement enracinée dans des vertus qui se perpétuent d'elles-mêmes : il n'y a pas pour lui de meilleur moyen d'habiter le monde que de l'arpenter à pied, sans rien produire ni détruire. Les statuts du Sierra Club précisent qu'il se donne pour mission « d'explorer les régions montagneuses de la côte Pacifique et de les rendre accessibles pour le plaisir de tous ; de publier à leur propos des renseignements véridiques ; de s'assurer le soutien du peuple et du gouvernement afin de préserver les forêts et autres caractéristiques naturelles des montagnes de la sierra Nevada ».

Ce club s'est constitué autour de contradictions internes. Ses fondateurs le concevaient sous le double mode d'une association de randonneurs et d'une société de protection de la nature, car Muir et d'autres avec lui croyaient qu'il suffisait de fréquenter la montagne pour l'aimer, et qui plus est activement, d'un amour prêt à livrer des combats politiques pour la sauver. La prémisse, bien sûr, n'est pas totalement absurde, à ceci près que l'amour de la montagne n'a pas nécessairement une dimension politique et que, pour diverses raisons, la défense de la nature n'est pas forcément le fait des excursionnistes les plus assidus. L'autre grande contradiction tient aux impératifs de la croissance économique, souvent à l'origine de la destruction de l'environnement. Ce club essentiellement bourgeois livra par force d'innombrables batailles dans une guerre honteuse de s'avouer comme telle, la guerre menée contre l'exploitation économique des milieux naturels au nom du progrès et de la libre entreprise. John Muir s'élevait contre l'anthropocentrisme, contre l'idée que les arbres, les animaux, les minéraux, le sol, l'eau n'existent que pour satisfaire les besoins de l'humanité, libre d'y puiser quitte à les épuiser, mais en situant les espaces naturels hors des sphères sociale et économique il évitait de s'attaquer de front aux vrais enjeux fonciers et financiers. Au cours de sa longue histoire, le Sierra Club aura pour l'essentiel soutenu un argument plus lénifiant, à savoir que l'exploitation de sites magnifiques empêchait leur usage à des fins récréatives. On devait par la suite s'apercevoir que les activités de loisirs pratiquées dans la vallée de Yosemite la détruisaient presque aussi radicalement que l'industrie avait détruit la vallée voisine de Hetch-Hetchy en y construisant pendant la Première Guerre mondiale un barrage destiné à alimenter San Francisco. Contraint pour finir de supprimer de ses statuts la formule « rendre accessible pour le plaisir de tous », le Sierra Club commença à s'intéresser de plus près à la survie des espèces, puis à l'équilibre des écosystèmes et de la planète tout entière, suivant en cela l'évolution qui nous a amenés à voir dans la nature moins une source de plaisir qu'une nécessité vitale.

Personne, cependant, n'envisageait les problèmes et les mutations que l'avenir réservait au Sierra Club, en ce jour de juillet 1901 qui marqua le départ de sa première expédition en altitude. Le monde était beaucoup plus vaste et moins sillonné de routes et de chemins qu'aujourd'hui. Avant d'arriver à Tuolumne Meadows (que l'on atteint maintenant après un trajet de quelques heures en voiture), les membres de l'expédition durent suivre pendant trois jours la vallée de Yosemite, escortés par une caravane de mulets et de chevaux qui transportaient les réchauds, les couvertures, les lits de camp et les réserves de nourriture. Ils installèrent leur camp de base à Tuolumne, et de là rayonnèrent en petits groupes dans les montagnes et les canyons des environs. Ces gens vivaient une époque étrangement sereine, prise en sandwich entre la violente colonisation de la Californie par les Yankees rapaces et le formidable développement industriel et urbain que connut ensuite cet État. Une des leurs, Ella M. Sexton, raconte : « Il y eut aussi des heures solennelles, où les montagnards nous regardaient de haut, nous les “pieds tendres”, quand nous nous mettions en route lestés de nos fidèles alpenstocks, d'un déjeuner léger et de beaucoup de courage pour aller conquérir les cimes déchiquetées, les éboulis instables et les champs de neige du Dana. [...] Ces quinze longs kilomètres à pied dans la montagne, la dure ascension, puis les quinze kilomètres très pénibles pour regagner le camp avaient tant retardé les grimpeurs que les équipes de secours durent partir allumer des feux aux bifurcations du cours d'eau. Il était bien neuf heures quand le dernier traînard fut transporté à bord du radeau branlant[3]. »

Les témoignages plus terre à terre rendent peut-être mieux compte de l'ambiance qui régnait dans ces expéditions de masse en montagne. Nelson Hackett (qui deviendrait plus tard le rédacteur en chef du *Sierra Club Bulletin* et siégerait au bureau de l'association) était encore étudiant lorsque, en 1908, il participa à une randonnée dans la région de Kings Canyon. Dans une lettre à ses parents, il brosse ce portrait des dirigeants du club : « M. Colby file à la vitesse de l'éclair alors que le gros M. Parsons est très lent, si bien qu'il faut s'accommoder de ne pas trouver quelqu'un qui marche à son rythme. De toute façon, avec une demi-douzaine de marcheurs devant soi on ne peut pas s'égarer, il suffit de suivre leurs traces. J'avais plus ou moins imaginé que les cent vingt personnes avanceraient à la queue leu leu, mais comme tout le monde s'éparpille on n'en voit jamais guère plus de cinq ou six à la fois. » Quelques jours plus tard il écrit : « Le lendemain, nous nous sommes levés sous la froide clarté des étoiles à trois heures et demie du matin et sommes partis à quatre heures et demie pour le mont Whitney. L'ascension est facile, mais pénible, et les pierres sont dures sous les semelles. Je suis arrivé au sommet à neuf heures. Nous avons déjeuné et préparé un sorbet au chocolat, admiré la vue pendant deux heures, puis rebroussé chemin. On voyait le désert et le lac Owen, trois mille trois cents mètres plus bas[4]. »

Contrairement au Club alpin britannique longtemps resté exclusivement masculin, le Sierra Club fut d'emblée ouvert aux femmes et elles furent semble-t-il nombreuses à goûter grâce à lui aux joies de la montagne, dans des circonstances qui leur étaient généralement refusées ailleurs. À une époque où elles pouvaient difficilement sortir dans Londres sans chaperon, le fait qu'elles aient pu s'aventurer dans le massif où bon leur semblait et avec qui elles voulaient témoigne de la liberté qui prévalait alors sur la côte Ouest. Quel que soit leur sexe, la plupart des membres du Sierra Club avaient fréquenté l'université, aussi, dans les premiers temps, les soirées autour des feux de camp s'accompagnaient-elles de débats intellectuels passionnés ; on y jouait parfois de la musique, on y dansait. John Muir en était alors la personnalité la plus influente, mais par la suite le club accueillit Ansel Adams et Eliot Porter, les inventeurs de la photographie naturaliste américaine, et quelques grands esprits qui, tels George Marshall et David Brower, s'employaient à repenser le statut juridique et imaginaire de la nature américaine. La culture californienne n'est toutefois pas sortie du néant : pour forger leur propre culture, les campeurs et les campeuses des premières expéditions ont beaucoup emprunté aux traditions de la côte Est. Il est assez facile de retracer ces influences. Après tout, Ralph Waldo Emerson, le pape du transcendantalisme de la Nouvelle-Angleterre, avait rencontré et Wordsworth, et Muir ; il a fort bien pu transmettre (en le transmuant) l'héritage du poète péripatéticien qui avait traversé la France à pied sous la Révolution au montagnard évangéliste dont la vie s'acheva au début de la Première Guerre mondiale. Reste que si les membres du Sierra Club ont reçu d'ailleurs leur goût de la nature, on peut légitimement supposer que la nature à laquelle ils avaient affaire – les immensités sauvages de l'Ouest américain – aura à son tour transformé ce goût en sentiment totalement nouveau.

La première expédition en altitude de 1901 donne la mesure du chemin parcouru par les générations successives de marcheurs, depuis la promenade aristocratique au jardin et l'excursion solitaire en pleine nature. Les préoccupations environnementales et le Sierra Club ont grandi ensemble. Après la Seconde Guerre mondiale, le Sierra Club élargit son domaine d'intervention et, du même coup, son recrutement. Cette association régionale riche de quelques milliers de membres qui s'y inscrivaient pour participer à des activités de plein air devint une organisation nationale soutenue par un demi-million de personnes dont certaines n'ont jamais pris part à aucune sortie. Ce fut, un temps, la première organisation de protection de l'environnement aux États-Unis. Aujourd'hui, elle continue de défendre, souvent avec succès, la cause des forêts, de l'air, de l'eau, des espèces animales, des parcs naturels ou du contrôle des produits toxiques, et organise toujours des centaines d'excursions ou de randonnées à thèmes chaque année.

Sortant des bois, le sentier que nous suivions se poursuivait au travers de belles prairies où dévalaient des ruisseaux. Alors que nous approchions du col de Mono, je reconnus les fleurs sauvages admirées au mois de mars sur mon finistère Pacifique, distant de près de cinq cents kilomètres. Une fois atteint ce col perché à trois mille deux cents mètres, nous prîmes le temps de souffler, assis sur les cailloux parmi les touffes de lupins. La crête de la sierra Nevada fait partie des quelques vraies frontières naturelles du monde, au même titre que les rivages alternativement couverts et découverts par la marée qui séparent la terre ferme de l'eau. Ses pics chatouillent les gros nuages menaçants poussés par le vent d'ouest, dont la manne se déverse ici sous forme de neige fondue qui ruisselle vers l'ouest, d'où elle est venue, en arrosant au passage une des plus grandes zones de forêt tempérée de la planète ; d'abord l'étage des conifères, séquoias et sapins de la haute sierra, puis les vallées creusées par les rivières au cours bondissant, les champs, les villes, jusqu'à l'océan, tout en bas. Bien que le versant oriental de la sierra ait droit lui aussi à quelques précipitations, le flanc est des montagnes présente un aspect aride. Au col de Mono, l'étendue vert vif d'une prairie émaillée de fleurs graciles se déployait sous nos yeux, mais à quelque distance derrière nous commençait un désert courant sur plus de mille kilomètres. De notre point d'observation, nous pouvions aussi contempler les effets de deux grandes batailles pour l'environnement : les limites du parc national de Yosemite, fixées dans les années 1890 d'après le tracé établi par John Muir ; et, serti dans la croûte sèche de la partie orientale, l'ovale bleu du lac Mono, sauvé très précisément un siècle plus tard grâce à la mobilisation des écologistes : ils se sont battus des années pour empêcher la Ville de Los Angeles de capter les sources qui l'alimentent dans l'énorme système hydraulique conçu pour desservir la mégapole.

Nous nous étions remis à parler du Sierra Club. Bien que j'admire la loyauté avec laquelle cette institution a toujours rempli sa mission, je me demandai si l'assimilation de l'amour de la nature à certains types d'activités de loisirs et de plaisirs visuels n'excluait pas ceux qui ont d'autres goûts et d'autres habitudes. Se promener dans la nature peut aussi être, en effet, une manière de s'affirmer en héritier d'une tradition. Pour peu que celle-ci soit prise à tort pour une expérience universelle, les hommes et les femmes qui n'y participent pas seront facilement jugés insensibles aux charmes de la nature, quand en réalité ils sont peut-être simplement moins imprégnés de la culture romantique de la vieille Europe. Mes réticences rappelèrent à Michael une sortie du Sierra Club où il servait d'accompagnateur, et Valerie de cuistot. Des randonneurs bien intentionnés avaient amené deux gamins des banlieues, deux jeunes Afro-Américains complètement déphasés. Ces grands espaces inhabités les paniquaient et ils ne voyaient pas l'intérêt de se fatiguer à les traverser. Leurs vacances auraient tourné au cauchemar s'il n'y avait eu les parties de pêche en compagnie de l'homme qui les avait traînés jusque-là et les hamburgers que leur préparait Valerie. Michael est revenu sur cette expérience dans sa biographie de Muir : « Ce fut un choc de découvrir par nous-mêmes que le goût de la nature est culturellement déterminé, que c'est un privilège réservé aux fils et aux filles issus des couches aisées de la population américaine. Pour pouvoir cultiver le sens de la communauté utopique, il faut commencer par partir avec un groupe de gens qui s'entendent déjà étroitement sur un certain nombre de valeurs de base[5]. » (Depuis, le Sierra Club et d'autres associations similaires organisent des sorties mieux préparées pour les enfants et les adultes des quartiers défavorisés.) Quittant le col de Mono, nous avons choisi d'abandonner le sentier pour couper au plus court, ce qui nous amena à passer d'abord devant un petit lac blotti sous une sombre paroi en à-pic qui donnait à ses eaux une profondeur troublante, à patauger ensuite dans l'étendue verdoyante d'un marécage où l'oignon sauvage poussait à foison, jusqu'à la pente balayée par le vent qui domine le Bloody Canyon.

LES ALPES

Une forêt de séquoias couvre les contreforts du mont Tamalpais, à une vingtaine de kilomètres au nord du Golden Gate. Baptisée Muir Woods, c'est un des nombreux monuments à la gloire de John Muir. Juste au-dessus, un sentier discret filant droit sur quelques centaines de mètres permet d'accéder, après le premier virage, à un monument bien différent et des plus déconcertants. Bâti sur la pente abrupte qui s'élève au-dessus de la forêt, c'est un chalet alpin typique avec sa terrasse en bois, son toit pointu, ses balcons en sapin sculptés de motifs folkloriques. Il s'agit en l'occurrence d'un des rares gîtes encore debout édifiés par l'association autrichienne Die Naturfreunde (Les Amis de la Nature), qui fut créée à Vienne par un enseignant, Georg Schmiedl, un forgeron, Alois Rohrauer, et un étudiant, Karl Renner, à une époque où la monarchie des Habsbourg et les élites du pays avaient encore la jouissance presque exclusive des montagnes autrichiennes. Socialistes et antimonarchistes, ses fondateurs choisirent la devise *« Berg Frei »* (Libres Montagnes) et rencontrèrent tout de suite un immense succès. Une soixantaine de personnes assistèrent à la première assemblée générale de l'association qui, en l'espace de quelques décennies, rallia deux cent mille adhérents dispersés pour la plupart entre l'Autriche, l'Allemagne et la Suisse. Les différentes délégations régionales achetèrent toutes des terrains pour y construire des gîtes ouverts aux membres des Naturfreunde. En sus d'organiser des excursions, des conférences sur les richesses du milieu naturel, des fêtes folkloriques, l'association militait pour le droit de chacun, quelle que soit sa condition, à se promener en montagne.

La période charnière entre la fin du XIXe siècle et le début du XXe fut particulièrement propice à la constitution d'organisations de toutes sortes, sionistes ou féministes, syndicales, sportives, charitables ou intellectuelles. Les clubs de randonnée étaient bien sûr du nombre, et les plus importants d'entre eux furent tous créés à contre-courant des tendances qui prévalaient dans leurs sociétés respectives. Pour le Sierra Club, il s'agissait de contrer les ravages que le développement accéléré de la région commençait à infliger à un écosystème jusque-là préservé. Dans plusieurs pays d'Europe, les espaces naturels étaient moins menacés, mais aussi moins ouverts, et à l'instar d'un certain nombre d'associations britanniques les Naturfreunde s'élevaient contre les « chasses gardées » de la noblesse. Dans un message qu'il m'a adressé, Manfred Pils, leur actuel secrétaire général, explique : «[L'association des] Amis de la Nature fut fondée parce qu'à l'époque les loisirs et le tourisme étaient un privilège des classes les plus aisées. [...] Les Amis de la Nature ont fait campagne contre la volonté d'interdire les pâturages et les forêts privées des Alpes aux gens ordinaires. Cette campagne fut baptisée *« Der verbotene Weg* » [accès interdit]. Les Amis de la Nature ont fini par obtenir que la loi autorise à se promener dans les forêts et les pâturages des Alpes. [...] Les Alpes ne sont pas un territoire national, elles appartiennent toujours à des propriétaires privés, mais nous avons maintenant accès à tous les sentiers et plus généralement aux forêts et aux pâturages[6]. »

Les militants allemands et autrichiens venus s'installer aux États-Unis s'empressèrent d'y reconstituer leur association. À San Francisco, les immigrés qui fréquentaient la Maison des Ouvriers allemands de Valencia Street participaient à des excursions de groupe sur le Tamalpais. Après le tremblement de terre de 1906, m'a raconté Erich Fink, l'historien de l'antenne locale des Naturfreunde, d'autres artisans arrivèrent d'Europe, les promeneurs du dimanche devinrent légion et cet afflux convainquit quelques passionnés de trouver un terrain pour y installer un nouveau gîte des Naturfreunde. Cinq jeunes gens achetèrent ensemble, pour la somme de deux cents dollars, un grand bout de versant escarpé sur le Tamalpais, et les membres de l'association y construisirent de leurs mains le gîte qui s'y trouve toujours. (La femme de M. Fink m'a aussi confié que, jusque dans les années trente, l'association n'était ouverte qu'aux syndicalistes à jour de leur cotisation.) Ce chalet bavarois qui domine la forêt de séquoias permettait aux ouvriers d'avoir leur Sierra Club à eux, un endroit où se retrouver le dimanche et les jours fériés quand ils avaient enfin la possibilité de fuir la ville.

Les Naturfreunde ont payé cher leur succès. Interdite par les nazis en Autriche et en Allemagne à cause de son socialisme affiché, l'association fut ailleurs, notamment aux États-Unis, l'objet de soupçons à cause de sa germanité. D'autant qu'après la Seconde Guerre mondiale il ne faisait pas bon être socialiste de ce côté-ci de l'Atlantique non plus. Les traces laissées par le maccarthysme sont encore si sensibles que les dirigeants de la branche américaine de l'association n'évoquent son histoire qu'avec beaucoup de réticence. « En Europe, ils sont très politiques, m'a dit l'un d'entre eux.

Nous, nous ne pouvons pas. Nous ne nous mêlons pas de politique parce qu'on nous a pris presque tout ce que nous avions construit au fil des années. » Pendant la période où le fait d'être ou d'avoir été socialiste ou communiste constituait un grave délit, toutes les délégations des Naturfreunde ouvertes dans la partie orientale des États-Unis se vidèrent de leurs adhérents, tandis que les gîtes achetés et bâtis par ces derniers étaient cédés à des particuliers. En Californie, trois de ces maisons seulement réussirent à se maintenir en s'abstenant rigoureusement de se mêler à la vie politique (une quatrième, de création récente, a été ouverte dans le nord de l'Oregon). Sur les six cent mille adhérents de l'association répartis dans vingt et un pays, moins d'un millier vivent aux États-Unis. Leur strict apolitisme fait ici figure d'exception.

La Seconde Guerre mondiale a eu raison du Wandervogel, mais l'histoire de ce mouvement de jeunesse apporte la démonstration qu'aucune idéologie n'a le monopole des activités de plein air, en particulier de la marche. Né en réaction contre l'autoritarisme du système éducatif et du gouvernement allemands, il se constitua en 1896 dans une banlieue de Berlin à l'initiative d'une poignée d'étudiants en sténographie qui commencèrent par explorer ensemble les forêts avoisinantes, puis poussèrent de plus en plus loin. En 1899, ils partaient des semaines entières pour des randonnées en montagne. Le plus charismatique de ces jeunes gens, un certain Karl Fischer, se chargea de transformer le groupe en organisation en formalisant ses principes et ses idées. Officiellement fondé le 4 novembre 1901, le Wandervogel Ausschuss für Schulfahrten (Comité Wandervogel pour les excursions de lycéens) pérennisait les valeurs du romantisme. Le *Wandervogel* est un oiseau légendaire ; ce mot, tiré d'un poème, est évocateur de la liberté et de la légèreté auxquelles aspiraient les adhérents du mouvement. Se référant à des érudits du Moyen Âge qui voyageaient à pied, les milliers de garçons qui rejoignirent ses rangs s'inscrivaient avant tout pour participer à de longues excursions collectives. D'autres activités culturelles leur étaient proposées ; l'héritage le plus durable du Wandervogel – et, selon les historiens, sa seule contribution significative à la culture – consista à remettre au goût du jour les vieilles chansons populaires. Ces garçons souvent très jeunes, pleins de l'idéalisme fougueux de l'adolescence, se livraient à des débats philosophiques animés ou chantaient et jouaient de la musique, le soir, autour du feu de camp. Pendant toute une époque, le mouvement sembla à jamais voué à se déchirer sur des points sans grand rapport avec les buts qu'il poursuivait. Ainsi, une déclaration d'alors affirme : « Sur l'essentiel – les randonnées – nous sommes tous parfaitement d'accord[7]. »

Assez paradoxalement, ce mouvement constitué contre l'autoritarisme se dota très vite de structures élitistes et hiérarchiques, avec à la base des petits groupes qui devaient une obéissance aveugle à leurs chefs. La tenue, plus ou moins réglementaire, se composait d'un short et d'une chemise de couleur sombre agrémentée d'un mouchoir noué autour du cou, et les adhérents devaient passer par une série de rituels d'initiation dont le niveau de difficulté et de danger allait croissant. Le Wandervogel ne participait pas en tant que tel à la vie politique, mais la plupart de ses membres souscrivaient à un nationalisme racial, ce qui explique que la culture populaire investie pour les Naturfreunde au nom de la classe ouvrière soit devenue un creuset identitaire pour les adhérents du Wandervogel. Celui-ci recrutait presque exclusivement dans les rangs de la bourgeoisie. À partir de 1911, les filles furent admises dans certains groupes, ou encouragées à former les leurs. L'existence du « problème juif » excluait *a priori* la participation des juifs au mouvement (qui comptait aussi très peu de catholiques), même si l'on sait que le jeune Walter Benjamin fit un temps partie d'un groupe dissident radical. À son apogée, le Wandervogel compta jusqu'à soixante mille adhérents. Il paraît peu contestable qu'il soit né d'une authentique réaction de révolte contre l'autoritarisme allemand (dans cette mesure il s'agissait d'ailleurs bien d'un club politique), mais il ne fut jamais assez puissant ni lucide pour s'opposer à la dérive fasciste du pays.

D'autres organisations de jeunesse existaient parallèlement, telles les associations paroissiales, le Mouvement des jeunesses protestantes, le scoutisme (implanté en Allemagne à partir de 1909), les Jeunesses socialistes ou communistes qui ralliaient surtout les enfants de la classe ouvrière. Comme le Wandervogel et tant d'autres groupements liés à l'histoire de la marche, le scoutisme oblige à s'interroger sur le glissement qui transforme une innocente excursion en marche forcée ou en défilé militaire. Alors, les rythmes individuels se subordonnent au rythme collectif autoritairement imposé, et s'il n'est pas déjà militaire tout groupe qui défile cède à la tentation du militarisme. Sir Baden-Powell, un vétéran de la guerre des Boers, inventa le scoutisme en articulant ses convictions personnelles à des idées empruntées à l'Anglo-Canadien Ernest Thompson Seton. Ce dernier ambitionnait de familiariser les jeunes garçons avec la vie en plein air en leur inculquant les savoir-faire et les valeurs des peuples indigènes d'Amérique du Nord, au point d'ailleurs qu'on le crédite d'avoir surtout réussi à réhabiliter un certain paganisme au sein de la population adulte. Baden-Powell avait une conception plus militaire et plus conservatrice de la vie dans les bois. Aujourd'hui encore, les différentes tendances du scoutisme évoluent dirait-on indépendamment les unes des autres, certaines privilégiant l'apprentissage au contact de la nature, d'autres l'entraînement de vrais petits soldats. Le Wandervogel disparut dans l'entre-deux-guerres, mais les scouts allemands, autrement appelés Pionniers, se révoltèrent contre l'encadrement des adultes et leur mouvement occupa le terrain laissé vacant par son prédécesseur. « Après 1919, écrit un historien de la période, les régimes dictatoriaux installés en Russie, en Italie et en Allemagne se chargèrent de constituer leurs propres organisations de jeunesse. Puis les Jeunesses hitlériennes reprirent à leur compte, en les caricaturant, plusieurs des symboles et des rituels du Wandervogel[8]. »

AU PAYS DE LA RÉGION DES LACS

La résonance et le poids culturel de la marche ne sont nulle part aussi importants qu'en Grande-Bretagne. Le dimanche, plus de dix-huit millions de Britanniques vont se promener à la campagne[9], et dix millions d'entre eux affirment marcher pour se distraire ou se détendre[10]. Les guides de randonnée occupent des rayonnages entiers dans les librairies ; ce genre est tellement institutionnalisé, là-bas, qu'à côté des ouvrages classiques (par exemple ceux d'Alfred Wainwright, imprimés en écriture cursive et illustrés, qui présentent les régions les plus reculées du pays) le lecteur en trouve aussi de plus subversifs (tel l'itinéraire tracé au travers de différentes propriétés privées par Terry Howard, un habitant de Sheffield qui défend le droit des promeneurs d'aller et venir librement). Les dizaines de périodiques britanniques consacrés aux excursions à pied s'intéressent plus aux beautés et aux particularités des paysages qu'à l'aspect sportif ou salutaire de cette activité. « C'est presque un exercice spirituel, presque une religion, m'a confié l'écrivain Roly Smith. Si tant de gens aiment se promener, c'est pour des raisons sociales : il n'y a plus de clôtures, sur la lande, tout le monde salue tout le monde – enfin une occasion de surmonter la fichue réserve britannique. La marche est un des rares sports pratiqués par toutes les catégories sociales[11]. »

La liberté d'aller et venir dans la campagne ne fut cependant obtenue qu'au prix d'un long combat qui n'est pas sans rapports avec la lutte des classes[12]. Un millénaire durant, les propriétaires terriens ont séquestré à leur seul usage des parties de plus en plus importantes du territoire, et voilà maintenant cent cinquante ans que les gens qui ne possèdent pas la terre se battent pour y avoir accès. Après avoir conquis l'Angleterre, en 1066, les Normands s'approprièrent d'immenses espaces de bois et de prés pour la chasse. Braconniers et glaneurs encouraient des peines extrêmement sévères qui, selon les endroits et les époques, allaient de la castration à la déportation, voire à l'exécution (à dater de 1723, par exemple, la prise de lapins ou de poissons, et à plus forte raison de cervidés, était considérée comme un délit punissable de mort). Les terrains dits communaux n'étaient le plus souvent que des portions de propriété privée sur lesquelles les villageois conservaient le droit de couper du bois et d'élever du bétail ; quant aux droits de passage traditionnels (les chemins à travers bois et champs que tout un chacun pouvait emprunter sans s'inquiéter de savoir à qui appartenaient les terres), il fallait bien les maintenir pour que les commerçants et les voyageurs puissent circuler. En 1695, une décision du Parlement écossais abolit le régime des communaux, tandis qu'en Angleterre le mouvement des enclosures (clôture des terres approuvée par plusieurs textes de loi, et saisie illégale mais imposée par la force de terrains communaux) s'accéléra au cours du XVIIIe siècle.

En décidant de clore les espaces lucratifs des pâtures ou des champs qui étaient les corollaires des somptueux jardins paysagers de l'époque, les grands propriétaires terriens annexèrent souvent les communaux dont les paysans avaient la jouissance. Au XIXe siècle, l'engouement maniaque pour la chasse qui s'empara des aristocrates britanniques les conduisit à séquestrer des terres appartenant au domaine public, que les petites gens cultivaient pour assurer leur subsistance. En Écosse, les Highland Clearances (mouvement d'évacuation forcée poursuivi de 1780 à 1855) furent particulièrement brutales et se traduisirent par le déplacement d'une partie importante de la population. Beaucoup des personnes ainsi chassées émigrèrent en Amérique du Nord ; les autres se réfugièrent sur les côtes où elles tentèrent vaille que vaille de survivre sur des fermes minuscules. À croire que la chasse au coq de bruyère, au faisan et au cerf pratiquée quelques semaines par an justifiait cette confiscation de milliers et de milliers d'hectares, encore dûment surveillés de nos jours par des bataillons de gardes-chasse qui n'hésitent pas à user de violences ou de menaces pour dissuader les intrusions.

À l'époque où la Grande-Bretagne vivait largement de l'agriculture, la lutte pour la terre était avant tout économique. Au milieu du XIXe siècle déjà, un Britannique sur deux était citadin, et c'est aujourd'hui le cas de quatre-vingt-dix pour cent de la population. Zones d'habitat très dense, les cités industrielles anglaises du XIXe siècle étaient dépourvues de système de distribution d'eau potable correct, d'égouts, de système de ramassage des ordures. Le voile noir du charbon de coke utilisé dans les fabriques et pour le chauffage individuel y rendait l'air irrespirable, et les pauvres, bien sûr, logeaient dans les quartiers les plus insalubres. Sans qu'on puisse trancher si l'amour de la campagne a de tout temps existé dans les îles Britanniques ou s'y est développé à cause des conditions de vie qui sévissaient dans les villes, il est indéniable que les citoyens de ce pays préfèrent la fréquentation des chemins à celle des boulevards. La révolution industrielle transforma la nature du conflit surgi autour des communaux et des droits de passage : désormais, l'accès à l'espace rural n'était plus une question de survie économique mais de simple survie physique et psychique.

En même temps que de plus en plus de Britanniques choisissaient de consacrer leurs loisirs à la marche, la fermeture des droits de passage s'accéléra. Une loi votée par le Parlement en 1815 allait jusqu'à accorder aux juges tout pouvoir de trancher les litiges qu'elle provoquait. La première « Association pour la protection des anciens chemins » fut créée dans la région de York en 1824, suivie deux ans plus tard par une association du même nom à Manchester[13]. Née en 1845, la « Société écossaise pour les droits de passage » est aujourd'hui la doyenne des associations de ce genre, tandis que la « Société pour la sauvegarde des communaux, des espaces naturels et des sentiers », fondée en 1865, s'est perpétuée sous le nom de « Société des espaces naturels » et a gagné le combat mené pour sauver la forêt d'Epping, près de Londres. D'une superficie de quatre mille hectares en 1793, cette forêt en avait perdu près de mille en 1848, et dix ans plus tard elle fut fermée au public qui pouvait jusqu'alors s'y promener librement. Pour protester contre sa clôture (qu'une décision de justice obligea par la suite à retirer) et les sévères amendes infligées à trois paysans qui s'y fournissaient en bois, cinq à six mille personnes vinrent y exercer leur droit à jouir de ses espaces. En 1884, des hommes d'affaires londoniens mirent sur pied un club de randonnée avec l'intention affichée « de marcher dans la forêt d'Epping et de rendre compte des entraves constatées[14] ». L'époque vit fleurir quantité d'initiatives du même genre.

Un des grands plaisirs de la marche telle qu'elle se pratique en Angleterre tient sûrement au sentiment de cohabitation créé par les droits de passage : il faut pousser les tourniquets pour traverser les pâturages à moutons, franchir des échaliers, contourner les champs cultivés qui composent un paysage à la fois utilitaire et esthétique. Aux États-Unis où ces droits de passage n'existent pas, l'espace est strictement divisé entre zones productives et zones de loisir, et c'est peut-être une des raisons de l'indifférence que suscitent les immenses étendues agricoles du pays. En Grande-Bretagne comme dans d'autres pays européens d'ailleurs mieux lotis qu'elle à cet égard (le Danemark, la Hollande, la Suède, l'Espagne), les droits de passage permettent un contact plus immédiat avec la nature au sens large. Ils perpétuent en même temps une conception de la terre où la propriété ne confère pas nécessairement des droits absolus sur l'espace, ce pourquoi le principe de leur existence est en l'occurrence aussi important que celui des limites de propriété. À la différence des États-Unis où l'espace est très largement public (mais pas toujours idéalement situé pour les balades dominicales), près de quatre-vingt-dix pour cent du territoire de la Grande-Bretagne est privatisé, ce qui veut dire que la possibilité de se promener à la campagne est en somme la possibilité de se promener sur les terres d'autrui. Le Sierra Club s'est battu pour imposer des limites spatiales alors que les Britanniques menaient un combat inverse, mais les limites fixées en Amérique du Nord sont là pour que l'espace reste accessible à tous, vierge et indivisible, soustrait à l'entreprise privée ; en Grande-Bretagne, leur finalité est au contraire d'empêcher l'accès du public.

Beaucoup des Britanniques que j'ai pu rencontrer considèrent que le paysage est un patrimoine collectif, autrement dit inaliénable. La notion de propriété privée est nettement plus absolue aux États-Unis où l'existence d'immenses étendues de terres non privatisées justifie en quelque sorte cette conception restrictive, comme d'ailleurs une idéologie plus favorable à la défense des droits individuels qu'à celle du bien commun.

On comprendra donc l'excitation que je ressentais le jour où je suis partie en Angleterre à la découverte d'une culture où la violation du droit de propriété est soutenue par un mouvement de masse, où l'extension de ce droit est résolument contestée. Si la marche permet de rattacher les uns aux autres les territoires morcelés par la privatisation, l'intrusion délibérée dans ces espaces donne une dimension incontestablement politique à ce geste. James Bryce, un député libéral qui, en 1884, avait déposé au Parlement une motion (rejetée) visant à permettre à tous les citoyens de se promener dans les landes et les montagnes détenues par quelques-uns, déclara des années plus tard : « La terre n'est pas une propriété dont nous pouvons user sans limites et sans réserve. La terre est une nécessité en ce sens que nous pouvons en vivre et vivre dessus, en ce sens que le peuple peut en jouir de quantité de façons différentes ; aussi je réfute l'existence ou la reconnaissance par nos lois ou par le droit naturel de tout ce qui s'apparente de près ou de loin à un pouvoir illimité d'exclusion[15]. » Les modérés et les libéraux britanniques partagent pour la plupart cette position. L'auteur d'un guide du Derbyshire note à propos de la région des Lacs : « C'est la seule chose déplaisante, ce troupeau vigilant de vacanciers tous obligés de suivre un sentier large de quelques pas dans un lieu où l'espace est si vaste. Il me vient à l'idée que cela ne peut qu'encourager ceux qui veulent croire que la terre tout entière est une propriété collective[16]. » Malheureusement, la liberté de circuler sur ces chemins « de quelques pas de large » reconnus comme des droits de passage ne va pas sans restrictions, et si chacun peut les emprunter en toute légalité il est parfois interdit de s'y asseoir, d'y pique-niquer ou de s'en écarter. De plus, ces itinéraires ayant souvent été établis à des fins pratiques, ils ne permettent pas d'accéder aux sites les plus sauvages et les plus spectaculaires.

Reste que les grandes marches sciemment organisées en violation du droit de propriété ont changé la face de la campagne anglaise. Beaucoup se déroulèrent dans la région des Lacs, où la main-d'œuvre du Nord industriel affluait les jours fériés à pied, en bicyclette ou en train. « Dans le dernier quart du XIXe siècle, apparut dans toutes les grandes agglomérations anglaises, et notamment dans les cités industrielles, un mouvement de randonneurs du dimanche qui, au fur et à mesure qu'il gagna en influence, prit la direction du combat pour l'accès au territoire. La raison [de son succès] est essentiellement due à la popularité croissante des montagnes suisses qui, ouvertes sans restriction à la promenade et à l'escalade, attiraient hors de Grande-Bretagne les excursionnistes et les grimpeurs de la bonne société[17]. » La YMCA (l'Association des jeunes chrétiens) fut une des premières organisations à encourager la création de clubs de randonnée ; dans les années 1880, les membres de celui qu'elle avait fondé à Manchester parcouraient à pied une centaine de kilomètres entre le samedi après-midi, après la fermeture des usines, et le dimanche soir. L'Institut polytechnique de Londres créa son club de randonnée en 1888 ; l'Alliance des randonneurs de l'Ouest de l'Écosse se constitua en 1892 ; en 1894 ce fut le tour de l'Institut des randonneurs des Midlands, à l'initiative d'un groupe d'enseignantes ; et, en 1900, celui des Randonneurs du Clairon de Sheffield (une organisation socialiste), fondé par G. B. H. Ward ; la Fédération londonienne des clubs de randonnée fut créée en 1905, le Club de randonnée de Manchester en 1907, la Fédération sportive nationale des ouvriers britanniques vit le jour en 1928 et, en 1930, l'Association des Auberges de jeunesse fut mise sur pied dans le but de faciliter l'hébergement des jeunes randonneurs ou des marcheurs les moins riches (cette association internationale avait vu le jour en Allemagne, en 1907 ; en Grande-Bretagne, dans les premières années de son existence, une des clauses du règlement interdisait d'arriver dans une auberge de jeunesse en automobile). Jusque dans les années trente ou quarante, la marche fit tant d'adeptes que ce phénomène de société a pu être qualifié de mouvement. « La randonnée fut une composante majeure, au moins formellement, du mode de vie socialiste[18] », déclare à ce propos Raphael Samuel. Les prolétaires se découvraient une passion pour la terre, peut-être transmise par leurs parents et leurs grands-parents qui étaient encore paysans ; elle suscita l'apparition de toute une lignée de botanistes et de naturalistes amateurs, à côté de légions de randonneurs qui marchaient de préférence en groupe, en partie pour des raisons de sécurité. Les gardes-chasse, en effet, ne plaisantaient pas et, selon un membre du Clairon de Sheffield, « les gens de la campagne avaient les randonneurs en aversion, au point parfois de "rosser" ceux qu'ils trouvaient en train de marcher seuls[19] ».

Avant la révolution industrielle, la région des Lacs était un haut lieu du tourisme naissant. Après, ce grand espace naturel d'une soixantaine de kilomètres de large, coincé entre les villes manufacturières de Manchester et de Sheffield, devint une anomalie – et un coin de paradis pour ses habitants. Ses paysages, des plus variés, vont des raffinements du domaine de Chatsworth « paysagé » par Capability Brown au gracieux vallon de Dovedale en passant par la rude lande et ses magnifiques rochers de grès propices à l'escalade (dans les années cinquante, deux plombiers de Manchester, Joe Brown et Don Whillems, y propagèrent « la révolution de la classe ouvrière en matière d'escalade » en augmentant la difficulté du parcours). Entre les jardins de Chatsworth et les rochers de grès se dresse le Kinder Scout, enjeu de la plus célèbre bataille pour la liberté d'aller et venir. Le point le plus élevé et le plus reculé de la région des Lacs fit partie du domaine « royal » (autrement dit public) jusqu'en 1836, année où une décision d'enclosure juridiquement validée partagea son territoire entre les propriétés limitrophes, la part du lion revenant au duc de Devonshire, seigneur de Chatsworth. Les quatre mille hectares du Kinder Scout devinrent dès lors d'autant plus inaccessibles au tout-venant qu'aucun sentier ne passe à proximité. Pour traverser la région, il fallait emprunter l'ancienne voie romaine qui contourne la montagne, mais en 1821 ce droit de passage, surnommé le Doctor's Gate, fut arbitrairement supprimé par Lord Howard, propriétaire du terrain. Les négociations en vue de sa réouverture démarrèrent à la fin du XIXe siècle, bientôt suivies par des interventions des clubs de randonnée de Manchester et de Sheffield. En 1909, les membres du Clairon de Sheffield suivirent le Doctor's Gate sur toute sa longueur, et les randonneurs de Manchester le parcoururent « avec circonspection » pendant cinq ans d'affilée. Le maître des lieux s'obstinait à interdire le passage à l'aide de panneaux, de fils de fer, de chaînes cadenassées. Pour finir, il perdit quand même la bataille. Aujourd'hui, moyennant quelques déviations sans grande importance, le Doctor's Gate est redevenu la voie publique qu'il n'avait pas cessé d'être pendant près de deux millénaires.

Conquérir la crête du Kinder Scout fut une autre paire de manches. Benny Rothman, secrétaire du bureau de Manchester de la Fédération sportive des ouvriers britanniques, a laissé ce témoignage sur les conditions de vie sinistres des habitants des cités industrielles lors de la récession des années trente : «[Ils] ne vivaient que pour les week-ends où ils pourraient aller camper à la campagne, tandis que les jeunes gens au chômage rentreraient au village pour “pointer” dans les bureaux de placement et percevoir leurs allocations. Les clubs de randonnée, de cyclisme, de camping comptaient toujours davantage d’adhérents. [...] Plus les foules grossissaient, plus le sentiment de proximité avec la nature diminuait, et les randonneurs regardaient avec envie les hectares de tourbières et de landes ou les sommets dont l’accès leur était défendu. En sus d’être interdits, ces espaces étaient surveillés par des gardes-chasse armés de gourdins, qui n’hésitaient pas à s’en servir contre les promeneurs solitaires[20]. » En 1932, la Fédération sportive des ouvriers britanniques décida de porter l’affaire sur la place publique en organisant une marche en nombre à travers ce site privé. Les déclarations de Rothman furent reprises par la presse et, passant outre l’opposition des autres clubs de randonnée, les jeunes extrémistes du mouvement réussirent à conduire quatre cents marcheurs jusqu’à Hayfield, un bourg voisin du Kinder Scout, escortés tout du long par le tiers des forces de police du Derbyshire. À mi-chemin, Rothman prononça un discours vibrant et très applaudi sur l’histoire du mouvement pour l’accès de tous aux montagnes. Au bout de la montée en pente raide qui mène au plateau de Kinder Scout, les marcheurs furent accueillis par une trentaine de gardes-chasse qui les invectivèrent en brandissant leurs gourdins... et sortirent en piteux état des bagarres qu’ils avaient provoquées. En haut de la crête, les contrevenants furent rejoints par des randonneurs de Sheffield et des retardataires de Manchester.

Pour cette victoire provisoire et la beauté du panorama découvert du sommet, Rothman et cinq autres responsables furent arrêtés et incarcérés. Lors du procès, l’un des six hommes fut acquitté, les autres condamnés à des peines de deux à six mois de prison pour « incitation à l’émeute ». Le scandale que provoqua ce verdict chez les randonneurs militants et dans l’opinion publique eut pour effet d’envoyer tout le monde, les engagés comme les simples curieux, à l'assaut du Kinder Scout. Depuis quelque temps déjà, un rassemblement annuel réunissait au col de Winants les opposants à la privatisation, mais cette année-là dix mille personnes y participèrent et il fut suivi par d'autres manifestations impressionnantes. La marche devenait un thème politique d'une actualité brûlante. En 1935, la Fédération nationale des associations de randonnée prit le nom d'Association des randonneurs et multiplia les actions militantes. En 1939, le Parlement repoussa une motion qui défendait le droit d'accès aux sites naturels du pays, mais dix ans plus tard, en 1949, il adopta une proposition similaire et même plus libérale. La création des parcs nationaux et la loi sur l'accès à l'espace rural changèrent la donne. Cette dernière faisait obligation aux comtés d'Angleterre et du pays de Galles de procéder au relevé cartographique de l'ensemble des droits de passage de leurs juridictions respectives. Le tracé des chemins devint ainsi définitif. Désormais, la charge de la preuve incombait au propriétaire en titre du terrain ; c'était à lui d'établir que tel droit de passage avait été créé de toutes pièces, et non plus aux marcheurs de démontrer qu'il avait été supprimé d'autorité. Ces chemins figurent depuis sur les cartes d'état-major, ce qui permet à tout un chacun de les emprunter à sa guise. Les comtés durent par ailleurs répertorier les espaces naturels dignes d'intérêt et négocier avec les propriétaires pour qu'ils autorisent les marcheurs à y circuler (disposition certes en retrait par rapport à la notion de droit d'accès, mais qui représentait néanmoins un incontestable progrès). Grâce aux nombreux chemins de grande randonnée ouverts plus récemment, il est devenu possible de se promener sac au dos en Grande-Bretagne plusieurs jours, voire plusieurs semaines d'affilée. La marche fait toujours plus d'émules. Pour fêter son cinquantième anniversaire, l'Association des randonneurs décida de renouer avec les marches collectives dans les sanctuaires de la propriété privée. Quant au Parti travailliste, il promit lors de la campagne électorale de 1997 de modifier la législation, si bien que plus d'un siècle après la motion vainement présentée par Bryce en 1884, le pays va peut-être enfin pleinement s'ouvrir aux marcheurs. Depuis quelques années, des groupes plus radicaux tels que *This Land is Ours* (Cette terre est à nous) ou *Reclaim the Streets* (Récupérons la rue) multiplient les interventions pour élargir le domaine public ; ces groupes démocratiques et écologistes ne défendent pas nécessairement la marche en tant que telle, mais les thèmes aujourd'hui très populaires du droit d'accès et de la conservation du patrimoine naturel font partie de leurs priorités.

L'ironie (ou la justice poétique) de l'histoire de la promenade à la campagne aura donc voulu que le goût encouragé par la création des jardins aristocratiques se popularise au point d'encourager la dénonciation de la propriété entendue comme un privilège absolu. Les jardins et les parcs où la culture de la marche s'est développée étaient des espaces clos, souvent murés ou protégés par des fossés, réservés à une minorité de fortunés, aménagés pour certains sur des terres prises sur les communaux. Implicitement, la conception du jardin anglais obéissait cependant à un principe démocratique : les arbres, les pièces d'eau, le terrain y conservaient en effet des contours naturels au lieu de subir la loi de la géométrie, l'enceinte qui le fermait se fondait dans la nature environnante et ces espaces de plus en plus informels accrurent progressivement la liberté de mouvement. La propagation du goût pour les promenades à la campagne a contraint quelques-uns des descendants de l'aristocratie à vivre selon les principes à l'œuvre dans leurs jardins. Qui sait si la Grande-Bretagne ne s'ouvrira pas un jour entièrement aux marcheurs ?

Le succès des marches ou des promenades collectives peut certes surprendre, tant ceux qui aiment aller à pied mettent en avant le désir d'indépendance, l'amour de la solitude, le sentiment de liberté dû à l'absence de structures et d'embrigadement. Le plaisir d'arpenter le monde à pied repose toutefois sur trois conditions préalables : il faut avoir du temps libre, un endroit où aller, un corps que ni la maladie ni les codes sociaux ne handicapent. Ces libertés fondamentales furent l'objet de luttes innombrables, et il était parfaitement logique que les organisations ouvrières qui se battaient pour ramener la journée de travail à dix, puis huit heures, la semaine de travail à cinq jours, se préoccupent également des espaces où jouir de ce temps libre durement gagné. Ce combat ne se résume d'ailleurs pas, comme pourraient le laisser croire les pages qui précèdent, à l'espace naturel et rural ; l'aménagement des parcs urbains a aussi derrière lui une longue histoire, liée à l'ambition démocratique et romantique d'offrir les vertus de la vie campagnarde aux citadins qui n'avaient pas les moyens de s'échapper des villes. La liberté du corps s'avéra un enjeu plus délicat. L'exemple des premières adhérentes du Sierra Club qui dormaient sous la tente ou grimpaient les pentes en culottes bouffantes suggère qu'en Californie la libération des femmes – du moins sous sa version respectable – est une retombée de la conquête de l'Ouest. À l'époque, en effet, les corsets et les jupons victoriens étaient de vrais carcans qui comprimaient la poitrine, entravaient les pas, menaçaient l'équilibre. Le naturisme très tôt pratiqué par les randonneurs allemands et autrichiens suggère quant à lui que les sorties en montagne participaient d'un vaste projet de communion avec la nature, en l'espèce redéfinie pour inclure l'érotique ; ceux qui restaient vêtus ne portaient d'ailleurs guère plus que des shorts. S'agissant des ouvriers britanniques, il suffit d'avoir lu *La Situation de la classe laborieuse en Angleterre* d'Engels pour comprendre pourquoi des travailleurs soumis à des conditions de vie et de travail assez terribles pour rendre leurs corps difformes et souffreteux concevaient comme une libération la possibilité de jouir de l'espace de la campagne et de son air pur. Dans cette optique, l'envie de se promener dans la nature est une réaction contre l'évolution qui transformait les corps bourgeois en anachronismes confinés à l'espace de la maison ou du bureau, et les corps ouvriers en machines pour la grande industrie.

Pour un Rousseau et un Wordsworth, les écrivains au départ de l'histoire de la marche à la découverte du paysage, la libération sociale passait par l'amour de la nature ; aucun d'eux, par chance, n'avait prévu le scoutisme, l'ingéniosité sans limites des fabricants de matériel et autres retombées lointaines de l'engouement pour la marche. Les clubs de randonnée ont permis aux citoyens ordinaires de se rapprocher de l'idée rousseauiste ou wordsworthienne du marcheur idéal, qui se déplace à son gré avec un minimum de bagages.

Troisième partie

LA VIE DES RUES

11

Marcher dans la solitude des villes

J'ai vécu suffisamment longtemps dans la campagne du Nouveau-Mexique pour que San Francisco, lorsque je revins m'y installer, m'apparaisse pour la première fois comme une ville étrangère. Cette année-là, l'exubérance du printemps fut citadine, à mes yeux. Les belles journées et les douces nuits du mois de mai m'attiraient irrésistiblement dehors, dans les rues où je ne cessais de m'étonner des possibilités contenues dans le modeste rayon de mes balades, tout excitée à l'idée qu'il me suffisait de franchir la porte pour les atteindre. Chaque immeuble, chaque devanture ouvrait, me semblait-il, sur un autre monde ; toute la diversité de la vie humaine était là, à portée de main, dans ce fouillis d'alternatives démultipliées à l'envi par les juxtapositions. De même qu'un rayonnage de bibliothèque peut aléatoirement réunir une anthologie de poésie japonaise, une somme sur l'histoire du Mexique et quelques romans russes, de même dans les rues de ma ville les centres de bouddhisme zen côtoient les églises pentecôtistes, les officines des tatoueurs, les supérettes, les cantines mexicaines, les cinémas, les gargotes chinoises. Ici je m'émerveille devant les choses les plus ordinaires, m'étonne en permanence des milliers d'existences dont je devine à de menus détails que la mienne leur ressemble ou leur est au contraire radicalement étrangère.

Les villes sont par excellence les lieux de l'anonymat, de la diversité, du rapprochement, trois qualités qui s'apprécient idéalement en marchant : il n'est pas besoin d'entrer dans la boulangerie ou chez la diseuse de bonne aventure pour savoir que c'est possible. La ville recèle toujours plus de richesses que chacun de ses habitants ne le soupçonne, et plus elle est étendue, plus l'inconnu et le possible stimulent l'imagination. On dit souvent de San Francisco qu'elle est la plus européenne des villes américaines. Peut-être parce que sa taille, ses rues animées préservent l'idée que la ville doit favoriser les rencontres fortuites, ce qui bien sûr n'est pas le cas de tant d'agglomérations américaines vouées à devenir des banlieues de plus en plus étendues, contrôlées, compartimentées, conçues pour des automobilistes dont le temps de trajet est rigoureusement minuté, surtout pas pour des passants toujours tentés de devenir badauds. Entourée d'eau sur trois côtés, bordée sur le quatrième par la montagne, San Francisco occupe un espace circonscrit. Sa forte densité urbaine, la beauté de ses immeubles, les superbes points de vue sur la baie et sur l'océan qu'on y découvre des hauteurs, ses cafés, ses bars, tout cela affirme en effet que le temps et l'espace y sont traités selon d'autres priorités que dans la plupart des villes américaines.

J'employai le premier samedi qui suivit mon retour à flâner dans le parc du Golden Gate. Certes, il n'a pas la splendeur de la nature à l'état sauvage, mais il m'offre bien des plaisirs compensatoires : il y a les musiciens qui s'exercent sous les passages à l'excellente acoustique aménagés pour les piétons, les formations de Chinoises entre deux âges qui s'entraînent à l'art martial sur les pelouses, les émigrés russes occupés à échanger des confidences dans le doux charabia de leur langue maternelle, les promeneurs de chiens, engloutis dans le monde primitif des joies canines, les petits chemins qui descendent en sinuant jusqu'au bord du Pacifique… Ce matin-là, une radio locale prêtait son concours aux organisateurs d'un festival de poésie. Reconnaissant quelques poètes de ma connaissance, j'allai les saluer, ils me présentèrent à d'autres poètes, et c'est ainsi que je rencontrai Malcolm Margolin, grand historien de la Californie.

Sa maison d'édition disposait d'un stand où elle exposait quelques-uns des titres publiés par ses soins. Il m'en tendit un, *920 O'Farrell Street*, les souvenirs rassemblés par Harriett Lane Levy sur le temps merveilleux de sa jeunesse dans le San Francisco des années 1870 et 1880. À l'époque, la promenade hebdomadaire était un divertissement aussi organisé qu'une sortie au cinéma de nos jours. « Le samedi soir, raconte-t-elle, la ville se retrouvait sur la promenade de Market Street, la grande rue qui part du front de mer et file tout droit sur plusieurs kilomètres, jusqu'aux deux collines jumelles. Les trottoirs étaient larges, et la foule qui se dirigeait vers la baie s'y mêlait à la foule allant vers l'océan. Les habitants affluaient spontanément, comme s'ils cédaient à un besoin pressant de célébrer un événement inopiné. Tous les quartiers de la ville déversaient leur population dans l'immense procession. [...] quittant les maisons, les hôtels, les restaurants, les terrasses ombragées, tout le monde, absolument tout le monde, sortait dans Market Street se fondre dans le fleuve coloré. Des marins de tous les pays désertaient leurs navires et couraient en groupes vers Market Street pour rejoindre la masse palpitante, excités par les lumières, l'agitation, le raffinement et l'éclat de la multitude. "Ça, c'est San Francisco", lisait-on sur leurs visages. C'était carnaval ; pas de confettis, mais des messages échangés par milliers ; pas de masques, mais des yeux lourds de provocation. [...] un simple regard curieux se chargeait d'intérêt, l'intérêt amenait un sourire, et le sourire autre chose. Nous sortions en ville tous les samedis soir, père et moi. Nous parcourions des avenues de lumière dans un monde presque sans densité. Partout, à chaque minute, il se passait quelque chose d'amusant[1]. » La promenade très fréquentée que fut autrefois Market Street est toujours l'artère principale de la ville, mais elle a trop souvent été éventrée et retouchée, pour avoir conservé son lustre d'antan. Jack Kerouac qui eut la chance d'en avoir deux visions[2] à la fin des années quarante (ou au début des années cinquante) a sans doute sympathisé avec les clochards et les acheteurs pressés qui se bousculaient sur ses trottoirs dominés par la voie expresse toute proche. Aujourd'hui, l'endroit décrit par Mme Levy est surtout fréquenté par une foule hétéroclite d'employés de bureau, de chalands en quête de bonnes affaires, de touristes massés près du départ des télécabines de Powell Street. Deux kilomètres plus loin, la rue s'adonne à nouveau aux joies énergiques de la vie piétonne, jusqu'au carrefour de Castro Street à partir duquel elle entame la rude ascension des collines.

L'histoire de la marche, urbaine ou rurale, a aussi trait à la définition de la liberté et du plaisir. Il se trouve que la marche à la campagne a trouvé dans l'amour de la nature un impératif moral qui l'autorise à prendre fait et cause pour l'espace où elle se déploie. La balade en ville a toujours eu un aspect plus louche, car, trop accessible aux sollicitations en tout genre, elle transforme aisément le piéton en flâneur, badaud, chaland, émeutier, manifestant, rôdeur, chineur, et quantité d'autres occupations qui, pour agréables qu'elles soient, ne sauraient moralement rivaliser avec la fréquentation de la nature. La protection de l'espace urbain n'est donc pas un enjeu du même ordre que celle de « l'environnement », sauf pour une poignée de citadins enragés et de théoriciens de l'urbanisme (qui trop souvent oublient d'ailleurs que l'espace public est surtout utilisé et occupé par celles et ceux qui s'y déplacent à pied). À bien des égards, pourtant, la marche en ville présente plus de points communs avec la chasse et la cueillette primitives que la promenade en pleine nature. Pour la plupart d'entre nous, en effet, les espaces dits naturels sont des lieux à traverser en marchant, mais nous n'y faisons pas grand-chose d'autre qu'en repaître nos sens et nous n'y prélevons rien (le Sierra Club avait ce commandement : « Tu ne prendras que des photographies, tu ne laisseras que des empreintes »). Il en va tout autrement en ville. Comme le chasseur-cueilleur s'arrête devant un chêne dont les glands arriveront à maturité d'ici quelques mois ou inspecte une oseraie prometteuse, le piéton citadin note que cette épicerie reste ouverte tard, qu'il peut faire ressemeler ses chaussures dans cette boutique, que cette petite rue transversale mène à la poste. Par ailleurs, le marcheur des champs (ou le randonneur, le montagnard) a généralement une vue d'ensemble – sur le panorama, la beauté du paysage –, alors que le marcheur des villes est à l'affût des détails, des occasions, et autant pour le premier les changements de perspective sont progressifs, autant ils sont abrupts pour le second. Enfin, bien sûr, la ville est plus proche que la campagne de la vie primitive pour des raisons beaucoup moins plaisantes : alors que les grands prédateurs animaux ont quasiment été éliminés d'Amérique du Nord et anéantis en Europe, le risque de tomber sur des prédateurs humains oblige les citadins à une vigilance de tous les instants, à certaines heures, du moins, et en certains lieux.

Les premiers mois de mon retour à San Francisco furent si idylliques que je décidai de tenir un journal de mes allées et venues. « J'ai soudain réalisé, y ai-je écrit un soir de cet été splendide, que je venais de passer sept heures à mon bureau sans réelle interruption, que ça me portait sur le système et que j'avais mal au dos ; gagné à pied le Clay Theater [un cinéma], en haut de Fillmore, par un passage que je n'avais jamais repéré jusqu'alors (beaux immeubles victoriens trapus à côté d'un chantier), et comme toujours ça m'a plu que le familier débouche sur l'inconnu. Le film s'appelait *Chacun cherche son chat*, l'histoire d'une jeune Parisienne célibataire obligée de faire la connaissance de tous ses voisins de la place de la Bastille le jour où son chat disparaît – plein de rebondissements inattendus, de gens mal assurés sur leurs jambes, de toits vertigineux, d'argot marmonné. Quand je suis sortie j'étais en pleine forme, la nuit était tombée et le brouillard perlait. Je suis rentrée en marchant vite, d'abord en suivant California Street où j'ai croisé un couple – elle, rien à signaler, lui dans un costume marron bien coupé avec dans les genoux cette mollesse qui trahit des mois d'immobilisation dans les attelles ; j'ai laissé passé le bus et j'ai fait pareil dans Divisadero Street. Ralenti devant la devanture d'un antiquaire pour regarder un gros vase couleur crème orné de sages chinois peints en bleu – suis tombée un peu plus loin sur un Chinois chauve qui tenait un petit enfant dans ses bras, contre la vitrine d'une boutique à l'intérieur de laquelle une femme jouait avec le bambin à travers la glace. Je me suis inclinée, ils avaient l'air gêné. À cause des lumières artificielles et de l'obscurité naturelle, d'une certaine manière toute promenade nocturne transforme le continuum de la journée en petit théâtre de tableaux vivants, de saynètes, de vignettes, et il y a toujours aussi le plaisir troublant de voir son ombre grandir et rapetisser d'un réverbère à l'autre. J'ai dû presser le pas pour éviter une voiture au moment où le feu passait au vert, et c'était si bon de courir un peu que j'ai continué sur plusieurs centaines de mètres – sans m'essouffler, mais ça m'a donné chaud.

« Remonté Divisadero en gardant un œil sur les passants, l'autre sur les endroits ouverts – bars et bureaux de tabac –, jusqu'à ma rue. Au carrefour, j'ai repéré un jeune Noir portant une casquette et des vêtements sombres qui courait vers moi à fond la caisse, et j'ai jeté un regard alentour histoire d'évaluer mes chances, au cas où – je veux dire, si la reine Victoria me fonçait dessus comme ça, je ne ferais pas comme si de rien n'était. Voyant que j'hésitais, il a tenu à me rassurer de la plus douce des voix masculines – “Je n'ai rien contre vous, je suis pressé, c'est tout”, et il est passé en coup de vent tandis que je lançais “Bonne chance”, puis, après m'être ressaisie : “Désolée d'avoir paru si méfiante, mais vous allez drôlement vite !” Il a ri, moi aussi, et l'espace d'une minute je me suis rappelé toutes les rencontres que j'ai faites ces derniers temps dans le quartier et qui *a priori* n'auguraient rien de bon alors qu'elles furent toutes très civiles. Du coup j'étais contente d'avoir su réagir sans inquiétude excessive. Tout de suite après, levant les yeux j'ai remarqué à une fenêtre du dernier étage le poster de Man Ray, *À l'heure de l'observatoire* (un coucher de soleil avec les longues lèvres rouges en surimpression), déjà vu à une autre fenêtre, dans un autre quartier de la ville, une ou deux nuits plus tôt. Celui-ci était plus grand, cette nuit-ci plus exubérante. J'ai trouvé magique de voir *À l'heure* deux fois. Rentrée à la maison en vingt minutes maxi. »

Les rues des villes ne sont jamais que l'espace laissé vacant par les immeubles. Une maison isolée apparaît comme une île au milieu d'un océan d'espace vide, et les villages qui ont précédé les villes n'étaient guère plus que des archipels dans l'étendue océanique. En s'agrandissant, ils se transformèrent en continents où l'espace libre est réduit à la dimension de rivières, de canaux, de ruisseaux qui s'insinuent dans la masse des terres. Leurs habitants durent se contenter d'aller et venir le long des rues, et de même que le débit et le courant des fleuves augmentent aux endroits où ils se resserrent, de même ces déversoirs que sont les artères urbaines intensifient le flot des marcheurs en le canalisant. L'espace des grandes villes est pensé, construit, aménagé : marcher, observer, s'y trouver dehors en public y est aussi légitime que rentrer chez soi pour manger, dormir, cirer ses chaussures ou écouter de la musique. Les mots « citadin », « citoyen » sont dérivés de « cité », et l'on sait que la cité idéale fait la part belle à la citoyenneté, autrement dit à la participation à la vie publique.

Marcher n'est certes pas une preuve de sens civique mais c'est un excellent moyen de connaître sa ville et ses concitoyens, d'habiter la cité au sens plein du terme plutôt que la minuscule parcelle qu'on s'en attribue. Marcher dans les rues permet d'établir un lien entre le plan de la ville et l'existence qu'on y mène, entre le microcosme personnel et le macrocosme public. Le dédale alentour en devient plus déchiffrable. Jane Jacobs explique dans un livre admirable comment une rue d'un quartier populaire est restée sûre parce qu'elle était très passante[3]. Les marcheurs gardent l'espace public vivant en lui conservant son caractère collectif. « La ville, écrit Franco Moretti, se distingue de par sa structure spatiale (essentiellement sa concentration) qui est fonction de l'intensification de la mobilité : mobilité spatiale, cela va de soi, mais aussi et surtout mobilité sociale[4]. »

Rue : un mot fascinant dont les connotations souvent grossières ou équivoques associent pêle-mêle la bassesse, la vulgarité, l'érotisme, le danger, la révolution. L'homme de la rue, c'est M. Tout-le-Monde, mais une femme des rues est une péripatéticienne qui fait le trottoir, les gosses des rues sont des garnements, des voyous, des fugueurs, et les SDF vivent dans la rue comme hier les sans-logis. « Tous dans la rue » est le cri de ralliement des citadins révoltés, car c'est dans la rue que s'exerce le pouvoir du peuple. Lieu tumultueux où s'opère le grand brassage de la vie citadine, la rue est pour cette raison même aussi dangereuse et fascinante qu'un cours d'eau tourbillonnant.

Dans l'Europe féodale, seuls les habitants des villes étaient exempts des liens hiérarchiques qui structuraient le reste de la société. (En Angleterre au moins, les serfs récupéraient leur liberté s'ils apportaient la preuve qu'ils avaient vécu un an et un jour dans une ville franche.) La liberté de l'espace urbain était cependant toute relative, car les rues, sombres et d'une saleté repoussante, n'étaient guère mieux que des coupe-gorge. Il fallut attendre la Renaissance pour que celles des villes d'Europe soient garnies de pavés, deviennent plus salubres et plus sûres. Au XVIIIe siècle, il était aussi risqué de sortir la nuit dans les rues de Londres ou de Paris que de s'aventurer de nos jours dans les quartiers les plus mal famés, et pour voir où ils mettaient les pieds les noctambules louaient les services d'un porte-torche (à Londres en particulier, les jeunes gens qui exerçaient ce petit métier servaient aussi souvent d'entremetteurs). Dans la journée, c'étaient les attelages qui terrorisaient les piétons, tant et si bien que jusqu'au XVIIIe siècle au moins les citadins ne sortaient pratiquement jamais pour le plaisir de faire un tour. Apanages de la modernité, l'hygiène, la sécurité, l'éclairage ne commencèrent à se généraliser qu'à partir du XIXe siècle. Le mobilier urbain et les codes qui donnent aux rues actuelles leur aspect policé (trottoirs surélevés, réverbères, plaques aux noms des rues, caniveaux, panneaux de signalisation, feux tricolores) sont des innovations assez récentes.

Les privilégiés disposaient bien sûr d'espaces agréables aménagés à leur intention, mais il n'y avait rien de commun entre le monde de la rue et les promenades ombragées ou les jardins qui leur étaient réservés. Les discussions politiques, les échanges galants, les tractations commerciales qui s'y déroulaient faisaient de ces lieux des salons et des salles de bal de plein air. Le cours la Reine ouvert à Paris en 1616, l'avenue Alameda de Mexico ou le Central Park new-yorkais aménagé au milieu du XIXe siècle furent longtemps essentiellement fréquentés par des promeneurs dont l'aisance et la fortune s'accommodaient mieux du carrosse ou de la calèche que de la promenade.

Malgré la relative volonté de démocratisation à l'origine de la création de Central Park, les New-Yorkais de condition modeste fréquentaient plus volontiers les jardins payants où ils pouvaient s'attabler pour boire une bière, danser la polka et s'adonner à leurs distractions plébéiennes. Il leur fallait en effet beaucoup d'audace et de bonne volonté pour franchir les grilles de Central Park à seule fin d'y suivre les promenades édifiantes conçues à leur intention par le paysagiste Frederick Law Olmsted. Ici aussi, les voitures attelées des riches bourgeois imposaient leur loi aux piétons. À tel point qu'un journaliste eut un jour ce mot terrible : « Il paraît que là-bas les piétons ont la sale habitude de se faire accidentellement renverser[5]. »

Le peuple de New York se rabattait donc sur le quartier moins en vogue et plus excentré de Battery, un peu comme à la même époque les petites gens de Paris allaient de préférence se promener dans les faubourgs, le long d'avenues plantées d'arbres. (Après la Révolution, les jardins des Tuileries devinrent toutefois accessibles à tous, leurs gardiens ayant simplement pour consigne de n'admettre que les personnes décemment vêtues.) La mode des parcs d'attraction payants se répandait en Europe. Londres qui avait déjà le modèle du genre avec les Vauxhall Gardens ouvrit en plus les jardins du Ranelagh et de Cremorne ; Vienne eut son Augarten ; New York ses Champs-Élysées, ses Castle Gardens et ses Harlem Gardens ; Copenhague son Tivoli, le seul de ces jardins qui subsiste aujourd'hui. Ailleurs, les marchés, les foires, les processions amenaient la fête sur les lieux de la vie quotidienne et rendaient provisoirement caduque la ségrégation des promeneurs.

Les villes italiennes furent longtemps tenues pour des modèles incomparables, en particulier par leurs visiteurs new-yorkais et londoniens qui s'émerveillaient de la capacité de cette architecture à conférer sens et beauté aux gestes les plus banals. Depuis le XVIIe siècle au moins, la lumière et la vie de l'Italie attirent les étrangers. Bernard Rudofsky, new-yorkais pour la forme, a vécu suffisamment longtemps dans ce pays pour lui rendre un hommage vibrant dans un livre publié à la fin des années soixante-dix. New York, pour lui, est un abîme, assertion déroutante pour ceux qui y voient au contraire la plus piétonne des villes américaines. En s'appuyant sur l'exemple italien, Rudofsky démontre que les places et les rues sont le liant social et architectural des villes. « Il ne nous vient pas à l'idée que nos rues pourraient être des oasis et non des déserts, affirme-t-il en préambule. Dans les pays où leurs fonctions ne se sont pas encore détériorées au point de les transformer en voies rapides ou en parkings, divers aménagements conservent aux rues une dimension humaine. [...] Expression tangible de la solidarité civique, ou, plus justement peut-être, de la philanthropie, les arcades sont les plus raffinés des passages couverts. En sus de conférer son unité à la perspective, elles remplacent souvent les forums de l'Antiquité[6]. » Descendantes du *stoa* et du *peripatos* grecs, ces rues abritées où la limite entre intérieur et extérieur s'estompe sont le tribut de l'architecture à la vie piétonne. Rudofsky cite en exemple les fameux portiques de Bologne, longue promenade couverte de près de six kilomètres qui mène du centre-ville à la proche campagne, la *galleria* de Milan, les rues tortueuses de Pérouse, celles de Sienne, interdites aux voitures, et les arcades de Brisighella. Il a des mots enthousiastes pour parler de l'institution de la *passeggiata*, promenade vespérale qui dans bien des villes se déroule dans les rues principales fermées pour l'occasion à la circulation automobile. La vie sociale italienne ne serait pas ce qu'elle est sans la rue, dit-il, lieu de tous les échanges et de toutes les rencontres.

À peu près à la même époque, le critique de danse Edwin Denby jugeait en connaisseur la grâce des passants italiens. « Dans les vieilles villes italiennes, l'étroite rue principale se transforme au crépuscule en une sorte de théâtre. Les habitants se promènent, l'air affable, en s'examinant du coin de l'œil. Les filles et les garçons âgés de quinze à vingt-deux ans font assaut de charme avec une sociabilité enjouée. Plus ils sont gracieux, plus ils sont appréciés. À Florence ou à Naples, les jeunes gens des vieux quartiers pauvres sont des virtuoses de la promenade et ils saisissent toutes les occasions de la pratiquer. » Denby conseille aux danseurs d'observer la démarche des différents types humains : « Les Américains, explique-t-il, prennent beaucoup plus d'espace que celui réellement occupé par leurs corps. Beaucoup d'Européens s'en offusquent, par pudeur instinctive. Il y a là pourtant une beauté que certains d'entre eux apprécient. […] Je trouve pour ma part étonnamment belle la démarche, si ample et pure, des New-Yorkais[7]. » En Italie, la promenade citadine est plus une activité culturelle universelle qu'un thème d'exploration solitaire ou de description littéraire. De Dante le proscrit qui arpentait inlassablement Vérone et Ravenne, à Primo Levi, rentré à pied du camp d'Auschwitz, ce pays eut aussi ses grands marcheurs, mais l'usage piéton de la ville y est tellement une tradition que l'expérience individuelle passe au second plan (sauf s'agissant des étrangers, qui ont copieusement consigné leurs observations, et des déambulations cinématographiques immortalisées par Fellini dans *Les Nuits de Cabiria*, par Vittorio De Sica dans *Le Voleur de bicyclette* ou par Michelangelo Antonioni dans plusieurs de ses films). Pour autant, des villes moins accueillantes aux piétons que Naples ou moins dissuasives que Los Angeles ont également produit une culture fugitive de la flânerie. Depuis le XVIIIe siècle, les grands récits et les grands témoignages sur la vie piétonne londonienne délaissent le joyeux déploiement des activités et des désirs ordinaires pour les scènes nocturnes, les crimes, les souffrances et les peines, les parias, l'imagination dans ce qu'elle a de plus sombre. C'est cette tradition que New York a reprise à son compte.

« Quand je suis d'Humeur sérieuse, confiait en 1711 l'essayiste Joseph Addison, je vais très souvent me promener du côté de l'abbaye de Westminster ; l'aspect Lugubre de ce Lieu, l'Usage auquel il sert [...] sont propres à emplir l'Esprit d'une espèce de Mélancolie, ou, plus exactement, d'état Pensif qui n'est pas désagréable[8]. » Il écrivait à une époque où les piétons londoniens encouraient les mille périls recensés en 1716 par le poète et dramaturge John Gay dans un long poème intitulé *Trivia, ou De l'art de marcher dans les rues de Londres*. Le moindre déplacement en ville était alors aussi dangereux qu'un lointain voyage : les rues étaient des égouts à ciel ouvert envahis d'immondices et de détritus, les boutiques étaient crasseuses, l'air déjà irrespirable, le gin frelaté faisait autant de ravages dans les taudis que le crack des années quatre-vingt dans les quartiers déshérités, la foule des gueux et des désespérés se pressait sur les trottoirs. Les attelages renversaient en toute impunité les piétons importunés par les mendiants, bousculés par les vendeurs à la criée, sollicités par les prostituées. On comprend, dans ces conditions, le sous-titre choisi par Gay pour son poème : c'était effectivement tout un art de savoir se protéger des éclaboussures, des agressions, des avanies.

Pour brocarder son époque, Gay compose *Trivia* selon un plan classique en trois parties que le Dr Johnson reprendra en 1738 dans « Londres ». La première partie de *Trivia* porte sur l'équipement et les techniques de la marche en ville, la deuxième sur les sorties diurnes, la troisième sur les sorties nocturnes – mais la morale du poème est qu'il faut traiter par le dédain les menus détails de la vie quotidienne. Le contraste caustique entre la préciosité du style et ces sujets dérisoires est de la même veine que l'ironie moqueuse déployée par Gay dans *L'Opéra des gueux*. Témoin ces deux vers : « Je remarque ici qu'aucun marcheur n'a la même face / Mais que dans l'expression tous des affaires portent la trace[9]. » Tous d'ailleurs ont droit à son mépris, persuadé qu'il est de déceler dans leurs traits la médiocrité de leur existence.

À la fin de ce XVIIIe siècle qui fut celui de Gray, Wordsworth choisit d'« avancer avec la foule[10] » et perçoit un mystère dans le visage de chaque inconnu, tandis que William Blake arpente « toutes les rues répertoriées / Et chaque visage que j'y croise est marqué / Par la faiblesse, par le chagrin[11] ». La langue littéraire du début du siècle n'était pas assez souple ou assez personnelle pour rattacher la vie de l'imagination à celle de la rue. Samuel Johnson fut dans sa jeunesse, à la fin des années 1730, du nombre des misérables qui hantaient les rues de Londres ; avec son ami Richard Savage, poète et fieffé gredin, trop pauvre lui aussi pour s'offrir un logement, il errait toute la nuit dans la ville en caressant des rêves d'insurrection et de gloire qu'il n'a pas couchés par écrit[12]. Boswell en fait état dans la biographie qu'il lui a consacrée, mais, pour le biographe, l'obscurité de la nuit et l'anonymat des rues ne sont pas propices à la réflexion ; il cite ce passage du journal de Johnson : « Ce soir j'aurais dû aller à la réception de Lady Northumberland, mais mon barbier était indisposé [ce qui veut dire que ses cheveux n'étaient pas correctement poudrés] ; aussi décidai-je de sortir dans la rue, et juste en bas de la nôtre j'ai ramassé une petite fraîche et mignonne qui s'appelle Alice Gibbs. Nous nous sommes enfilés dans une ruelle pour aller nous mettre au chaud[13]. » Nous ne savons pas et ne saurons jamais comment Alice Gibbs vivait la rue et la nuit.

Le fait qu'en dehors des prostituées peu de femmes aient pu librement sortir dans la rue, le fait aussi que celles qui s'y trouvaient aient souvent été prises pour des prostituées sont des sujets assez graves et troublants pour mériter d'être traités à part. Ici, je compte seulement livrer quelques remarques sur la présence des femmes dans la rue et dans la nuit, habitats dont plus qu'aucune autre espèce de marcheurs (de piétons, de promeneurs) elles sont devenues les indigènes. Jusqu'au XXe siècle, rares étaient les femmes qui s'aventuraient dans la ville par plaisir, et celles qui se prostituaient n'ont quasiment pas laissé de témoignages sur leur expérience. Le XVIIIe siècle fut suffisamment impudique pour autoriser la publication de quelques romans célèbres mettant en scène des prostituées, mais Fanny Hill menait une vie de courtisane recluse, Moll Flanders était avant tout technicienne, et quoi qu'il en soit toutes deux sont les créations d'écrivains masculins dont l'œuvre est pour partie au moins spéculative. À l'époque comme aujourd'hui, cependant, il existait sûrement une culture de la rue – culture complexe dont chaque ville appliquait les codes pour assurer au mieux la sécurité et l'économie du désir masculin. De tout temps, sous toutes les latitudes, les législateurs se sont efforcés de circonscrire la prostitution. On sait qu'il y avait une « rue des putains » à Byzance, que du XVIIe au XXe siècle le quartier des plaisirs de Tokyo était fermé par des chaînes, qu'au XIXe siècle San Francisco avait ses lieux de perdition du côté de Barbary Coast, et que la plupart des villes américaines rassemblaient les leurs dans des « quartiers réservés » dont le plus célèbre reste sans doute le Storyville de La Nouvelle-Orléans, berceau présumé du jazz. Ces limites furent impuissantes à contenir la prostitution. Un expert estime à cinquante mille le nombre des prostituées londoniennes en 1793, à une époque où un million de personnes à peu près vivaient dans la capitale anglaise[14]. Au milieu du XIXe siècle, les femmes « de mauvaise vie » racolaient jusque dans les quartiers les plus chics de Londres ; le réformateur social Henry Mayhew parle à ce propos « des courtisanes qui circulent dans Haymarket et Regent Street[15] », et d'autres qui travaillent dans les parcs et sur les promenades de la ville.

Il y a une vingtaine d'années, un chercheur spécialiste de la prostitution expliquait : « En ville les territoires de la prostitution se composent de toutes les zones aux limites floues où les femmes racolent. [...] La prostituée qui racole se déplace pour séduire ou sommer les clients, lutter contre l'ennui, se réchauffer, être moins repérable [par la police]. Certains de ces territoires ressemblent à des places publiques, des espaces auxquels tout le monde a accès. Ici, les femmes se rassemblent deux par deux ou quatre par quatre, elles rient, discutent, plaisantent ensemble. [...] Dans un environnement hors la loi et parfois dangereux, le fait de racoler toujours au même endroit entretient une capacité d'anticipation indispensable[16]. » Dolores French, une avocate qui défend les droits des prostituées dont elle a elle-même fait partie, explique que ses compagnes de tapin « trouvent que les femmes qui travaillent dans les bordels subissent trop de contraintes et de règles », alors que la rue « est ouverte à tous démocratiquement. [...] Elles avaient l'impression d'être des cow-boys invulnérables, des espions chargés d'une mission dangereuse. Elles se trouvaient libres, et elles s'en vantaient. [...] Elles n'avaient de comptes à rendre à personne[17] ». La prostitution inspire les mêmes refrains – sur la liberté, la démocratie, le danger – que les autres formes d'occupation de la rue.

Une nouvelle représentation de l'être humain se fit jour au XVIIIe siècle, une image auréolée de la liberté et de la solitude du voyageur. Du coup les voyageurs, si près ou si loin qu'ils aillent, devinrent des figures emblématiques. Richard Savage fut l'un des premiers à aborder ce thème en 1729 dans son poème « Le Vagabond ». Le bien nommé George Walker[18] inaugura le siècle suivant avec un roman intitulé *Le Vagabond*, suivi en 1814 par le *Vagabond* de Fanny Burney. Wordsworth publia une *Excursion* (dont les deux premières parties s'appellent « Le Vagabond » et « Le Solitaire ») ; quant au « Vieux Marin » de Coleridge il est voué à subir le sort du Juif errant, personnage cher aux romantiques britanniques et européens en général.

L'historien de la littérature Raymond Williams remarque : « Dès le départ, la perception des nouvelles qualités de la ville moderne fut associée à un homme qui marche dans ses rues comme s'il y était seul[19]. » Blake et Wordsworth seraient selon lui les fondateurs de cette tradition, mais c'est pourtant De Quincey qui a écrit les pages les plus poignantes à ce sujet. Il raconte au début des *Confessions d'un opiomane anglais* comment, après s'être échappé de l'école où il s'ennuyait à mourir, il atterrit à Londres à l'âge de dix-sept ans. Là, n'osant pas contacter les quelques personnes qu'il connaissait et bien incapable de trouver du travail faute de relations, il vécut la faim au ventre pendant trois mois et demi (une partie de l'été et de l'automne de 1802), trouva refuge dans un ancien hôtel particulier déserté où il cohabitait avec une enfant abandonnée. Condamné à mener une existence spectrale qu'il partageait avec d'autres gamins de son âge, il passait le plus clair de son temps dans les rues. La rue accueillait déjà ceux qui n'avaient nulle part où aller ; la distance qu'ils y parcouraient chaque jour était à la mesure de leur peine et de leur solitude. « Étant moi-même, à cette époque, péripatéticien par nécessité, ou vagabond des rues, les personnes que j'étais naturellement amené à rencontrer étaient ces péripatéticiennes qu'en langage technique on appelle prostituées. Plusieurs de ces femmes avaient à l'occasion pris mon parti contre les veilleurs de nuit qui auraient souhaité m'éconduire des marches des maisons où je venais m'asseoir[20]. » De Quincey se lia d'amitié avec l'une d'entre elles, Ann, plus jeune encore que lui, « timide et abattue à un point qui montrait combien était profonde la peine qui étreignait son jeune cœur ». Son impuissance à la retrouver quand la roue de la fortune eut tourné pour lui fut, dit-il, une des grandes tragédies de son existence. Ce séjour à Londres qui marqua une des étapes les plus éprouvantes de sa longue vie n'eut cependant pas d'autres conséquences : le reste du livre porte sur le thème annoncé, les effets de l'opium, et sur les jours que son auteur coula ensuite à la campagne.

Charles Dickens a produit une œuvre bien différente, un monument dédié à la piétaille des miséreux de la grande ville. Dans plusieurs de ses romans, ce grand poète de la vie londonienne peint les lieux sous un jour aussi dramatique que les personnages. Il n'est que de penser à *Notre ami commun*, où les couches de poussière amoncelées, la boutique sinistre du taxidermiste, les intérieurs au luxe glacial des nantis sont autant de portraits des gens qui leur sont associés. Les êtres humains et les emplacements deviennent interchangeables : une atmosphère, un principe suffisent à caractériser un personnage, les lieux affirment avec force leur personnalité. « Pour acquérir ce genre de réalisme il faut marcher rêveusement et non marcher en observant[21] », soutient un des meilleurs interprètes de cette œuvre. Dickens, ajoute-t-il, devait son sens aigu du lieu à cet épisode bien connu de son enfance où, petit garçon livré à la ville et aux inconnus, il dut aller travailler dans une usine de cirage et fut placé dans un foyer du quartier tandis que son père purgeait une peine de prison pour dettes. « Bien peu d'entre nous savent voir, à travers le crible étincelant de la rue, le peuple étrange qui n'appartient qu'à la rue : la fille des rues ou le gamin des rues, les nomades, qui, de génération en génération, conservent leurs antiques secrets sous la lumière éclatante du soleil, poursuit Chesterton. Nous sommes nombreux à en savoir moins encore sur la rue la nuit. La rue la nuit est une grande maison fermée à double tour. Si un homme eut jamais la clef des rues, ce fut Dickens. [...] Il pouvait ouvrir la porte la plus dérobée de sa maison, celle qui mène sur le passage secret bordé d'immeubles avec les étoiles en guise de toit[22]. » Dickens est l'un des premiers à avoir répertorié les innombrables fonctions de la marche : ses romans grouillent de détectives, de policiers et de criminels lancés dans leurs traques, d'amoureux qui se cherchent, d'âmes damnées qui se fuient. La ville est un immense écheveau où le jeu de cache-cache prend des dimensions colossales, et il faut qu'elle soit très peuplée et très étendue pour autoriser les innombrables recoupements entre les pistes, les voies, les vies qui sont au moteur de l'intrigue. La ville où Dickens lui-même se promène semble pourtant étrangement dépeuplée.

« Si j'étais dans l'incapacité de marcher vite et loin, j'exploserais et je mourrais[23] », confia-t-il un jour à un ami. De fait, il marchait si vite et si loin qu'il avait peu de compagnons. Dickens est un marcheur solitaire qui marche pour quantité de raisons. « Je suis commis voyageur à la ville et commis voyageur à la campagne, je suis toujours sur la route[24] », annonce-t-il pour se présenter dans le texte traduit en français sous le titre du *Commis voyageur*. « Figurativement parlant, je voyage pour la grande maison Intérêt Humain & Frères, et j'ai beaucoup de relations dans le commerce des nouveautés. Littéralement parlant, je suis toujours par-ci, par-là, rarement dans mon appartement de Covent Garden, à Londres. » Cette définition métaphorique de l'état de commis voyageur ne décrivant qu'imparfaitement son rôle, il en a essayé d'autres. Celle-ci, par exemple, athlétique : « J'effectue un si grand nombre de mes voyages à pied que si j'avais cultivé de plus louables propensions on me trouverait probablement inscrit dans les journaux sportifs sous un titre aussi honorifique que le Novice Élastique, par exemple. [...] Mon dernier exploit en date fut de sortir du lit à deux heures du matin après une dure journée, pédestre et autre, et de parcourir cinquante kilomètres à pied dans la campagne avant le petit déjeuner. La route était si solitaire, à cette heure de la nuit, que le bruit monotone de mes pieds occupés à effectuer leurs six kilomètres à l'heure de moyenne me plongea dans le sommeil[25]. » Un peu plus loin, il est chemineau, ou fils de chemineau : « J'ai deux façons de marcher, l'une qui file droit au but à bon pas, l'autre purement vagabonde, qui flâne et traîne sans objet. Aucun bohémien sur terre n'est alors plus vagabond que moi ; cet état m'est si naturel, il est si puissant chez moi qu'il m'incline à penser que je dois être le descendant, pas si lointain, d'un chemineau indécrottable[26]. » Ailleurs il se compare à un agent de police en patrouille, mais trop angélique pour procéder à d'autres arrestations qu'imaginaires : « C'est une de mes lubies de croire que la plus oisive de mes promenades doit avoir une destination fixe. [...] En de telles occasions, j'ai pour habitude de considérer que je marche comme on patrouille et j'imagine que je suis un agent de police d'espèce supérieure qui accomplit de même son devoir[27]. »

Toutes ces occupations utilitaires et les multitudes qui peuplent ses romans n'empêchent pas Dickens de vivre dans un Londres bien vide qu'il découvre avec un plaisir mélancolique. Témoin ce court extrait d'un texte où il relate ses incursions dans les cimetières déserts : « Chaque fois que je pense avoir mérité de bien me traiter et gagné le droit de m'accorder une petite faveur, le samedi ou, mieux, le dimanche, je quitte à pied Covent Garden pour la City alors vidée de ses employés, et je l'arpente dans tous ses coins et recoins[28]. » La ville où vit Dickens n'est plus aussi dangereuse que du temps de Gay et de Johnson, mais elle est plus dépeuplée. Quand, en 1860, il écrit les lignes qui suivent, Londres s'est considérablement étendu et la populace si redoutée au XVIIIe siècle a été domestiquée : désormais ce n'est plus que la foule, une masse humaine morne et assagie qui s'affaire sans trop troubler l'ordre public. « Sillonnant les rues sous la pluie incessante, le Sans-Logis marchait, marchait, marchait, sans rien voir d'autre que l'interminable enchevêtrement des rues, hormis de temps en temps deux policiers en grand conciliabule à un angle, ou le sergent ou l'inspecteur de police qui surveillaient leurs hommes. Par-ci, par-là dans la nuit (rarement, toutefois) le Sans-Logis surprenait une tête qui se glissait furtivement par une porte entrebâillée à quelques pas devant lui, puis, allant avec la tête, découvrait un homme qui se tenait très droit pour demeurer dans l'ombre du porche et n'avait manifestement pas l'intention de rendre un service particulier à la société. [...] La lune féroce et les nuages s'agitaient comme la mauvaise conscience dans un lit retourné tandis que l'immensité de Londres jetait sur le fleuve une ombre bien oppressante[29]. » Dickens pourtant apprécie ces promenades nocturnes autant que les cimetières, les « quartiers frileux » ou ce qu'il nomme d'un terme donquichottesque la « Londres d'Arcadie » – la ville délaissée par ses habitants que le goût du jour pousse à la campagne, et qui baigne alors dans une paix sépulcrale.

Ceux qui aiment marcher en ville sont familiers d'un état particulier de la solitude – une noire solitude ponctuée de rencontres comme le ciel nocturne est ponctué d'étoiles. Celle qu'on ressent à la campagne est de nature géographique : on a quitté la société des hommes (ce pourquoi la solitude s'explique par des raisons géographiques), et du même coup une sorte de communion s'opère avec le monde non humain. En ville, on est seul parce que le monde est plein d'inconnus, et c'est un luxe d'une rare austérité que de se sentir ainsi étranger parmi des étrangers, de marcher en silence en portant ses secrets et en imaginant ceux des passants. Spécifique au mode de vie urbain, cette identité nulle part enregistrée, infiniment malléable, est un état libérateur pour tous ceux d'entre nous qui veulent s'émanciper des espérances familiales et sociales placées en eux, se frotter à d'autres cultures, changer de peau, fût-ce provisoirement. Impassible, les sens aiguisés, on ne s'implique pas dans cet état d'observation qui fournit la distance idéale à la réflexion ou à la création. À petites doses, la mélancolie, le sentiment d'étrangeté, l'introspection comptent parmi les plaisirs les plus raffinés.

À un journaliste qui lui demandait comment elle se préparait à affronter son public, la chanteuse Patti Smith répondit : « Je vais me balader une heure ou deux dans la rue[30]. » En quelques mots elle résumait ainsi son romantisme rebelle et la manière dont ce genre de flânerie arme et affûte la sensibilité, plonge dans un isolement capable d'inspirer des chansons assez farouches, des mots assez violents pour rompre le silence de la songerie. Patti Smith parlait en New-Yorkaise. Virginia Woolf la Londonienne écrivit en 1930 « Au hasard des rues », un texte sur la beauté de l'anonymat des villes. Fille du grand alpiniste Leslie Stephen, elle expliquait à une amie : « Comment les montagnes et l'escalade pourraient-elles me paraître romantiques ? Dans ma chambre d'enfant, il y avait des alpenstocks et une carte en relief des Alpes montrant tous les sommets escaladés par mon père. Aussi, je n'aime rien tant que Londres et les marécages, bien sûr[31]. » La taille de Londres avait plus que doublé depuis l'époque où Dickens s'y livrait à ses nocturnes promenades, et la rue, changeant une nouvelle fois de visage, était redevenue un refuge. L'identité est pour Virginia Woolf une forme d'oppression réductrice à laquelle contribuent les objets dont nous nous entourons, car ils « évoquent en permanence les particularités de notre caractère et ravivent les souvenirs de notre expérience personnelle[32] ». Sortie pour acheter un crayon dans cette grande ville où une femme dans la force de l'âge n'avait pas de raisons, le soir, en hiver, de s'inquiéter pour sa sécurité ou ses biens, elle relate (ou réinvente) son périple, dans un des plus grands textes jamais consacrés à la déambulation urbaine.

« Quittant la maison entre quatre et six par une belle soirée d'hiver, écrit-elle, nous dépouillons le moi que nos amis connaissent et nous assimilons à cette vaste armée républicaine de trimards anonymes dont la compagnie est si plaisante après la solitude de notre chambre[33]. » Plus loin, elle récapitule ses rencontres : « Dans chacune de ces vies on pouvait cheminer un peu, assez loin pour se donner l'illusion de n'être pas prisonnier d'une seule forme de pensée, mais de pouvoir pour un court instant revêtir le corps et la pensée des autres, devenir laveuse, cabaretière, chanteuse des rues[34]. » Comme Thomas De Quincey et Ann avant elle, Virginia Woolf suit Oxford Street, bordée maintenant de vitrines où elle prélève des articles luxueux dont elle meuble une maison et une vie imaginaires – avant de les renvoyer toutes deux au néant pour retourner à sa promenade. Elle a fait sien le langage de l'introspection élaboré entre autres par Wordsworth, peaufiné par De Quincey et Dickens ; son imagination se saisit d'un rien – un battement d'ailes dans un buisson, une naine qui essaie des souliers – pour devancer ses pieds et l'entraîner dans des digressions qu'elle abandonne à regret, revenant aux réalités de son excursion. Marcher dans la ville est une activité qui désormais se suffit à elle-même : autant la solitude et l'introspection qu'elle favorise accablaient les prédécesseurs de Virginia Woolf, autant elles ont sur cette dernière un effet de délivrance : elles la délivrent du fardeau moderne de son identité.

New York, à l'instar de Londres, ne peut susciter un enthousiasme sans mélange. Elle est trop grande, trop cruelle pour cela. Moi qui ne connais intimement que des petites villes, je continue à sous-estimer sa taille et m'épuise à la parcourir comme je m'épuise à conduire dans Los Angeles. Pourtant, j'admire Manhattan : l'activité de ruche parfaitement synchronisée de la gare centrale, l'allure rapide des piétons qui animent le damier des longues rues rectilignes et traversent hardiment hors des clous, le pas plus lent des promeneurs qui flânent dans les jardins publics, les nourrices noires de peau qui poussent des bébés blêmes le long des allées aux courbes gracieuses de Central Park. Je ne sais pas toujours, quand je me promène dans ces rues, où je suis ni où je vais, et il m'est souvent arrivé d'interrompre le flot précipité des passants lancés vers un but précis comme si j'étais un papillon égaré dans un essaim, un tronc d'arbre jeté en travers d'un cours d'eau. Dans le centre de Manhattan, les deux tiers des déplacements journaliers s'effectuent toujours à pied[35]. New York, comme Londres, reste une ville où les gens marchent pour des raisons pratiques, résolument, sur un rythme qui ne convient ni à l'envie de musarder, ni à la balade nocturne. Dans une grande ville la marche devient un vrai voyage : le danger, l'exil, la découverte, la transformation, on trouve tout ça en bas de chez soi, devant sa porte.

« Paris, c'est une blonde », dit la chanson, et les poètes parisiens voient volontiers leur ville en femme. Avec son plan orthogonal, les façades sombres de ses immeubles, ses gratte-ciel impressionnants, New York est plus masculine, et si les villes sont des muses il n'est pas étonnant que nul n'ait mieux chanté les louanges de cette métropole que ses poètes homosexuels : Walt Whitman, Frank O'Hara, Allen Ginsberg et David Vojnarowicz (même si tout le monde, d'Edith Wharton à Patti Smith, a rendu hommage à New York et à ses rues).

La dernière édition des *Feuilles d'herbe* de Whitman contient un poème qui s'ouvre sur cet envoi hyperbolique : « Ville d'orgies, de balades, de plaisirs[36]. » Whitman recense ensuite tous les critères qui font la renommée des villes (maisons, navires, défilés), puis les écarte au profit de ceci : « […] tes clins d'œil rapides et répétés m'offrant l'amour, ô Manhattan, quand je passe[37] » ; les plaisirs sont dans la promenade en ville plus que dans les orgies, dans les promesses plus que dans leur réalisation. Whitman qui n'a pas son pareil pour dresser des inventaires et des listes témoignant de la diversité, de la variété citadine, fut aussi l'un des premiers à aimer la foule en tant que telle. Mine inépuisable de nouvelles liaisons potentielles, la foule exprime ses idéaux démocratiques, ses enthousiasmes océaniques. « Passant inconnu ! Tu ignores avec quelle convoitise je pose les yeux sur toi[38] ! » s'exclame-t-il dans « À un inconnu ». La vision entraperçue et l'intimité amoureuse sont pour lui aussi complémentaires que son moi affirmé et la masse anonyme de la multitude. Aussi chante-t-il les louanges de la cité turgescente et les possibilités jusqu'alors insoupçonnées de la dimension urbaine.

Whitman mourut en 1892, au moment où sa ville était en passe de rallier tous les suffrages. En effet, en quelques décennies, New York allait devenir la capitale emblématique du XXe siècle comme Paris avait été celle du XIXe. Le destin et l'espoir seraient résolument citadins pour les radicaux et les ploutocrates de l'époque. Avec les paquebots de luxe amarrés à ses quais, la marée des immigrants juste débarqués d'Ellis Island, ses gratte-ciel que même une Georgia O'Keeffe fixerait sur la toile lors de son séjour à Manhattan, New York était la ville moderne par excellence. Dans les années vingt, elle eut son magazine, le *New Yorker*, dont la rubrique « Rumeurs dans la ville » recensait des menus faits divers transformés en drames palpitants selon la tradition instaurée par le *Spectator* londonien du XVIIIe siècle. Au nord, Harlem entamait sa renaissance aux accents du jazz ; plus au sud, la bohème investissait le Village ; entre les deux s'étendait Central Park et le « Ramble », haut lieu de la drague homosexuelle. Avant la Seconde Guerre mondiale, Berenice Abbott arpenta les rues de New York en photographiant ses immeubles ; la guerre terminée, Helen Levitt photographia les gamins qui jouaient dans les rues, et Weegee le monde de la pègre, les cadavres gisant sur les trottoirs, les prostituées dans les fourgons de police. On imagine ces trois photographes marcher dans les rues avec la vigilance des chasseurs-cueilleurs primitifs, et remplir le panier de leur appareil des images récoltées, afin de nous laisser, non le récit de leurs promenades, comme les poètes, mais les fruits de ces promenades. Le poète Whitman aura quant à lui dû attendre la fin de la guerre pour trouver un successeur en la personne d'Allen Ginsberg.

Bien que San Francisco le revendique pour un des siens, car il a trouvé sa voix sur la baie, à Berkeley, dans les années cinquante, Ginsberg est un chantre de New York et des grandes villes impitoyables. La passion de la vie urbaine qu'il partage avec les autres représentants de la Beat generation prend le contre-pied de la migration qui entraîne alors la bourgeoisie blanche dans les banlieues. Ginsberg marchait beaucoup, à San Francisco comme à New York, mais la marche l'amène toujours à autre chose, le trottoir cesse d'être trottoir pour devenir lit, paradis bouddhiste ou autre apparition. Les plus talentueux de ses contemporains « se traînent à l'aube dans les rues nègres au-devant de sales ennuis[39] », mais très vite ils se mettent à voir des anges qui flageolent sur les toits plats des cités HLM, mangent du feu, hallucinent l'Arkansas sous la lumière tragique de Blake, quitte ensuite à gagner en chancelant le bureau du chômage et à écraser « toute la nuit de leurs chaussures pleines de sang la neige amoncelée sur les quais en attendant qu'une porte s'ouvre dans l'East River[40] ».

Si bouger, voyager étaient des priorités pour les poètes beatniks, peu leur importait la nature exacte du déplacement (exception faite de Snyder, seul vrai péripatéticien du groupe). Montés de justesse dans le train qui emportait vers le passé la romance des clandestins, des travailleurs itinérants et des gares de triage, ils ouvrirent la voie à une nouvelle culture automobile dont la fringale de mouvement exigeait des virées à cent à l'heure sur des centaines de kilomètres, au lieu de la petite douzaine que le marcheur parcourt à cinq à l'heure, et ils associèrent à cet élan physique des vadrouilles purement imaginaires et chimiquement provoquées qui déchaînaient un langage absolument neuf. San Francisco et New York sont les havres pédestres entre lesquels file à perte de vue le long ruban de la route beatnik. La chanson populaire a évolué sur un mode similaire : vers le milieu des années cinquante, les amoureux déçus ne s'éloignent plus le pas lourd, ne se résignent plus à prendre le train de minuit – ils partent au volant de leurs voitures. Les tubes des années soixante-dix allaient consacrer l'apothéose des camions mastodontes. Kerouac aurait aimé ces chansons s'il avait vécu assez longtemps pour les entendre.

Beau comme un marbre grec, né la même année que Ginsberg et aussi différent de lui que pouvait l'être un poète homosexuel, Frank O'Hara écrit de préférence sur des aventures diurnes à la tonalité infiniment plus délicate. La poésie de Ginsberg demande à être déclamée, criée du haut des toits ; celle d'O'Hara est à bâtons rompus, comme la conversation, scandée par les scènes de la rue (le recueil *Lunch Poems* raconte les excursions qu'il faisait dans New York à l'heure du déjeuner lorsqu'il travaillait au musée d'Art moderne, et il a également publié *Deuxième Avenue* et *Promenades tranquilles à New York*). Élément important de son répertoire quotidien, la marche est aussi pour lui une sorte de syntaxe qui organise les pensées, les émotions, les rencontres. La ville est le seul théâtre propice à l'épanouissement de ce talent tendre, familier des rues, cabotin dans le style gay, qui aime l'anecdotique, sa légèreté sans conséquences. Dans le poème en prose « Méditations dans l'urgence » il dit : « Même un brin d'herbe m'ennuie si je ne sais que dessous se trouve un métro tout près, un marchand de disques, un signe en tout cas que le *regret* n'est pas toute la vie. Ce qui est le moins sincère, voilà surtout ce qu'il faut affirmer. Les nuages attirent assez l'attention comme ça[41]. » Le poème « En allant au bureau » s'achève ainsi : « Je deviens / la rue. / De qui es-tu amoureux ? / de moi ? Détaché sur la lumière je traverse droit[42]. » Un autre commence sur ces vers : « J'en ai marre de ne pas porter de slip / Et pourtant ça me plaît / D'avancer en sentant / À chaque foulée le vent caresser mes organes[43] », puis évoque pêle-mêle les nuages, le bus, la destination du poète, le « tu » à qui il s'adresse, Central Park. Sa texture est celle de la vie quotidienne, saisie par un œil connaisseur dans ses menus riens et ses brèves révélations, mais l'inventaire hétéroclite qui émaille les poèmes de Whitman et de Ginsberg n'en est pas absent. Les villes sont toujours grosses de catalogues toujours plus gros.

J'étais adolescente quand j'ai commencé à me risquer dans les rues de ma ville, et je les ai tant fréquentées que nous avons changé ensemble, elles et moi. Les vaines errances de mon adolescence, âge où je vivais le présent comme une interminable épreuve, ont laissé place aux flâneries et aux courses innombrables qui occupent une personne moins entravée, seule et démunie que je le fus. Aussi mes promenades sont-elles souvent des occasions de revenir sur mon histoire et celle de ma ville. Des immeubles se dressent sur les terrains autrefois vacants, les bazars des vieux croulants d'autrefois ont été repris par de jeunes branchés, les boîtes de Castro sont devenues des boutiques diététiques, des quartiers entiers ont changé de visage. Même le mien, et tellement que j'ai parfois l'impression d'avoir déménagé au moins deux ou trois fois alors que je n'avais pas vingt ans quand je me suis installée dans cet endroit bruyant et animé.

L'avant-veille du Nouvel An, je suis allée acheter du lait à l'épicerie ouverte le dimanche. Au coin de la rue, un type adossé à une porte picolait en chantant d'une voix de fausset, et comme beaucoup d'alcoolos du coin il se débrouillait pour avoir l'air d'un ange déchu. Le mot qu'il étirait – *solituuuuude* – résonnait dans la cage d'escalier, comme jailli de nulle part. En revenant, je l'ai vu qui descendait la rue, et il y mettait une telle concentration qu'il ne me remarqua même pas quand je le contournais pour le dépasser. L'effort à fournir pour avancer le mobilisait tout entier, comme s'il était obligé de repousser l'air devenu trop dense. Quand je suis ressortie pour arroser l'arbre qui pousse devant chez moi, il soufflait toujours et n'avait guère progressé que de quelques mètres. La vieille dame qui ne porte que des robes et raconte toujours très poliment les mêmes salades sans suite surgit alors, allant dans la direction opposée. Je lui dis bonjour, mais pas plus que lui elle ne me prêta attention. Lorsqu'elle arriva à la hauteur de l'ivrogne, mais sur le trottoir d'en face, tout à coup son pas se ralentit, s'alanguit, et c'est ainsi que la vieille dame disparut à ma vue après avoir tourné au coin de la rue. Ils semblaient, ces deux personnages, portés par les accents d'une musique inaudible qui les rendait joyeux en même temps qu'elle les obsédait.

Les fidèles en route pour l'église leur succéderaient, mais plus tard. Quand j'ai emménagé ici, il n'y avait pas de cafés, et le dimanche matin les rues étaient investies par une foule de femmes noires affables et affairées, coiffées de chapeaux superbes, qui filaient vers les différentes églises du quartier à grandes foulées souples et énergiques : une démarche d'élus, à mille lieues de la progression laborieuse des pèlerins. C'était il y a longtemps ; l'embourgeoisement de cette partie de la ville a dispersé les congrégations baptistes et maintenant c'est le plus souvent en voiture que les fidèles viennent assister au service religieux. Les joggeurs et les promeneurs de chiens qui les ont remplacés sur les trottoirs se dirigent avec allant vers le grand temple laïque de la bourgeoisie, le jardin tel qu'il est représenté dans le parc du Golden Gate, tandis que les fêtards vont soigner leur gueule de bois dans les cafés. Pour l'instant, cependant, la rue était encore au clochard, à la vieille dame et à moi – à peine à moi, en ce matin frais d'un dimanche qui s'annonçait beau, car ces deux passants me donnaient le sentiment d'être un fantôme des rues qui se serait immiscé dans leurs vies privées pour partager leur solitude de marcheurs citadins.

12

Paris, ou « herboriser sur le bitume »

Les Parisiens occupent leurs jardins publics et leurs rues comme autant de salons, de couloirs, et si les terrasses de leurs cafés débordent sur les trottoirs c'est sans doute que le spectacle de la rue est trop intéressant pour être négligé, même le temps d'un verre. Les rues débouchent sur des cours, les immeubles un peu importants abritent des cours qui sont en fait des jardins, les boulevards sont bordés d'arbres et de bancs que l'on retrouve aussi dans les jardins publics. La couleur sable pâle des murs, des églises, des ponts confère à la ville tout entière l'aspect d'un immense édifice à la complexité inouïe, d'un relief corallien travaillé par la culture. Tout cela contribue à la porosité particulière de Paris, cette impression que la vie privée et la vie publique sont moins séparées ici qu'ailleurs, que les passants vont et viennent entre songeries et révolutions. Cette ville est tellement bien entrée dans les tableaux et les romans de ceux qu'elle tenait sous son emprise que la représentation et la réalité y sont comme deux miroirs face à face ; la promenade y devient lecture, comme si Paris était une immense anthologie de contes. Longtemps capitale des exilés et des réfugiés du monde entier autant que de la France, elle exerce une attirance magnétique sur ses habitants et ses visiteurs.

Tantôt « paysage », tantôt « intérieur[1] », disait à son propos Walter Benjamin, grand spécialiste des villes, versé dans l'art de les parcourir à pied. Paris qu'il visita dans ses moindres recoins occupe une telle place dans les textes qu'il écrivit au cours des dix dernières années de sa vie, achevée en 1940, que cette ville finit par éclipser les autres thèmes sur lesquels il travaillait. Il s'y était rendu pour la première fois en 1913, y retourna à plusieurs reprises pour des séjours de plus en plus longs et finit par s'y installer définitivement dans les années vingt. Même lorsqu'il parle de Berlin, où il est né, Benjamin est irrésistiblement ramené vers Paris. « Ne pas trouver son chemin dans une ville – il est possible que ce soit inintéressant et banal. Il y faut de l'ignorance – rien d'autre. Mais s'égarer dans une ville – comme on s'égare dans une forêt – cela réclame un tout autre apprentissage. Il faut alors que les panneaux et les noms de rue, les passants, les toits, les kiosques ou les buvettes parlent à cet homme traqué, comme des brindilles qui craquent sous ses pieds dans la forêt, comme le cri effrayant d'un butor dans le lointain, comme le calme soudain d'une clairière au milieu de laquelle s'élance un lis. Paris m'a appris cet art de l'égarement ; il a exaucé ce rêve dont les plus anciennes traces sont le labyrinthe sur les feuilles de papier buvard de mes cahiers d'écolier[2] », dit-il dans l'essai consacré à son enfance berlinoise. Élevé en bon petit Allemand du début du siècle dans la vénération des montagnes et des forêts (un portrait de lui enfant le montre un alpenstock à la main devant le décor alpin d'un studio de photographe, et il était issu d'une famille aisée qui partait souvent se mettre au vert dans la Forêt-Noire ou en Suisse), il développa pour la ville un amour enthousiaste qui est à la fois rejet de ce romantisme éculé et désir de s'immerger dans la modernité urbaine.

Il faut errer à l'aventure dans les villes, s'y promener comme on feuillette un livre pour comprendre que leur organisation répond à un ordre spatial opposé à l'ordre temporel soigneusement linéaire de la chronologie. C'est en cela qu'elles fascinaient Benjamin. Dans le texte cité plus haut, il raconte comment, dans un café de Paris (« Paris où les murs et les quais, l'asphalte, les collections et les décombres, les grilles et les squares, les passages et les kiosques, nous apprennent une langue si singulière[3] »), il eut l'illumination que sa vie tout entière pouvait être représentée sous forme de carte ou de labyrinthe, comme si l'espace, plus que le temps, en était la structure d'organisation essentielle. Il mêle intimement les faits de sa vie à la façon dont il décrit la ville, dans *Journal de Moscou*, et il a écrit tout un livre, *Sens unique*, qui ressemble à un modèle réduit de ville, un assemblage subversif de courts passages identifiés par des noms de sites ou de signes urbains. S'il est juste de dire que le récit trace un chemin continu, cet ensemble de récits très brefs dessine un dédale de ruelles et d'allées.

« Je ne crois pas l'avoir jamais vu marcher la tête droite, remarque un de ses amis. Il avait une démarche reconnaissable entre toutes, un peu pensive et hésitante, due sans doute à sa mauvaise vue[4]. » Ce pourquoi Benjamin a probablement croisé sans le voir un autre exilé à la vue plus basse encore, James Joyce, qui vécut à Paris de 1920 à 1940. Un certain rapport de symétrie existe pourtant entre l'exilé catholique, auteur d'un roman truffé d'informations obscures sur un juif voué à arpenter les rues de Dublin, et le juif berlinois exilé qui marchait dans les rues de Paris et écrivait sur un catholique (Charles Baudelaire) qui marchait dans les rues de Paris et écrivit *Le Spleen de Paris*. L'hommage rendu à Joyce de son vivant ne fut accordé que beaucoup plus tard à Benjamin, avec la redécouverte de son œuvre dans les années soixante et soixante-dix. Sans doute est-ce la nature hybride de ses écrits (érudits de par leurs thèmes mais qui font la part belle aux aphorismes magnifiques et aux sauts de l'imagination, d'une érudition plus portée à l'évocation qu'à la définition) qui a conduit tant de leurs lecteurs à s'en faire les interprètes. Ses études parisiennes sont particulièrement intéressantes ; Benjamin a laissé une impressionnante quantité de notes sur un projet de livre, *Passages*, qui aurait prolongé ses réflexions sur Baudelaire, Paris, les passages parisiens et l'image du flâneur. C'est lui qui le premier a désigné Paris comme « la capitale du XIXe siècle », et c'est grâce à lui que le personnage du flâneur est devenu un objet de recherche universitaire à la fin du XXe siècle.

Sans que personne ait jamais défini de façon satisfaisante ce qu'est, au juste, un flâneur, parmi toutes les formes répertoriées de ce personnage, du flemmard invétéré au poète silencieux, il en est une qui s'impose avec force : celle du badaud nonchalant qui se promène seul dans Paris. Le mot « flâner » n'est entré dans le langage courant qu'au début du XIXe siècle, et ses origines sont incertaines. Selon Priscilla Parkhurst Ferguson, il vient « du vieux scandinave (*flana*, courir çà et là)[5] », mais Elizabeth Wilson invoque d'autres sources : « L'*Encyclopédie Larousse* du XIXe siècle indique que le terme est peut-être dérivé d'un mot irlandais signifiant "libertin". Les rédacteurs de cette édition du Larousse consacrent un long article au flâneur [qu'ils] associent aux nouveaux passe-temps citadins du "shopping" et du spectacle de la rue. Le flâneur, souligne le Larousse, ne peut exister que dans la grande ville, la métropole, car la scène des villes de province est trop restreinte pour ses déambulations[6]. »

Dans l'esprit de Benjamin, la flânerie est indissociable du temps libre, du plaisir à se trouver dans la foule avec un sentiment de détachement ou d'étrangeté, du goût pour la promenade à pied, dans les passages en particulier – autant de traits qui permettent de conclure que son flâneur est un homme doté d'une certaine aisance, d'une sensibilité raffinée, peu ou pas encombré par la vie de famille. Il naît, soutient Benjamin, au début du XIXe siècle, à une époque où la ville s'est suffisamment agrandie et complexifiée pour surprendre ses habitants sur un mode jusqu'alors inédit. Les flâneurs apparaissent de façon récurrente dans les feuilletons et dans les « physiologies », ouvrages de vulgarisation qui sous prétexte de rendre l'étranger familier insistent au contraire sur son étrangeté en classant les êtres humains en espèces reconnaissables à vue de nez, comme les oiseaux ou les fleurs. La ville du XIXe siècle subjuguait ses habitants et les intriguait assez pour qu'ils dévorent les guides publiés sur la leur, comme les touristes modernes se plongent dans les guides qui décrivent les villes où ils ne font que passer.

La foule elle-même apparaissait comme un phénomène nouveau au regard de l'expérience humaine – une masse d'inconnus irréductiblement étrangers – et le flâneur d'apparition récente était celui qui, sur un mode inédit, se sentait si l'on peut dire chez lui dans cette étrangeté. « La foule est son domaine, comme l'air est celui de l'oiseau, comme l'eau celui du poisson, déclare Baudelaire dans un passage souvent cité. Sa passion et sa profession, c'est d'*épouser la foule*. Pour le parfait flâneur, pour l'observateur passionné, c'est une immense jouissance que d'élire domicile dans le nombre, dans l'ondoyant, dans le mouvement, dans le fugitif et l'infini. Être hors de chez soi, et pourtant se sentir partout chez soi[7] [...]. » Le flâneur « va herboriser sur le bitume[8] », dit Benjamin dans une formule célèbre. Sans les passages couverts, poursuit-il, la promenade n'aurait sans doute eu qu'une importance marginale car, avant Haussmann, les trottoirs étaient souvent trop étroits pour que les piétons s'y sentent en sécurité. Il voit dans la flânerie l'activité paradoxale d'oisifs peu tentés de mener une vie désœuvrée, et raconte que « vers 1840 il fut quelque temps de bon ton de promener des tortues dans les passages. Le flâneur se plaisait à suivre le rythme de leur marche. S'il avait été suivi, le progrès aurait dû apprendre ce pas[9] ».

Son projet de livre, inachevé, sur les passages parisiens se proposait de démêler les divers usages de ces galeries commerçantes apparues dans les premières décennies du XXe siècle. Voies piétonnes où la distinction entre intérieur et extérieur s'abolit, ils sont pavés de marbre et de mosaïques, flanqués de boutiques tout du long, protégés par des verrières soutenues par une armature de fonte, le nouveau matériau de construction de l'époque, et éclairés par les becs de gaz d'invention récente. Précurseurs des grands magasins parisiens, les passages sont des lieux élégants où l'on vient acheter des articles de luxe, faire du lèche-vitrines, se promener. Ils fournissent à Benjamin l'occasion d'associer sa fascination pour le personnage du flâneur à des intérêts plus marxistes. Consommateur visuel des marchandises et des femmes, le flâneur qui oppose sa force d'inertie à la vitesse de l'industrialisation et à la contrainte productive est une figure ambiguë, séduite par la nouvelle culture mercantile mais décidée à lui résister. Le promeneur solitaire de New York ou de Londres apprécie la ville pour son atmosphère, son architecture, les rencontres inopinées qu'il y fait ; les promeneurs des villes d'Italie ou du Salvador sortent entre amis ou en amoureux. L'expérience du flâneur est à la jonction de ces deux modes de la promenade ; ni vraiment solitaire ni ouvertement sociale, la flânerie parisienne répond à l'abondance grisante de la foule et des marchandises.

Le problème, avec le flâneur, est qu'il n'existe pas, ou seulement en tant que type humain, idéal, personnage littéraire[10]. L'observation distante qui le caractérise conduit souvent à le comparer à un détective, et pourtant jamais un détective n'a identifié d'individu satisfaisant absolument à la définition du flâneur. Un paradoxe, puisque à Paris tout le monde pratiquait la flânerie sous une forme ou sous une autre. Quitte à contredire Benjamin, non seulement il était « possible de déambuler à peu près partout dans la ville », mais c'était un usage très répandu. Dans les autres villes, le promeneur solitaire fut souvent un marginal exclu de la vie privée qui se déroulait à l'intérieur, dans les immeubles, derrière les portes, alors que dans le Paris du XIXe siècle la vraie vie se déployait à l'extérieur, dans la rue, en société.

Avant les grands travaux décidés par le baron Georges Eugène Haussmann, la ville avait encore l'allure d'une cité médiévale. « Fentes étroites », ainsi Victor Hugo appelle-t-il les ruelles « obscures, resserrées, anguleuses, bordées de masures à huit étages. [...] La rue était étroite et le ruisseau large, le passant y cheminait sur le pavé toujours mouillé, côtoyant des boutiques pareilles à des caves, de grosses bornes cerclées de fer, des tas d'ordures excessifs[11] ». Parallèlement, l'étonnante absence de ségrégation sociale faisait se côtoyer des gens de toutes conditions ; il y avait des taudis dans la cour même du Louvre, et sous les arcades des jardins du Palais-Royal on venait acheter de l'amour, des produits de luxe, des livres, de l'alcool. En 1835, Frances Trollope atteignit la boutique chic qu'on lui avait indiquée « sans autres aventures que d'avoir été éclaboussée à deux reprises et manqué de peu d'être renversée trois fois[12] » ; sur le chemin du retour, elle posa un instant ses paquets pour regarder « les monuments dédiés à une demi-douzaine, peut-être une dizaine de héros révolutionnaires qui étaient morts et enterrés en un lieu situé non loin de la fontaine », puis se joignit aux badauds rassemblés autour d'un artisan qui expliquait à sa fille pourquoi il avait combattu avec ces héros en 1830. Lors de ce séjour parisien, Frances Trollope fut également témoin d'une insurrection de rue et se promena au milieu d'une foule élégante sur le boulevard des Italiens. Les courses futiles et la révolution, les dames du monde et les humbles se mêlaient sans façons dans les rues sales et enchantées de Paris.

Un Marocain en visite dans la capitale en 1845 s'étonnait de voir les Parisiens se déplacer à pied : « On trouve à Paris des endroits où les gens se livrent à la promenade, qui est ici une forme de divertissement. Un monsieur prend par le bras un ami, homme ou femme, et ensemble ils se rendent en un des lieux connus pour cela. Ils flânent, bavardent, savourent le spectacle. La sortie telle qu'ils l'envisagent ne consiste pas à aller manger ou boire, et assurément pas à s'asseoir quelque part. Une de leurs promenades favorites a pour nom les Champs-Élysées[13]. » Sur la rive droite, les jardins des Tuileries, le cours la Reine, le Palais-Royal et le boulevard des Italiens étaient, avec les Champs-Élysées, les lieux de promenade les plus fréquentés ; sur la rive gauche, on allait de préférence au Jardin des plantes et au Luxembourg. Dans une lettre à sa mère datée de 1861, Baudelaire qui grandit sur la rive gauche évoque leurs « longues promenades, des tendresses perpétuelles ! Je me souviens des quais, qui étaient si tristes le soir[14] ».

On va sur les boulevards pour voir et être vu, mais ce n'est pas toujours sans un petit frisson qu'on s'aventure dans l'entrelacs des rues et des ruelles qui ne sont pas encore toutes répertoriées sur les plans. Avant la Révolution française, quelques écrivains ont caressé l'idée que la ville est un territoire inexploré, plein de mystères et de dangers, d'un inépuisable intérêt. *Les Nuits de Paris, ou le Spectateur nocturne* de Rétif de La Bretonne est un grand classique du genre ; publié en 1788, l'ouvrage fut réédité dans les années 1790, augmenté des *Nuits de la Révolution*. Cette œuvre d'un excentrique aujourd'hui quelque peu oublié est une collection d'anecdotes rassemblées par l'auteur à l'époque où, agissant pour le compte de la marquise de M***, il s'aventurait la nuit dans Paris pour arracher des jeunes filles au déshonneur.

À la faveur de ses incursions nocturnes, Rétif de La Bretonne rencontre des commises, des forgerons, des ivrognes, des domestiques, des prostituées aussi, bien sûr ; il espionne les discours politiques et les adultères de la noblesse, voit de ses yeux des crimes, des incendies, des émeutes, des travestis, un cadavre fraîchement trucidé. Tout à la fois désert inhospitalier et zone érogène, le Paris qu'il découvre séduira après lui bien d'autres écrivains. Ses pas le portent de préférence vers l'île Saint-Louis où dix ans durant, de 1789 à 1799, il grava sur les murs des dates importantes pour lui, accompagnées de quelques mots évocateurs. Mine inépuisable d'aventures en tout genre, Paris est aussi le grand livre où il les consigne dans un récit sans fin qui s'écrit et se lit en marchant. « Toutes les fois que je m'étais arrêté sur le parapet [du pont de l'île Saint-Louis] à réfléchir une idée douloureuse, explique-t-il, ma main traçait la date, et l'idée qui venait de m'affecter. Je m'éloignais ensuite, enveloppé dans l'obscurité de la nuit, dont le silence et la solitude avaient une horreur qui me plaisait[15]. » La toute première date qu'il a inscrite le submerge d'émotion et le ramène un an en arrière : « Une foule d'idées se présentèrent : je restai immobile, occupé à réunir le moment actuel à celui de l'année précédente, pour n'en faire qu'un seul[16]. » Il revit d'anciennes passions, des nuits de désespoir, des amitiés rompues. Ses tendances fétichistes l'entraînent dans le sillage de femmes aux petits pieds chaussés de hauts talons, et le plan de son Paris est une carte du Tendre où figurent les jardins des rendez-vous secrets et les rues de débauche. L'intimité de la vie érotique envahit le Paris de Rétif de La Bretonne, et c'est précisément cette confusion entre espace public et espace privé, cette intrication des expériences personnelles et collectives qui donnent à la ville l'aspect d'une jungle anarchique pleine de dangereux traquenards.

Cette image sera reprise à satiété par les romanciers, les poètes et les feuilletonistes du XIXe siècle. Paris devient une « forêt vierge », ses explorateurs « herborisent sur le bitume », selon le mot de Benjamin, et les indigènes qui la peuplent apparaissent souvent comme des sauvages. « Qu'est-ce que les périls de la forêt et de la prairie auprès des chocs et des conflits quotidiens de la civilisation ? demande Baudelaire dans un passage cité par Benjamin. Que l'homme enlace sa dupe sur le boulevard, ou perce sa proie dans des forêts inconnues, n'est-il pas l'homme éternel, c'est-à-dire l'animal de proie le plus parfait[17] ? » Hommage avoué aux romans de Fenimore Cooper, *Les Mohicans de Paris* d'Alexandre Dumas décrivent les aventures d'un flâneur détective qui, suivant un bout de papier emporté par le vent, se laisse entraîner dans un univers louche et inquiétant ; Paul Féval évoque quelque part un improbable indigène des Amériques qui scalpe quatre de ses ennemis dans un taxi. Balzac, nous dit Benjamin, parle de « Mohicans en spencer » et d'« Iroquois en redingote[18] », et bientôt les maraudeurs et les voyous seront surnommés les « apaches ». Paris y gagne un cachet d'exotisme propre à séduire les explorateurs de l'imaginaire. George Sand, qui fut du nombre, invoque des raisons de commodité pour justifier son choix subversif de l'habit masculin : « Je ne peux pas dire quel plaisir me firent mes bottes. […] Avec ces petits talons ferrés, j'étais solide sur le trottoir. Je voltigeais d'un bout de Paris à l'autre. Il me semblait que j'aurais fait le tour du monde. Et puis, mes vêtements ne craignaient rien. Je courais par tous les temps, je revenais à toutes les heures, j'allais au parterre de tous les théâtres[19]. »

La jungle, toutefois, n'est déjà plus tout à fait ce qu'elle était du temps des incursions de Rétif de La Bretonne. Baudelaire y rencontre les types intemporels de la prostituée, du mendiant, du truand ou de la belle étrangère, mais il n'engage pas la conversation avec eux et la réalité de leurs existences reste purement spéculative pour celui qui a écrit : « Multitude, solitude : termes égaux et convertibles pour le poète actif et fécond. Qui ne sait pas peupler sa solitude, ne sait pas non plus être seul dans une foule affairée. / Le poète jouit de cet incomparable privilège, qu'il peut à sa guise être lui-même et autrui. Comme ces âmes errantes qui cherchent un corps, il entre, quand il veut, dans le personnage de chacun. Pour lui seul, tout est vacant[20]. » Le Paris de Baudelaire est un désert populeux.

Chargé de moderniser la ville conformément à la vision munificente, et politique, qu'en avait l'empereur Napoléon III, le baron Haussmann venait de tailler dans les vieux quartiers comme à travers une forêt. Depuis les années 1860, on impute volontiers la destruction du lacis des ruelles médiévales et la création des Grands Boulevards à une stratégie réactionnaire de maintien de la loi et de l'ordre. Il s'agissait certes de permettre à la troupe d'investir la capitale pour mater les émeutes ; après tout, les insurgés de 1830 et de 1848 avaient tenu tête aux forces de l'ordre du haut des barricades dressées dans les rues étroites. L'explication ne suffit toutefois pas à rendre compte de l'ensemble du projet haussmannien[21]. Les larges artères ouvertes dans Paris facilitèrent aussi la circulation d'une population qui s'était accrue dans des proportions considérables ; dessous, on construisit de nouveaux réseaux d'égouts et d'adduction d'eau qui firent beaucoup pour l'agrément et l'hygiène de la capitale (l'aménagement du bois de Boulogne dans le style paysager anglais date de la même époque). Politiquement, l'entreprise visait sans doute plus à séduire les Parisiens qu'à les soumettre. Du point de vue de l'aménagement urbain, elle se traduisit par un transfert des classes pauvres du centre à la périphérie ou en banlieue, où elles vivent toujours. (Les villes américaines connaissent une évolution inverse depuis la Seconde Guerre : la bourgeoisie a massivement gagné les banlieues, abandonnant les centres-villes aux plus démunis ; seules Manhattan et San Francisco sont épargnées par ce phénomène.) Bien d'autres apports du XIXe siècle ont contribué à « civiliser » l'espace urbain : l'éclairage public, les numéros apposés sur les immeubles, les trottoirs, les plaques aux noms des rues, les plans, les gardiens de la paix, sans oublier le fichage et la persécution des prostituées.

Les griefs à l'encontre du baron Haussmann sont semble-t-il de deux ordres. Tout d'abord, la démolition de quartiers entiers a détruit les rapports subtils qui unissaient les habitants à l'architecture de leur ville en effaçant la carte mentale qui guidait les marcheurs dans leurs pérégrinations, en brouillant les corrélats géographiques des souvenirs et des associations d'idées. Dans un poème où il évoque un chantier haussmannien à proximité du Louvre, Baudelaire s'exclame tristement :

Paris change ! mais rien dans ma mélancolie
N'a bougé ! palais neufs, échafaudages, blocs,
Vieux faubourgs, tout pour moi devient allégorie,
Et mes chers souvenirs sont plus lourds que des rocs[22].

Baudelaire étant Baudelaire, ces vers contiennent aussi une allusion à « la forêt où mon esprit s'exile ». Quant au journal d'Edmond et Jules de Goncourt, on y trouve ces lignes, tracées le 18 novembre 1860 : « Notre Paris, le Paris où nous sommes nés, le Paris des mœurs de 1830 à 1848, s'en va. Et il ne s'en va pas par le matériel, il s'en va par le moral. [...] Je suis étranger à ce qui vient, à ce qui est, comme à ces boulevards nouveaux, qui ne sentent plus le monde de Balzac, qui sentent Londres, quelque Babylone de l'avenir[23]. »

Le deuxième motif de mécontentement tient à ce que les larges avenues rectilignes de Haussmann ont transformé la forêt vierge grouillante de vie en jardin classique. Les Grands Boulevards prolongent en effet le projet de Le Nôtre, qui deux siècles auparavant avait dessiné le parc de Versailles. Le jardinier de Louis XIV avait également conçu les jardins des Tuileries et la trouée verte des Champs-Élysées, qui prolonge la perspective des Tuileries jusqu'à l'Étoile, où Napoléon fit plus tard ériger son arc de triomphe. La plupart des réalisations de Le Nôtre se trouvaient à l'extérieur des murs de la cité et n'avaient donc que peu d'incidence sur sa vie économique, mais la ville s'agrandit et finit par les englober. Le principe des avenues aménagées par Le Nôtre dans les années 1660 à seule fin d'agrément fut donc repris dans les années 1860, dans le même but et pour servir l'industrie et le commerce (ces longs axes au tracé droit avaient déjà fait des émules ; la capitale des États-Unis, Washington, s'inspire de cette géométrie impériale). Haussmann n'était pas moins esthète que Le Nôtre ; l'empereur s'irritait de son entêtement à niveler le terrain et à n'épargner ni le temps ni la peine pour donner à ses artères un tracé absolument rectiligne, condition des longues perspectives qui sont aujourd'hui si caractéristiques de la capitale française. Sur un autre plan, il est amusant de remarquer qu'à l'époque où triomphait le jardin « naturel » à l'anglaise (irrégulier, asymétrique, traversé par des allées serpentines), un modèle de jardin classique à la française fut découpé à la hache dans la « jungle » de Paris.

Disparues, les étroites ruelles suintantes d'humidité, obscures et traîtresses, sinueuses et serpentines sous les écailles de leurs pavés. À leur place, s'étendaient des espaces grandioses, lumineux, bien aérés, favorables au commerce et à l'exercice de la raison. Si la cité d'autrefois a souvent été comparée à une forêt, peut-être était-ce à cause de l'accumulation organique des faits et gestes de ses créatures innombrables. Ni pensée, ni contrôlée, la ville poussait ; aucun plan ne présidait à l'étalement aléatoire de sa forme vivante. Le changement fut peu apprécié. « Pour les promeneurs, quelle nécessité y aurait-il à se rendre de la Madeleine à l'Étoile par le plus court chemin ? proteste Adolphe Thiers. Les promeneurs aiment au contraire prolonger leur promenade, raison pour laquelle ils empruntent la même allée trois ou quatre fois de suite[24]. » Il faut de l'audace, des connaissances, de la force pour se risquer à pied dans la forêt vierge ; elle est faite pour les sauvages, les détectives, les femmes habillées en homme. Les boulevards haussmanniens conféraient à la ville un aspect de promenade, et à ses habitants une allure de promeneurs. Les passages entamèrent leur long déclin, provoqué par l'apparition des boutiques le long des nouvelles avenues, puis des grands magasins. Et les communards de 1871 érigeraient leurs barricades en travers des Grands Boulevards.

Ce n'est pas Baudelaire qui a attiré l'attention de Benjamin sur les passages parisiens et l'activité culturelle de la flânerie, mais deux contemporains de l'écrivain allemand, son ami Franz Hessel et Louis Aragon. Benjamin trouvait si palpitante la lecture du *Paysan de Paris* (publié en 1926) que, raconte-t-il, « le soir après m'être couché je ne pouvais pas en lire plus de quelques mots sans que mon cœur se mette à battre si fort que je devais poser le livre. [...] Les premières notes du *Passagenwerk* [le Projet des Passages] remontent d'ailleurs à cette époque. Vinrent ensuite les années berlinoises, où le meilleur de mon amitié avec Hessel [...] fut nourri par de fréquentes conversations sur le Projet des Passages[25]. » Benjamin et Hessel travaillèrent ensemble à une traduction d'*À la recherche du temps perdu*, roman de la mémoire, des promenades, des rencontres de hasard, de la vie mondaine parisienne qui s'intercale parfaitement entre les deux branches de la littérature française auxquelles s'intéressait Benjamin. C'est au XXe siècle que le personnage du flâneur décrit au XIXe se glisse dans la peau des artistes et des écrivains.

Le Paysan de Paris d'Aragon est avec *Nadja*, d'André Breton, et *Les Dernières Nuits de Paris*, de Philippe Soupault, l'un des trois livres surréalistes publiés à la fin des années vingt. Ces trois textes écrits à la première personne du masculin racontent les errances de leurs narrateurs respectifs dans Paris, nomment et décrivent précisément les lieux, et font des prostituées un des principaux buts de leur parcours. Le surréalisme a réhabilité les rêves, les libres associations de l'inconscient ou de l'esprit abstrait de lui-même, les juxtapositions étonnantes, le hasard et la coïncidence, les possibilités poétiques de la vie de tous les jours. La divagation urbaine était un moyen idéal de puiser à ces qualités. « Je me souviens encore du rôle extraordinaire joué par Aragon lors de nos promenades quotidiennes dans Paris. Les lieux où nous passions en sa compagnie, si ternes qu'ils soient, étaient positivement transformés par une envoûtante inventivité romantique qui n'a jamais faibli et n'avait besoin que de l'angle d'une rue ou d'une devanture pour inspirer un nouvel épanchement[26]. »

Malgré les grands travaux du baron Haussmann, Paris se nimbait à nouveau d'une aura de mystère propre à séduire ses poètes. Les narrateurs de *Nadja* et des *Dernières Nuits* se lancent tous deux à la poursuite d'une énigmatique jeune femme rencontrée par le plus grand des hasards, et cette poursuite donne sa structure au récit. La rencontre fugitive et la quête qu'elle motive font partie des constantes de la littérature de la ville : Rétif de La Bretonne suit les femmes aux pieds admirables, Whitman suit des yeux les jeunes gens croisés dans Manhattan, Nerval et Baudelaire ont dédié des poèmes à l'inconnue entraperçue qui aurait pu être l'amour de leur vie. Le narrateur anonyme des *Dernières Nuits* la traque avec une obstination de détective, jusqu'à pénétrer le milieu interlope où elle vit avec ses comparses, et sans que la découverte de ce royaume sordide d'ambitieux, de déments et d'assassins suffise à dissiper tout à fait la fascination qu'elle exerce sur lui. Beaucoup moins conventionnel, le livre d'Aragon, comme le *Sens unique* de Benjamin, a la géographie pour seul principe d'organisation ; il explore quelques endroits de Paris, en commençant par le passage de l'Opéra promis à la démolition.

Si Aragon fait de la ville le vrai sujet du *Paysan*, Breton et Soupault poursuivent des femmes qui sont les incarnations de la ville. Le protagoniste des *Dernières Nuits* épie Georgette, la voit emmener un client dans un hôtel du quartier du Pont-Neuf puis regagner la rue. Ensuite, « Georgette reprit sa marche à travers Paris et la nuit confondus. Elle avançait, écartant la tristesse, la solitude ou l'angoisse. C'est à cette heure surtout qu'apparut son étrange pouvoir : celui de transfigurer la nuit. Grâce à elle qui n'était qu'une des cent mille, la nuit de Paris devenait un domaine inconnu, un immense pays merveilleux plein de fleurs, d'oiseaux, de regards et d'étoiles, un espoir jeté dans l'espace. [...] Cette nuit-là, tandis que nous poursuivions ou, mieux, filions Georgette, je vis Paris pour la première fois. La ville n'était donc pas la ville. Elle se dressait au-dessus des brumes, tournant comme la terre sur elle-même, plus féminine que de coutume. Et Georgette elle-même devenait une ville[27]. » Paris apparaît à nouveau, mais de façon plus délirante encore, comme une jungle, une chambre, un livre à lire en marchant. Flâneur idéal qui n'a pas plus de métier que de nom, le narrateur emprunte à Rétif de La Bretonne son goût pour l'exploration nocturne, mais lui suit une femme unique mêlée à un crime unique, un meurtre dont ils vont ensemble constater les conséquences. Le « je » détective remonte la piste criminelle et celle de l'expérience esthétique, toutes deux symbolisées par Georgette.

Plus tard, Georgette lui explique qu'elle a embrassé sa profession afin de survivre à ses besoins et à ceux de son frère ; d'ailleurs, ajoute-t-elle : « Tout est si simple lorsqu'on connaît comme moi toutes les rues et tous les gens qui y circulent. Ils cherchent tous quelque chose sans en avoir l'air[28]. » Comme Nadja, Georgette est une flâneuse, quelqu'un qui se sent assez bien dans la rue pour l'habiter, mais si *Les Dernières Nuits de Paris* est un roman, Breton écrit *Nadja* à partir de ses rencontres avec une femme bien réelle. Pour souligner le caractère non fictif de son récit, l'écrivain y a inséré des photos de gens (pas de Nadja, dont la véritable identité est tenue secrète) et de lieux, des dessins, des copies de lettres. Après que Nadja l'a entraîné place Dauphine, il note : « Chaque fois que je m'y suis trouvé, j'ai senti m'abandonner peu à peu l'envie d'aller ailleurs, il m'a fallu argumenter avec moi-même pour me dégager d'une étreinte très douce, trop agréablement insistante et, à tout prendre, brisante[29]. »

Dans le *Pont-Neuf* écrit trente ans plus tard, Breton livrera « une "interprétation" détaillée de la topographie du centre de Paris, selon laquelle la disposition géographique et architecturale de l'île de la Cité et la courbe de la Seine où elle est située dessinent le corps d'une femme étendue dont le vagin se trouve place Dauphine, de forme "triangulaire, légèrement curviligne, strictement partagée en deux par une fente séparant deux espaces boisés"[30] ». Breton passe la nuit dans un hôtel avec Nadja, Soupault a des rapports sexuels tarifés avec Georgette, mais dans les deux récits l'érotisme se répand dans toute la ville au lieu de se concentrer sur l'intimité physique des amants, qui pour s'imprégner de ses lourds effluves passent la nuit à déambuler plutôt qu'à copuler. Les femmes objets de la poursuite sont absolument elles-mêmes, absolument ravissantes, absolument chez elles dans la rue – comme si « faire le trottoir » ne consistait en rien d'autre qu'à s'y déplacer à pied. Ce ne sont plus, comme tant d'héroïnes avant elles, des victimes de la rue qui trouvent asile dans des refuges. Nadja et Georgette sont trop investies des représentations surréalistes de La Femme – avilie et exaltée, muse et putain, ville incarnée – pour être réelles. Au cours de leurs échappées magiques à travers la ville, ces sirènes entraînent irrésistiblement les narrateurs dans une quête qui est aussi un hommage avoué à Paris. L'amour du Parisien pour sa ville, le désir d'un passant pour une belle inconnue se fondent dans une même passion qui ne peut se consommer que dans l'épuisement du piéton. La marche devient sexuelle.

Le Bois de la nuit que Djuna Barnes publie en 1936 est un peu comme un point d'orgue à ces livres, puisqu'il mêle lui aussi inextricablement l'amour pour une folle ravissante à la fascination irrésistible de la nuit parisienne. « Transportée et troublée », l'héroïne de ce grand roman lesbien parcourt les rues, en « dirigeant ses pas vers cette vie nocturne qui était faite d'une proportion connue de Nora et des cafés. Ses méditations, pendant cette marche, étaient une part du plaisir qu'elle escomptait trouver quand la marche prendrait fin. [...] Ses pensées étaient par elles-mêmes une forme de locomotion[31] ». Un médecin irlandais travesti habitué des pissotières du boulevard Saint-Germain se lance dans un long soliloque pour expliquer la nuit à Nora – et Barnes savait sûrement ce qu'elle faisait en situant ce Dr O'Connor rue Servandoni, près de la place Saint-Sulpice, rue où Dumas avait logé un de ses trois mousquetaires, et Hugo le Jean Valjean des *Misérables*. Paris était déjà une ville d'une telle densité littéraire qu'il est aisé d'imaginer les personnages créés au fil des siècles en train de s'y croiser en permanence, les héroïnes jouer des coudes dans un métro bondé, la foule des héros encombrer les trottoirs. Les écrivains parisiens précisent les adresses de leurs personnages, comme si tous les lecteurs connaissaient assez bien Paris pour leur insuffler la vie en les situant sur le plan, comme si histoires et contes élisaient domicile en ville.

Walter Benjamin se décrivait comme « un homme qui avait à grand-peine forcé les mâchoires d'un crocodile et entrepris d'y faire le ménage[32] ». Il se débrouilla pour vivre la majeure partie de son existence à la manière des personnages secondaires de ses romans préférés. La littérature française a peut-être causé sa perte, car il remit toujours à plus tard le moment de quitter Paris. Les livres d'aventures et les chroniques des explorateurs l'auraient sans doute mieux préparé à vivre le peu de temps qu'il lui restait à l'ombre du IIIe Reich. Quand la guerre éclata, en septembre 1939, il fut arrêté et conduit avec d'autres Allemands résidant en France dans le camp de Nevers, à plus de deux cents kilomètres au sud de Paris. Devenu replet avec l'âge, affligé d'ennuis cardiaques qui déjà dans les rues de la capitale l'obligeaient à s'arrêter à intervalles réguliers, il s'effondra sans connaissance à plusieurs reprises au cours de cette marche, puis se rétablit suffisamment pour échanger des cours de philosophie contre des cigarettes pendant son séjour de près de trois mois dans ce camp d'internement. Libéré grâce aux démarches du PEN Club, il rentra à Paris où il se remit au « Projet des Passages », essaya d'obtenir un visa et écrivit ses « Thèses sur la philosophie de l'histoire ». L'occupation nazie le décida à fuir vers le sud et à se joindre à un groupe de marcheurs pour franchir les Pyrénées et gagner Port-Bou, en Espagne. Il voyageait chargé d'une lourde mallette qui, disait-il, contenait un manuscrit plus précieux que sa vie. De l'autre côté de la frontière, les autorités espagnoles exigèrent qu'il produise un visa de sortie de la France, refusant de prendre en considération le visa d'entrée aux États-Unis que ses amis avaient réussi à lui procurer. Désespéré par ce nouveau coup du sort et par l'idée de devoir rebrousser chemin à travers la montagne, il s'administra une overdose de morphine et mourut le 26 septembre 1940. Sur ce, raconte Hannah Arendt, « impressionnés par ce suicide les douaniers autorisèrent ses compagnons à se rendre au Portugal[33] ». La mallette, elle, disparut.

Dans ce texte écrit en introduction à l'édition anglaise des *Illuminations* de Benjamin, Hannah Arendt qui vécut elle aussi à Paris dans les années soixante explique : « À Paris un étranger se sent chez lui car il peut habiter la ville comme il vit entre ses quatre murs. Et de même qu'on habite un appartement et qu'on le rend confortable en vivant dedans, pas en l'utilisant simplement pour y dormir, y manger, y travailler, on habite une ville en s'y promenant sans but ni dessein, avec le répit assuré par les cafés innombrables qui bordent les rues et devant lesquels défilent la vie de la ville, le flot des piétons. Paris est à ce jour la seule grande ville qu'on puisse parcourir à pied à son aise, et comme son animation dépend plus que dans toute autre ville des gens qui passent dans les rues, ce n'est pas uniquement pour des raisons techniques que la circulation automobile moderne la met en danger[34]. » Quand, à la fin des années soixante-dix, je me suis moi-même enfuie à Paris, la ville était encore une sorte de paradis pour marcheurs, gâché seulement par la grossièreté de quelques dragueurs invétérés. J'étais si pauvre et si jeune, à l'époque, que je passais des heures et des heures à arpenter ses rues, ses musées. Je sais maintenant que les jours de ce Paris-là étaient comptés. Le grand trou de la rive droite marquait l'emplacement des anciennes Halles, démolies depuis peu, mais j'ignorais que les minuscules labyrinthes des pissotières qui protégeaient le mystère des privilèges masculins, avec leurs parois en spirale, étaient eux aussi promis à disparaître. Depuis, les feux tricolores ont surgi dans les ruelles tortueuses du Quartier latin, les enseignes lumineuses des fast-foods barbouillent les vieux murs, la massive gare d'Orsay est devenue un musée flambant neuf… Jusqu'aux gracieux fauteuils en métal des jardins des Tuileries et du Luxembourg, d'un esthétisme très semblable à celui des pissotières avec leur siège rond perforé de petits trous, qui ont été remplacés par des sièges plus droits, moins beaux, mais peints du même vert. Cela n'a rien de comparable aux bouleversements qu'ont connus les Parisiens sous la Révolution ou lors des restructurations haussmanniennes, mais ces changements à petite échelle me rendent moi aussi détentrice d'une ville perdue. N'est-ce pas, au fond, ce qu'est vraiment Paris : une ville perdue, pleine de choses animées d'une vie purement imaginaire ? Retournée là-bas récemment, j'ai constaté avec consternation la justesse de la mise en garde de Hannah Arendt : les automobilistes sont maîtres de la rue, et Paris est redevenu aussi sale et dangereux qu'à l'époque où Rousseau s'y fit renverser par un fiacre, où le moindre petit tour en ville relevait de la prouesse. Pour compenser l'« apothéose de la bagnole », les voitures n'ont pas le droit de circuler à certaines périodes, le dimanche, dans certaines rues et sur les quais, provisoirement rendus aux piétons et aux promeneurs.

Reste à Paris le titre de gloire d'avoir hébergé les plus grands théoriciens de la marche, dont Guy Debord dans les années cinquante, Michel de Certeau dans les années soixante-dix, Jean-Christophe Bailly dans la dernière décennie du siècle. Debord s'intéressait aux significations politiques et culturelles de l'architecture urbaine et de l'aménagement de l'espace ; déchiffrer ces significations et les retravailler faisait partie des tâches de l'Internationale situationniste qu'il fonda, avec d'autres, et dont il rédigea les principaux textes. « La psychogéographie, déclara-t-il en 1955, se proposerait l'étude des lois exactes et des effets précis du milieu géographique, consciemment aménagé ou non, agissant directement sur le comportement affectif des individus[35]. » Il dénonçait le triomphe de l'automobile au motif que les psychogéographies sont surtout accessibles à ceux qui vont à pied : « Le brusque changement d'ambiance dans une rue, à quelques mètres près ; la division patente d'une ville en zones de climats psychiques tranchés ; la ligne de plus forte pente – sans rapport avec la dénivellation – que doivent suivre les promenades qui n'ont pas de but[36] » sont parmi les subtilités qu'il recense avant de proposer « la fabrication de cartes psychogéographiques [qui] peuvent contribuer à éclairer certains déplacements d'un caractère non certes de gratuité, mais de parfaite *insoumission* aux sollicitations habituelles. – Les sollicitations de cette série étant cataloguées sous le terme de tourisme, drogue populaire aussi répugnante que le sport ou le crédit à l'achat[37] ». Debord avance des arguments tout aussi percutants dans « Théorie de la dérive », qu'il définit comme « une technique du passage hâtif à travers des ambiances variées. [...] Une ou plusieurs personnes se livrant à la dérive renoncent, pour une durée plus ou moins longue, aux raisons de se déplacer et d'agir qu'elles se connaissent généralement, aux relations, aux travaux et aux loisirs qui leur sont propres, pour se laisser aller aux sollicitations du terrain et des rencontres qui y correspondent[38] ». La dérive ainsi définie ressemble fort à la flânerie, mais si Debord peut prêter à sourire quand il s'en arroge la paternité ou exhorte autoritairement à la subversion, il faut prendre au sérieux les solutions qu'il imagine pour faire de la marche en ville une expérience plus consciente. Le situationnisme préconisait d'employer des moyens culturels à des fins révolutionnaires, et son influence ne fut nulle part plus sensible que dans le Paris de 1968, où les étudiants en lutte peignaient ses slogans sur les murs.

Bien que de Certeau et Bailly se montrent nettement plus modérés que Debord, ils n'envisagent pas l'avenir sous des couleurs moins sombres. De Certeau consacra un chapitre de sa *Pratique de la vie quotidienne* à la déambulation urbaine. Les marcheurs citadins sont, dit-il, des « praticiens » de la ville, faite pour être parcourue à pied. La ville telle qu'il la voit est un langage, une réserve de possibles, et s'y déplacer à pied revient à en pratiquer la langue, à effectuer un choix parmi ses possibilités. Une éventualité effrayante se profile derrière cette métaphore : si la ville est un langage parlé par ceux qui s'y déplacent à pied, la ville postpiétonne est non seulement muette, mais menacée de devenir une langue morte dont les expressions familières, les jeux de mots, les jurons sont oubliés, quand bien même sa grammaire survit. Bailly qui vit dans un Paris désormais asphyxié par l'automobile témoigne de ce déclin. Il se place en position d'interprète pour affirmer que la fonction sociale et imaginative des villes est menacée par la tyrannie de la mauvaise architecture, de la planification abrutissante, de l'indifférence envers l'élément fondamental du langage urbain, la rue, et envers le « ruissellement de paroles », les histoires sans fin qui l'alimentent. Garder vivantes la ville et la rue exige d'en comprendre la grammaire et de produire les expressions nouvelles qui leur permettront de prospérer, dit Bailly, d'avis que le moyen le plus efficace pour assurer ce processus est la marche, ou « grammaire générative des jambes[39] ». Son Paris est une grande bibliothèque, une mémoire entretenue par les piétons. Que ces derniers viennent à disparaître, et les collections d'histoires de la ville deviendront indéchiffrables.

13

Dans la rue, citoyens !
Fêtes, processions et révolutions

Je me suis retournée pour vérifier que c'était à cause de ses ailes que l'ange entrevu du coin de l'œil au moment où il avait surgi derrière moi m'avait paru si bizarre. Au moins était-elle habillée en ange, cette créature mêlée à la foule des extraterrestres, des folles, des chanteurs pop et des bêtes à deux pattes qui fonçaient vers Castro Street pour fêter Halloween. La veille, j'étais allée en vélo à l'autre bout de Market Street pour participer à la manifestation cycliste qui, depuis 1992, rassemble le dernier vendredi de chaque mois des centaines de cyclistes dans ce quartier de San Francisco (et dans presque toutes les grandes villes du monde, de Genève à Sydney, de Jérusalem à Philadelphie). Les plus militants d'entre eux portent maintenant des tee-shirts barrés de l'inscription « Une voiture de moins », aussi était-il logique que trois des marcheurs qui ce soir-là nous accompagnaient au pas de course aient inscrit sur les leurs « Un vélo de moins ». Anticipant sur la fête imminente, beaucoup étaient venus masqués et costumés.

Tel qu'il se célèbre à Castro, Halloween est un événement mi-festif, mi-politique, car l'affirmation de l'identité « queer[1] » est un geste politiquement audacieux qui subvertit en s'en jouant la longue tradition du secret maintenu sur la sexualité, de l'opprobre jeté sur l'homosexualité. Face à la répression, le plaisir est en soi insurrectionnel. Aujourd'hui, la grande fête qui a lieu à Castro le jour de Halloween attire également beaucoup d'hétérosexuels, mais placée sous l'égide de la tolérance elle est prétexte à un joyeux mélange des genres. Comment justifier la honte, quand plusieurs milliers de gens envahissent les rues interdites aux voitures, chacun faisant le spectacle dont il est aussi spectateur ? Avant la fête nocturne, quelques centaines de personnes avaient défilé de Castro Street au Palais de justice afin de dénoncer le meurtre d'un jeune homosexuel tué dans le Wyoming, une manifestation presque classique à San Francisco et dans ce quartier du Castro, à la fois haut lieu de la société de consommation et base d'une communauté politiquement engagée.

Le *día de los Muertos*, le jour des Morts, est célébré le 2 novembre dans la 24e Rue du quartier de la Mission. Comme chaque année, les danseurs aztèques qui virevoltent et sautent pieds nus, vêtus de pagnes, des crécelles accrochées aux jambes, des plumes gigantesques dans les cheveux, mènent le cortège. À leur suite avancent les porteurs qui soutiennent les autels en équilibre sur de longues perches : l'un est dédié à la Vierge noire, l'autre à une divinité aztèque. Derrière, vient la petite foule des pénitents qui titubent sous d'immenses croix enveloppées de papier crépon au milieu des groupes de fidèles ; certains portent un masque de tête de mort, presque tous tiennent une bougie à la main – ils doivent être une centaine au total. Plus que d'un défilé il s'agit à vrai dire d'une procession à la tonalité tendre et mélancolique, d'où se dégage un sentiment de camaraderie dû tout simplement peut-être au fait que tous partagent un même espace et vont dans la même direction, animés des mêmes intentions. Comme si l'alignement des corps commandait aussi celui des cœurs. Ce jour-là, les boulangeries qui restent ouvertes tard proposent du *pan de muerto* (des petits pains façonnés en silhouettes humaines), symbole de la fusion entre la tradition chrétienne et l'antique paganisme mexicain, ici revisitée et métamorphosée par le mélange des cultures propre à San Francisco. Comme Halloween, la Toussaint est une fête liminale, destinée à rappeler le seuil franchi par les vivants pour entrer dans la mort. Ces jours fériés sont des moments d'ouverture extraordinaire, des passages temporels où la notion même d'identité devient mouvante.

Toute marche collective associe le langage du pèlerinage, dans lequel on s'engage pour affirmer sa foi, celui de la manifestation de travailleurs, qui affirme la force du groupe et sa détermination, celui du festival qui abolit les barrières entre inconnus. Marcher est alors un moyen de témoigner. Les défilés et les processions ont souvent un caractère de commémoration, et ces déplacements à travers la ville organisés en l'honneur d'événements passés tissent ensemble le temps et l'espace, la mémoire et les futurs possibles. Ils les associent dans une totalité vitale, un espace cérémoniel où l'histoire peut se faire. Le passé est en effet la base sur laquelle se construit le futur, et l'oubli de cette vérité oblitère bien souvent l'avenir. Les plus inoffensifs des défilés répondent à ce devoir de mémoire ; celui de la Saint-Patrick[2], qui se déroule depuis plus de deux siècles à New York, permet à ses participants d'affirmer leurs convictions religieuses, la fierté de leurs origines, la force de leur communauté autrefois marginalisée ; il en va de même pour la grande parade haute en couleur du Nouvel An chinois à San Francisco ou pour les cortèges monstres organisés à travers le pays le jour de la Gay Pride. De tout temps les défilés militaires furent des démonstrations de force destinées, selon les cas, à flatter l'orgueil de la tribu ou à intimider les citoyens. En Irlande du Nord, les orangistes célèbrent les victoires protestantes d'antan en envahissant plus que symboliquement les enclaves catholiques, tandis que de leur côté les catholiques enterrent leurs morts au cours de processions éminemment politiques.

Les jours normaux, chacun de nous marche, seul ou en petits groupes de deux à trois personnes, sur les trottoirs de rues dévolues à la circulation et au commerce. Les grands jours (aux dates anniversaires d'événements historiques et religieux, ou lorsque nous décidons d'écrire nous-mêmes l'histoire), nous défilons tous ensemble et martelons sur le pavé le sens à attribuer à cette journée. La marche qui, au gré des circonstances, est aussi prière, acte sexuel, communion avec la nature, flânerie, devient discours dans les manifestations et les soulèvements de rue : des pages et des pages d'histoire furent imprimées par les pieds des citoyens marchant à travers leurs villes. Cette démonstration physique des opinions politiques et culturelles est peut-être la plus universelle des formes d'expression publique. La marche, ici, est bien défilé, puisque tous les participants se dirigent d'un même mouvement vers un but commun, mais ce faisant ils ne renoncent pas à leur individualité, contrairement aux soldats dont le pas cadencé est le signe qu'ils sont interchangeables et tous placés sous l'autorité suprême du chef. Le défilé civil ou laïque indique à l'inverse qu'il existe un terrain d'entente possible entre des gens n'ayant pas cessé d'être différents les uns des autres, mais qui, ensemble, donnent enfin voix à l'opinion publique. Quand les mouvements du corps deviennent ainsi forme d'expression, les distinctions d'usage entre les paroles et les actes, les représentations et les actions, s'estompent, et la marche collective peut elle aussi être qualifiée de liminale : c'est une des manières possibles de franchir le seuil qui sépare le réel du symbolique, d'entrer dans l'histoire, parfois.

Seuls peuvent se révolter les citadins à qui la ville est assez familière pour qu'ils en connaissent aussi le territoire symbolique. On oublie généralement que « le droit du peuple à s'assembler pacifiquement » est cité dans le premier amendement de la Constitution des États-Unis, à côté de la liberté de la presse, de la liberté de parole et de la liberté religieuse. Les entraves qu'opposent à ce droit les aménagements urbains, la place accordée à l'automobile et quantité d'autres facteurs sont rarement dénoncés par les défenseurs des droits civiques. Pourtant, la suppression des espaces publics débouche à terme sur l'élimination du public ; l'individu cesse alors d'être un citoyen, capable en tant que tel de vivre et d'agir avec ses concitoyens. Le sentiment d'avoir quelque chose en commun avec des étrangers est en effet à la base de la citoyenneté, de même que la confiance partagée est le ciment de la démocratie. Or, l'espace public est précisément celui que nous partageons avec d'autres, des inconnus, et son abolition a des effets tangibles, sensibles. Los Angeles a connu des émeutes terribles (celles de Watts en 1965, de Rodney King en 1992), mais ces soulèvements populaires pourtant impressionnants sont restés des événements sporadiques, isolés. Infiniment étendue, dépourvue de vrai centre, la ville ne possède ni l'espace symbolique où l'action devient efficace, ni la dimension piétonnière qui est une des conditions de la vie publique. San Francisco, le « Paris de la côte Ouest » comme on l'appelait autrefois, est au contraire régulièrement le siège de grandes parades, de processions, de manifestations, de marches et autres activités publiques organisées dans les quartiers du centre. À la différence de Paris, ce n'est toutefois pas une capitale, et elle n'est donc pas en position d'ébranler la nation et le gouvernement fédéral.

Grande ville de marcheurs, Paris est aussi la grande ville de la révolution. Ces deux vérités sont souvent présentées indépendamment l'une de l'autre alors pourtant qu'il existe entre elles un lien vital. Réfléchissant à ce que serait « la ville idéale pour l'émeute et l'insurrection », l'historien Eric Hobsbawm arrive à la conclusion qu'elle devrait être « densément peuplée et pas trop grande en surface. L'essentiel serait qu'on puisse encore la traverser à pied. [...] Dans la cité insurrectionnelle idéale, les autorités (les riches, l'aristocratie, le gouvernement ou l'administration municipale) seront par conséquent aussi mélangées que possible à la concentration des pauvres au centre[3] ». Les villes de la révolution sont toujours des villes désuètes : les significations, les histoires, les souvenirs qui imprègnent leurs pierres et leur ciment en font des théâtres où la moindre action est susceptible de raviver le passé et d'ébaucher l'avenir, où le pouvoir se tient toujours visiblement au centre des choses. Ce sont des villes pédestres dont les habitants agissent et se déplacent avec confiance, en habitués des lieux, de leur géographie cruciale. On trouve tout cela à Paris, célèbre aussi pour les révolutions et les soulèvements de 1789, 1830, 1848, 1871, 1968, régulièrement parcourue par des cortèges de manifestants et de grévistes.

Parlant des modifications introduites par Haussmann, Hobsbawm déclare : « La reconstruction urbaine, cependant, a aussi un effet probablement involontaire sur les rébellions potentielles, dans la mesure où les larges avenues nouvelles offraient un emplacement idéal à une forme d'expression de plus en plus importante dans les mouvements populaires : la manifestation de masse, ou plus exactement la procession de masse[4]. » Il semble qu'à Paris la saturation de l'espace rituel, symbolique et public soit de nature à favoriser une susceptibilité du peuple à la révolution. Pour le dire autrement, les Français sont enclins à considérer qu'un défilé est militaire à partir du moment où il avance au pas cadencé, que leur gouvernement tombe quand ils croient qu'il est tombé, et s'il en est ainsi c'est peut-être parce qu'ils ont une capitale où l'emblématique et le réel se fondent inextricablement – ou encore parce que leurs imaginations s'associent volontiers à la vie publique, caressent des rêves publics. « Je prends mes désirs pour des réalités parce que je crois en la réalité de mes désirs », affirmait un graffiti tracé sur les murs de la Sorbonne en Mai 68. La dernière en date des révolutions parisiennes a réussi à occuper le territoire de l'imaginaire national, et c'est autant grâce à cette conquête qu'à l'occupation du Quartier latin et des usines en grève qu'elle fut à deux doigts de renverser le plus fort des gouvernements européens de l'époque. Mavis Gallant était dans la rue en 1968. « L'hallucination collective, écrit-elle [nous persuadait] qu'on pouvait changer la vie, tout de suite et pour le mieux. Je suis toujours convaincue que c'est un noble désir[5]. »

Tout le monde sait comment la Révolution française a commencé. Le 11 juillet 1789, Louis XVI congédia Necker, décision qui porta à son comble le mécontentement des Parisiens. Six mille d'entre eux se rassemblèrent spontanément, pénétrèrent en force dans les Invalides, saisirent les armes qui y étaient entreposées, puis, franchissant la Seine, s'en furent à la Bastille chercher d'autres munitions. Les conséquences à court et à long terme de cette colère populaire sont célébrées tous les ans le 14 Juillet, jour de la fête nationale qui commémore la prise de la Bastille. Les révolutionnaires de 1789 ont changé la vie, d'un coup, pour longtemps et pour le mieux. Les idéaux de liberté et de justice défendus par les philosophes des Lumières avaient certes préparé le terrain à la Révolution, mais des facteurs plus matériels vinrent s'ajouter à ces ferments intellectuels. Après les terribles intempéries de l'été 1788, les greniers s'étaient vidés et la disette menaçait ; plus cher, le pain était aussi plus rare, les pauvres commençaient à souffrir de la faim. Les causes physiques ont des effets physiques : débordant la sphère des idées, la Révolution fut d'abord celle du corps libéré, affamé, décapité, qui manifestait, dansait, s'insurgeait dans les rues et sur les places de Paris. Toute révolution donne littéralement du corps à la politique, en ce sens que l'action s'y substitue au discours, mais si la France et la Grande-Bretagne étaient familières des émeutes de la faim, jamais avant 1789 aucune de ces révoltes n'avait autant associé la faim de nourriture à la faim d'idéaux.

Dans la période exaltée qui suivit la prise de la Bastille, les poissardes, ainsi qu'on appelait les « femmes de la halle », participèrent en nombre aux processions religieuses qui, sans doute, leur offraient l'occasion d'éprouver leur force collective et de préciser les désirs qui les réunissaient. Un particulier au moins s'inquiéta « de la discipline, de l'apparat, de l'ampleur des processions presque quotidiennes des femmes de la halle, des blanchisseuses, des commerçants et des ouvriers de différents quartiers qui, en août et en septembre, envahirent la rue Saint-Jacques pour la remonter jusqu'à l'église Sainte-Geneviève, d'édification récente, afin d'assister à des services d'actions de grâces[6] ». Le 25 août, jour de la Saint-Louis, nous rappelle Simon Schama, les femmes de la halle de Paris se rendaient traditionnellement à Versailles afin d'offrir des bouquets à la reine[7]. Habituées à la forme de la procession, ces femmes qui défilaient en cortège pour présenter leurs respects à l'Église et à l'État étaient prêtes à défiler pour présenter leurs doléances.

Au matin du 5 octobre 1789, une fille se mit à battre le tambour dans les Halles tandis que dans le faubourg Saint-Antoine une femme obligeait le bedeau à sonner les cloches de l'église. Le son du tambour et le tocsin rameutèrent une foule très majoritairement féminine qui choisit de placer un des héros de la Bastille, Stanislas-Marie Maillard, en tête du cortège bientôt formé. Des bourgeoises et d'illustres révolutionnaires du beau sexe, dont Théroigne de Méricourt, se joignirent à cette manifestation essentiellement composée de femmes du peuple. Ensemble, elles se dirigèrent d'abord sur les jardins des Tuileries, qui faisaient alors partie du domaine royal, avant de poursuivre jusqu'à Versailles en réclamant du pain. Quelques heures plus tard, le marquis de La Fayette rassemblait sous ses ordres une armée de vingt mille gardes nationaux afin de prêter un soutien équivoque aux manifestantes.

Arrivées à Versailles en début de soirée, les femmes exigèrent des députés de l'Assemblée constituante qu'ils mettent fin à la disette, pendant qu'une petite délégation était reçue par le roi. À minuit, une foule d'émeutiers des deux sexes se massait devant les grilles du palais. Elle l'investit le lendemain, ivre de fatigue et de rage, au prix d'affrontements sanglants. Ce 6 octobre, la famille royale terrifiée dut regagner Paris dûment escortée par le peuple jubilant, épuisé, victorieux. En tête de la longue procession (soixante mille personnes, d'après l'estimation de La Fayette) venait le carrosse royal, entouré de femmes qui tenaient des branches de laurier, suivi de la garde nationale qui protégeait les charrettes chargées de blé et de farine. Derrière, la multitude ravie avançait au milieu d'une forêt de piques et de canons de baïonnette en criant : « Venez voir le boulanger, la boulangère et le petit mitron ! »

On écrit souvent l'histoire comme si elle était tout entière affaire de négociations à huis clos et de guerres en terrain découvert, de discours et de batailles, de politiciens et de guerriers. Si les premiers événements de la Révolution française (la création de l'Assemblée nationale constituante et la prise de la Bastille) confortent cette vision, les « femmes de la halle », citoyennes ordinaires engagées dans des gestes ordinaires, ont indéniablement *fait* l'histoire. En marchant sur Versailles par milliers, elles réussirent à surmonter le poids d'un passé qui exigeait d'elles le respect de toutes les formes traditionnelles d'autorité. Un jour durant, elles eurent le monde pour elles et ne craignirent plus ni Dieu ni le roi. Toutes leurs peurs anciennes et à venir balayées, elles marchaient résolument et des armées marchaient dans leur sillage. Elles ne demandaient pas du grain à moudre pour l'histoire, mais du blé, du pain à satiété. Elles défilaient chargées de branches de laurier et armées de baïonnettes, car les baïonnettes opèrent sur le réel et les lauriers sur le symbolique.

L'année anniversaire du bicentenaire de la Révolution commença de façon funeste, par l'écrasement brutal du mouvement démocratique étudiant de la place Tiananmen, à Pékin. En Europe, les gouvernements communistes hésitaient cependant plus que par le passé à réprimer par la force et la coercition ; la violence était devenue un outil plus délicat à manier depuis que Gandhi avait propagé son message, que les droits de l'homme étaient presque partout reconnus, que la presse se saisissait des événements survenus aux quatre coins du globe. En Occident, le mouvement des droits civiques américain avait fait la preuve de son efficacité, et le langage universel de la résistance au pouvoir d'État s'était enrichi des tactiques de l'action directe non violente. Hobsbawm a raison de souligner que la manifestation de masse le long des boulevards a largement remplacé les affrontements de rue. Les insurgés de tous les pays d'Europe de l'Est se revendiquaient d'une idéologie de la non-violence, et la révolution qui eut lieu en Pologne fut effectivement conforme à ces nouvelles exigences : lente, elle fut relayée par des pressions politiques étrangères et des négociations politiques intérieures qui aboutirent à l'élection démocratique du 4 juin 1989. La politique habile de Gorbatchev et le démantèlement de l'Union soviétique dopèrent les révolutions de la fin de siècle, mais en Hongrie, en Tchécoslovaquie, en Allemagne de l'Est, l'histoire s'écrivait dans la rue et les vieilles villes lui faisaient un triomphe.

En Hongrie, rapporte Timothy Garton Ash, l'élément déclenchant fut l'hommage solennel rendu à Imre Nagy trente et un ans après sa mort. (Nagy avait été exécuté pour son rôle dans le soulèvement de 1956.) Le 16 juin, deux cent mille personnes participèrent à ce rassemblement inimaginable quelques mois auparavant. La joie de renouer ainsi avec l'histoire décupla si bien l'énergie des dissidents que la nouvelle république de Hongrie fut officiellement proclamée le 23 octobre suivant. L'Allemagne de l'Est allait suivre cet exemple, malgré une répression qui fut là-bas nettement plus sévère, en particulier à Berlin-Est où il suffisait de se trouver au voisinage des troubles pour être arrêté[8]. L'atmosphère était moins tendue à Leipzig, où les gens qui tous les lundis soir venaient « prier pour la paix » dans l'église Saint-Nicolas se réunissaient ensuite sur la place Karl-Marx. Leur nombre grossit sans cesse. Le 2 octobre, quinze à vingt mille personnes se rassemblèrent sur cette place adjacente à l'église pour la plus grande manifestation spontanée qu'ait connue l'Allemagne de l'Est depuis 1953 ; le 30 du même mois, les manifestants étaient près de cinq cent mille. « À partir de ce moment-là, le peuple agit, le Parti réagit[9]. » Le 4 novembre, un million de Berlinois de l'Est envahirent Alexanderplatz en brandissant des drapeaux, des banderoles, des pancartes, et moins d'une semaine plus tard, le 9 novembre, le mur de Berlin s'écroulait. Je tiens d'un ami qui se trouvait sur place que sa chute fut provoquée par une rumeur affirmant qu'il était tombé ; la foule accourue pour en avoir le cœur net entreprit aussitôt de la transformer en histoire vraie.

La liste de ces révolutions se clôt sur la plus merveilleuse de toutes, celle dite « de Velours » qui libéra la Tchécoslovaquie. (Ce qui se passa autour de Noël en Roumanie est tout autre chose.) Au mois de janvier de l'an magique de 1989, l'écrivain et dramaturge Václav Havel fut jeté en prison au motif qu'il avait participé à une cérémonie à la mémoire de l'étudiant praguois qui, vingt ans plus tôt, en 1968, s'était immolé par le feu sur la place Wenceslas après l'écrasement du « printemps de Prague ». Le 17 novembre suivant, une foule nettement plus importante et plus déterminée se réunit pour commémorer l'anniversaire de la mort d'un autre martyr étudiant assassiné par les nazis pendant l'occupation. Partis de l'université Charles, les manifestants défilèrent sur l'itinéraire prévu jusqu'à la tombée de la nuit avant de poursuivre à travers les rues de la ville ; des bougies et des fleurs à la main, ils chantaient, scandaient des slogans antigouvernementaux. Le passé qu'ils revendiquaient leur offrait l'occasion d'investir le présent. Arrivés à la place Wenceslas ils furent cernés par les policiers, sauvagement matraqués. Pris de panique, ils se précipitèrent dans les rues et ruelles adjacentes, et si plusieurs parvinrent à s'échapper ou à se cacher dans des appartements, beaucoup aussi furent blessés. Le bruit courut qu'un autre étudiant avait rejoint les rangs des martyrs ; la rumeur était fausse, mais elle se répandit comme une traînée de poudre, et avec les mêmes effets : Prague renoua avec la tradition des manifestations, des grèves, des rassemblements spontanés sur la place Wenceslas, cet immense et très large boulevard en plein cœur de la ville. Dans les coulisses du théâtre de la Lanterne-Magique, Václav Havel qui venait d'être libéré œuvrait à transformer les divers groupes dissidents en force politique à même d'orienter vers l'action pragmatique le pouvoir dont la rue était en train de s'emparer (l'opposition unifiée prit le nom de « Forum civique » en Tchéquie, de « Public contre la violence » en Slovaquie).

Les Tchèques réapprenaient à vivre ensemble dehors, sur la place Wenceslas ou dans l'avenue Národni voisine. Là, ils échangeaient des nouvelles, confectionnaient des banderoles et des affiches, des autels où ils venaient déposer des fleurs et allumer des bougies. « Prague, raconte un journaliste, était comme hypnotisée, en proie à une transe magique. [...] La foule était calme, sûre d'elle, civilisée. Chaque jour vers 16 heures, à la sortie des bureaux, une longue file de gens polis, patients, déterminés, se formait sur la place Wenceslas. [...] La couleur éclatait partout dans la ville : on placardait des affiches sur les murs, sur les vitrines, sur le plus petit espace libre. Après chaque rassemblement, la foule entonnait l'hymne national[10]. » Il y eut ce fameux jour où les deux plus célèbres dissidents du pays (Havel et Alexander Dubček, le héros de 1968) apparurent côte à côte sur un balcon dominant la place. Dubček qui prenait pour la première fois la parole en public après vingt et un ans de silence imposé déclara alors : « Le gouvernement prétend que la rue n'est pas l'endroit adéquat pour résoudre les problèmes, mais je dis moi que la rue a toujours été le meilleur endroit pour cela. Il faut faire entendre la voix de la rue[11]. »

1989 fut l'année des places publiques (Tiananmen, Alexanderplatz, les places Karl-Marx et Wenceslas), celle aussi de la redécouverte citoyenne du poids de l'opinion publique. Tiananmen aura été comme un coup de semonce destiné à rappeler que les marches, les manifestations, l'occupation de l'espace public ne produisent pas toujours les effets escomptés, mais de la répression sanglante à la « révolution de Velours », l'éventail des luttes menées dans les années quatre-vingt se décline sur une infinité de registres.

Quelques années plus tôt, c'est encore une place qui avait servi de cadre à un autre mouvement de contestation, celui des « Mères de la place de Mai ». Leur longue saga débuta lorsqu'elles commencèrent à se reconnaître dans les commissariats et les antichambres de l'État où elles essayaient en vain de savoir ce qu'étaient devenus leurs enfants, enlevés par les agents de la junte militaire au pouvoir depuis 1976. « La sale guerre de la junte est marquée au sceau du secret, écrit Marguerite Guzman Bouvard. [...] En Argentine, les enlèvements s'effectuaient sous une apparence de normalité destinée à éviter toute protestation publique, afin que la terrible réalité demeure enfouie, hors d'atteinte, y compris pour les familles des disparus[12]. » Comprenant qu'il fallait rendre le secret public, ces femmes dont beaucoup savaient à peine lire et qui n'avaient aucune expérience politique décidèrent de défendre leur cause coûte que coûte, sans se soucier de leur propre sécurité. Le 30 avril 1977, quatorze d'entre elles se retrouvèrent sur la *plaza de Mayo* de Buenos Aires – sur cette place au cœur de la ville et du pays tout entier où l'indépendance de l'Argentine avait été proclamée en 1810 et où Juan Perón avait prononcé ses discours. Un policier leur ayant signifié de circuler si elles ne voulaient pas être arrêtées pour attroupement illégal, elles se mirent à marcher autour de l'obélisque dressé au centre.

La première bataille perdue par les généraux argentins venait de s'engager ; les Mères allaient y gagner une identité. Elles reçurent leur nom de la place où elles venaient marcher tous les vendredis. « Beaucoup plus tard, elles-mêmes parlèrent à ce propos de défilés, car elles avaient l'impression d'aller vers un but au lieu de tourner inlassablement en rond. Chaque vendredi successif augmentant le nombre des Mères qui défilaient ainsi autour de la place, la police décida d'intervenir. Les policiers arrivaient en car, prenaient les noms, obligeaient les Mères à se disperser[13]. » Sans se laisser intimider par les chiens et les coups de matraque, par les arrestations et les interrogatoires, elles s'obstinèrent à accomplir cet acte de mémoire plusieurs années durant, assez longtemps pour que leur geste devienne rituel, entre dans l'histoire et fasse connaître au monde entier le nom de la place de Mai. Elles marchaient avec les photos de leurs enfants, elles exhibaient ces photos au bout de bâtons brandis comme des pancartes politiques ou les accrochaient autour de leur cou, elles portaient sur les épaules des fichus blancs brodés du nom de leurs enfants et de la date de leur disparition (plus tard, elles y brodèrent aussi leur exigence : « Rendez-les-nous vivants »).

« Elles me disent que lorsqu'elles défilent ainsi elles se sentent très proches de leurs enfants, rapporte la poétesse Marjorie Agosin qui participait aux défilés du vendredi. Et le fait est que sur cette place où il n'est pas permis d'oublier, la mémoire retrouve son sens[14]. » Des années durant, ces femmes venues dénoncer en marchant le traumatisme national ont publiquement incarné l'opposition au régime. En 1980, elles avaient réussi à constituer un réseau de Mères dans tout le pays ; l'année suivante elles organisèrent pour la journée des droits de l'homme la première de leurs manifestations annuelles de vingt-quatre heures. « À cette époque, les Mères n'étaient plus seules à marcher ; la place grouillait de journalistes étrangers venus pour couvrir l'étrange phénomène de ces femmes d'âge mûr qui défilaient au mépris de l'état de siège. » Quand la junte militaire dut abandonner le pouvoir, en 1983, le président qui venait d'être élu tint à honorer les Mères en les invitant à son investiture. Elles n'ont pas cessé pour autant de défiler chaque semaine sur la place de Mai. Désormais accompagnées de milliers de personnes que la peur ne retient plus de sortir, elles se retrouvent tous les mardis pour tourner autour de l'obélisque dans le sens contraire des aiguilles d'une montre.

Il existe plusieurs manières de jauger l'efficacité d'un mouvement de protestation. Il faut tenir compte de l'impact qu'il a sur le grand public, directement ou par l'intermédiaire des médias, et de celui qu'il a sur le gouvernement ; ces deux paramètres donnent une idée de son audience. On oublie souvent, en revanche, de parler de son impact sur les protestataires, que leur détermination à agir publiquement transforme en porte-voix de l'opinion publique, autrement dit en force agissante et non plus en « public » passif. Je l'ai moi-même mieux compris pendant les premières semaines de la guerre du Golfe. Peu de choses ont été écrites sur les manifestations gigantesques qui eurent lieu dans tout le pays en janvier 1991 – autour de l'Independence Hall de Philadelphie, dans le parc Lafayette, en face de la Maison-Blanche, à l'intérieur des assemblées législatives des États de Washington et du Texas, sur le pont de Brooklyn que les autorités durent fermer à la circulation, à Seattle dont les murs disparaissaient sous les affiches, dans les États du Sud où les manifestants occupaient les stations-service. Malgré la peur et les démonstrations publiques d'un patriotisme plus vertueux, l'indignation des opposants à la guerre secoua San Francisco pendant des semaines. Pourtant la stratégie choisie lors de ce conflit (sa rapidité, la censure colossale, la haute technologie des armes utilisées, la quasi-inexistence des combats au sol) visait aussi à battre en brèche l'opposition qu'il suscitait. Le filtrage des informations et la minimisation des pertes américaines sont l'indice que, dans l'esprit de ses responsables, la guerre du Golfe (et les engagements militaires moins importants qui suivirent) devait aussi servir à mater l'opinion publique.

Les gens sortirent quand même dans les rues et la ville en fut transfigurée. Nous avions commencé à nous rassembler avant le largage des premières bombes ; depuis, les rues ne désemplissaient pas, les sapins de Noël qui les décoraient alimentaient de grands feux de joie, les murs couverts d'affiches sortaient de leur silence pour appeler à des actions précises et livrer des commentaires sans complaisance sur les raisons de la guerre. À San Francisco comme ailleurs, les manifestants bloquaient instinctivement les points de passage névralgiques (les ponts, les voies expresses), marchaient vers les centres du pouvoir (l'administration fédérale, la Bourse) qui durent fermer plusieurs fois. Au mois de février, il ne se passa quasiment pas un jour sans qu'ils se fassent entendre. Les rues n'étaient plus les antichambres des intérieurs – des maisons, des écoles, des bureaux, des magasins ; la rue tout entière devenait un colossal amphithéâtre.

Le samedi qui précéda le début des offensives, imitant ceux qui par centaines sortaient des cafés, des boutiques, des maisons, j'ai planté là ma voiture pour m'associer au défilé houleux qui se formait spontanément. J'étais dans une manifestation bien organisée qui rallia des milliers de personnes la veille de l'entrée en guerre officielle. Et à la fin de l'après-midi du jour J nous étions à nouveau des milliers à marcher vers l'immeuble de l'administration fédérale. Le lendemain, avec le petit groupe d'activistes que je ne devais plus guère quitter pendant la durée du conflit, j'ai bloqué la 101 jusqu'à ce que la police de la route nous disperse à coups de matraque, cassant la jambe de l'un d'entre nous ; quelques heures plus tard, nous étions entre vingt et trente à crier notre opposition dans le quartier de la finance et des affaires, mais deux cent mille le week-end suivant à scander des slogans identiques en agitant des pancartes, des banderoles, des pantins. Quelques semaines durant, ma vie ne fut plus qu'une longue procession dans la ville livrée aux marcheurs. L'esprit incendiaire de ces journées balayait les préoccupations et les peurs de chacun : la rue était à nous, et c'est vers d'autres qu'allaient nos angoisses.

Le jour où la guerre éclata, je ne courus pas assez vite pour échapper aux forces de l'ordre et passai une partie de l'après-midi les menottes aux poignets, assise – pour changer –, dans un fourgon stationné près de la zone d'opérations.

Là, le temps d'une trêve étrange, j'ai écouté avec les policiers le reportage d'un journaliste diffusé sur une station de radio ondes courtes. Des missiles étaient lancés sur Israël, les habitants de Tel-Aviv restaient cloîtrés chez eux, des masques à gaz sur la figure. Elle ne devait plus me quitter, cette image d'une guerre où les civils, protégés derrière leurs masques hideux, deviennent aveugles au monde et perdent jusqu'à la capacité de parler. La plupart des Américains ne valaient guère mieux, qui restaient sans voix devant leurs écrans de télévision, médusés par ces films diffusés en boucle sur toutes les chaînes et précisément destinés à ne rien leur apprendre sur cette guerre censurée. Tous ceux qui occupaient la rue refusaient de consommer la guerre et les raisons invoquées pour la faire ; ils l'interprétaient autrement et l'affirmaient haut et fort, publiquement, même si cela n'a pas suffi à toucher la presse et le gouvernement.

L'histoire des révolutions et des soulèvements fourmille d'exemples attestant la générosité et la confiance qui soudain rapprochent des inconnus, le courage extraordinaire de gens ordinaires, le passage par pertes et profits des petits soucis de la vie quotidienne. Ce que Victor Hugo exprime ainsi dans *Quatrevingt-treize :* « On vivait en public, on mangeait sur des tables dressées devant les portes, les femmes assises sur les perrons des églises faisaient de la charpie en chantant *La Marseillaise*, le parc Monceau et le Luxembourg étaient des champs de manœuvre […]. Tout était effrayant et personne n'était effrayé. […] Personne ne semblait avoir le temps. Tout le monde se hâtait[15]. » Au début de la guerre civile espagnole, George Orwell était à Barcelone et vit la ville se transformer sous ses yeux. « Les affiches révolutionnaires partout placardées flamboyaient sur les murs dans des rouges et des bleus francs qui donnaient un aspect de croûtes ternes aux quelques publicités restées en place. Sur les Ramblas, la grande artère du centre-ville que des foules de gens parcouraient sans discontinuer d'un bout à l'autre, toute la journée et jusque tard dans la nuit les haut-parleurs beuglaient des chants révolutionnaires. [...] Planait au-dessus de tout cela une foi en la révolution et en l'avenir, le sentiment d'être soudain entré dans une ère d'égalité et de liberté[16]. » Empruntant au vocabulaire situationniste, on peut sans doute parler d'une psychogéographie de l'insurrection telle qu'elle se manifeste dans le rituel des marches contestataires, la soudaine volubilité des inconnus et des murs, les rues et les places noires de monde, la griserie qui accompagne l'espoir de liberté et qui est le signe indubitable que l'imagination au moins a brisé ses chaînes. « Les moments révolutionnaires sont des carnavals où la vie individuelle fête son unification avec une société régénérée[17] », déclare le situationniste Raoul Vaneigem.

Mais nul n'étant tenu d'être héroïque toute sa vie, tôt ou tard l'enthousiasme révolutionnaire retombe (ce qui ne signifie pas que la révolution a échoué). Telle la foudre, les révolutions illuminent l'obscurité favorable au maintien des anciens arrangements et nous les présentent sous un jour différent. Alors les peuples se soulèvent pour réclamer la liberté, une liberté absolue portée par leurs espoirs et par les actes qu'ils osent au plus fort de la révolution. Il arrive parfois qu'ils se débarrassent d'un dictateur, mais d'autres despotes surgiront tôt ou tard et imagineront d'autres façons de les intimider ou de les asservir. Il arrive aussi qu'ils obtiennent enfin le droit de vote, et justice, et de quoi manger, ce qui est déjà quelque chose même si ce n'est pas l'idéal, et donc la routine reprend ses droits, les affiches fanent sur les murs, les révolutionnaires retournent à leurs occupations de femme d'intérieur, d'intellectuel ou de balayeur et les élans du cœur trouvent à s'épancher dans la vie privée. La fête de la Fédération organisée pour le premier anniversaire de la prise de la Bastille fut célébrée dans la liesse par les Parisiens de toutes conditions accourus sur le Champ-de-Mars pour se mêler aux rondes et aux défilés formés spontanément. Le

12 juillet de l'année suivante, en 1791, ils furent conviés à une parade militaire en l'honneur de Voltaire ; le peuple qui avait contribué à la marche féroce et joyeuse de l'histoire quittait la scène pour redevenir spectateur.

Fondé à Birmingham en 1995, le groupe Reclaim the Streets (Récupérons la rue) revendiquait l'usage de la rue pour la vie publique et la fête publique. Il inscrivait cette exigence dans une stratégie de résistance à l'annexion de l'espace et à la mondialisation économique qui nous rendent mutuellement étrangers et menacent les formes culturelles locales. Le seul fait de se révolter – dans la bonne humeur et collectivement, en occupant la rue – n'était plus désormais un moyen servant un objectif, mais une fin en soi. Vue sous cet angle, la différence entre fête et révolution perd de sa consistance, car, dans un monde où l'isolement est la règle, la fête devient fondamentalement révolutionnaire. Celle décidée en 1998 par RTS se voulait un contrepoint au sommet des Huit organisé cette année-là à Birmingham – une réunion qui permet aux dirigeants des pays les plus riches du monde de préparer l'avenir de la planète sans avoir consulté ni leurs citoyens ni les nations les plus démunies. Des centaines de milliers de personnes qui avaient répondu à l'appel de l'association Christian Aid formèrent une chaîne humaine autour du centre-ville en demandant l'annulation de la dette du tiers-monde. Reclaim the Streets ne demandait rien, il prenait ce qui lui revenait de droit.

Il y eut ce moment inoubliable où les trompettistes sonnèrent une sorte de charge pour piétons tandis que les milliers de personnes venues participer à cette « Fête des rues planétaire » quittaient en masse la gare routière pour envahir la principale artère de Birmingham. « Sous le tarmac, l'herbe », proclamait une banderole de vingt mètres de large dans une allusion transparente à l'esprit de Mai 68. « Halte aux bagnoles. Libérez la ville », disait une autre. Assez vite, pourtant, les esprits se calmèrent, et l'idée de la fête ne fut plus portée que par des petits groupes de gens, jeunes pour la plupart, qui continuèrent à danser follement. L'ambiance était un peu celle qui envahit le quartier de Castro à Halloween, à ceci près que l'occupation des rues de Birmingham était illégale, et interdite. Un militant de RTS m'avoua plus tard que ce n'était pas la plus réussie de leurs fêtes ; rien à voir, par exemple, avec celle organisée trois jours durant avec les dockers en grève de Liverpool, avec le lancement loufoque du Front révolutionnaire piéton sur les lieux où était présenté le dernier modèle d'Alfa Romeo, ou encore avec la « prise » de Trafalgar Square. Peut-être les autres villes où des fêtes similaires avaient lieu ce jour-là (Ankara, Berlin, Bogotá, Dublin, Istanbul, Madrid, Prague, Seattle, Vancouver, Zagreb) se sont-elles montrées à la hauteur des belles déclarations qui émaillent les publications de Reclaim the Streets. Ce groupe n'a pas atteint le but qu'il se fixait, c'est vrai, mais il en a assigné un nouveau à la moindre action de rue : défiler dans la rue, faire la fête dans la rue est désormais une façon de refuser qu'on nous en dépossède, une manière de revendiquer l'espace de la ville et de la vie publique, une occasion d'affirmer avec force que ceux qui marchent ensemble sont déjà arrivés à leurs fins.

14

La rue la nuit. Scènes de la vie nocturne

En 1870, Caroline Wyburgh, dix-neuf ans, « sortit » dans Chatham avec un marin. La promenade bras dessus, bras dessous faisait depuis longtemps partie des usages galants. Une promenade, ça ne coûte rien, et marcher ainsi côte à côte resserre les liens entre les amoureux, que ce soit dans un parc, sur une place ou un boulevard, dans une allée détournée ou un chemin creux. Un groupe qui marche ensemble affirme et renforce sa solidarité, et peut-être le délicat accord du rythme de deux pas produit-il des effets identiques sur les sentiments et les mouvements des corps ; deux personnes se risquant ainsi à la nuit tombée dans la rue, dans le monde, ont peut-être pour la première fois l'impression de former un couple. Activité au plus proche du ne rien faire (de mal), la promenade entre amoureux permet à chacun de jouir de la présence de l'autre sans être obligé d'entretenir la conversation ou de s'inventer une occupation prenante afin de couper court à la discussion. L'expression « sortir ensemble » a en français comme en anglais un sens explicitement sexuel, mais souvent aussi elle indique simplement qu'un lien est en train de se nouer. Caroline Wyburgh, dix-neuf ans, était sortie avec son soldat. Cela se sut, et cela suffit pour qu'un policier s'introduise chez elle en pleine nuit et la tire du lit. À l'époque, en effet, la législation sur les maladies contagieuses donnait à la police des villes de garnison tout pouvoir d'arrêter les personnes suspectées de se prostituer. Les soupçons se portaient aisément sur les femmes surprises dehors à la mauvaise heure et au mauvais endroit. Une fois arrêtées, tout refus de leur part de se soumettre à un examen médical les exposait à passer plusieurs mois en prison. Douloureux, humiliant, l'examen gynécologique était en soi une punition, et lorsqu'il était positif la malade était envoyée séance tenante à l'infirmerie de la prison. Tenues pour coupables jusqu'à ce qu'elles aient fait la preuve de leur innocence, les suspectes ne s'en tiraient de toute façon pas indemnes. Caroline Wyburgh subvenait à ses besoins et à ceux de sa mère en lavant les seuils de porte et en nettoyant les lieux d'aisances, ce pourquoi sa mère tenta de la persuader de se faire examiner au lieu de passer trois longs mois en prison.

Caroline ayant refusé, les représentants de la loi la gardèrent quatre jours attachée sur un lit. Au cinquième elle céda, accepta l'examen, puis revint sur sa décision dans la salle d'opération. La camisole de force, la table sur laquelle on la jeta sans ménagement, les liens passés autour de ses chevilles pour maintenir ses jambes écartées, l'infirmier qui l'immobilisait en lui plantant son coude dans la poitrine furent sans doute pour beaucoup dans ce revirement. En se débattant, elle tomba de la table à laquelle ses pieds étaient toujours attachés. Sans s'inquiéter de ses blessures, le chirurgien qui venait de lui déchirer l'hymen avec ses instruments déclara en riant : « Tu disais vrai, ma fille. Tu n'es pas une traînée[1]. »

Jamais nommé, le soldat ne fut ni arrêté ni examiné ni inquiété d'aucune façon. Une règle générale veut en effet que les hommes soient plus chez eux dans la rue que les femmes, et que ces dernières payent souvent très cher l'exercice de la liberté toute simple qui consiste à sortir faire un tour. La raison en est que leur façon de marcher, leur être même, sont fatalement, inlassablement sexualisés dans toutes les sociétés soucieuses de contrôler la sexualité féminine. Péripatéticiens, philosophes, flâneurs ou montagnards, les grandes figures de l'histoire de la marche telle que je l'ai retracée jusqu'ici sont tous des hommes. Il est donc temps de se demander pourquoi les femmes n'ont pas marché ou si peu.

« Être née femme est pour moi une terrible tragédie », note Sylvia Plath dans son journal (elle a alors dix-neuf ans, le même âge que Caroline Wyburgh). « Oui, le désir dévorant de me mêler aux gangs des rues, aux marins et aux soldats, aux piliers de bar – de monter sur la scène, anonyme, et d'écouter, d'enregistrer – tout cela est gâché par le fait que je suis une fille, une femelle constamment menacée d'être agressée et malmenée. L'intérêt dévorant que j'éprouve pour les hommes et leurs vies est souvent interprété à tort comme un désir de les séduire ou une proposition sexuelle. Dieu, oui, je veux parler aussi profondément que possible avec autant de gens que possible. Je veux pouvoir dormir à la belle étoile, partir pour l'Ouest, voyager la nuit en toute liberté[2]. » Il semble que l'intérêt avoué de Sylvia Plath pour les hommes tenait précisément à l'incapacité dans laquelle elle se trouvait de les approcher ; leur plus grande liberté rendait forcément leurs vies fascinantes aux yeux de cette jeune femme qui entamait juste la sienne. La possibilité de « faire un tour », autrement dit de sortir, dans la rue ou dans la campagne, pour le plaisir de marcher, suppose trois conditions : il faut du temps, un endroit où aller, un corps dont l'autonomie de mouvement n'est pas entravée. Si le temps est une variable souple, trop souvent les lieux publics sont peu accueillants aux femmes qui y sont moins en sécurité que les hommes. Les mesures légales et les mœurs sociales auxquelles se plient les individus des deux sexes, la menace implicite du harcèlement sexuel, le viol, limitent la capacité des femmes à sortir où et quand elles veulent. (Les talons hauts, les souliers trop petits ou trop fragiles, les corsets et les gaines, les jupes trop amples ou trop serrées, les tissus trop délicats, les voiles qui gênent le regard, font partie des mœurs et des coutumes qui handicapent les femmes aussi efficacement que les lois et la peur.)

D'autres catégories de la population ont une liberté de mouvement limitée, mais les restrictions imposées en raison de la race, de l'origine sociale, de la religion, de l'orientation sexuelle ne sont pas aussi universelles et constantes que celles qui, depuis des millénaires et sous toutes les latitudes, s'appliquent aux femmes et structurent en profondeur l'identité respective des deux sexes. Cette situation relève sans doute d'explications d'ordre biologique et psychologique, mais les conditions sociales et politiques y contribuent plus encore. Jusqu'où faut-il remonter ? À l'époque où l'Empire assyrien était au faîte de sa puissance (du XVIIe au XIe siècle avant J.-C.), les femmes y étaient divisées en deux catégories. D'un côté les épouses et les veuves qui, selon la loi, ne pouvaient sortir dans la rue tête nue ; de l'autre les prostituées et les esclaves qui, à l'inverse, ne devaient pas se couvrir la tête. Celles qui se voilaient illicitement s'exposaient à recevoir cinquante coups de fouet ou à avoir la tête enduite de poix. « En se voilant, les femmes au foyer, autrement dit au service sexuel d'un homme et sous sa protection, indiquent qu'elles sont "respectables" ; celles qui ne sont pas sous la protection et le contrôle sexuel d'un homme indiquent en ne se voilant pas qu'elles sont des "femmes publiques". [...] Ce schéma assurant la visibilité de la discrimination réapparaît au cours de l'histoire dans les innombrables règlements qui regroupent les femmes "de mauvaise réputation" dans certains quartiers ou dans des maisons marquées de signes clairement identifiables, ou encore les obligent à se faire enregistrer auprès des autorités et à porter sur elles une carte d'identification[3]. » Les femmes « respectables » sont tout aussi contrôlées, bien sûr, mais les contraintes qui pèsent sur elles sont surtout sociales et moins juridiques. La forme de cette loi quasi universelle est à bien des égards remarquable : elle fait de la sexualité des femmes une affaire d'ordre public plus que privé ; elle établit une stricte équivalence entre la visibilité (être dehors, se montrer en public) et la permissivité sexuelle ; elle escamote la moralité ou le désir des femmes derrière un écran matériel destiné à les rendre inaccessibles aux passants. Qui plus est, elle répartit les femmes en deux castes ouvertement reconnaissables et définies selon des critères sexuels, mais permet aux hommes, dont la sexualité reste du domaine privé, d'avoir accès à ces deux castes. L'appartenance à la caste respectable se paye de l'enfermement dans la vie privée ; l'appartenance à la caste plus libre de ses déplacements et de ses comportements sexuels se paye du déshonneur. Cette alternative rend pratiquement impossible aux femmes de participer à la vie publique en étant respectées.

Ulysse, l'Odysseus d'Homère, fait un beau voyage et couche avec un peu tout le monde. Sa femme Pénélope l'attend comme il se doit à la maison, en repoussant les prétendants qu'elle flanquerait à la porte si elle en avait l'autorité. Depuis ce temps-là, le voyage, lointain ou non, est resté une prérogative largement masculine dont les femmes sont souvent le but, le trophée ou le port d'attache. Dans la Grèce du ve siècle avant J.-C., ces rôles radicalement différents se définissent à partir de la distinction établie entre intérieur et extérieur, sphère privée et sphère publique : les Athéniennes « vivaient confinées à la maison à cause de leurs prétendues imperfections physiologiques[4] », rappelle un historien. Jusqu'à l'époque actuelle, dans tout le monde occidental, la vie des femmes s'est essentiellement déroulée dans l'espace du foyer, non seulement parce que les lois encore en vigueur dans certains pays imposent qu'il en soit ainsi, mais aussi à cause des us et coutumes et des peurs qu'alimentent les traditions. Selon la théorie habituellement avancée pour justifier cet état de fait, dans les cultures où la transmission des biens et du nom dépend avant tout de l'ascendance patrilinéaire, il est indispensable de contrôler la sexualité féminine pour garantir la paternité. (Pour se convaincre que ces questions ne sont pas aussi archaïques ou déplacées qu'il y paraît, il suffit de se reporter aux arguments d'Owen Lovejoy exposés au chapitre III : en soutenant que la monogamie et la non-mobilité des femelles furent déterminantes pour l'espèce longtemps avant qu'elle devienne humaine, Lovejoy entreprend ni plus ni moins de naturaliser l'ordre social.) Bien d'autres facteurs, pourtant, ont contribué à imposer la domination d'un sexe qui a entre autres privilèges le pouvoir de contrôler et définir une sexualité féminine souvent perçue comme chaotique, menaçante, subversive – sorte de nature vierge offerte au pouvoir civilisateur de la culture masculine.

« Pour les penseurs grecs, écrit l'historien de l'architecture Mark Wiggins, les femmes n'ont pas cette maîtrise de soi dont sont crédités les hommes et qui est la marque essentielle de leur masculinité. Cette maîtrise de soi ne consiste à rien d'autre qu'à maintenir fermement des limites. La femme ne peut maintenir ces limites internes [...] car sa sexualité fluide les rompt par son constant débordement. Qui plus est, elle rompt aussi constamment les limites que l'autre, c'est-à-dire l'homme, s'impose. [...] Dans ces conditions, l'architecture a explicitement pour mission de contrôler la sexualité, et plus précisément la sexualité féminine, la chasteté de la jeune fille, la fidélité de l'épouse. [...] Si la maison protège les enfants des éléments, son rôle est d'abord et avant tout de protéger les prétentions généalogiques du père de famille en séparant [la mère] des autres hommes[5]. » La stricte organisation des espaces publics et privés sert donc au contrôle de la sexualité féminine. Assignée à vivre sa vie durant à l'abri du voile en dur de la maison, confinée dans la sphère domestique du privé, la femme devient elle-même une propriété privée accessible à un homme, inaccessible aux autres.

Les prostituées sont plus surveillées encore que les autres femmes, comme si les contraintes sociales auxquelles elles ont échappé les poursuivaient sous la forme de la loi. Tout au long du XIXe siècle, la plupart des gouvernements européens ont tenté de réglementer la prostitution en limitant les conditions de son exercice, ce qui eut bien souvent pour effet de limiter la liberté d'aller et venir des femmes (toutes les femmes). La fragilité et la pureté qu'on leur prêtait alors étant difficilement compatibles avec la corruption de la vie citadine, il était impensable qu'elles sortent sans raison valable. Les courses et les achats justifiaient leur présence dans la rue, ou plutôt dans les magasins, refuges mi-publics, mi-privés où elles pouvaient musarder en tout bien tout honneur. Leur double statut de consommatrices et de marchandises les mêlait toutefois de trop près au commerce urbain pour les autoriser à flâner à leur guise. L'heure de la fermeture des boutiques sonnait pour elles la fin de la récréation, ce qui compliquait d'autant la vie des ouvrières et des employées dont la journée de travail cessait au même moment. En Allemagne, la police des mœurs persécutait les femmes qui « traînaient » seules le soir, et un médecin berlinois remarquait : « Les jeunes gens qui se promènent dans la rue ne peuvent qu'être confirmés dans l'idée qu'une femme de bonne réputation ne se permet pas de paraître dehors le soir[6]. » Au XIXe siècle comme dans la Grèce antique, la visibilité et l'indépendance suffisent à flétrir une réputation féminine ; la sexualité des femmes est toujours définie par des critères géographiques et temporels. Dorothy Wordsworth et sa sœur fictive, Elizabeth Bennet, se font « mal voir » parce qu'elles vont trop souvent et trop longuement marcher dans la campagne. L'héroïne new-yorkaise du roman d'Edith Wharton, *Chez les heureux du monde*, risque dès les premières pages sa réputation pour aller, sans chaperon, prendre le thé chez un homme, et la compromet pour de bon le soir où on la voit quitter la maison d'un autre homme (à cet égard, le contrôle de la loi sur les femmes « de mauvaise réputation » trouve un relais efficace dans la vigilance sans faille des femmes « respectables »).

À partir des années 1870, le racolage ne fut plus autorisé qu'à certaines heures en France, en Belgique, en Allemagne et en Italie. La France adopta en la matière une réglementation particulièrement cynique. Les prostituées devaient déclarer leur activité, et cette mesure qui rendait du même coup illicite le commerce sexuel non déclaré autorisa la police à multiplier les contrôles. Toute femme pouvait être arrêtée pour racolage dès lors qu'on la surprenait à une heure et dans un lieu où l'industrie du sexe était autorisée, et les prostituées notoires étaient arrêtées si on les surprenait à une heure et dans un lieu où elles n'avaient pas leur place. La gent féminine fut en somme divisée en deux sous-espèces, l'une diurne, l'autre nocturne. Une prostituée interpellée parce qu'elle « faisait ses courses aux Halles à neuf heures du matin fut accusée d'avoir parlé à un homme (le vendeur) ; il fut stipulé sur sa carte qu'elle avait outrepassé ses compétences[7] ». Les agents des mœurs, ou plus simplement les Mœurs, alpaguaient les passantes au moindre prétexte, parfois simplement pour remplir leurs quotas. Majoritairement jeunes, pauvres, célibataires, les femmes et les jeunes filles qu'ils conduisaient au poste n'étaient que rarement reconnues innocentes. La plupart d'entre elles se retrouvaient alors derrière les hauts murs de la prison Saint-Lazare, où elles étaient incarcérées dans des conditions épouvantables. Pour en sortir, elles devaient accepter de se faire enregistrer comme prostituées, alors que les femmes qui tentaient d'échapper au bordel n'avaient d'autre alternative qu'y retourner ou aller à Saint-Lazare. Bref, loin de permettre aux femmes de sortir de la prostitution ces mesures les contraignaient à y entrer. Josephine Butler qui avait pris fait et cause pour les droits des prostituées visita Saint-Lazare dans les années 1870. « Je demandai pour quel crime le plus grand nombre se retrouvait en prison, et on me répondit qu'on les avait trouvées dans des rues qui leur étaient interdites, à des heures qui leur étaient interdites[8] ! »

Instruite, issue d'une famille aisée acquise aux idées progressistes, Josephine Butler s'employa avec une incomparable efficacité à contester la législation sur les maladies contagieuses adoptée par l'Angleterre vers 1860. Cette chrétienne pratiquante trouvait inadmissible que l'État, en se mêlant de réglementer la prostitution, la tolère implicitement, et elle dénonçait le principe du « deux poids, deux mesures » appliqué par le législateur. En effet, alors que les femmes soupçonnées de se prostituer ne réchappaient à la prison que si elles étaient disculpées par un examen déjà qualifié de « viol chirurgical », alors que les femmes atteintes d'une maladie vénérienne étaient mises en quarantaine et soignées de gré ou de force, les clients des prostituées n'étaient pas inquiétés et rien n'empêchait les hommes contaminés de transmettre la maladie (à une époque plus récente, des mesures similaires ont récemment été envisagées, et parfois mises à exécution, à l'égard des prostituées et des malades du sida). La loi anglaise visait expressément à protéger l'armée, où l'incidence des maladies sexuellement transmissibles était nettement plus importante que dans la population générale. Quoi qu'il en soit, il fallait une certaine dose de cynisme pour inscrire dans le droit que la santé, la liberté et les droits dont jouissent les hommes priment sur la situation des femmes. La loi ouvrit la voie à des violences souvent bien pires que celles infligées à Caroline Wyburgh, et on connaît au moins le cas d'une femme (veuve et mère de trois enfants) qui se suicida à cause d'elle[9]. Sortir seule était déjà une preuve de débauche, et se débaucher était un crime, pour les femmes. Aux États-Unis, où l'appareil législatif n'a jamais atteint un tel degré de rigueur, le moralisme ambiant provoqua parfois des situations similaires. Témoin l'histoire de Lizzie Schauer[10], jeune ouvrière new-yorkaise arrêtée un soir pour prostitution au seul motif qu'elle se trouvait seule dehors, à la nuit tombée, et s'était arrêtée pour demander son chemin à deux hommes. Lizzie se rendait en fait chez sa tante, dans le sud de Manhattan, mais sa demande et l'heure à laquelle elle la formula pouvaient passer pour du racolage. Elle ne fut relâchée qu'après avoir subi un examen médical qui confirma sa vertu. Si elle n'avait pas été vierge, elle aurait fort bien pu être inculpée du double crime d'incitation à la débauche et de sortie solitaire à une heure indue.

Constatant que l'État réglementait la prostitution et s'acharnait contre les prostituées en invoquant la nécessité de protéger du vice les femmes respectables, la très respectable

Josephine Butler s'assigna la tâche formidable de protéger les femmes contre l'État, ce qui lui valut d'être désignée à la vindicte des foules (dont les meneurs étaient souvent rétribués par les propriétaires de bordel). Prise un jour dans une de ces foules, elle fut sauvagement molestée, ses adversaires l'empoignèrent par les cheveux, lacérèrent ses vêtements, la couvrirent de détritus et d'excréments ; un autre jour où elle fuyait devant ses poursuivants, elle tomba sur une prostituée qui l'amena en lieu sûr après une course folle dans un dédale de petites rues et d'entrepôts vides. Évidemment, elle transgressait les codes et les usages en tenant publiquement des discours politiques qui remettaient en cause le comportement sexuel masculin ; elle était « pire que les prostituées », déclara un jour un membre du Parlement. Lorsqu'elle mourut, en 1906, les femmes investissaient en nombre la sphère du politique, et elles n'étaient pas traitées autrement. Au début du XXe siècle, lassées par l'inefficacité et la pondération des débats qui se poursuivaient depuis plusieurs années autour du droit de vote des femmes, les suffragettes anglaises et américaines décidèrent de passer à l'action. Suivit une extraordinaire campagne de pétitions, de manifestations, de rassemblements. Les autorités (la police en Grande-Bretagne, l'armée aux États-Unis, avec le concours d'autres hommes) réagirent avec une violence extrême. Au cours de l'histoire, des syndicalistes, des hérétiques et bien d'autres ont été réprimés sans pitié, mais la réaction déclenchée par les suffragettes est exemplaire à plus d'un titre. Des deux côtés de l'Atlantique, toutes celles qui avaient été arrêtées et jetées en prison pour avoir exercé leur droit à se réunir et à parler en public revendiquaient logiquement un statut de prisonniers politiques et elles entamèrent à cet effet des grèves de la faim. Leurs gouvernements respectifs décidèrent de les nourrir de force ; la procédure alors utilisée (après avoir immobilisé la femme, on lui introduisait dans les narines un tube poussé ensuite dans l'estomac où la nourriture était directement injectée) devint une nouvelle forme de viol institutionnel[11]. Une fois encore, des femmes éprouvaient dans leur chair la violence de l'État pour avoir tenté de participer à la vie publique en affirmant leurs droits dans la rue.

Les femmes finirent tout de même par obtenir le droit de vote et depuis l'étrange duo entre la rue et le sexe a moins des allures d'affrontement entre les femmes et le pouvoir d'État qu'entre les femmes et les hommes. Malgré les indéniables succès remportés par le féminisme, aujourd'hui encore le harcèlement dont les femmes sont quotidiennement l'objet a pour fonction de les intimider, de les empêcher d'être à l'aise en public. C'est, dit une spécialiste de la question, « un rappel à l'ordre, parce qu'il ne faudrait tout de même pas que nous nous prenions pour des égales, que nous participions à la vie publique avec notre droit d'aller où ça nous chante, quand ça nous chante, que nous poursuivions nos projets avec un sentiment de sécurité[12] ». Les hommes comme les femmes peuvent être victimes d'agresseurs qui en veulent à leur argent, et les faits divers sanglants relatés dans la presse les incitent, comme elles, à se méfier de la rue, des inconnus, des jeunes, des pauvres. Les femmes sont cependant les premières cibles d'une violence de type sexuel qui sévit dans les banlieues, à la campagne et dans les villes. Elle est le fait d'hommes de tous âges, de toutes catégories sociales, elle sourd des propositions insultantes ou agressives, des regards salaces, des intimidations qui sont le lot quotidien des femmes dans la rue, ou plus généralement dehors. Les deux tiers des Américaines redoutent de sortir seules dans leur quartier la nuit[13] ; la moitié des Britanniques sont dans le même cas, et quarante pour cent d'entre elles ont peur d'être violées[14].

Comme Caroline Wyburgh et Sylvia Plath, j'avais dix-neuf ans lorsque j'ai pour la première fois éprouvé dans toute sa force cette privation de liberté. Je venais d'emménager dans un quartier de San Francisco nettement plus pauvre et moins animé que le quartier gay où je vivais auparavant, et c'est là que j'ai découvert combien la nuit décuple les menaces de la journée. Les agressions dont j'ai été l'objet ne se sont bien sûr pas toutes produites dans des quartiers pauvres et à une heure tardive, mais c'est dans celui-ci que je reçus à dix-neuf ans pour consignes de rester chez moi le soir, de porter des vêtements informes, de me couvrir les cheveux ou de les couper, de me faire passer pour un garçon, de déménager quitte à payer plus cher, de me déplacer en taxi, d'acheter une voiture, de toujours sortir accompagnée, et de préférence par un homme : autant de conseils qui sont les versions modernes du gynécée athénien et du voile assyrien. Il s'agissait au fond de me convaincre que j'étais seule responsable de ma conduite et du comportement des hommes à mon égard, qu'en somme la société n'était pas comptable de ma liberté. Beaucoup de femmes sont si bien conditionnées socialement à accepter la place qui leur est assignée qu'elles ne songent pas à se demander pourquoi leurs choix de vie sont conservateurs et grégaires. Elles ont perdu jusqu'à l'envie de sortir seules faire un tour. Pas moi.

La constance de la menace et quelques moments de pure terreur me transformèrent. Je ne changeai pas de quartier, j'appris simplement à reconnaître à vue les dangers de la rue, et l'âge venant je suis devenue moins vulnérable. Aujourd'hui, mes échanges avec les passants inconnus sont presque tout le temps courtois, délicieux parfois. Si les femmes jeunes sont les plus exposées à ce type de harcèlement, c'est moins, me semble-t-il, parce qu'elles sont plus belles que parce qu'elles sont moins sûres de leurs droits (il est vrai aussi que la naïveté ou la timidité dont s'accompagne cette incertitude sont souvent jugées charmantes). La leçon des agressions subies dans la jeunesse ne s'oublie pas, même lorsque l'apprentissage est depuis longtemps terminé. La sociologue June Larkin constata ainsi que les adolescentes à qui elle avait demandé de relater par écrit leurs expériences en la matière omettaient de mentionner les incidents les moins dramatiques ; en effet, expliqua l'une d'entre elles, « si je devais noter le moindre petit truc qui s'est passé dans la rue ça prendrait bien trop de temps[15] ». À l'instar de la grande majorité des femmes, j'ai rencontré trop de prédateurs pour ne pas avoir appris à penser comme une proie, mais la vigilance à laquelle je suis entraînée puise beaucoup moins dans la peur qu'à l'époque où j'avais vingt ans.

Nombre des mouvements des droits des femmes sont issus des mouvements antiracistes. Le grand meeting féministe de Seneca Falls, à New York, fut convoqué en 1848 à l'initiative de deux militantes antiesclavagistes, Elizabeth Cady Stanton et Lucretia Mott, révoltées par la discrimination qui s'exerçait aussi à leur encontre. Toutes deux revenaient de Londres où elles avaient assisté au Congrès mondial contre l'esclavage, et découvert que cette organisation très majoritairement masculine n'admettait pas les femmes dans les délégations. Comme Josephine Butler, la grande suffragette Emeline Pankhurst avait été élevée dans un milieu abolitionniste et le féminisme contemporain doit beaucoup à l'apport des femmes noires (bell hooks, Michelle Wallace, June Jordan, pour en citer quelques-unes) dont les travaux portent à la fois sur le racisme et le sexisme.

J'aurais pu, à propos des poètes homosexuels de New York, parler aussi de James Baldwin. Si je ne l'ai pas fait, c'est parce que Manhattan n'était pas, pour ce Noir né à Harlem, un lieu délicieusement libérateur où il aurait pu s'oublier, comme Whitman ou Ginsberg. Il y était au contraire sans cesse rappelé à lui-même : par les policiers de faction à la bibliothèque publique de New York qui lui enjoignaient de regagner ses quartiers ; par les indics de la Cinquième Avenue qui tentèrent de le recruter à l'adolescence pour le transformer lui aussi en vivante menace ; par ses voisins de Harlem qui le gardaient à l'œil avec la suspicieuse vigilance des habitants des petites villes. Les textes qu'il a écrits sur ses incursions à pied dans New York témoignent plus de sa condition de Noir que d'homosexuel ; elle l'aura empêché de se livrer au plaisir insouciant de la balade ou de la flânerie jusqu'à ce qu'il s'exile à Paris. Le regard aujourd'hui porté sur les Noirs, les hommes noirs, est le même que celui porté au siècle dernier sur les femmes du peuple : on les voit comme une catégorie criminelle et, en conséquence, la loi s'autorise souvent à limiter leur liberté d'aller et venir.

Reste que le racisme tel qu'il s'exerce au grand jour est souvent plus facilement identifié que le sexisme, et trouve donc aussi plus de défenseurs. À la fin des années quatre-vingt, deux jeunes Noirs new-yorkais sont morts pour s'être trouvés « au mauvais endroit au mauvais moment ». Le premier, Michael Griffith, fut pris en chasse par une bande de Blancs à Howard Beach, tenta de leur échapper en se glissant dans le flot de la circulation, fut renversé par une voiture et tué dans cet accident. Le second, Yusef Hawkins, fut bastonné à mort dans un quartier blanc du Queens, Bensonhurst, au seul motif qu'il était noir. Ces deux meurtres soulevèrent une immense indignation : pas besoin d'un dessin pour comprendre que les agressions dont ces deux jeunes gens avaient été victimes parce qu'ils passaient dans la rue était une évidente atteinte aux droits civiques. Assez peu de temps après les crimes racistes du Queens, un groupe d'adolescents des quartiers nord de Manhattan croisa un soir dans Central Park le chemin d'une femme blanche qui faisait du jogging. Ils la violèrent à tour de rôle, puis s'acharnèrent sur elle avec des couteaux, des cailloux, des bouts de tuyau. Elle eut le crâne fracassé et perdit presque tout son sang. Donnée pour condamnée, elle survécut, mais avec des lésions cérébrales et des handicaps physiques irréversibles.

Ce fait divers allait susciter des réactions étonnamment différentes. Les deux meurtres du Queens avaient été dénoncés avec une belle unanimité comme des atteintes à ce droit civique fondamental qu'est la liberté de circulation et personne ne songeait à contester leur caractère raciste. Les journalistes noirs ou blancs qui publièrent des articles sur le viol collectif de Central Park cherchèrent surtout à essayer de comprendre ce qui avait pu amener de très jeunes gens à un tel débordement de haine. Les explications avancées (le racisme, la drogue, la discrimination sociale, la « culture de la violence » qui a cours dans les ghettos) ne sont malheureusement pas suffisantes, car, dit Helen Benedict, « la presse n'a jamais considéré la raison la plus évidente du viol : l'attitude de la société envers les femmes[16] ». Considérer qu'il s'agissait d'un crime raciste (les agresseurs étaient latinoaméricains et noirs) plutôt que sexiste empêchait de poser le problème de la violence contre les femmes. Presque personne d'ailleurs ne l'a examiné sous l'angle des droits civiques, en le rattachant à l'ensemble des restrictions spécifiquement apportées à la liberté de circulation des femmes (il n'est pour ainsi dire jamais question des femmes de couleur dans les articles traitant de la criminalité, ce qui est sans doute le signe qu'elles n'ont ni le vrai statut de citoyen reconnu aux hommes, ni la séduction émoustillante des victimes blanches). Dix ans après Bensonhurst et Central Park, le lynchage atroce d'un Noir au Texas mobilisa une nouvelle fois l'opinion contre la haine raciale et les atteintes aux droits civiques des gens de couleur, puis ce fut la mort brutale d'un jeune homosexuel du Wyoming qui alerta les consciences sur les droits des homosexuels et des lesbiennes, cibles fréquentes d'une violence qui les punit de n'être pas « comme tout le monde ». Les meurtres dont la haine des femmes est le mobile ont beau remplir les colonnes des journaux et faire chaque année des centaines de victimes, ils ne sont jamais pensés autrement que comme des incidents isolés et en tant que tels ne renvoient pas à un phénomène de société dont il faudrait interroger les causes.

La géographie de la race et celle du sexe sont radicalement différentes, car si la première peut concerner des territoires très étendus la seconde suit une logique de morcellement. Beaucoup de gens de couleur trouvent pour le moins inhospitalières les régions rurales à majorité blanche des États-Unis, y compris les plus touristiques qui ne présentent pas pour les Blanches de danger particulier (ce sont souvent celles, hélas, où la suprématie de la race blanche s'affirme avec le plus de virulence). Le désabusement qui se lit sur les autoportraits réalisés par la photographe Ingrid Pollard lors d'un séjour dans la région des Lacs doit sans doute s'interpréter dans ce sens. Le romantisme de la nature, semble nous dire l'artiste, est incompatible avec la couleur de ma peau.

Si les femmes se joignent avec enthousiasme aux pèlerinages, aux randonnées organisées, aux défilés, aux processions et aux révolutions, c'est à la fois parce que leur présence au sein de ces groupes ne risque en principe pas de passer pour de la provocation sexuelle, et parce que les compagnons qu'elles y trouvent sont les plus sûrs garants de leur sécurité. Dans les révolutions, l'importance prise par le débat public relègue provisoirement au second plan les affaires privées, ce qui explique la liberté que les femmes y trouvent (au point que des révolutionnaires, Emma Goldman par exemple, firent de la sexualité un des enjeux du combat pour la liberté). Mais marcher à son pas est aussi un acte chargé d'une fantastique résonance spirituelle, culturelle et politique – une dimension importante de la méditation, de la prière, de l'introspection religieuse, un mode de contemplation et de composition cher aux péripatéticiens d'Aristote comme aux modernes baladins de Paris et de New York. Il a favorisé les rencontres et les expériences qui ont inspiré l'œuvre, et l'espace où l'imaginer, de quantité d'écrivains, d'artistes, de théoriciens politiques. Qui sait ce que seraient devenus tous ces penseurs et ces génies s'ils n'avaient pu aller et venir dans le monde à leur guise ? Imagine-t-on Aristote bouclé dans un gynécée, John Muir en crinoline ? Même aux époques où les femmes purent se promener librement le jour, la nuit – le carnaval mélancolique, poétique, enivrant des nuits citadines – leur resta largement interdite. Si la possibilité d'aller à pied sert donc des activités culturelles de premier plan et encourage un mode d'être au monde essentiel, alors, oui, celles qui ont été empêchées d'aller aussi loin que leurs pieds les portaient furent privées, non seulement d'un exercice ou d'une détente agréables, mais d'une part importante de leur humanité.

De Jane Austen à Sylvia Plath, les femmes ont su trouver d'autres thèmes, plus circonscrits, pour exercer leur art. Certaines se sont délibérément aventurées dans le vaste monde (Peace Pilgrim, mais à l'âge mûr, George Sand, mais en habits d'homme, Emma Goldman, Josephine Butler, Gwen Moffat et quelques autres), mais le nombre de celles qui furent réduites au silence est infiniment supérieur. Il est dommage qu'*Une chambre à soi* passe trop souvent pour un plaidoyer visant simplement à obtenir que les femmes disposent chez elles d'un bureau, car Virginia Woolf y indique clairement que les ressources économiques, l'éducation et la participation à la vie publique sont aussi indispensables à l'affirmation du talent. Afin de le démontrer, elle invente Judith Shakespeare, ses dons et sa vie gâchés. « Pouvait-elle même se mettre en quête d'un dîner dans une taverne ou errer dans les rues à minuit[17] ? » demande-t-elle.

Sarah Schulman est l'auteur d'un roman qui, à l'instar de cet essai de Virginia Woolf, a trait aux restrictions apportées à la liberté des femmes. *Des filles, des visions et de tout* (titre allusif qui renvoie au roman de Kerouac, *Sur la route*) examine, entre autres choses, l'utilité du credo prêché par Kerouac pour une jeune écrivaine lesbienne, Lila Futuransky. « Le truc, c'était de s'identifier à Jack Kerouac, surtout pas aux femmes qu'il a baisées en cours de route[18] », songe Lila. Elle a raison, car comme Ulysse Kerouac fit un long voyage dans un paysage de femmes immobiles. Cette héroïne du milieu des années quatre-vingt explore les charmes des quartiers sud-est de Manhattan en s'inspirant des principes appliqués par Kerouac lors de sa traversée des États-Unis au milieu des années cinquante. Elle aime par-dessus tout « marcher des heures dans les rues sans savoir où elle [va] mais en finissant de toute façon par y arriver[19] ». Plus le roman progresse, cependant, plus le monde autour d'elle se resserre au lieu de s'ouvrir : elle tombe amoureuse, et dès lors la possibilité de vivre au grand jour s'éloigne.

Dans les dernières pages du roman, elle sort avec son amante se promener un soir à Washington Square. Au retour de cette balade, alors qu'elles mangent une glace sur le trottoir, devant leur immeuble, un groupe d'hommes passe dans la rue et l'un d'entre eux lâche, assez fort pour qu'elles entendent : « C'est ça, la libération gay. Elles croient qu'elles peuvent faire ce qu'elles veulent quand elles veulent[20]. » Ces deux femmes ont sacrifié à la tradition immémoriale de la promenade entre amoureux, mais cette incursion dans l'espace public menace de se retourner contre leurs vies privées et leur intégrité physique.

Par prudence, Lila décide qu'il vaut mieux ne pas remonter tout de suite à l'appartement. « Elles commencèrent à s'éloigner lentement, mais les hommes les suivirent. "Hé, connasse, je parie que tu as une jolie chatte. Vous vous sucez la chatte, toutes les deux, pas vrai ? Je vais te montrer une bite que t'es pas près d'oublier [...]." Pour Lila, tout ça était complètement intégré à la vie quotidienne normale, même si elle s'en serait bien passée. En conséquence elle avait appris à se montrer docile, à se tenir tranquille et à rester discrète, histoire d'éviter les coups de pied au cul. [...] Lila se promenait dans la rue comme quelqu'un qui a fait ça toute sa vie, qui trouve ça naturel, marrant. Elle marchait avec l'illusion qu'elle ne risquait rien et que d'une certaine façon l'illusion la maintenait en sécurité. Un soir bien précis, pourtant, alors qu'elle était sortie acheter des cigarettes, Lila se sentit mal à l'aise. Elle laissa ses pensées dériver jusqu'à ce qu'elles s'arrêtent de leur propre accord sur le fait simple comme bonjour qu'elle n'était pas en sécurité. Elle pouvait être blessée à tout moment et, le temps d'un instant, pressentit qu'elle le serait. Assise sur le capot d'une Chevrolet de 1974, Lila accepta de reconnaître que ce monde n'était pas le sien. Même en bas de son immeuble[21]. »

Quatrième partie

LE BOUT DE LA ROUTE

15

Sisyphe fait de la gymnastique

Faute d'espace où s'exercer, la liberté du marcheur reste un vain mot. On peut distinguer dans l'histoire de la marche une sorte d'âge d'or qui aurait commencé à la fin du XVIIIe siècle mais dont tout laisse à craindre qu'il se soit achevé il y a quelques dizaines d'années. Si cette époque bénie fut certes plus dorée pour certains que pour d'autres, elle s'est accompagnée de la création d'un nombre impressionnant de sites où pratiquer la marche et a légitimé la part récréative de cette activité. L'âge d'or connut son apogée à l'aube du XXe siècle, quand les Américains du Nord et les Européens trouvaient aussi naturel de prendre rendez-vous pour une promenade que pour un dîner. Les clubs de randonnée poussaient alors comme des champignons, et tout en restant un divertissement marcher revêtait souvent un aspect sacramentel. Les villes qui bénéficiaient des améliorations apportées au XIXe siècle (trottoirs, réseaux d'assainissement) n'étaient pas encore menacées par les accélérations du progrès, les premiers parcs nationaux s'ouvraient, l'alpinisme faisait des émules. Ce livre s'est jusqu'ici intéressé à la vie piétonne et pédestre en ville et à la campagne, avec, pour faire bonne mesure, des incursions à la montagne et dans quelques capitales. 1970 est peut-être la date à retenir pour la fin de l'âge d'or : cette année-là, le recensement effectué aux États-Unis révéla que, pour la première fois, plus de la moitié de la population vivait en banlieue. Outre que la banlieue est dépourvue des objets de fierté nationale et des plaisirs civiques présents dans les espaces plus anciens, son expansion a radicalement changé l'échelle et la texture du quotidien – et souvent sur des modes qui n'encouragent pas à pratiquer la marche. Cette transformation opérée sur le terrain affecte aussi la pensée. Aujourd'hui, les Américains ordinaires perçoivent, apprécient, utilisent le temps, l'espace et jusqu'à leur propre corps tout autrement qu'autrefois. Ils effectuent à pied le trajet aller et retour de la voiture aux immeubles, parcourent de même de courtes distances à l'intérieur de ces derniers, mais la marche en tant qu'activité culturelle, agrément, voyage ou simple promenade est en perte de vitesse, et ce déclin retentit sur les rapports aussi anciens que profonds qui unissent le corps, le monde et l'imagination. Sous cet angle, on peut en empruntant au vocabulaire écologiste en parler comme d'une « espèce indicatrice du milieu », en ce sens que son affaiblissement ou sa raréfaction trahissent l'existence d'un trouble systémique. La marche est un indicateur fiable de l'état d'un certain nombre de libertés et de plaisirs : le temps libre, l'accès à des espaces agréables, la liberté des corps.

LA BANLIEUE

Les premières banlieues apparurent aux environs de Londres vers la fin du XVIIIe siècle, quand, explique Robert Fishman, les riches et dévots marchands trouvèrent préférable d'éloigner leurs familles de la ville où les retenaient leurs occupations[1]. Ces chrétiens dont l'aisance n'avait pas entamé l'austérité considéraient avec la plus grande méfiance la vie de la cité : les bals, les théâtres, les marchés et les foires, les jardins d'agrément, les tavernes, tout cela leur paraissait d'une moralité très douteuse. De cette époque date aussi le culte moderne du foyer, avec l'épouse et mère dans le rôle de la grande prêtresse exclusivement attachée au service du temple. Cette première communauté banlieusarde composée de familles fortunées unies autour des mêmes valeurs menait une vie paradisiaque, et, à suivre la description de Fishman, aussi assommante que peut l'être ce genre d'existence : ses membres ne faisaient guère que s'occuper de leurs belles maisons et de leurs beaux jardins. Sorte de modèles réduits des grandes demeures seigneuriales, les villas aspiraient comme eux à une certaine autosuffisance socio-économique. Toutefois, le domaine abritait une nombreuse domesticité, en sus de la famille des maîtres, et il constituait effectivement un lieu de production puisqu'il englobait souvent une ou plusieurs fermes ; la belle maison de banlieue n'abritait guère que la famille nucléaire et il était inévitable que, petit à petit, elle devienne un lieu exclusivement voué à la consommation. Les dimensions du domaine aristocratique permettaient par ailleurs de s'y promener longuement sans en franchir les limites, ce qui n'était pas le cas des beaux jardins de banlieue. Pourtant la banlieue finirait par engloutir la campagne et l'urbaniser à sa façon.

Elle commença à vivre de sa vie propre à Manchester, pendant la révolution industrielle, en poussant des tentacules autour de la ville et dans tout le nord des Midlands. La banlieue est un pur produit de cette révolution qui eut entre autres pour effet d'introduire une distance jusque-là quasi inexistante entre la maison et le travail. Beaucoup d'observateurs de l'époque déploraient que l'usine détruise la vie de famille en séparant ses membres astreints à des journées de travail prodigieusement longues. Pour les ouvriers, « la maison », ou plutôt le logement, n'était au mieux que l'endroit où reconstituer leur force de travail. Les industriels de Manchester commencèrent dans les années 1830 à construire les premières banlieues un peu importantes, abandonnant la ville qu'ils avaient créée afin de cultiver entre eux les vertus de la vie de famille. Dans une démarche inverse à celle des vertueux marchands londoniens, ils fuyaient, non les tentations de la ville, mais sa laideur, son air vicié, son hygiène déplorable, la vue de leur main-d'œuvre misérable et la menace qu'elle représentait.

La décision de ces industriels eut deux grandes conséquences, dit Fishman. Tout d'abord, elle vida le centre-ville de ses habitants. « Les visiteurs s'étonnaient de découvrir [...] le calme total et le vide qui y régnaient quand les bureaux fermaient. Le quartier des affaires en centre-ville était né. Parallèlement, les usines qui autrefois se trouvaient à la périphérie étaient maintenant isolées de la campagne par la ceinture suburbaine. Des murs entouraient les villas des banlieues, et les rues bordées d'arbres sur lesquelles elles donnaient étaient souvent interdites d'accès à tout autre que les résidents et leurs hôtes. Un groupe d'ouvriers tenta de maintenir le droit de passage sur un ancien chemin vicinal qui traversait à présent le terrain de la villa d'un industriel. [...] Mr Jones répondit en faisant poser une grille en fer et creuser des fossés[2]. »

Les ouvriers ont riposté en allant prendre l'air à la campagne le dimanche, puis en se battant pour que l'espace rural encore vacant devienne accessible aux promeneurs, aux randonneurs, aux alpinistes et aux cyclistes. La bourgeoisie a continué à s'installer dans ses banlieues qui grandissaient inexorablement. Les déplacements jusqu'à la ville où les hommes allaient au bureau et les femmes dans les magasins se firent d'abord en calèche, puis au moyen d'omnibus tirés par des chevaux (un mode de transport trop cher, à Manchester du moins, pour que les pauvres l'utilisent), puis en train. En quittant la ville et ses gueux, ces bourgeois avaient laissé derrière eux les trajets à taille piétonne. Marcher dans la banlieue restait certes du domaine du possible, mais ces kilomètres carrés de rues résidentielles bordées de murs derrière lesquels chacun vivait *grosso modo* comme son voisin n'offraient guère de prétextes à la promenade. La fragmentation de l'espace devait d'ailleurs connaître une manière d'apothéose dans la banlieue américaine du XXe siècle, où l'usage massif de l'automobile autorise un éloignement sans précédent des logements par rapport aux lieux de travail, aux commerces, aux écoles, à la vie sociale. La banlieue moderne est l'antithèse de la ville où l'on marche. « Les bureaux sont séparés des commerces. Les habitations sont la plupart du temps distribuées entre des lotissements qui s'excluent mutuellement [...], avec une autre subdivision qui elle est fonction du niveau de vie. Les unités de production industrielle se trouvent à distance des zones résidentielles, même lorsqu'elles sont propres et silencieuses (les usines d'aujourd'hui n'ont généralement qu'un lointain rapport avec les fabriques bruyantes et puantes qui ont marqué la mémoire urbaine). L'individu, pour décoder cette rigide ségrégation géographique, a besoin d'une clef, autrement dit d'un véhicule à moteur. Pour des raisons évidentes, les clefs de la banlieue ne sont pas confiées aux individus de moins de seize ans[3], alors pourtant que la banlieue est paraît-il conçue en priorité pour cette partie de la population. Ces clefs sont également refusées aux personnes âgées qui ne peuvent plus conduire[4]. »

Le permis de conduire est un rite de passage important pour les adolescents des banlieues américaines. Avant, l'enfant ne peut se déplacer que si ses parents l'accompagnent en voiture, et à la maison il est souvent livré à lui-même. Dans son livre, *Nation d'aphalte*, Jane Holtz Kay compare les existences d'enfants de dix ans dont les uns habitent une petite ville du Vermont et les autres une banlieue du sud de la Californie ; ces derniers passent quatre fois plus de temps à regarder la télévision parce que leur environnement est pauvre en terrains d'aventures et destinations de rêve[5]. D'après une étude menée à Baltimore sur les effets de la télévision, plus les adultes regardent les informations des chaînes locales, largement consacrées aux faits divers crapuleux, plus ils vivent dans la peur ; rester chez eux devant leur poste de télé leur ôte toute envie de sortir. La publicité pour une encyclopédie multimédia que je citais au début de ce livre (« Autrefois vous n'hésitiez pas à traverser la ville sous une pluie battante pour consulter nos encyclopédies. Vos enfants n'hésiteront sûrement pas à s'instruire en cliquant sur la souris ») rend assez bien compte du choix laissé à des enfants qui n'ont pas dans leur quartier de bibliothèque où ils pourraient se rendre à pied, et qui de toute façon ne sont pas autorisés à quitter la maison sans être accompagnés (le trajet de l'école qui, pour des générations d'enfants, fut l'occasion des premières incursions dans le monde, se fait aujourd'hui sous haute surveillance). La télévision, le téléphone, l'ordinateur, l'Internet parachèvent cette privatisation de la vie quotidienne apparue avec la banlieue et renforcée par la voiture. Parce qu'elles évitent de sortir de chez soi, ces inventions encouragent le retrait du monde bien plus que la résistance à la dégradation de l'espace public et des conditions de vie.

Le corps humain n'est pas armé pour la prolixité de ces banlieues américaines construites à échelle automobile. De même que les jardins, les trottoirs, les passages, les arcades, les sentiers de randonnée sont en quelque sorte les infrastructures de la marche, de même les banlieues modernes, les autoroutes, les parkings sont les infrastructures de la conduite automobile. La voiture est la première responsable du développement tentaculaire du grand Los Angeles et des banlieues gigantesques – qui au vrai ne méritent pas ce nom puisqu'elles ne se rattachent à aucun centre urbain. Albuquerque, Phoenix, Houston ou Denver ont peut-être encore, dans un repli de leurs entrailles, un cœur urbain un peu solide, à moitié digéré, mais ces villes se sont trop dilatées pour être efficacement desservies par les transports publics (quand ils existent) ou pour être traversées à pied. Ici, les gens ne sont pas censés marcher et ils marchent rarement. On les comprend. En sus du manque d'intérêt qu'il y a à se promener dans ces étendues mornes, il est évidemment gênant de se livrer à une activité si peu pratiquée qu'elle en devient incongrue, voire suspecte.

Elle peut en effet apparaître comme un aveu d'impuissance ou de dénuement, ce pourquoi sans doute les nouveaux espaces urbains et suburbains dédaignent si ouvertement les marcheurs. Bien souvent le centre-ville y est remplacé par des centres commerciaux accessibles aux seuls automobilistes ; trop de cités n'ont tout simplement rien qui ressemble à un espace public ; les immeubles sont conçus pour qu'on y entre en voiture, par le parking, plutôt que par la porte d'entrée. Dans la ville de Yucca Valley, proche du parc national de Joshua Tree, les commerces s'éparpillent sur plusieurs kilomètres le long d'une route à grande circulation où les passages piétons et les feux tricolores sont rares. Ma banque est à un jet de pierre d'une épicerie, mais de l'autre côté de cette route, si bien que la voiture est le moyen le plus rapide et le plus sûr de se rendre de l'une à l'autre. Ces dernières années, plus de mille passages piétons ont été supprimés en Californie[6], ce qui n'est sans doute pas pour déplaire aux urbanistes de Los Angeles qui affirmaient au début des années soixante : « Les piétons restent le plus gros obstacle à la fluidité du trafic automobile[7]. » L'absence pure et simple de trottoirs dans les nouveaux quartiers, riches ou pauvres, des villes amibes de la côte Ouest est un autre signe de la volonté d'en finir avec les marcheurs. Lars Eigner le constata à ses dépens au cours des années quatre-vingt, à un moment particulièrement difficile de son existence où, complètement fauché, il se retrouva à la rue et entreprit de faire en stop le voyage du Texas à la Californie du Sud avec sa chienne, Lizbeth. « Il n'y a pas de trottoirs dans le sud de Tucson. Au début je me suis dit que ça allait bien avec le côté déglingue de l'endroit, mais au bout d'un moment j'ai fini par penser que la Ville de Tucson avait pour politique de dissuader les piétons. Je n'ai en particulier jamais réussi à trouver d'autre moyen pour gagner à pied la partie nord de la ville que de suivre les voies des étroites bretelles des échangeurs. Au début, je n'y croyais pas, je cherchais un passage, et pendant des heures on a erré comme des âmes en peine, Lizbeth et moi, sur la rive sud du ravin à sec qui partage Tucson en deux[8]. »

L'érosion de l'espace piétonnier s'étend désormais aux espaces qui paraissaient les mieux préservés. Au cours de l'hiver 1997-1998, le maire de New York, Rudolph Giuliani, déclara que les piétons gênaient la circulation automobile. (Dans cette ville où tant de gens se déplacent à pied pour régler leurs affaires, il serait pourtant aussi juste de dire que l'automobile gêne la circulation des piétons.) Il donna l'ordre à la police de verbaliser les irresponsables qui traversaient en dehors des clous et fit placer des barrières le long de trottoirs où le trafic piétonnier est particulièrement dense. Gloire soit rendue aux New-Yorkais qui s'insurgèrent contre ces mesures en organisant des manifestations devant ces barrières et en méprisant de plus belle les passages cloutés. À San Francisco, quarante et un pour cent des accidents de la circulation provoquent la mort de piétons qui chaque année, pour plus d'un millier d'entre eux, sont renversés par des voitures ; les statistiques établies pour Atlanta font état de 80 morts et de 1 300 blessés par an dans les rangs des piétons[9]. Quant au New York du maire Giuliani, la voiture y cause près de deux fois plus de décès que les crimes de sang[10] (285 contre 150 en 1997). La pratique piétonne de la ville devient réservée aux créatures physiquement équipées pour l'esquive et la fuite.

L'urbanité telle que la définit le géographe Richard Walker est une « insaisissable combinaison de densité, de vie publique, de brassage cosmopolite et de libre expression[11] ». L'urbanité et la voiture sont antithétiques sur plus d'un plan, car les villes conçues pour la seconde ne sont plus que des banlieues dont les habitants motorisés font la navette d'un intérieur à l'autre. L'automobile favorise la dilution de l'espace et sa privatisation : les galeries commerciales remplacent les rues commerçantes ; les lieux publics sont noyés dans une mer de bitume ; le projet civique s'égare dans la régulation du trafic ; le brassage humain est moins spontané et par conséquent beaucoup moins fréquent. La liberté de parole et d'assemblée prévue par le premier amendement de la Constitution des États-Unis vaut pour l'espace public de la rue, pas pour celui, privatisé, des galeries marchandes. Les possibilités démocratiques et libératrices qui apparaissent chaque fois que des gens se rassemblent en public n'existent que là où existe aussi l'espace de l'assemblée. Il y a pourtant une logique dans l'évolution à laquelle on assiste. Fishman insiste sur la fonction de refuge des banlieues nanties – loin du péché, d'abord, puis de la laideur et des dangers de la ville et de ses pauvres. Dans l'Amérique de l'après-guerre, l'« exode des Blancs » fut en réalité celui d'une bourgeoisie rebutée par la ville multiraciale ; de nos jours, les mégapoles amorphes de la côte Ouest cultivent comme la plupart des banlieues du pays une peur du crime qui apparaît surtout comme une peur de la différence et contribue à éliminer ce qu'il reste d'espace public et de vie piétonne. À la longue liste des activités proscrites par la banlieue, il convient sans doute d'ajouter l'engagement politique.

Dans les banlieues américaines, le porche, élément architectural qui joua longtemps un rôle de premier plan dans la vie sociale des petites villes, fut très tôt remplacé par la gueule aveugle du garage. Des aménagements d'invention récente rendent plus tangible le retranchement : nous vivons à l'ère des portes blindées et des systèmes de sécurité, où l'architecture, les projets d'urbanisation et les progrès technologiques concourent à anéantir ou annuler l'espace autrefois indivis. Comme à Manchester, il y a un siècle et demi, ce repli sur la vie privée semble avoir pour fonction de mettre les riches à l'abri des conséquences de l'injustice économique et du ressentiment qu'elle provoque de l'autre côté des grilles ; c'est la solution de rechange à l'instauration de l'équité. « Il est extrêmement regrettable et décourageant que les voleurs et l'élite ne tombent d'accord que sur un seul point : vivre caché[12] », remarquait déjà Kierkegaard.

S'il y eut un âge d'or de la marche, il fut soutenu par le désir de voyager léger avec le corps pour seul véhicule, sans le blindage des carrosseries, sans crainte de se mêler à des tas de gens différents. Cet âge d'or apparut à une époque où villes et campagnes devenaient plus sûres, où l'envie de connaître le monde était exaltante. La banlieue a déserté l'espace de la ville sans pour autant le rendre à la campagne. Aujourd'hui, le phénomène est encore aggravé par la construction de zones résidentielles inaccessibles à la plupart des bourses et aussi défendues que des bunkers. Plus important peut-être, la disparition des lieux propices à la déambulation pédestre a transformé la perception du corps dans sa relation à l'espace. Depuis quelques années, il se passe d'ailleurs des choses très bizarres autour de la notion de corporalité, du fait que nous vivons dans et par le corps.

LA DÉSINCARNATION DE LA VIE QUOTIDIENNE

Le changement spectaculaire opéré sur les espaces où vivent les êtres humains retentit sur la façon dont ils imaginent ces espaces et les occupent concrètement. En feuilletant un numéro du magazine *Life* consacré aux grands événements du dernier millénaire, je suis tombée sur cet étrange commentaire, placé en regard d'une photo de train : « Pendant la plus grande partie de l'histoire de l'humanité, les transports terrestres furent tributaires d'un unique mode de propulsion : les pieds. S'en remettre à ses propres extrémités ou à celles d'une autre créature présentait les mêmes inconvénients pour le voyageur : vitesse de croisière insignifiante, exposition aux intempéries, obligation de s'arrêter pour se nourrir et se reposer. Le 15 septembre 1830, le pied entama la fatale glissade qui le rendrait obsolète. Au son des cuivres, un million de Britanniques se massèrent entre

Liverpool et Manchester pour assister à l'inauguration du tout premier chemin de fer à vapeur. [...] Malgré la mort d'un membre du Parlement renversé par le train lors de la cérémonie, la ligne Liverpool-Manchester allait propager dans le monde entier l'épidémie des voies ferrées[13]. » À l'instar de l'usine et de la banlieue, le train fait partie de l'appareil de la révolution industrielle. La locomotion mécanique a eu sur la distribution des marchandises et des voyageurs un effet d'accélération similaire à celui de la mécanisation sur la production.

Les postulats sur lesquels se fonde le petit encart de *Life* ne manquent pas d'intérêt : les facteurs naturels d'ordre biologique et météorologique sont des inconvénients, plutôt que la cause de désagréments passagers ; le progrès consiste à transcender le temps, l'espace, la nature, au moyen du train, puis de la voiture, de l'avion, des communications électroniques. Or, se nourrir, se reposer, bouger physiquement, vivre avec les caprices de la météo, tout cela participe de façon primordiale à l'expérience physique des êtres vivants ; discréditer ces expériences, c'est désavouer la biologie et la vie des sens, ce que le passage cité fait très précisément en parlant de « la fatale glissade qui rendrait le pied obsolète ». Cela explique peut-être que ni *Life* ni la foule n'aient semble-t-il beaucoup pleuré la mort du parlementaire. Le train ne s'est pas contenté de broyer le corps de cet homme ; partout où il est passé il a allégrement mutilé les corps, coupé la perception, l'espoir, l'action du monde organique de la corporalité. On considère généralement que la modernité nous a séparés de la nature en nous rendant les espaces naturels étrangers. Reste que le corps qui sent, respire, vit, bouge, peut aussi être appréhendé comme expérience fondamentale de la nature : les nouvelles technologies et les nouvelles formes d'habitat risquent de nous aliéner davantage, et le corps, et le monde.

Dans son *Histoire des voyages en train*, Wolfgang Schivelbusch décrit de façon passionnante la modification des perceptions induite par le nouveau moyen de transport. Les premiers passagers du chemin de fer vécurent les effets du progrès comme une abolition du temps et de l'espace, une façon de les transcender et, partant, de transcender aussi le monde physique : une désincarnation, en somme. Si commode soit-elle, la désincarnation ne va pas non plus sans conséquences. « La vitesse et la rectitude mathématique qui caractérisent le trajet en chemin de fer détruisent la relation privilégiée entre le voyageur et l'espace du voyage. Le train était perçu comme un projectile, et prendre le train revenait donc à être catapulté dans le paysage [...]. Le passager monté à bord de ce projectile cessait d'être voyageur pour devenir paquet, selon une métaphore très populaire au XXe siècle[14]. » Depuis, la perception s'est acclimatée à la vitesse, mais à l'époque celle du train était littéralement vertigineuse. Jusqu'alors, les modes de transport terrestres avaient étroitement associé les voyageurs aux paysages traversés, mais le train roulait à trop vive allure pour que les esprits du XIXe siècle arrivent à relier visuellement les arbres, les collines, les constructions qui défilaient derrière les vitres. L'engagement spatial et sensuel avec la portion de territoire qui s'étend entre ici et là-bas n'avait plus de raison d'être. Les deux lieux n'étaient plus séparés que par une durée appelée à diminuer inexorablement. La vitesse n'a pas rendu le voyage plus intéressant, au contraire ; comme la banlieue, elle enferme ceux qu'elle happe dans un purgatoire spatial. Pour tuer le temps, les voyageurs se mirent bientôt à lire, à dormir, à tricoter, à s'ennuyer dans les trains. La voiture et l'avion ont considérablement accru cette transformation, et aujourd'hui la possibilité de regarder un film dans un avion qui vole à dix mille cinq cents mètres au-dessus de la terre est sans doute l'exemple le plus abouti de la déconnexion entre l'être humain et l'espace, le temps, l'expérience. « De l'élimination de l'effort physique exigé par la marche à la perte sensorimotrice induite par le premier mode de transport rapide, nous avons pour finir atteint les états à la limite de la privation sensorielle, écrit Paul Virilio. Les frissons d'excitation du voyage d'antan sont désormais compensés par la projection d'un film sur un écran central[15]. »

Le rédacteur de *Life* avait peut-être raison. Bien qu'aucun critère objectif ne permette de conclure à l'obsolescence du corps, il apparaît, et de plus en plus, trop fragile, trop lent, trop capricieux pour nos attentes et nos désirs – un paquet à transporter par des moyens mécaniques. (Même si par ailleurs quantité d'endroits escarpés, accidentés ou encaissés, des régions entières, parfois, ne sont accessibles qu'à pied ; le transport motorisé exige en effet des voies de chemin de fer, des routes nivelées, des pistes d'atterrissage, des sources d'énergie et tout un environnement bétonné.) Le rapport au corps change du tout au tout selon qu'on l'estime apte à traverser des pays ou des continents – comme ce fut le cas des corps de John Muir, de Wordsworth, de Peace Pilgrim –, ou inapte à sortir le soir par ses propres moyens. En un sens, la voiture est devenue la prothèse de ce corps conceptuellement handicapé, ou handicapé de fait par la création d'un monde qui n'est plus à taille humaine. Depuis le bâton utilisé pour la première fois à dessein, depuis le premier panier improvisé, les outils ont augmenté dans des proportions considérables la force, l'habileté, l'allonge du corps. Nous vivons dans un monde où nos mains, nos pieds peuvent impulser à une tonne de métal une vitesse bien supérieure à celle de l'animal le plus rapide de la terre, nous pouvons nous parler à des milliers de kilomètres de distance, trouer des matières résistantes en actionnant simplement les muscles de l'index.

Le corps sans ces prolongements est aujourd'hui l'exception, et le corps ainsi prolongé devient un organisme musculairement et sensoriellement atrophié. Le monde n'est plus à l'échelle du corps mais à celle de la machine, ce pourquoi tant d'entre nous ont besoin, ou croient avoir besoin, de machines pour traverser le territoire à la vitesse requise. Comme la plupart des inventions conçues pour « économiser du temps », la mécanisation des déplacements a surtout pour effet de créer des attentes et des exigences inconnues auparavant ; les Américains ont par exemple nettement moins de temps libre qu'il y a trente ans. Pour le dire autrement, de même que l'accélération de la production industrielle ne s'est pas traduite par une diminution du temps de travail, la vitesse accrue des moyens de transport élargit le terrain d'intervention des individus au lieu de diminuer le temps de trajet (les Californiens passent facilement trois ou quatre heures au volant de leur voiture pour aller au travail et en revenir). Le déclin de la marche tient à l'absence d'espaces où marcher et au manque de temps – à la disparition de cet espace-temps non structuré qui longtemps permit si bien de penser, de se courtiser, de songer les yeux grands ouverts et d'observer le monde. Les machines vont de plus en plus vite, et nos vies suivent le même mouvement.

LE TAPIS DE JOGGING

Après la banlieue qui a rationalisé et circonscrit la vie de famille, après l'industrialisation qui eut les mêmes effets sur le travail manuel, la gymnastique a rationalisé et circonscrit, non seulement l'exercice physique, mais jusqu'aux différents groupes de muscles et de tendons. Son histoire a aussi à voir avec l'avènement de la révolution industrielle. Ainsi que l'explique James Hardie dans le petit livre qu'il écrivit en 1823 sur la question, « le moulin de discipline[16] fut inventé en l'an 1818 par Mr William Cubitt, domicilié à Ipswich, et installé dans la Maison de correction de Brixton, près de Londres[17] ». Cette machine se présentait comme une grande roue actionnée à l'aide de marches faisant office de pignons, que les prisonniers foulaient tour à tour pendant une durée déterminée. L'effort physique qu'ils devaient fournir était parfois utilisé pour entraîner un autre mécanisme, une meule à grains par exemple, mais la première finalité du moulin de discipline était la dépense d'énergie, pas sa récupération à des fins productives. « C'est sa régularité monotone, et non sa sévérité, qui le rend redoutable et vient fréquemment à bout de l'esprit obstiné[18] », précise Hardie à propos des mérites de cette invention dont il avait équipé la prison américaine placée sous sa responsabilité. Et il ajoute que de l'avis « des médecins fonctionnaires affectés à diverses prisons [...] l'état de santé général des prisonniers n'a en aucune manière été lésé ; à cet égard, la peine s'avère au contraire considérablement bénéfique[19] ». La population carcérale de sa prison de Bellevue, sise à New York au bord de l'East River, se composait de 81 hommes et 101 femmes arrêtés pour vagabondage, de 109 hommes et 37 femmes prisonniers de droit commun et de 14 « démentes ». Le surplace éreintant du moulin de discipline était en effet un châtiment parfaitement adapté au crime de vagabondage.

Le travail répétitif est une punition depuis que les dieux de la mythologie grecque condamnèrent comme chacun sait Sisyphe (qui « avait toujours vécu de rapine et souvent assassiné des voyageurs sans méfiance[20] », rappelle Robert Graves) à pousser éternellement un rocher sur la pente d'une montagne. Ce châtiment illustre bien l'attitude qui prévalait autrefois à l'égard de l'effort physique non couronné de résultats. Tout au long de l'histoire de l'humanité, aujourd'hui encore dans les pays qui n'appartiennent pas au groupe des nations les plus favorisées, la nourriture fut relativement rare, surtout en regard de la dépense énergétique nécessitée par la survie. L'« exercice » physique ne se justifie que lorsque le rapport entre ces deux facteurs s'inverse. Le développement des qualités physiques faisait partie intégrante de la formation dispensée aux Grecs de l'Antiquité, c'est vrai, mais il s'accompagnait d'une dimension sociale et culturelle absente aussi bien de la gymnastique moderne que des corvées qualifiées de « travail de Sisyphe ». Et si la marche fut longtemps un « exercice » prisé par l'aristocratie, l'enthousiasme de la classe ouvrière pour la randonnée, tel qu'il se manifesta notamment en Grande-Bretagne, en Autriche et en

Allemagne, laisse entendre que les travailleurs ne voyaient pas simplement dans cette activité un moyen de faire circuler le sang ou de brûler les calories. Eduardo Galeano décrit dans un court essai la stupéfaction des pêcheurs d'un petit village de République dominicaine tombés en arrêt devant une publicité pour un rameur d'appartement. « Dedans ? Ils se servent de ça dedans ? Sans eau ? Ils vont ramer sans eau ? Sans poissons ? Sans le soleil ? Sans le ciel[21] ? » s'exclamèrent-ils, indiquant ainsi à l'étranger qui leur avait montré l'image qu'ils aimaient tous les aspects de leur travail à l'exception d'un seul : ramer. Quand il leur eut expliqué que cet appareil servait à prendre de l'exercice, ils dirent : « Ah. Et l'exercice… qu'est-ce que c'est ? » On sait que le bronzage devint un signe extérieur de richesse quand la majorité des pauvres cessèrent de travailler aux champs pour entrer à l'usine ; ceux qui avaient des loisirs purent alors bronzer sans crainte d'être confondus avec les paysans ou les manœuvres. Le fait qu'il en aille aujourd'hui de même pour la musculature signifie que la force physique n'est plus indispensable à l'exécution de la plupart des tâches : comme le bronzage, le culturisme et ses variantes relèvent d'une esthétique de l'obsolète.

La salle de gym est l'espace intérieur destiné à compenser la disparition des espaces extérieurs et à pallier le délabrement des corps. C'est l'usine spécialisée dans la production des muscles et de la forme physique, tellement bien d'ailleurs qu'elle ressemble souvent à une vraie usine : cela vaut pour la stricte rationalisation de l'espace, l'éclat des machines métalliques, les individus absorbés dans les tâches répétitives qu'ils effectuent chacun de leur côté. Comme les muscles, l'esthétique industrielle a un petit parfum de nostalgie. Les centres de « mise en forme » s'installent parfois sur les sites abandonnés par l'industrie. Les quais de Chelsea, à Manhattan, furent construits dans la première décennie du XXe siècle pour accueillir les paquebots transatlantiques, autrement dit pour les travailleurs qu'étaient les marins, les débardeurs, les employés du port, ainsi que pour les voyageurs migrants ou fortunés. Ils abritent à présent un centre de culture physique qui comprend un gymnase couvert, des salles de musculation, une piscine, une paroi d'escalade et, suprême bizarrerie, des practices de golf aménagés sur quatre étages. Un ascenseur emmène les golfeurs jusqu'à leurs cabines en forme de stalles. Là, tous les gestes liés à ce sport (marcher, porter, évaluer la distance, jauger le terrain, communiquer, se pencher pour placer la balle ou la récupérer) sont abolis au même titre que le paysage du terrain de golf ; ne demeurent que le mouvement courbe du drive inlassablement exécuté par la rangée de silhouettes isolées, immobiles, le bruit sec du club qui frappe la balle, celui, plus sourd, des balles qui atterrissent, le vrombissement des blindés miniatures qui évoluent sur la pelouse synthétique du théâtre d'opérations afin de ramasser les balles et de les déverser dans l'appareil qui les recrache automatiquement aux pieds des joueurs. La Grande-Bretagne est la championne toutes catégories de la reconversion des sites industriels en salles de gym et autres centres de mise en forme. La révolution industrielle a démarré ici, dans les filatures de Manchester et de Leeds, dans les forges et les aciéries de Sheffield, les innombrables manufactures qui faisaient autrefois de Birmingham « l'atelier de production du monde ». Ces bâtiments tombés à l'abandon parce que les biens consommables sont désormais fabriqués sous d'autres latitudes ont été « réhabilités » : aujourd'hui, ils attirent des gens qui viennent volontairement s'y dépenser pendant leurs loisirs, démarche à contre-pied de celle des ouvriers qui employaient volontiers leur temps libre à s'aérer, sinon à la campagne, au moins à l'extérieur.

Autre différence, alors que les corps au service de la révolution industrielle devaient s'adapter à la machine au prix de terribles conséquences en termes de souffrance, de blessures, de difformités, les appareils de mise en forme sont adaptés au corps. Marx disait que l'histoire commence en tragédie et se termine en farce ; dans le cas qui nous occupe, le travail physique qui fut au départ un labeur productif devient à l'arrivée une activité de loisir (autant dire de consommation). Le signe le plus évident de cette transformation ne tient pas seulement au caractère désormais improductif du travail, au fait que le mouvement des bras ne sert plus à manier le bois ou à pomper l'eau. À l'ère de l'industrie de consommation, le développement des muscles passe souvent par l'inscription dans un club de gym et exige une tenue vestimentaire adaptée, un équipement spécial, des entraîneurs, des moniteurs, toute une longue liste de frais annexes, sans pour autant que les muscles qu'il permet d'acquérir soient utiles ou utilisés à des fins pratiques. L'exercice est « efficace » lorsque la dépense calorique atteint son maximum, ce qui est très précisément le contraire du but recherché par le travailleur ; de plus, alors que l'effort engagé dans le travail est le fait du corps qui agit sur le monde, l'effort engagé dans l'exercice est le fait du corps qui agit sur lui-même. Mon intention n'est pas de jeter la pierre aux utilisateurs des salles de gym – il m'est arrivé de les fréquenter, moi aussi – mais seulement de m'arrêter sur l'étrangeté du phénomène. Lorsque je m'échinais sur tel ou tel appareil de musculation, j'imaginais que j'aurais effectué ces mouvements si j'avais dû ramer pour de vrai, pomper de l'eau, soulever des ballots ou des sacs, tous ces gestes que réclame le travail à la ferme mais qui se sont vidés de leur sens. Sans cultiver la nostalgie de la vie paysanne, on peut tout de même s'étonner que nous les reprenions pour des raisons si différentes. Quelle est exactement la nature de la transformation qui, à l'heure où des machines pompent l'eau à notre place, veut que nous reproduisions sur d'autres machines l'action de pomper, et que nous agissions ainsi non par respect de l'eau mais par respect de nos corps, ces corps théoriquement libérés par la technologie ? Qu'est-ce qui se perd, au juste, quand disparaît la relation entre les muscles et le monde, quand la production de l'eau et celle des muscles nécessitent des machines dont le fonctionnement est complètement dissocié ?

Le corps a perdu son statut de bête de somme pour s'élever au rang d'animal domestique. Il ne sert plus à transporter réellement quoi que ce soit, comme les mules d'autrefois ; on le choie et on lui donne de l'exercice comme on promène un chien. Entité à usage récréatif plus qu'utilitaire, il ne travaille plus, il s'entraîne. Des poids en métal sont pour lui l'équivalent d'un sac d'oignons ou d'un tonneau de bière, les appareils de musculation lui offrent mille possibilités de résister dans toutes les directions à la pesanteur pour devenir plus sain, plus beau, plus souple et détendu. La plus perverse de toutes ces inventions est sans aucun doute le tapis de jogging (et son cousin le Stairmaster). Perverse, car si je comprends qu'on ait envie de simuler les gestes paysans, la simulation de la marche est comme une abolition de l'espace. Le caractère ennuyeux et répétitif du labeur physique, réel ou simulé, est une chose ; c'en est une autre de transformer en tâche astreignante une activité aussi diversifiée qui met au contact du monde. En me promenant le soir dans Manhattan, je suis maintes fois passée devant des salles de gym installées à l'étage, pleines de joggeurs à l'entraînement ; on dirait qu'ils vont sauter par la fenêtre pour se précipiter dans le vide, que leur salut dépend uniquement du surplace auquel les contraint cette mécanique sisyphéenne.

Je suis sortie l'autre jour par un splendide après-midi d'hiver pour aller visiter un magasin qui vend des appareils de musculation aux particuliers. Dans la salle de culture physique de l'université de San Francisco, les adeptes du tapis de jogging travaillaient sagement derrière les grandes vitrines, ou lisaient le journal en s'entraînant. Le vendeur jeune et musclé auquel je m'adressai m'expliqua que les gens achètent des tapis de jogging pour prendre de l'exercice le soir au retour du travail, à une heure où ils craignent de s'aventurer hors de chez eux, pour suer d'abondance sans que leurs voisins les voient, pour garder un œil sur les gosses, pour mieux rentabiliser leurs moments libres et, dernière raison, parce que le jogging sur tapis est une activité « douce » recommandée aux personnes qui se sont abîmé des muscles ou des tendons à force de trop courir.

Le tapis de jogging va de pair avec la banlieue et l'autotropole : cet appareil qui ne permet d'aller nulle part s'utilise là où il n'y a plus d'endroits accessibles à pied. Il fait partie des nombreux dispositifs qui encouragent au repli sur l'espace privé, et constitue à cet égard un compromis dont on peut craindre qu'il finisse par dissuader les gens de contribuer à rendre le monde habitable ou de participer simplement à la vie collective. Calviniste de par sa technologie, il fournit des mesures chiffrées, précises, relatives à la vitesse du « déplacement », à la « distance » parcourue, au rythme cardiaque, et il élimine l'imprévisible comme l'imprévu : aucun risque de croiser inopinément ses voisins ou des inconnus, sur un tapis de jogging ; aucune chance que le paysage s'y révèle au tournant d'un chemin. Sur le tapis de jogging, la marche n'a plus aucun rapport avec la contemplation, la rencontre, l'exploration. Elle se résume au mouvement alterné des membres inférieurs.

À la différence des moulins de discipline introduits dans les prisons au cours des années 1820, le tapis de jogging consomme de l'énergie sans en produire. C'est un moteur destiné, non plus à sortir de chez soi en s'épargnant la peine de marcher, comme le moteur automobile, mais à prendre la peine de marcher en restant chez soi. Tout un maillage pour partie invisible relie désormais la maison à des infrastructures industrielles de production et de distribution de l'énergie qui transforment les paysages et l'écologie de la planète : câbles et lignes à haute tension, compteurs, mines de charbon et puits de pétrole, grands barrages exploités pour alimenter les usines qui génèrent de l'électricité. Et quelque part au milieu de tout cela se trouve forcément une usine où l'on fabrique des tapis de jogging. Beaucoup plus que la marche, cette invention concourt donc à renforcer l'interdépendance des sphères économique et écologique, mais elle engage beaucoup moins l'individu dans la réciprocité des échanges. Activité le plus souvent solitaire, l'entraînement sur tapis de jogging est aussi très fastidieux, et c'est d'ailleurs à cause de sa monotonie que cette activité était autrefois préconisée pour amender les prisonniers. La brochure qui accompagne un de ces appareils précise qu'il comporte « cinq courses programmées », qui « varient en fonction de la distance, du temps et de l'inclinaison de la pente. [...] La course d'Amincissement interactif vous permet de maintenir votre rythme cardiaque dans la zone de perte de poids optimum en ajustant la difficulté du parcours, [tandis que] les courses sur mesure vous donnent la possibilité de créer et de conserver en mémoire des programmes pouvant aller jusqu'à quinze kilomètres avec des variations extrêmement fines, de l'ordre de la centaine de mètres ». Grâce à ces « courses sur mesure », le sportif en chambre peut donc créer un itinéraire qui ressemblera à un parcours sur terrain varié, à ceci près que le terrain est en l'occurrence un tapis roulant en caoutchouc ajusté autour d'un socle d'à peine deux mètres de long. Depuis que le chemin de fer a modifié notre rapport à l'espace, la longueur du voyage est mesurée en fonction du temps de trajet et non plus de la distance. Le tapis de jogging parachève cette transformation : désormais le déplacement est exclusivement une question de durée, d'exercice physique et de mouvement mécanique. L'espace en tant que paysage, terrain, spectacle, lieu d'expérience s'est volatilisé.

16

La marche envisagée comme l'un des beaux-arts

La majorité de la population vit aujourd'hui selon des modes désincarnés, abstraits, dus pour partie à la place de plus en plus importante accordée à l'automobile, pour partie à l'extension des zones suburbaines. Ceci étant, depuis la fin du XVIIIe siècle au moins, la marche est aussi un acte de résistance à l'esprit du temps, ce temps qui s'est soudain tellement accéléré qu'elle ne peut plus le suivre. C'est d'ailleurs pour cette raison que l'histoire de la marche devient occidentale à partir de la révolution industrielle, moment où la circulation pédestre s'est dissociée du continuum des gestes quotidiens pour devenir une activité délibérément choisie. La culture de la marche est à bien des égards une réaction contre la vitesse et l'aliénation propres à la révolution industrielle. Elle a généré l'apparition de contre-cultures ou de formes culturelles minoritaires qui entendent résister à la désintégration postindustrielle et postmoderne de l'espace, du temps, du corps. Souvent ces mouvements se réclament de traditions anciennes et attestées (la philosophie des péripatéticiens, la célébration poétique de la nature, le pèlerinage, la méditation bouddhiste), ou de pratiques plus récentes, comme l'auto-stop ou la flânerie. Dans les années soixante, toutefois, la marche vit s'ouvrir un domaine entièrement nouveau pour elle, celui de l'art.

Les artistes, bien sûr, marchaient déjà auparavant. Au XIXe siècle, le développement de la photographie et la vogue de la peinture en plein air les poussèrent comme jamais à explorer la campagne à pied ; une fois qu'ils avaient trouvé leur sujet, cependant, ces artistes s'arrêtaient pour le fixer sur la pellicule ou la toile et, plus important, arrêtaient du même coup le regard du spectateur aux plans ou à la perspective qui les avaient retenus. Les artistes marcheurs nous ont laissé des chefs-d'œuvre innombrables, aussi bien ces estampes chinoises où des ermites minuscules errent parmi les hauteurs que des tableaux plus contemporains – *La Promenade au matin* de Thomas Gainsborough, par exemple, ou la *Rue de Paris, temps de pluie* de Gustave Caillebotte, avec ses passants qui vont et viennent sur le pavé parisien à l'abri de leurs parapluies. Mais le jeune couple de *La Promenade au matin* a beau s'être levé du bon pied, il n'en est pas moins figé pour l'éternité. Parmi cette abondance d'œuvres admirables, seules peut-être les *Cinquante-trois étapes du Tokaido* exécutées au XIXe siècle par le peintre Hiroshige évoquent plus le mouvement que la pause ; comme les stations du chemin de croix, elles se suivent logiquement selon la progression du voyage – un voyage de près de cinq cents kilomètres pour la plupart effectués à pied sur la route qui reliait Edo (l'actuel Tokyo) à Kyoto. Cette série d'estampes est un road-movie avant la lettre, du temps où les routes étaient faites pour les marcheurs et où les histoires s'animaient grâce à des blocs de bois gravés.

Le discours a au moins un point commun avec la route : comme elle il se déploie dans le temps et ne peut donc être saisi instantanément dans sa globalité. Cette loi temporelle ou narrative rapproche considérablement plus la marche de la littérature que des autres formes d'expression artistiques – l'en a rapprochée, faudrait-il dire plutôt, car depuis les années soixante tout a changé et tout est devenu possible sous le grand chapiteau des arts plastiques. Chaque révolution a ses grands précurseurs. Celle-ci compte parmi ses parrains le peintre Jackson Pollock, du moins si l'on se fie au portrait qu'en a brossé un de ses disciples. Allan Kaprow, qui s'inscrit dans le courant de la performance et de l'interdisciplinarité artistiques, estime que depuis Pollock le tableau a abandonné son statut d'objet esthétique pour devenir mise en acte de l'expérience intime ; le geste de l'artiste prime sur le résultat, et le tableau, autrefois simple souvenir de ce geste, en devient dès lors le sujet. L'analyse de Kaprow se transforme en manifeste exubérant et prophétique lorsqu'il évalue les conséquences de la démarche de Pollock : « La quasi-destruction de cette tradition par Pollock peut fort bien obliger à un retour au point où l'art était plus activement concerné par le rituel, la magie et la vie [...]. Tel que je le vois, Pollock nous laisse en un point où nous devons nous préoccuper, jusqu'à l'éblouissement, des espaces et des objets de notre vie quotidienne, aussi bien nos corps, nos vêtements, nos logements que l'immensité de la 42e Rue, si besoin. Sans nous satisfaire du pouvoir de suggestion de la peinture sur nos autres sens, nous nous servirons de la consistance du regard, du bruit, du mouvement, des gens, des odeurs et du toucher[1]. »

Pour les artistes qui ont répondu à l'exhortation de Kaprow, l'art n'est plus une discipline encore largement artisanale visant à la fabrication d'objets, mais une sorte de recherche débridée sur les relations entre les idées, les actes et le monde concret. Surgi à une époque où les galeries d'art, les musées et les objets conçus pour eux végétaient dans l'attente d'une mort qui paraissait imminente, l'art conceptuel et dématérialisé entreprit d'abord de se trouver une nouvelle arène et de mobiliser autour de son projet. Les objets qu'il produisait pouvaient indifféremment témoigner de cette recherche, soutenir ou impulser les recherches de ceux qui les regardaient ; les artistes s'improvisèrent scientifiques, chamans, détectives ou philosophes afin de poursuivre cette quête qui les conduisit à élargir le répertoire des gestes bien au-delà du mouvement du pinceau sur la toile ou du ciseau sur la pierre. Leurs corps eux-mêmes devinrent le support de leurs performances. Le recul aidant, il semble que l'ambition de ces artistes était de recréer le monde pas à pas, un geste après l'autre, un objet après l'autre, en commençant par les matières, les formes, les gestes les plus simples. Pas à pas, et par conséquent en partant aussi de ce geste tout ordinaire mais riche de potentialités extraordinaires : la marche.

Spécialiste d'histoire de l'art, auteur depuis plus de trente ans de textes subversifs sur la question, Lucy Lippard estime que la marche envisagée comme catégorie artistique est généalogiquement plus proche de la sculpture que de la performance. Elle cite à l'appui de sa démonstration deux œuvres du sculpteur Carl Andre, *Levier* (1966) et *Articulation* (1968), dont la première est un assemblage de briques qui court sur deux salles et doit être suivi sur toute sa longueur, dont la seconde dessine une ligne similaire mais composée cette fois de balles de foin alignées dans un pré sur une distance bien plus considérable. « La sculpture telle que je la vois est une route, écrivit Andre à l'époque où il travaillait à ces œuvres. Je veux dire par là qu'une route ne se révèle pas en un point particulier, ou d'un point particulier. La route surgit, disparaît. [...] On n'a jamais de vue d'ensemble de la route, seulement une vue qui change et qui bouge avec elle[2]. » Comme les rouleaux chinois, ses sculptures minimales se révèlent peu à peu en fonction du mouvement de l'observateur et intègrent ainsi le déplacement à leur forme. « En assimilant la notion orientale de la multiplicité des points de vue qui supposait à la fois le mouvement et l'intervention directe sur le paysage, Andre prépare le terrain à une nouvelle sous-catégorie de la sculpture dématérialisée, à savoir, tout simplement et pas si simplement que cela, la *marche*[3] », conclut Lippard.

D'autres artistes s'étaient déjà essayés à la construction de routes, ou d'itinéraires. Pendant l'été de 1960, avant de partir pour New York et de s'imposer comme une des représentantes les plus radicales du nouvel art de la performance,

Carole Schneemann composa dans son jardin, à l'intention de ses amis, un labyrinthe dont le trajet passait au travers d'un arbre de la connaissance couché par une tornade, puis sinuait entre les vestiges abandonnés par la tempête. Kaprow imagina dès le début des années soixante des environnements incitant spectateurs et artistes à bouger et se mélanger pour participer ensemble au spectacle. L'année où Andre réalisa *Articulation*, Patricia Johanson réalisait *Stephen Long*, « piste en bois de cinq cents mètres de long peinte dans un dégradé pastel et filant le long d'une voie de chemin de fer abandonnée dans le quartier de Buskirk, à New York, pensée pour porter la couleur et la lumière au-delà de l'impressionnisme traditionnel en y ajoutant les facteurs de distance et de temps nécessaires à sa perception[4] ». Les artistes de la côte Ouest traçaient des lignes plus longues encore à travers le paysage, mais la *Saillie en spirale* de Robert Smithson, rude sentier de roche et de terre qui s'enroule sur quelques centaines de mètres dans la dépression du Grand Lac Salé, est sans doute la seule de ces œuvres qui soit à taille humaine. Bien que ses premiers habitants aient marché des millénaires durant, l'Ouest américain tel qu'on se le représente est d'une démesure décourageante à l'échelle du piéton, et bien souvent les créations artistiques qu'il inspire semblent vouloir rivaliser avec les entreprises grandioses de la conquête – la construction des voies de chemin de fer, des barrages, des canaux et autres ouvrages d'art.

L'Angleterre, en revanche, est restée à l'échelle des marcheurs et ses étendues n'attirent plus les pionniers, d'où sans doute la touche plus légère de ses artistes. Parmi les contemporains, l'Anglais Richard Long est celui qui explore le plus résolument les potentialités artistiques de la marche. *Ligne tracée en marchant* (1967) contient déjà pour l'essentiel tout ce qu'il a réalisé depuis. Cette photographie en noir et blanc montre un sentier qui court droit dans l'herbe jusqu'au bosquet dans lequel il se perd à l'autre bout du pré. Ainsi que l'indique le titre, Long a tracé cette ligne en marchant.

Il s'agit d'une œuvre exceptionnellement ambitieuse et modeste à la fois : ambitieuse de par son projet même, rien moins que laisser sa marque sur le monde ; modeste en ce que le geste tout à fait ordinaire qu'elle a requis produit un résultat terre à terre, littéralement aussi bas que terre. *Ligne tracée en marchant* est également ambiguë : s'agit-il d'une performance dont la ligne serait la trace résiduelle ? D'une sculpture (la ligne) dont la photo porte témoignage ? Est-ce la photo qui est l'œuvre d'art ? L'œuvre est-elle tout cela à la fois ?

La marche est au centre du travail de Long. Après *Ligne*, il a exposé des œuvres sur papier qui sont autant de documents sur ses promenades, d'autres photographies des marques qu'elles l'ont amené à laisser sur le paysage, des sculptures réalisées dans l'espace même de la galerie qui toutes ont trait à ses activités extérieures. La promenade ou la randonnée sont parfois représentées par une photo accompagnée d'un texte, ou par une carte, ou seulement par un texte. Tel qu'il le dessine sur les cartes, l'itinéraire de ses promenades suggère que la marche est du dessin grandeur nature, que les pieds de l'artiste se déplacent sur le terrain comme son crayon sur la carte, y traçant des lignes droites, des cercles, des carrés, des spirales. Ses sculptures se composent pour la plupart de pierres et de bâtons disposés en lignes ou en cercles, géométrie réduite à sa plus simple expression qui évoque des tas de choses (le temps cyclique et le temps linéaire, le fini et l'infini, la route et les routines) et ne livre rien. Bien que ces lignes, ces cercles, ces labyrinthes de bouts de bois, de cailloux ou de boue assemblés *in situ* sur le sol des galeries ne composent pas toute l'œuvre de Long, la traversée du paysage à pied en est toujours le mobile. Une superbe sculpture des débuts intitulée *Ligne de la longueur d'un trajet à pied en ligne droite de la base au sommet de Silbury Hill* réunit les deux approches de l'artiste. Chaussé de bottes crottées, il a reparcouru une distance équivalente sur le sol de la galerie, traçant ainsi un chemin boueux dont le parcours en spirale, et non pas linéaire, représente le trajet suivi ailleurs, dehors, tout en en dessinant un autre à l'intérieur, dans une mise en acte de la marche qui est aussi une invitation à marcher. En même temps qu'elle renvoie à la réalité vécue (à la promenade et à son site, Silbury Hills, une antique levée de terre dans le sud de l'Angleterre dont on ignore la signification religieuse), cette œuvre joue avec les abstractions du langage et du système de mesure utilisées pour décrire la promenade. L'expérience n'est pas réductible à un nom de lieu et à une distance chiffrée, mais ces bribes d'information suffisent à déclencher l'imagination. « L'espace et la liberté s'expriment dans la marche, écrivit Long des années plus tard, et ce savoir vit dans l'imagination de chacun, qui est aussi un autre espace[5]. »

Par certains aspects, l'œuvre de Long ressemble au récit de voyage, mais au lieu de nous raconter ses impressions, ce qu'il a mangé et autres détails du même ordre, l'artiste nous livre des textes brefs et des images inhabitées qui abandonnent à notre imagination le soin de reconstituer le voyage. C'est d'ailleurs un trait de ce courant de l'art contemporain d'exiger de l'observateur qu'il assume une part du travail, interprète l'ambiguïté, imagine ce qui n'est pas montré. L'œuvre de Long ne nous offre ni une promenade ni même la représentation d'une promenade, juste l'idée d'une promenade avec une évocation de son emplacement (la carte) ou une vue qui lui est associée (la photo). Les aspects formels et quantifiables sont mis en valeur : la géométrie, les données chiffrées, la durée. Témoin par exemple ce dessin (une spirale en carré) sous-titré : « Mille miles mille heures de marche dans le sens des aiguilles d'une montre. Angleterre. Été 1974 ». Jouant sur les corrélations entre le temps et l'espace sans nous montrer ou nous apprendre quoi que ce soit sur ce périple, hormis le pays et l'année où il s'est déroulé, *Mille miles mille heures* renvoie en fait aux limites de la mesure. D'une certaine façon, il suffit pourtant de savoir qu'en 1974, à une époque où le monde semblait devenir plus complexe, plus encombré, plus cynique, un être humain a su trouver le temps et l'espace d'une rencontre avec la terre afin de s'engager dans la quête ardue, et apparemment satisfaisante, des correspondances entre la géographie, le corps et le temps.

Long a une prédilection pour les lieux encore rattachés au passé par un lien qui semble intact, ce pourquoi les constructions, les gens, les traces du présent ou du passé récent le retiennent peu, en tant qu'artiste. Son œuvre revient sur la tradition britannique de la promenade à la campagne, s'attache à en représenter les aspects les plus enchanteurs et les plus problématiques. Alors que la littérature consacrée à ces thèmes verse souvent dans les conventions, le sentimentalisme et le bavardage autobiographique, l'art de Long est un art austère, presque silencieux, absolument neuf de par l'importance qu'il accorde à la forme même de la marche. Son œuvre, profonde et élégante, d'une beauté parfois à couper le souffle, affirme avec insistance que le mouvement tout simple de la marche peut lier le marcheur à la surface de la terre, donner la mesure du trajet comme le trajet donne la mesure du marcheur, s'étirer loin sans presque laisser de traces, procéder de l'art et devenir un art. Hamish Fulton est un ami de Long qui, comme lui, crée à partir et autour de la marche. Si ses photographies accompagnées de textes ressemblent parfois à s'y méprendre à celles de son contemporain, il souligne plus volontiers la dimension spirituelle et sentimentale de ses pérégrinations, avoue sa préférence pour les sites sacrés et les trajets de pèlerinage, ne crée pas de sculptures dans l'espace de la galerie et ne relève pas les traces qu'il laisse sur le paysage.

Stanley Brouwn, un Hollandais du Surinam, fut peut-être le tout premier à avoir fait de la marche le sujet de ses performances. En 1960, cet artiste assez peu connu demandait à des passants inconnus de lui expliquer au moyen de dessins comment se rendre en divers endroits de la ville. Il présenta par la suite une exposition de ces papiers, réunis pour constituer une collection de dessins sur l'art vernaculaire de la rencontre.

Il se signala également en installant dans une galerie d'art des panneaux aux noms de différentes villes du monde et en invitant les visiteurs à avancer dans la direction de Khartoum ou d'Ottawa, passa en 1972 une journée entière à compter ses pas, explora sous divers angles l'univers quotidien des déplacements pédestres urbains[6]. Le sculpteur allemand Joseph Beuys, magistral représentant de l'art conceptuel (il soutenait que les actes les plus simples sont souvent chargés d'un sens profond et prit un jour un balai pour nettoyer la rue après une manifestation politique), réalisa une de ses performances en traversant à pied un marécage. Une série de photographies permet de suivre la progression de cette *Action dans le marais* (1971) ; sur certaines, seuls la tête de l'artiste et son chapeau mou émergent du milieu aqueux.

Le New-Yorkais Vito Acconci mit vingt-trois jours à composer ses *Fragments de suite* de 1969, qui, à l'instar de la plupart des réalisations « conceptuelles » de l'époque, portent sur les recoupements observés entre des règles arbitraires et des phénomènes aléatoires ; ici, l'artiste choisissait une personne inconnue, homme ou femme, qu'il suivait dans la rue jusqu'au moment où elle entrait dans un immeuble. Sophie Calle, photographe française qui met les interactions et les rencontres entre individus au centre de son œuvre, a retravaillé cette performance à deux reprises. Dans *Suite vénitienne*, elle raconte, photos à l'appui, comment, après avoir rencontré un homme dans une fête à Paris, elle le suivit à son insu jusqu'à Venise et le pista dans cette ville comme un détective, ne s'arrêtant que lorsqu'il eut remarqué son manège ; quelques années plus tard, elle demanda à sa mère d'engager un vrai détective qui la filerait dans Paris, puis intégra les photos de cet homme aux siennes afin de composer une sorte d'autoportrait sur commande. Dans un tout autre esprit, Mona Hatoum, artiste britannique d'origine palestinienne, transforma elle aussi la rue en lieu de représentation ; en 1985, elle imprima au pochoir des empreintes de pied marquées du mot *chômeur* dans les rues de Sheffield, manière de rendre visibles les tristes secrets des passants de cette ville sinistrée ; l'année suivante, elle imagina deux autres actions autour des déplacements à pied des habitants de Brixton, un quartier populaire et excentré de Londres.

La plus spectaculaire, la plus ambitieuse et la plus impressionnante des performances jamais inspirées par la marche est la *Marche sur la Grande Muraille* de 1988 par deux artistes originaires des pays de l'Est, la Yougoslave Marina Abramović et l'Allemand de l'Est Ulay. Leur collaboration démarra en 1976 avec une série de performances baptisées « relations de travail », qui consistaient à tester leurs limites physiques et psychiques et celles de leur public dans des situations comportant systématiquement une menace de danger, ou potentiellement douloureuses, transgressives, ennuyeuses. Leur démarche axée sur l'union symbolique des sexes dans un tout idéal amena Abramović et Ulay à s'intéresser au chamanisme, à l'alchimie, au bouddhisme tibétain et autres traditions ésotériques dont l'influence s'affirma progressivement sur leur travail.

« Quand je suis allée au Tibet et chez les aborigènes, j'ai aussi pu assister à des rituels soufis, devait plus tard expliquer Abramović. J'ai vu que ces cultures repoussaient jusqu'à l'extrême les limites physiques du corps pour permettre un saut mental, pour éliminer la peur de la mort, de la douleur et de toutes les limitations physiques avec lesquelles nous vivons. La performance fut la forme qui m'a permis d'effectuer le saut vers cet autre espace et cette autre dimension[7]. » C'est au plus fort de leur collaboration que les deux artistes formèrent le projet de la *Marche sur la Grande Muraille.* Ils se proposaient de partir chacun d'un bout de ce mur de quatre mille kilomètres de long, de se retrouver quelque part entre ces deux points et de se marier. Il leur fallut des années pour surmonter les obstacles que la bureaucratie chinoise s'ingéniait à leur opposer, et lorsqu'ils y furent enfin parvenus leur relation avait changé. Ils décidèrent alors que leurs retrouvailles sur la Grande Muraille marqueraient au contraire la fin de leur collaboration et de leur histoire commune. En 1988, Abramović et Ulay marchèrent à la rencontre l'un de l'autre en parcourant respectivement quelque deux mille kilomètres, s'embrassèrent au milieu du fameux ouvrage d'art et repartirent chacun de leur côté.

Érigée pour mettre la Chine à l'abri des nomades qui maraudaient à ses frontières, la Grande Muraille symbolise aussi, avec une force rarement égalée, le désir d'unifier et de protéger la nation (ou le moi). Pour ces deux individus qui avaient grandi derrière le rideau de fer, transformer un mur séparant le nord du sud en route reliant l'est à l'ouest était un geste de grande portée symbolique et chargé d'une évidente ironie politique. Autant les murs isolent, en effet, autant les routes joignent. Leur performance peut s'interpréter comme une rencontre symbolique entre l'Est et l'Ouest, entre l'homme et la femme, entre une architecture de l'enfermement et une architecture du rapprochement. Abramović et Ulay croyaient de plus que « si l'on suit très exactement le tracé de la muraille on foule les lignes du pouvoir du Serpent qui assurent la cohésion de la surface terrestre[8] », explique Thomas McEvilley, critique d'art qui a suivi très attentivement leur travail. Ailleurs, dans le livre en forme de catalogue qu'il a consacré à cette performance, il écrit : « Le 30 mars 1988, Marina Abramović et Ulay entamèrent leur marche sur la Grande Muraille en partant chacun à une extrémité. Marina s'embarqua dans l'entreprise à l'est, près de la côte. Ulay s'y lança très loin à l'ouest, dans le désert de Gobi. Le 27 juin, dans un concert de klaxons, ils se rejoignaient sur un col près de Shenmu, dans la province du Shaanxi, au milieu de temples bouddhistes, confucianistes et taoïstes[9]. »

McEvilley révèle ici une autre facette de cette extraordinaire performance à laquelle l'administration chinoise participa en traînant des pieds. Il décrit la noria des minibus mobilisés pour conduire chaque soir les artistes sur les lieux où ils devaient passer la nuit ; les équipes d'entraîneurs, de traducteurs, de fonctionnaires qui s'agitaient autour d'eux pour s'assurer qu'ils se pliaient aux exigences du gouvernement, et ralentir leur progression de telle sorte qu'ils s'attardent plus longtemps et dépensent plus d'argent dans les villes où ils étaient logés ; l'accès de colère d'Ulay dans un théâtre, et la manière dont les programmes, les règles, la géographie aussi morcelèrent son parcours ; l'entêtement d'Abramović qui chaque matin insistait pour repartir du point où elle était arrivée la veille en affirmant : « Je ferai à pied chaque foutu centimètre de cette muraille[10]. » Le mur qui s'effondre en plusieurs endroits les obligeait à des prouesses d'alpiniste, en haut ils devaient souvent lutter pour avancer contre le vent. Évoquée sous cet aspect, leur longue marche devient une performance au sens classique du terme, proche de l'exploit ou du record en ce sens que son objectif ultime ne put être atteint qu'au prix d'interruptions et de tracas innombrables. Ces deux artistes qui avaient beaucoup travaillé à exercer leur force de concentration sont peut-être arrivés, néanmoins, à faire abstraction de ces perturbations. Leurs textes et leurs images ne témoignent en effet que de la quintessence de l'acte de marcher, dont la simplicité fondamentale paraît amplifiée par le vide immémorial du désert dans lequel ils cheminaient. Ces compositions, à l'instar de celles de Long, sont comme des cadeaux offrant à l'observateur l'assurance que la pureté primitive de la rencontre du corps et de la terre est toujours du domaine du possible, que la présence humaine partout si encombrante et dominante reste encore bien petite en regard de l'immensité des lieux solitaires. « Il m'a fallu des jours et des jours avant, pour la première fois, de trouver le bon pas. Quand le corps et l'esprit s'harmonisent dans le balancement rythmé de la marche[11] », avoue Ulay.

Abramović se tourna ensuite vers la sculpture. Elle installa des géodes, des blocs de cristal, des galets polis sur des chaises en bois, des piédestaux ou des socles faits pour qu'on s'y assoie ou qu'on se tienne dessous : un mobilier conçu pour la contemplation et le contact avec les forces élémentaires contenues, affirme l'artiste, dans les pierres. Ses créations les plus spectaculaires (plusieurs paires de chaussures taillées dans de l'améthyste) furent présentées lors de la rétrospective de son œuvre qui eut lieu en 1995 au musée d'Art moderne de Dublin. Arrivée là au terme d'une longue déambulation dans la ville, j'ai découvert que ce musée était aménagé dans un bâtiment élégant qui autrefois abritait un hôpital militaire ; ma promenade et les anciennes fonctions de l'édifice me mettaient dans des conditions idéales pour visiter cette exposition de chaussures – gros éclats bruts d'un violet translucide et moucheté, évidés et polis à l'intérieur, telle une version conte de fées des sabots en bois que portaient jadis les paysans. Les visiteurs étaient conviés à les enfiler et à fermer les yeux, ce que je fis, avec tout de suite l'impression que mes pieds plongeaient dans la terre, et que si marcher ainsi chaussée restait possible ce n'était pas si facile. Derrière mes paupières closes je voyais des couleurs étranges, et ces souliers étaient comme des points fixes autour desquels tournaient l'hôpital, Dublin, l'Irlande, l'Europe. Souliers à enfiler, non pour partir en voyage mais pour réaliser qu'on pourrait bien, déjà, être arrivé. J'ai appris ensuite qu'ils avaient pour fonction d'encourager la marche méditative, d'intensifier à chaque pas l'éveil de la conscience. Ils s'appelaient *Souliers pour le départ*.

Tous ces artistes qui marchent ont réalisé la prophétie énoncée en 1958 par Kaprow : « Ils découvriront le sens de l'ordinaire grâce à des choses ordinaires. Ils n'essaieront pas de les rendre extraordinaires mais se contenteront d'en affirmer la signification réelle. Grâce à cela, ils concevront l'extraordinaire[12]. » La marche transformée en art attire l'attention sur l'acte dans ses aspects les plus simples : en pleine nature, elle mesure l'un par rapport à l'autre le corps et la terre ; en ville, elle provoque des rencontres imprévues. Dans ses aspects les plus complexes, aussi : la richesse potentielle des relations entre le corps et l'esprit, la façon dont un geste individuel peut capter l'imagination de ceux qui en sont témoins, dont chaque geste peut s'imaginer comme une sculpture éphémère et invisible – et cette recréation du monde que le marcheur effectue en le cartographiant, en traçant dessus des chemins, en allant à sa rencontre. Chaque acte, ici, reflète et réinvente la culture dans laquelle il prend place.

17

Las Vegas, ou le plus long chemin entre deux points

J'aurais préféré une balade dans la région des Pics. J'avais cherché le site le plus approprié à une dernière visite aux lieux de l'histoire de la marche et celui-ci semblait réunir tout ce que je pouvais souhaiter. Je me voyais déjà partir du labyrinthe de buis taillé du magnifique domaine de Chatsworth, traverser les jardins classiques qui l'entourent, arriver dans les jardins paysagers plus tardifs de Capability Brown. De là, me dirigeant vers le Kinder Scout, j'aurais gagné les étendues incultes qui furent l'enjeu des grandes batailles pour le droit de passage, puis, après un crochet vers les fameuses falaises de grès où se produisit « la révolution de la classe ouvrière en matière d'escalade », j'aurais poursuivi jusqu'à Manchester, ville formatrice de la banlieue, ou vers Sheffield, ses ruines industrielles, sa paroi d'escalade aménagée dans une ancienne forge. Ou bien, à l'inverse, j'aurais commencé par les villes et progressé ensuite à travers la campagne jusqu'aux jardins et au labyrinthe. Tous ces projets pittoresques furent néanmoins anéantis par le soupçon insidieux que cela ne m'avancerait guère de démontrer qu'il était toujours possible d'arpenter la Grande-Bretagne à pied. Là-bas, les friches industrielles elles-mêmes renvoient au passé délavé de l'Europe capitaliste, or l'examen du passé pédestre m'intéressait avant tout pour le pronostic qu'il devait me permettre d'établir. Un matin de décembre,

sautant à bas de la fourgonnette de Pat j'ai donc entrepris de remonter Fremont Street, au centre de Las Vegas, pendant que mon compagnon repartait vers les éboulis et les falaises des Roches Rouges.

À Las Vegas, tout au bout des avenues qui filent d'est en ouest avec l'impeccable rectitude des parallèles terrestres, on distingue nettement l'escarpement d'une vingtaine de kilomètres de long des Roches Rouges, et, au-delà de ses dômes et de ses piliers de grès ocre, les sommets gris de la chaîne montagneuse haute de quelque trois mille mètres. Cette ville amnésique et aride a poussé comme un champignon au milieu d'un décor spectaculaire, un site bordé de montagnes sur trois côtés, baigné par la lumière magnifique du désert, et si on oublie souvent de le mentionner c'est que Las Vegas n'a jamais cultivé le goût de la nature. *Las vegas*, ce sont pourtant les prairies, un nom qui indique clairement que les Espagnols connaissaient avant les Anglo-Américains cette oasis située sur le territoire des Indiens Païutes[1]. Le site ne commença à se bâtir qu'au début du XXe siècle, en 1905, quand il fut décidé d'y installer une station de chemin de fer sur la ligne Los Angeles-Salt Lake City. Point de chute des touristes et des marginaux, Las Vegas a continué de les attirer longtemps après que l'oasis, saignée à blanc, eut disparu. L'absence de ressources minières présentes ailleurs dans l'État freina son développement jusqu'en 1931, année où la loi du Nevada autorisa les jeux d'argent et où le barrage Hoover fut construit sur le Colorado, à une cinquantaine de kilomètres au sud-est. En 1961, le site d'essais nucléaires du Nevada fut installé à moins de cent kilomètres au nord-ouest et, depuis, les militaires y ont fait exploser plus de mille bombes (jusqu'en 1963, elles étaient pour la plupart testées en surface, aussi existe-t-il des photos saisissantes où l'on voit les champignons atomiques se former au-dessus des enseignes immenses des casinos). Las Vegas est une parenthèse entre ces deux monuments colossaux voués à l'ambition de dominer les fleuves, les atomes, les guerres

– le monde, au moins jusqu'à un certain point. Une autre invention, moins lourde de conséquences mais plus diffuse et omniprésente, contribue peut-être davantage à façonner le caractère de cette ville plantée dans le désert Mojave. Je veux parler de l'air conditionné, grand responsable de la migration de masse des Américains vers les États du Sud et de l'Ouest où ils vivent retranchés dans des intérieurs climatisés pendant la plus grande partie de l'été. Las Vegas passe pour une ville exceptionnelle, mais au vrai elle est emblématique jusqu'à l'absurde de ces endroits d'un nouveau type qu'on voit sortir de terre un peu partout, aux États-Unis et ailleurs.

Elle s'est d'abord développée autour de la gare de chemin de fer. Ainsi, les visiteurs pouvaient dès la descente du train gagner à pied les casinos et les hôtels massés dans le quartier de Glitter Gulch, de part et d'autre de l'avenue Fremont. À partir du moment où les voyageurs américains purent circuler plus vite en voiture qu'en train, le centre se déplaça. En 1941, le premier complexe hôtelier avec casino ouvrit en bordure de la route de Los Angeles, la 91, devenue depuis le Strip[2] de Las Vegas. Il y a longtemps, après m'être endormie dans la voiture qui m'emmenait au rassemblement antinucléaire organisé chaque année sur le site d'essais nucléaires, je fus tirée du sommeil par un arrêt à un feu rouge et découvris en m'éveillant les lianes et les fleurs de néon de la jungle du Strip, les mots fous qui dansaient, clignotaient, crevaient comme des bulles sur les enseignes. Ce spectacle fut un choc après l'obscurité paradisiaque et infernale à la fois du désert. Dans les années cinquante, un géographe s'est penché sur le phénomène alors tout nouveau de ces centres commerciaux bâtis en bordure de route ; il y voyait « un autre monde » conçu à l'intention des étrangers et des voyageurs motorisés. « L'efficacité de cette architecture dépend pour finir de la nature de cet autre monde, du fait qu'il s'agit, ou non, d'un monde dont on a rêvé. À partir de là, on commence à découvrir à quoi tient la vraie vitalité de cette architecture conçue pour d'autres qui surgit le long des routes : elle crée pour nos loisirs un environnement de rêve totalement différent de celui dont rêvait la génération précédente. Elle crée et, en même temps, traduit un nouveau goût[3]. » Ce goût, ajoute-t-il, se portait sur une nouveauté absolue qui renvoyait au magasin des accessoires les pâles imitations des notions de récréation et d'inclination cultivées dans la vieille Europe, une nouveauté adaptée aux voitures et aux lubies futuristes et tropicales de leurs occupants, à savoir : « Ces façades profilées aux entrées flamboyantes et aux effets de couleur délibérément étranges, ces masses colorées, lumineuses, mouvantes et gaiement péremptoires qui jurent si violemment avec l'ancien et le traditionnel[4]. »

Depuis quelques années, toutefois, le Strip est victime d'un phénomène tout à fait surprenant. Comme ces îles où l'espèce qu'on a introduite prospère si bien que ses hordes grouillantes dévastent l'environnement et finissent par mourir de faim, l'artère principale de Las Vegas a attiré un si grand nombre de voitures que ses huit files de circulation sont embouteillées en permanence. En conséquence, alors que ses fabuleuses enseignes au néon sont faites pour accrocher l'œil quand on passe devant à vive allure, elle s'est récemment transformée en bastion flambant neuf de la vie piétonne. Les casinos, qui autrefois s'éparpillaient le long de la route, se tassent aujourd'hui le long de ce boulevard du fantasme et du leurre. Les touristes peuvent désormais caser leurs voitures dans un des gigantesques parkings de ces établissements et sillonner le Strip à pied pendant des jours et des jours, ce dont ils ne se privent d'ailleurs pas : ils sont plus de trente millions à passer chaque année à Las Vegas, jusqu'à deux cent mille lors des grands week-ends[5]. L'architecture des casinos a radicalement changé depuis que le Caesars Palace (1966) a décidé de jouer la carte de la fantasmagorie en néon et que le Mirage (1989) a imaginé d'organiser sur son terre-plein un spectacle son et lumière à l'intention des piétons. Si le déplacement à pied peut soudain ressusciter dans cet endroit entre tous improbable et inhospitalier, alors, me suis-je dit, il doit avoir un avenir. C'est en me promenant le long du Strip que j'ai découvert ce que pouvait être cet avenir.

Le clinquant vieux jeu de Fremont Street souffrait de la comparaison avec les décors mi-fantastiques, mi-féeriques du Strip. On a donc entrepris de rénover l'endroit, qui se présente maintenant comme une sorte de cyberpassage : toute sa partie centrale est interdite aux voitures pour que les piétons puissent y piétiner à leur aise, et la rue réhabilitée à leur intention est surmontée d'une haute voûte cintrée où, la nuit, les faisceaux des lasers cognent contre le ciel ainsi transformé en gigantesque écran de télévision. Le jour, ce lieu quasi désert reste triste, aussi en ai-je eu vite fait le tour et, l'abandonnant, j'ai piqué vers le sud pour rejoindre le boulevard de Las Vegas qui finit là où commence le Strip. Avant de devenir le Strip, ce boulevard est un alignement cafardeux de motels et de piaules minables qui exhalent les souvenirs honteux, la pornographie, les tractations chez les prêteurs, l'envers du décor des salles de jeu, du tourisme, de l'industrie du spectacle. Un clochard noir recroquevillé sous une couverture marron me regarda passer, tandis que je regardais de l'autre côté de la rue un couple asiatique qui sortait d'une de ces minuscules chapelles où l'on se passe la bague au doigt – lui en costume sombre, elle dans une robe d'un blanc de craie, tous deux si impersonnellement parfaits qu'ils auraient aussi bien pu tomber d'un gigantesque gâteau de mariage. Sur le boulevard de Las Vegas, chaque petite entreprise s'accroche à ses principes ; les sex-shops n'intimident pas les chapelles nuptiales, les casinos ne se laissent pas effrayer par les immeubles à vendre ou condamnés. Dans cette zone qui sépare les deux vitrines de Las Vegas, il n'y a pas foule, sur les trottoirs.

Plus loin je suis passée devant le vieil hôtel El Rancho, ou plutôt sa carcasse obstruée par des planches. Les casinos d'antan exploitaient le romantisme de la Conquête et du désert : il y avait les Dunes, les Sands, le Sahara, le Desert

Inn sur le Strip, et le Pioneer Club, le Golden Nugget[6], le Frontier Club et l'hôtel Apache dans Fremont Street. Jetant la fierté nationale aux orties, les casinos plus récents puisent à d'autres imaginaires, d'autant plus attractifs, semble-t-il, qu'ils sont loin du désert Mojave ; les Sands vont bientôt laisser place au Venetian, avec canaux et tout. J'ai compris plus tard que j'arpentais la ville à pied pour essayer d'y trouver ce sentiment de la continuité spatiale que marcher, d'ordinaire, procure, mais les discontinuités de la lumière et de la fantasmagorie vouaient ma tentative à l'échec. Un autre facteur explique cet échec. Las Vegas qui comptait cinq habitants au début du XXe siècle, huit mille cinq cents en 1940, et cinq cent mille environ dans les années quatre-vingt, à l'époque où seuls les casinos semblaient pouvoir survivre au milieu des buissons d'épineux et des yuccas, abrite aujourd'hui une population d'un million deux cent cinquante mille personnes et connaît un rythme de croissance plus rapide que toutes les autres villes du pays. De part et d'autre du Strip fascinant, l'espace du désert est envahi par les camps de caravanes, les terrains de golf, les zones résidentielles gardées comme des forteresses, les subdivisions génériques fonction de la race ou de la classe ; Las Vegas est désormais une de ces banlieues adaptées à la voiture, et le fait qu'elle abrite en son sein une oasis piétonnière ne manque pas d'ironie. Partie dans l'intention de relier à pied le Strip au désert, j'avais appelé le bureau de cartographie du district pour me renseigner sur l'itinéraire à suivre. La personne qui me répondit m'expliqua que la ville grandissait tellement vite qu'il fallait éditer une nouvelle carte tous les mois. Elle me conseilla néanmoins un trajet de l'extrémité sud du Strip à la périphérie, mais en allant le reconnaître en voiture Pat et moi l'avions trouvé impraticable pour une marcheuse solitaire : c'était, sur des kilomètres, un assemblage aléatoire d'entrepôts, de petites zones industrielles, de lotissements miteux ou de propriétés ceintes de murs aveugles et d'une aura d'abandon, avec çà et là une voiture en maraude ou un clodo crasseux.

Sous la marquise fatiguée du Stardust, un couple de Français âgés m'a demandé la direction du Mirage. Je les ai suivis du regard tandis qu'ils s'éloignaient lentement, quittant le vieux rêve américain de l'avenir automobile radieux pour la nostalgie nouvelle caressée au cœur du Strip, puis leur ai emboîté le pas en direction du sud. Les trottoirs quasi déserts tout à l'heure commençaient à s'animer. Les mariés que j'avais vus sortir de la chapelle resurgirent à mes côtés – elle avec à présent une délicate veste en piqué sur sa robe et des talons aiguilles. Ici, les touristes viennent des pays riches, et les employés de certains des pays les plus pauvres de la planète, d'Amérique centrale en particulier. Une autre ironie propre à Las Vegas veut que cette ville parmi les plus visitées du monde n'intéresse personne en tant que telle. À Barcelone ou à Katmandou, les touristes sont curieux de découvrir la population locale dans son habitat naturel, mais la population de Las Vegas se composant essentiellement d'employés et d'amuseurs professionnels elle se fond dans l'habitat construit pour les touristes. Le tourisme est une des dernières grandes occasions de pratiquer la marche. Cette activité d'amateur qui ne requiert ni compétences ni matériel particuliers permet de tuer le temps et de rassasier le regard. Pour satisfaire la curiosité, il faut cependant accepter de paraître naïf, et puis y aller, explorer, regarder et ne pas s'offusquer d'être dévisagé. Aujourd'hui, la plupart des gens semblent plus facilement adopter cet état d'esprit quand ils s'échappent de leur cadre de vie habituel. Peut-être parce que le plaisir qu'il y a à se trouver hors de chez soi correspond simplement à une autre façon d'apprécier le temps et l'espace, et s'accompagne d'une stimulation sensorielle permanente pourvu qu'on aille lentement.

Le Frontier Club fut le premier casino où je suis entrée. Pendant six ans et demi, les visiteurs ont pu assister à sa porte à un show en extérieur : le ballet joué vingt-quatre heures sur vingt-quatre par le piquet de grève du personnel (les serveuses, les entraîneuses, les commis de cuisine) qui nuit et jour et par tous les temps, dans la canicule estivale et les tempêtes hivernales, luttaient à la force de leurs pieds contre la volonté des nouveaux propriétaires du lieu de casser le syndicat[7]. Au cours de ces années, il y eut cent une naissances et dix-sept décès au sein de la population des grévistes du Frontier et aucun de ces travailleurs ne franchit le piquet de grève. Leur résistance devint le plus grand combat ouvrier de la décennie, une source d'inspiration nationale pour les dirigeants syndicaux. En 1992, l'AFL-CIO[8] s'y associa en organisant une « Marche de solidarité dans le désert ». Ses militants et les grévistes du Frontier parcoururent à pied les quelque cinq cents kilomètres de désert qui séparent le casino du palais de justice de Los Angeles, affirmant ainsi qu'ils étaient prêts à aller très loin et ne reculeraient pas. Tout en me montrant les rushes du documentaire qu'elle avait réalisé sur la grève du Frontier, la réalisatrice Amie Williams me dit qu'elle voyait dans le syndicalisme américain une religion de la famille et de la solidarité, et que cette marche dans le désert représentait son pèlerinage. Sur les images qu'elle a tournées, on voit des gens sans doute peu habitués à la marche d'endurance, avancer en ordre dispersé par petits groupes qui s'échelonnent sur la route, se déchausser le soir pour soigner leurs pieds, se lever le lendemain pour repartir. Au bout du compte, les antisyndicalistes qui avaient acheté le Frontier furent contraints de le revendre et, le 31 janvier 1997, ses nouveaux acquéreurs invitèrent syndicalistes et syndiqués à reprendre le travail. Ces hommes et ces femmes qui pendant six ans avaient franchi toutes les bornes du conformisme gentillet se remirent donc à préparer les cocktails et les chambres. Le Frontier ne gardait aucune trace de leur lutte ; avec ses moquettes à flanquer le vertige, ses machines à sous qui cliquettent, ses lumières qui clignotent, ses miroirs, ses employés affairés et ses visiteurs qui tournent lentement en rond dans la pénombre, il ressemble à n'importe quel autre établissement de jeu. Les casinos sont des dédales modernes conçus pour que l'on s'y perde, comme les centres commerciaux et les grands magasins ; leurs divertissements sont autant de tentations destinées à distraire le chaland et à le plumer avant qu'il ait trouvé les sorties bien cachées.

La promenade et le jeu ne sont pas sans points communs : dans les deux cas, le plaisir de l'anticipation peut l'emporter sur la joie d'arriver et le désir s'avère souvent plus fiable que la satisfaction. Si mettre un pied devant l'autre ou poser les cartes sur la table est une manière de convoquer le hasard, pour les casinos les jeux de hasard relèvent d'une science statistique très exacte qui, avec l'appui des forces de l'ordre de Las Vegas, s'étend aujourd'hui aux probabilités des déplacements pédestres le long du Strip. Cette artère est un vrai boulevard, un espace public exposé aux intempéries, ouvert sur son environnement, et qui se prêterait donc parfaitement à l'exercice des libertés garanties par le premier amendement, n'était l'effort acharné pour le convertir en parc de loisirs ou en centre commercial géant voué à accueillir des clients et non des citoyens.

Selon Gary Peck, directeur régional de l'American Civil Liberties Union[9], les casinos et les autorités municipales se portent aujourd'hui acquéreurs des trottoirs, car la privatisation de ces espaces les autorisera à expulser par la force quiconque se livrerait aux activités prévues par le premier amendement (discuter par exemple de religion, de sexe, de politique, d'économie), ou troublerait d'une manière ou d'une autre la paix et la tranquillité que les touristes, paraît-il, viennent chercher ici[10]. (La Ville de Tucson s'est déjà engagée dans cette voie puisqu'elle loue désormais ses trottoirs un dollar aux commerçants afin qu'ils puissent légalement chasser les mendiants.) Si les casinos arrivent à leurs fins, il est à craindre, de l'avis de Peck, qu'ils créent un précédent qui vaudra sur tout le territoire des États-Unis et permettra de transformer les villes en gigantesques centres commerciaux ou en parcs à thème. Le parc à thème, écrit Michael Sorkin,

« présente sa version joyeusement réglementée du plaisir [...] en substitut de la sphère démocratique urbaine, et il y parvient de façon très séduisante en calmant la vie citadine là où ça démange, en la débarrassant de la pauvreté, de la délinquance, de la crasse, du travail[11] ». Le Mirage a d'ores et déjà apposé sur l'avancée gazonnée qui le prolonge jusqu'à la rue un panneau signalant : « L'Hôtel-Casino du Mirage est propriétaire en titre de cet endroit aimablement laissé à la disposition du public pour faciliter la circulation des piétons. Toute personne y stationnant indûment ou gênant d'une manière ou d'une autre la circulation des piétons fera l'objet de poursuites immédiates » – et du haut en bas de l'espace piétonnier du Strip des pancartes proclament : « Lieu de Loisirs : Interdiction de stationner sur les trottoirs publics ». Ces avertissements n'ont pas pour but de protéger la liberté de circuler des piétons, mais d'imposer des limites à leur capacité de mouvement et à leur curiosité.

Les distances sont trompeuses, sur le Strip : bien que chaque grand carrefour se trouve à un bon kilomètre et demi du suivant, à vue de nez les nouveaux casinos et leurs hôtels de vingt ou trente étages ont l'air beaucoup plus près. L'Île au Trésor est l'un des premiers auxquels on arrive en venant du nord, et c'est aussi l'un des plus fantastiques. Avec la fausse paroi rocheuse qui lui sert de façade et les hôtels pittoresques bâtis derrière son lagon où tanguent les palmiers et les bateaux de pirates, c'est une réalisation architecturale visiblement inspirée par l'esthétique de Disneyland. Son voisin, le Mirage, inventa le spectacle piétonnier en 1989, lorsqu'il s'équipa d'un volcan qui entre en éruption tous les quarts d'heure au grand émerveillement des foules. Ouvert en 1993, l'Île au Trésor dama le pion au volcan en montant une bataille navale aussi vraie que nature, qui se termine en beauté par le sabordage d'un navire attaqué par la flibuste, mais n'est donnée qu'à certaines heures au cours de la journée.

Au milieu des années soixante-dix, des urbanistes déploraient déjà que le « Comité d'embellissement de Las Vegas s'obstine à émettre des recommandations pour transformer le Strip en Champs-Élysées de l'Ouest, masquer les panneaux derrière des arbres, augmenter le taux d'humidité en installant des fontaines gigantesques ». Elles sont là, ces fontaines, et les vastes étendues aquatiques aménagées devant le Mirage et l'Île au Trésor paraissent ridiculement étriquées en regard du lac de trois hectares et demi du Bellagio, sis sur l'emplacement de l'ancien casino des Dunes, de l'autre côté de Flamingo Road quand on vient du Caesars Palace. À eux quatre, ces casinos composent un ensemble original et ringard à la fois, une forme hybride du jardin classique et du jardin d'agrément qui s'étale le long d'une voie publique. En imposant une autre architecture, en attirant un autre public, le Mirage et son volcan ont enseveli le vieux Las Vegas aussi définitivement que le Vésuve Pompéi. Il y a des fontaines partout, maintenant, et le Strip est en effet devenu les Champs-Élysées de l'Ouest américain : on vient s'y promener pour passer le temps, regarder l'architecture et les passants. Le Strip s'emploie à remplacer le futurama des délires de néons à la gloire du western par une imagerie européanisée, une version *fun* de l'Europe avec monuments « incontournables » et boulevardiers en short et tee-shirt. En quoi, cependant, serait-il moins bizarre de disposer des temples romains miniatures dans les jardins anglais plutôt que leurs copies gargantuesques au milieu du désert ? de construire de faux volcans dans les jardins (comme au XVIIIe siècle à Wörlitz, en Allemagne) plutôt que sur un boulevard du Nevada ? Avec ses cyprès vert sombre, ses fontaines, ses statues classiques exposées en façade, le Caesars Palace emprunte foultitude d'éléments au jardin classique, ce successeur italianisant des modèles romains qui fut adopté par les Français, les Hollandais et les Anglais. Les fontaines de l'esplanade du Bellagio rappellent Versailles, dont les dimensions grandioses affirmaient avec force les privilèges de la fortune, la puissance, le triomphe sur la nature. Les casinos d'aujourd'hui sont des formes mutantes des paysages où s'est développé le goût de la marche. Las Vegas est à cet égard l'héritière des jardins de Vauxhall, de Ranelagh, de Tivoli et de tous les parcs d'attractions de jadis, un endroit où le plaisir spontané de marcher et de regarder est ravivé par des spectacles très organisés (les jardins d'attractions du XIXe siècle comprenaient également des théâtres où l'on donnait des concerts, des pièces de théâtre et des pantomimes, ainsi que des espaces où danser, manger, boire, se reposer). Les dépliants touristiques sur Las Vegas pourraient à juste titre la présenter comme la ville qui remet le jardin à l'honneur en le croisant avec le boulevard et encourage ainsi la vie piétonne.

Tous les efforts déployés pour savoir qui se promène et définir comment il convient de se promener suggèrent que cette activité reste en soi potentiellement subversive. Subversive, elle l'est au moins eu égard à l'ambition de privatiser entièrement l'espace et de contrôler totalement la foule, et de surcroît c'est une manière de se divertir qui ne pousse ni à la dépense ni à la consommation. Au croisement du Strip et de Flamingo Road, des passages surélevés évitent tout mélange entre le flux des piétons à qui ils sont destinés et celui des véhicules qui passent en dessous. Ce sont d'ailleurs de fort jolis ponts, d'où l'on a une très belle vue sur les environs. Tels qu'ils sont conçus, toutefois, ils servent de passerelles d'un casino à l'autre, aussi n'est-il pas impossible qu'un jour seuls les gens chics aient le droit de les emprunter, pendant que le populo risquera son va-tout au milieu des voitures ou fera un long détour pour passer d'un trottoir à l'autre. Ce détail et quelques autres empêchent le Strip d'être une parfaite réincarnation des Champs-Élysées. Il lui manque, par exemple, le tracé impeccablement rectiligne voulu par Le Nôtre, la ligne droite de la perspective. Le Strip se tord, se boursoufle, et pour la vue il faut se poster aux carrefours – ou sur le pont de Flamingo Road, entre le Bellagio et le

Caesars, d'où l'on voit comme nulle part ailleurs le désert, vers l'ouest, et les Roches Rouges. De l'autre pont, celui qui franchit le Strip en reliant le Bellagio au Bally's, j'ai vu, mais oui, Paris ! Le casino de Paris était en construction, je l'avais oublié ; devant mes yeux, jaillie de la terre sèche du Mojave telle une chimère urbaine, une apparition pour flâneurs, apparut la tour Eiffel, encore inachevée et réduite de moitié mais qui enjambait déjà avec autorité un Louvre courtaud bousculé par l'Arc de Triomphe.

Las Vegas ne s'en tient pas à réinventer le jardin, bien sûr, elle réinvente aussi la ville : New York, New York est à deux pas du Bellagio versaillais ; juste en haut de la rue il y a l'hommage à Tokyo de l'Imperial Palace ; et le petit San Francisco du Barbary Coast, plus rétro que les précédents, se trouve face au Caesars. Précédé d'une statue de la Liberté qui semble s'accommoder de souhaiter la bienvenue aux joueurs plutôt qu'aux masses d'immigrants aspirant à la liberté, New York, New York est un petit théâtre-souvenir. Pas un souvenir au format de poche à poser sur la cheminée, mais une destination aimantée qui remplit une des fonctions de la mémoire : évoquer un lieu par ses côtés plaisants, rassurants, familiers, et gommer sa complexité. J'ai bien mangé, à New York, New York, et j'y ai avalé un litre et demi d'eau pour reconstituer les réserves évaporées lors de cette journée de marche dans le désert.

Sur le boulevard, une jeune femme de Hong Kong m'a demandé de la photographier devant la statue de la Liberté d'abord, puis devant l'énorme lion d'or de la MGM tapi en face, de l'autre côté. Les deux fois elle a souri, l'air ravi. Des gros et des maigres, des gens vêtus de shorts larges ou de robes moulantes, des enfants, aussi, et quantité de personnes âgées passaient autour de nous. Je lui ai rendu son appareil et me suis fondue dans la foule qui se dirigeait vers le sud, en route pour la dernière de ces stations du chemin de la chance, le Luxor, tiré d'un côté vers l'Égypte de l'Antiquité par sa forme pyramidale et son sphinx, de l'autre vers la technologie par ses surfaces vitrées que les lasers caressent la nuit. Les jeunes mariés croisés plus tôt étaient là, dans l'entrée. Débarrassée de sa veste et de son sac, elle posait pour son mari qui la photographiait devant une copie de statue égyptienne. Ils m'intriguaient. Je me demandais ce qui avait bien pu les pousser à choisir une balade sur le Strip pour fêter les premiers moments de leur lune de miel, et de quel passé s'accompagnait leur rencontre avec la fantasmagorie mondialisée distillée par le climat du désert du Nevada et l'économie des salles de jeu. Mais qui suis-je pour prétendre que tous ces gens qui défilaient à ma droite, à ma gauche, n'avaient pas d'autre vie sous prétexte qu'ils faisaient du tourisme à Las Vegas ? Que ce couple anglais ne risquait pas d'aller dans la région des Lacs pour ses prochaines vacances, que le vieux couple de Français ne vivait probablement ni à Paris ni à proximité du village où le bouddhiste vietnamien Thich Nhat Hanh enseigne la marche méditative, que tous ces Afro-Américains n'avaient pas dû manifester à Selma quand ils étaient petits, que le mendiant en fauteuil roulant ne pouvait pas avoir été renversé par une voiture à La Nouvelle-Orléans, que les jeunes mariés ne s'étaient jamais risqués sur les pentes du mont Fuji et n'étaient sans doute pas les lointains descendants des ermites chinois, que ces cadres californiens devaient avoir des tapis de jogging chez eux, que la Guatémaltèque qui vendait des billets pour un tour en hélicoptère ne priait pas devant les stations du chemin de croix de son église et ne s'était pas promenée autrefois sur la place de sa ville natale, qu'il y avait peu de chances pour que ce barman qui allait bosser ait participé à la marche de solidarité de l'AFL-CIO ? L'histoire de la marche est aussi foisonnante que celle de l'humanité. C'est parce qu'elle renvoie d'emblée à ce foisonnement que l'oasis pédestre cernée par la banlieue maudite, perdue dans un océan de désert, est si attirante : sa séduction, elle ne la doit pas à ses copies fantaisistes de Rome et de Tokyo, mais à ses touristes italiens et japonais.

Las Vegas suggère que la soif des lieux, des villes et des jardins, des endroits sauvages n'est pas étanchée, que les gens chercheront encore longtemps des occasions de se promener à l'extérieur, de regarder l'architecture, les spectacles, les choses à vendre – qu'ils rêvent encore de tomber sur des surprises et sur des inconnus. Le fait que dans son ensemble cette ville représente un des endroits au monde les plus rebutants pour les piétons est en soi indicateur des problèmes qui se poseront demain, mais dans le même temps la séduction de son oasis piétonnière montre qu'il est toujours possible de reconquérir des sites propices à la promenade. Quant aux menaces de privatisation de l'espace qui rendraient illégales les libertés de mouvement, de parole et d'opinion, elles sont les signes avant-coureurs de la bataille qu'il va falloir engager aux États-Unis pour défendre les droits de passage – une bataille aussi rude que celle menée il y a un demi-siècle par les ouvriers anglais mais dont l'enjeu sera l'espace urbain, et non plus rural. L'acceptation souvent enthousiaste des simulacres de lieux réels est tout aussi inquiétante, car de même que ces simulacres interdisent la plupart du temps le plein exercice des libertés civiques, ils excluent les innombrables occasions de découvertes, de rencontres et d'expériences susceptibles de faire naître une vocation de poète ou de photographe des scènes de la rue.

Le monde, pourtant, change pour le meilleur et le pire à la fois. Plutôt qu'un épiphénomène, Las Vegas est un condensé de la culture dominante qui n'empêche pas la marche d'exister, quitte à se couler dans le moule, au besoin. Après la Seconde Guerre mondiale, à l'époque où l'automobile générait la création des nouvelles banlieues et des zones commerciales en bordure de route, Martin Luther King étudiait l'enseignement de Gandhi et réinventait le pèlerinage chrétien en lui conférant une force politique, tandis qu'à l'autre bout du continent américain Gary Snyder étudiait l'enseignement des sages taoïstes, apprenait à méditer en marchant et repensait la spiritualité dans son rapport avec l'environnement. Aujourd'hui, la protection des espaces où marcher, parfois aussi l'ouverture de tels espaces, dépend en grande partie de l'action de groupes de piétons militants qui se sont constitués dans les villes (Feet First à Seattle, PEDS à Atlanta, ou encore Philly Walks et Walk Austin, pour citer quelques exemples américains), et d'Amsterdam à Cambridge, dans le Massachusetts, maints aménagements ont été réalisés pour faciliter et encourager la vie piétonne. La résurgence du pèlerinage à pied à Compostelle, en Espagne, ou celui toujours très vivant de Chimayó, au Nouveau-Mexique, l'engouement croissant pour l'alpinisme et l'escalade, le fait que des artistes et des écrivains se saisissent de la marche en tant que moyen d'expression ou sujet à part entière, l'influence du bouddhisme qui contribue à répandre la pratique de la marche méditative et du respect des cimes, l'enthousiasme retrouvé, laïque ou religieux, pour les labyrinthes et les dédales, tout cela participe au maintien des traditions de la marche.

« Cet endroit est un vrai *dédale* », pesta Pat en me retrouvant au Caesars Forum, la galerie attachée au casino. Ce forum est la cerise sur le gâteau, le diadème, le joyau de la reconstitution du passé en cours à Las Vegas. Avec le décor céleste de son toit cintré, ses éclairages encastrés qui passent de la pleine clarté du jour à la pénombre du crépuscule – et vice versa – tous les quarts d'heure ou à peu près, ce lieu répond à la perfection à la définition que donnait Benjamin des passages parisiens, produits du croisement entre la rue et l'intérieur[12]. Ses « rues » tout en courbes désorientent le chaland et regorgent de distractions : il y a des boutiques de vêtements, des parfumeries, des magasins de jouets, une fontaine adossée à un aquarium gigantesque, une autre, célébrissime, de dieux et de déesses nubiles qui « prennent vie » à intervalles réguliers au cours d'un orage simulé dont les éclairs de laser zèbrent la voûte du ciel peint. Six mois auparavant, j'étais à Paris et j'avais visité les passages, des endroits très beaux mais morts : la plupart des boutiques sont désormais fermées et seuls quelques rares passants foulent les sols en mosaïque. Le Caesars Forum, à l'inverse, ne désemplit pas (comme d'ailleurs les arcades du Bellagio, construites sur le modèle de la fameuse *galleria* de Milan). Sa rentabilité financière le place en tête de tous les centres commerciaux de la planète, selon le *Wall Street Journal* dont la lecture m'a également appris qu'il était prévu de l'agrandir en y ajoutant une colline romaine avec présentation de chariots tirés par des chevaux. Un passage, ce n'est jamais qu'un centre commercial avec un petit quelque chose en plus, et si le flâneur était paraît-il plus porté à la contemplation que le gogo moyen, les étals de « souvenirs » titillent autant la futilité du gratin que le sentimentalisme bêta du tout-venant. Aussi, le coup de l'étrier avalé, Pat et moi sommes repartis en direction des Roches Rouges.

Au lieu des dizaines de milliers de personnes qui déambulent le long du Strip, le territoire infiniment plus vaste des Roches Rouges n'en attire au mieux que quelques centaines, et pourtant ses flèches et ses éperons sont plus grands, plus impressionnants que les folles audaces architecturales des casinos. De nombreux touristes, certes, s'y rendent d'un coup de voiture histoire de prendre une ou deux photos, mais peu capitulent devant le tempo plus lent de ces lieux, acceptent de se laisser émouvoir par un crépuscule qui ne tombe qu'une fois par jour, une faune qui vit comme elle l'entend, l'absence de toute trace humaine à l'exception de quelques pistes, des pitons d'escalade scellés dans les rochers, des poubelles discrètes, des panneaux – et par la tradition bien ancrée du culte de la nature. Il ne se passe pas grand-chose, dans ces montagnes où ne changent que les saisons, le temps, la lumière, les mécanismes du corps et de l'esprit.

La rêverie a besoin des prairies de l'imagination, de toute cette part d'imaginaire qui n'a pas encore été défrichée, cultivée, réquisitionnée pour un usage immédiat. Les écologistes répètent sur tous les tons que les papillons, les savanes et les steppes, les forêts tropicales remplissent des fonctions absolument essentielles à l'équilibre global de la planète, même s'ils ne produisent pas d'excédent commercialisable. Cela vaut aussi pour les prairies de l'imagination : le temps à leur consacrer n'est pas du temps de travail, mais sa suppression attriste l'esprit, le rend stérile, domestiqué. Le combat pour les espaces où marcher (espaces naturels ou espaces publics) doit s'accompagner de la défense du temps libre, seul disponible pour leur exploration. À défaut, l'imagination sera anéantie par le rouleau compresseur des débouchés offerts à l'appétit de consommation, de la fascination pour les crimes affreux et les scandales croustillants. Las Vegas n'a pas encore tout à fait décidé s'il valait mieux bétonner ces espaces ou les protéger.

Cette nuit-là, nous avons dormi dans un camping sauvage où, à la lueur des feux de camp, des petites silhouettes humaines se profilaient çà et là, sous le ciel étoilé rougi par le halo de la ville au-delà des premières collines. Le lendemain matin nous avions rendez-vous avec Paul, un jeune guide qui fait souvent le voyage de l'Utah aux Roches Rouges. Suivant avec lui un sentier au parcours capricieux, nous franchirions de petits arroyos et le lit étroit d'un ruisseau à sec en admirant au passage des plantes au feuillage somptueux dont je me souvenais pour les avoir déjà vues ici : des genévriers envahis de gui du désert, des chênes verts aux feuilles riquiqui, des yuccas, des manzanitas, plus rarement un cactus barrique – une végétation rabougrie et chiche, adaptée à la roche et au climat aride, parsemée d'éboulis, si bien que l'ensemble évoque un peu les jardins japonais. Pat, qui boitait toujours à cause d'une chute survenue six mois plus tôt, fermait la marche chargé du matériel, tandis que Paul et moi échangions des propos à bâtons rompus sur la musique, l'escalade, la concentration, le vélo, l'anatomie et les singes. « Ne regarde pas en arrière », me lançait-il chaque fois que je me retournais vers Las Vegas, comme la veille j'avais si souvent contemplé les Roches Rouges de loin. Je ne l'écoutais pas, sidérée par la densité du nuage de pollution. À cette distance, Las Vegas n'était qu'un dôme gris-marron surmonté de quelques flèches et clochetons flous, à peine visibles. Alors que de la ville on distinguait nettement le désert, l'inverse n'était pas vrai, et j'y vis la plus transparente des allégories : qui se situe dans le futur peut se retourner sur le passé, mais les lieux du passé n'offrent pas de vraie perspective sur le futur, drapé dans le voile trouble du mystère et des gaz d'échappement.

La marche est une des constellations clairement identifiables dans le ciel de la culture humaine. Elle comprend trois étoiles, le corps, l'imagination, le monde, qui existent indépendamment les unes des autres tout en étant reliées par les usages culturels de la marche. Les constellations ne sont pas des phénomènes naturels mais des constructions culturelles, et les lignes qui relient les étoiles sont comme les chemins ouverts par l'imagination de ceux qui nous ont précédés. La constellation de la marche a une histoire, tracée et jalonnée par tous ces poètes, ces philosophes, ces révolutionnaires et ces rebelles qui traversent obstinément hors des clous, ces amoureux des rues, ces pèlerins, ces touristes, ces montagnards et ces vagabonds par vocation. Son avenir, lui, dépend entièrement de la fréquentation assidue des chemins reliant entre elles ses trois étoiles.

Notes

Il a parfois paru préférable de traduire directement un certain nombre des citations indiquées par Rebecca Solnit. Dans ce cas, la note correspondante est suivie d'une indication bibliographique sur l'édition française de l'ouvrage.

LE RYTHME DES PENSÉES (p. 7 à 106)

1. Le bout de la terre. Entrée en matière

1. Henry David Thoreau, « Walking », dans *The Natural History Essays*, Salt Lake City, Peregrine Smith Books, 1980, p. 99. [Texte français : *Balades*, trad. Léon Balzagette, Paris, La Table Ronde, 1995.]

2. L'esprit à cinq kilomètres à l'heure

1. Jean-Jacques Rousseau, *Les Confessions*, dans *Œuvres complètes*, t. I, Paris, Le Seuil, « L'Intégrale », 1967, p. 279.
2. John Thelwall, *The Peripatetic, or Sketches of the Heart of Nature and Society* (1793), New York, Garland Publishing, éd. fac-similé, 1978, p. 1.
3. Felix Grayeff, *Aristotle and His School : An Inquiry into the History of the Peripatos*, Londres, Gerald Duckworth, 1974, p. 38-39.
4. *Selected Letters of Friedrich Nietzsche*, éd. présentée et annotée par Oscar Levy, trad. Anthony M. Ludovici, New York, Doubleday, 1921, p. 23.
5. Bertrand Russell, *Portraits of Memory*, cit. dans A. J. Ayer, *Wittgenstein*, New York, Random House, 1985, p. 16.

6. Rousseau, *Les Confessions*, p. 256.

7. Rousseau, « Discours sur les sciences et les arts », dans *Œuvres complètes*, t. II, 1971, p. 57.

8. Rousseau, « Discours sur l'origine et les fondements de l'inégalité parmi les hommes », dans *ibid.*, p. 226.

9. Rousseau, *Les Confessions*, p. 142.

10. *Ibid.*, p. 182-183.

11. *Ibid.*, p. 272.

12. James Boswell, « Dialogue with Rousseau », dans Louis Kronenberger, sous la dir. de, *The Portable Johnson and Boswell*, New York, Viking, 1947, p. 417.

13. Rousseau, *Les Rêveries du promeneur solitaire*, « Deuxième Promenade », dans *Œuvres complètes*, t. I, p. 506.

14. *Ibid.*, « Cinquième Promenade », p. 521.

15. Walter Lowrie, *A Short Life of Kierkegaard*, Princeton (New Jersey), Princeton University Press, 1942, p. 45-46.

16. *Søren Kierkegaard's Journals and Papers*, trad. et présentation de Howard V. Hong et Edna H. Hong, Bloomington, Indiana University Press, 1978, 6, p. 113.

17. *Ibid.*, 5, p. 271 (1849-1851).

18. *Ibid.*, 5, p. 177 (1841).

19. *Ibid.*, 5, p. 341 (1846).

20. *Ibid.*, 5, p. 62-63 (1848).

21. *Ibid.*

22. *Ibid.*, 5, p. 386 (1847).

23. Cf. Edmund Husserl, « The World of the Living Present and the Constitution of the Surrounding World External to the Organism », dans *Edmund Husserl : Shorter Works*, éd. présentée et annotée par Peter McCormick et Frederick A. Elliston, Notre Dame (Indiana), University of Notre Dame Press, Harvester Press, 1981. Les remarques que je livre ici sur cet essai très dense doivent beaucoup à l'interprétation qu'en donne Edward S. Casey dans *The Fate of Place : A Philosophical History*, Berkeley, University of California Press, 1997, p. 238-250.

24. Susan Bordo, « Feminism, Postmodernism, and Gender-Scepticism », dans Linda Nicholson, sous la dir. de, *Feminism / Postmodernism*, New York, Routledge, 1990, p. 145.

3. L'élévation et la chute. Théories sur la bipédie

1. John Napier, « The Antiquity of Human Walking », *Scientific American*, avril 1967. Napier fut l'un des premiers à retracer l'histoire de la marche avant l'apparition de l'espèce humaine et à insister sur l'importance formatrice de ces débuts.

2. Adrienne Zihlman, « The Paleolithic Glass Ceiling », dans Lori D. Hager, sous la dir. de, *Women in Human Evolution*, Londres et New York, Routledge, 1997, p. 99. A. Zihlman et Dean Falk y analysent de façon remarquable les théories de Lovejoy et, plus généralement, les interprétations sexuées de l'évolution de l'espèce humaine. Je dois beaucoup à cette lecture, ainsi qu'au *Braindance* de Falk (New York, Henry Holt, 1992).

3. Donald Johanson et Maitland Edey, *Lucy : The Beginnings of Humankind*, New York, Simon and Schuster, 1981, p. 163. Voir aussi C. Owen Lovejoy, Kingsbury G. Heiple et Albert H. Burstein, « The Gait of Australopithicus », *American Journal of Physical Anthropology* 38, 1973, p. 757-780.

4. C. Owen Lovejoy, « The Origin of Man », *Science* 211, 1981, p. 341-350.

5. Lovejoy, « Evolution of Human Walking », *Scientific American*, nov. 1988.

6. Dean Falk, « Brain Evolution in Human Females : An Answer to Mr Lovejoy », dans Hager, *Women in Human Evolution*, p. 15.

7. Jack Stern et Randall Sussman, entretien avec l'auteur, Stony Brook, New York, 4 février 1988. Le lecteur peut également se reporter aux remarques de ces deux scientifiques dans *Origine(s) de la bipédie chez les hominidés* (Paris, Éditions du CNRS, Cahiers de paléoanthropologie, 1991), ainsi qu'à l'article « The Locomotor Anatomy of *Australopithicus afarensis* », *American Journal of Physical Anthropology* 60, 1983. Des représentations d'hominidés en milieu forestier dense illustrent un numéro de 1997 du magazine *National Geographic*.

8. Mary Leakey, *National Geographic*, avril 1979, p. 453.

9. Dean Falk, « Brain Evolution », p. 115.

10. *Ibid.*, p. 128, et, du même auteur, *Braindance*. Cf. aussi P. Wheeler, « The Influence of Bipedalism on the Energy and Water Budgets of Early Hominids », *Journal of Human Evolution* 21, 1991, p. 117-136.

4. La voie escarpée vers la grâce. Pèlerinages

1. Le mot *travel* (voyage) est directement issu de l'ancien français *travailler*, au sens de « se donner de la peine ». *(N.d.T.)*

2. John Noel, *The Story of Everest*, New York, Blue Ribbon Books, 1927, p. 108.

3. En toute modestie, Greg reconnaît avoir trouvé cette formule dans le *People's Guide to Mexico* de Carl Franz.

4. *Peace Pilgrim: Her Life and Work in Her Own Words*, Santa Fe, Ocean Tree Books, 1991, « Introduction », p. XIII.

5. *Ibid.*, p. 7.

6. *Ibid.*, p. 56.

7. *Ibid.*, «Introduction », p. XIII.

8. *Ibid.*, p. 25.

9. Victor et Edith Turner, *Image and Pilgrimage in Christian Culture : Anthropological Perspectives*, New York, Columbia University Press, 1978, en particulier p. 37, 41.

10. Il s'agit ici, non de la cité industrielle anglaise, mais d'une ville de l'Alabama. Théâtre, en 1963 surtout, d'exactions raciales d'une violence insoutenable, Birmingham en vint à symboliser la résistance des « sudistes » du XXe siècle à l'intégration des Noirs. *(N.d.T.)*

11. Deux villes de l'Alabama, dont la seconde est la capitale de l'État. En 1965, Selma fut le centre de la campagne pour l'inscription des Noirs sur les listes électorales. *(N.d.T.)*

12. C'est à l'issue de cette manifestation (1963) qui rassembla par centaines de milliers les sympathisants du mouvement des droits civiques, que Martin Luther King prononça le plus célèbre de ses discours, *« I have a dream »* (j'ai fait un rêve), où il exposait sa vision d'une Amérique multiraciale et pacifiée. *(N.d.T.)*

13. La Southern Christian Leadersphip Conference, ou SCLC, fut fondée en 1957 par Martin Luther King. *(N.d.T.)*

14. Stephen B. Oates, *Let the Trumpet Sound: A Life of Martin Luther King*, New York, Harper and Row, 1982, p. 236.

5. Labyrinthes et chemins de croix. Incursions dans le royaume du symbolique

1. W. H. Matthews, *Mazes and Labyrinths : Their History and Development* (1922), nouvelle éd. New York, Dover, 1970, p. 66 et 69.

2. Lauren Artress, n. d. (prospectus proposé dans la cathédrale de la Grâce de San Francisco).

3. Matthews, *Mazes and Labyrinths*, p. 117.

4. Charles W. Moore, William J. Mitchell et William Turnbull, *The Poetics of Gardens*, Cambridge (Mass.), MIT Press, 1988, p. 35.

5. John Finlay, sous la dir. de, *The Pleasures of Walking* (1934), nouvelle éd. New York, Vanguard Press, 1976, p. 8.

6. Lucy Lippard, *The Lure of the Local: Senses of Place in a Multicentered Society*, New York, New Press, 1996, p. 4.

7. Frances Yates, *The Art of Memory*, Londres, Pimlico, 1992, p. 18.

L'APPEL DE LA NATURE (p. 107 à 222)

6. L'allée au bout du jardin

1. Dorothy Wordsworth, passage cité dans Thomas De Quincey, *Recollections of the Lakes and the Lake Poets*, Harmondsworth (Angleterre), Penguin Books, 1970.

2. William Wordsworth, lettre à Samuel Taylor Coleridge, 24 déc. 1799, citée dans Ernest de Selincourt, sous la dir. de, *Letters of William and Dorothy Wordsworth: The Early Years, 1787-1805*, Oxford, Clarendon Press, 1967, p. 273-280. Signalons que, dans cette lettre, Wordsworth mentionne l'« itinéraire de Taylor », qui décrit la première cascade qu'il alla voir avec sa sœur, et parle de la cascade elle-même comme d'« une prouesse telle qu'on en pourrait attendre d'un jardinier géant au service d'un courtisan de la reine Élisabeth, pour autant que ce jardinier géant ait consulté Spenser » – manière de dire que la vision qu'il en a est tributaire de la tradition littéraire et de l'aménagement des parcs et des jardins anglais.

3. Cf., par exemple, Marion Shoard, *This Land is Our Land : The Struggle for Britain's Countryside*, Londres, Gaia Book, 1997 (2e éd.), p. 79 : « C'est à Wordsworth plus qu'à nul autre que nous devons l'idée qu'il faut se promener à pied dans la nature pour vraiment communier avec elle. »

4. Christopher Morley, « The Art of Walking » (1917), dans Aaron Sussman et Ruth Goode, *The Magic of Walking*, New York, Simon and Schuster, 1967.

5. Morris Marple, *Shank's Pony : A Study of Walking*, Londres, J. M. Dent and Sons, 1959, p. 31 ; Robin Jarvis, *Romantic Writing*

and Pedestrian Travel, Houndmills, Basingstoke, Hampshire, Macmillan Press, 1998, p. 4 ; Anne Wallace, *Walking, Literature and English Culture*, Oxford, Oxford University Press, 1993, p. 10 et 18. Pour ces trois auteurs, marcher est équivalent à voyager, ce qui n'est pas exactement mon avis.

6. Karl Moritz, *Travels of Karl Philipp Moritz in England in 1782 : A Reprint of the English Translation of 1795*, avec une introduction de E. Matheson (1795), nouvelle éd., Londres, Humphrey Milford, 1924, p. 37.

7. Dorothy Wordsworth, cité dans Hunter Davies, *William Wordsworth : A Biography*, New York, Antheneum, 1980, p. 70.

8. Dorothy Wordsworth à sa tante, la fière Mme Crackanthorp, 21 avril 1794, cité dans de Selincourt, p. 117.

9. Thoreau, « Walking », p. 98-99.

10. Rapporté par Susan Lasdun dans *The English Park: Royal, Private and Public*, New York, Vendome Press, 1992, p. 35.

11. *Ibid.*, p. 66.

12. Anthony Ashley Cooper, comte de Shaftesbury, cité dans John Dixon Hunt et Peter Willis, *The Genius of the Place : The English Landscape Garden, 1620-1840*, New York, Harper, 1975, p. 122.

13. Horace Walpole, cité dans *ibid.*, p. 11.

14. John Dixon Hunt, *The Figure in the Landscape : Poetry, Painting, and Gardening during the Eighteenth Century*, Baltimore, John Hopkins University Press, 1976, p. 12.

15. Carolyn Bermingham, *Landscape and Ideology : The English Rustic Tradition, 1740-1860*, Berkeley, University of California Press, 1986, p. 12.

16. Christopher Hussey, *English Gardens and Landscapes, 1700-1750*, Londres, Country Life, 1967, p. 101.

17. *Stowe Landscape Gardens*, National Trust of Great Britain, 1997, p. 45.

18. Sir Joshua Reynolds, cité dans Hunt et Willis, *The Genius of the Place*, p. 32.

19. Horace Walpole, cité dans *ibid.*, p. 13.

20. Wordsworth, *Guide to the Lakes*, nouvelle éd. présentée par Ernest de Selincourt, Oxford, Oxford University Press, 1977, p. 69.

21. Karl Moritz, *Travels*, p. 44.

22. Olivier Goldsmith, *The Citizen of the World*, t. II des *Collected Works* réunis par Arthur Friedman, Oxford, Clarendon Press, 1966, p. 293.

23. Jane Austen, *Le Cœur et la Raison*, trad. Pierre Goubet, dans *Œuvres romanesques complètes*, t. I, Paris, Gallimard, « La Pléiade », 2000, p. 302.

24. John Barrell, *The Idea of Landscape and the Sense of Place*, New York, Cambridge University Press, 1972, p. 4-5.

25. Jane Austen, *Le Cœur et la Raison*, p. 305.

26. William Gilpin, *Observations on Several Parts of Great Britain, Particularly the Highlands of Scotland, Relative Chiefly to Picturesque Beauty, made in the year 1776*, Londres, T. Cadell et W. Davies, 1808, t. II, p. 119.

27. Dorothy Wordsworth, lettre du 16 oct. 1792, dans de Selincourt, *Letters*, p. 84.

28. Jane Austen, *Orgueil et Préjugés*, trad. Pierre Goubet, dans *Œuvres romanesques complètes*, t. I, p. 586.

29. *Ibid.*, p. 589.

30. *Ibid.*

31. *Ibid.*, p. 603.

32. *Ibid.*, p. 844-845.

33. *Ibid.*, p. 700.

34. *Ibid.*, p. 710.

35. *Ibid.*

36. *Ibid.*, p. 758.

37. *Ibid.*, p. 765-766.

38. *Ibid.*, p. 688.

39. *Ibid.*, p. 861.

7. Les jambes de William Wordsworth

1. Thomas De Quincey, *Recollections of the Lakes and the Lake Poets*, texte présenté par David Wright, Harmondsworth (Angleterre), Penguin Books, 1970, p. 53-54.

2. William Wordsworth, *The Prelude : The Four Texts (1798, 1799, 1805, 1850)*, éd. présentée par Jonathan Wordsworth, Harmondsworth (Angleterre), Penguin Books 1995, p. 322. [La version du *Prélude* à laquelle se réfère ici R. Solnit est celle de 1805, sensiblement différente dans sa composition de celle retenue pour l'édition en français (*Le Prélude*, éd. bilingue, trad. Louis Cazamian, Paris, Aubier, 1949 ; cf., également en éd. bilingue, les *Poèmes*, choix, présentation et trad. François-René Daillie, Paris, Gallimard, 2001). Il a donc paru

préférable de traduire les extraits cités et de renvoyer le lecteur à l'édition anglaise des quatre versions du *Prélude. (N.d.T.)*]

3. *The Pilgrim's Progress*, de John Bunyan (1628-1688), fut longtemps le livre le plus lu en Angleterre après la Bible. Il retrace le parcours semé d'embûches que doivent suivre Chrétien et ses compagnons, Docile et Fidèle, pour gagner la Cité céleste. *(N.d.T.)*

4. William Hazlitt, « The Lake School », dans *William Hazlitt : Selected Writings*, Harmondsworth (Angleterre), Penguin Books, 1970, p. 218.

5. Wordsworth, *The Prelude*, p. 158.

6. *Ibid.*, p. 36.

7. Kenneth Johnston, *The Hidden Wordsworth : Poet, Lover, Rebel, Spy*, New York, Norton, 1998, p. 188.

8. Wordsworth, *The Prelude*, p. 348.

9. Johnston, *Hidden Wordsworth*, p. 286.

10. Thomas De Quincey, « Walking Stewart – Edward Irving – William Wordsworth », *Literary Reminiscences*, t. III de *The Collected Works of Thomas De Quincey*, Boston, Houghton, Osgood and Co., 1880, p. 597.

11. Ernest de Selincourt, sous la dir. de, *Letters*, p. 153 (en français dans le texte).

12. Wordsworth, *The Prelude*, p. 42.

13. Basil Willey, *The Eighteenth Century Background*, Boston, Beacon Press, 1961, p. 205.

14. Wordsworth, lettre du 23 mai 1794, dans de Selincourt, *Letters*, p. 119.

15. Wordsworth, *The Prelude*, p. 496.

16. Hazlitt, « The Lake School », p. 217.

17. Remarque publiée dans *Wordsworth Among the Peasantry of Westmorland*, cit. dans Davies, *Wordsworth*, p. 322.

18. Andrew J. Bennett, «'Devious Feet' : Wordsworth and the Scandal of Narrative Form », *LELH 59*, 1992, p. 147.

19. Dorothy Wordsworth, lettre à Lady Beaumont, mai 1804, citée dans Davies, *Wordsworth*, p. 166.

20. Seamus Heaney, « The Makings of a Music », *Preoccupations*, New York, Farrar, Strauss and Giroux, 1980, p. 66, 68.

21. *Ibid.*, p. 68.

22. Davies, *Wordsworth*, p. 324. Cf. aussi Wallace, *Walking Literature and English Culture*, p. 117.

23. Lettre publiée dans le *Manchester Guardian* du 7 oct. 1887, citée dans Howard Hill, *Freedom to Roam : The Struggle for Access to Britain's*

Moors and Mountains, Ashbourne (Angleterre), Moorland Publishing, 1980, p. 40. Le « M. Justice Coleridge » respectueusement mentionné lors de la promenade et la présence de Sir John Wallace au dîner laissent penser que l'on a affaire à deux versions d'une même anecdote. Vers la fin de sa vie, Wordsworth, hélas, s'opposa lui aussi à la construction d'un chemin de fer qui aurait permis aux touristes d'arriver à Windermere, au motif que les ouvriers pouvaient prendre leurs vacances plus près de chez eux. Bien que franchement déplaisant, l'argument se défend au vu des effets du tourisme de masse ; un siècle plus tard, le Sierra Club jugea bon de supprimer de ses statuts la formule « rendre accessible », après avoir constaté que les infrastructures touristiques et le piétinement des cohortes de touristes massacraient le paysage au nom de l'amour de la nature.

24. Earle Vonard Weller, sous la dir. de, *Autobiography of John Keats, Compiled from his Letters and Essays*, Stanford, Stanford University Press, 1933, p. 105.

25. Cité dans Morris Marple, *Shank's Pony*, p. 68.

26. Wordsworth, *The Prelude*, p. 374.

8. Mille et un miles de conformisme sentimental

1. Thomas Hardy, *Tess of the d'Urbervilles*, New York, Bantam Books, 1971, p. 10. [Texte français : *Tess d'Urberville*, I, trad. Madeleine Rolland, Paris, Ombres, 1994, p. 22.]

2. *Ibid.*

3. Aldous Huxley, « Wordsworth in the Tropics », dans *Collected Essays*, New York, Bantam Books, 1960, p. 1.

4. William Hazlitt, « On Going a Journey », dans *The Lore of the Wanderer*, éd. présentée par Geoffrey Goodchild, New York, E. P. Dutton, 1920, p. 65.

5. *Ibid.*

6. *Ibid.*

7. Sir Leslie Stephen, « In Praise of Walking », cit. dans Finlay, *Pleasures of Walking*, p. 20.

8. *Ibid.*, p. 24.

9. *Ibid.*

10. Robert Louis Stevenson, « Walking Tours », dans Goodchild, *Lore of the Wanderer*, p. 10-11.

11. G. M. Trevelyan, « Walking », cité dans Finlay, *Pleasures of Walking*, p. 57.

12. Max Beerbohm, « Going Out on a Walk », dans *ibid.*, p. 39.

13. *Ibid.*

14. Thoreau, « Walking », p. 93 (et jusqu'à la p. 98 pour les citations suivantes).

15. *Ibid.*

16. *Ibid.*

17. *Ibid.*

18. *Ibid.*

19. Bruce Chatwin, « It's a Nomad Nomad World », dans *Anatomy of Restlesness : Selected Writings, 1969-1989*, New York, Viking, 1996, p. 103. [Texte français : *Anatomie de l'errance*, trad. Jacques Chabert et Matthew Graves, Paris, Grasset, 1996.]

20. Thoreau, « Walking », p. 97.

21. Mort Malkin, « Walk for Peace », *Fellowship* (revue de l'Association bouddhiste pour la paix), juil.-août 1997, p. 12.

22. Michael Korda, « Prompting the President », *New Yorker*, 6 oct. 1997, p. 92.

23. Charles F. Lummis, *A Tramp Across the Continent*, Omaha, University of Nebraska Press, 1982, p. 3.

24. *Ibid.*, p. 82.

25. Robyn Davidson, *Tracks*, New York, Pantheon Books, 1980, p. 191-192.

26. Alan Booth, *The Roads to Sata : A Two-Thousand Mile Walk Through Japan*, New York, Viking, 1986, p. 27. [Texte français : *Les Chemins de Sata*, trad. Alain Labau, Arles, Actes Sud, 1988.]

27. Ffyona Campbell, *The Whole Story : A Walk Around the World*, Londres, Orion Books, 1996, « Préface » (non paginée).

9. À l'assaut des cimes

1. Kenneth Clark, *Landscape into Art*, Boston, Beacon Press, 1961, p. 7.

2. Clarence King, *Mountaineering in the Sierra Nevada*, New York, W. W. Norton, 1935, p. 287.

3. La brève bibliographie de la littérature de l'alpinisme établie par Francis Farquhar et l'ouvrage d'Edwin Bernbaum, *Sacred Mountains of the World* (Berkeley, University of California Press, 1997) s'accordent à trouver très particulière la vision européenne de la montagne avant le XVIIIe siècle. Edward Whimper évoque également la légende du Juif errant dans Ronald W. Clark, *Six Great Mountaineers* (Londres, Hamish

Hamilton, 1956, p. 14). Les termes entre guillemets utilisés par les écrivains anglais à propos des montagnes sont extraits de l'ouvrage de Keith Thomas, *Man and the Natural World: Changing Attitudes in England* (Harmondsworth [Angleterre], Penguin Books, 1984, p. 258-259).

4. Cf. Bernbaum, *Sacred Mountains*, p. 31.

5. Gretel Ehrlich, *Questions of Heaven : The Chinese Journey of an American Buddhist*, Boston, Beacon Press, 1997, p. 15.

6. *Egeria : Diary of a Pilgrimage*, trad. George E. Gingras, New York, Newman Press, 1970, p. 49 (et jusqu'à la p. 51 pour les citations suivantes).

7. *Ibid.*

8. Cité par Dervla Murphy dans son introduction à l'ouvrage d'Henriette d'Angeville, *My Ascent of Mont Blanc*, trad. Jennifer Barnes, Londres, HarperCollins, 1991, p. XV. [Le livre d'Henriette d'Angeville, *Mon excursion au mont Blanc*, a été réédité par Arthaud en 1987.] La première Américaine à être arrivée en haut de l'Everest (la première femme à avoir réalisé cet exploit était japonaise) eut un mot similaire : « On ne pouvait pas grimper plus haut. Je me tenais au sommet du monde » (trouvé sur le site www.everest.mountainzone.com).

9. Dante, *La Divine Comédie*, trad., préface et notes de Henri Longnon, Paris, Garnier, 1956, chant IV, p. 196.

10. Henry David Thoreau, *Walden*, Princeton, Princeton University Press, 1973, p. 290. [*Walden ou la Vie dans les bois*, trad. Louis Fabulet, Paris, Gallimard, « L'Imaginaire », 1990.]

11. Murray Sayle, « The Vulgarity of Success », *London Review of Books*, 7 mai 1998, p. 8.

12. Cf. Bernbaum, *Sacred Mountains*, p. 7.

13. *Ibid.*, p. 236.

14. Gwen Moffat, *The Space Below My Feet*, Cambridge, Riverside Press, 1961, p. 66.

15. « À la fin du mois de juin nous avons entrepris une traversée épique de la chaîne de Cuillen. La chaîne principale a une dizaine de kilomètres de long et comprend seize sommets qui s'élèvent à plus de neuf cents mètres. En moyenne, il faut compter dix à treize heures pour effectuer cette traversée ; certaines équipes ont mis vingt-quatre heures, d'autres ont établi des records en réalisant des temps fantastiques. Comme nous détestions les records, nous avons décidé de ne pas faire comme tout le monde. Nous allions prendre notre temps, bronzer, profiter du panorama, emmener des provisions

pour deux jours, coucher dehors sur un des sommets. Nous établirions ainsi le record de la plus longue traversée de la chaîne de Cuillen. » *Ibid.*, p. 101.

16. Eric Shipton, *Mountain Conquest*, New York, American Heritage, 1965, p. 17.

17. Cf. Ronald W. Clark, *A Picture History of Mountaineering*, Londres, Hulton Press, 1956, p. 31.

18. Henriette d'Angeville, *Mon excursion au mont Blanc*, préface de Roger Frison-Roche, Arthaud, 1987, « Introduction ».

19. Smoke Blanchard, *Walking Up and Down in the World : Memories of a Mountain Rambler*, San Francisco, Sierra Club Books, 1985, p. XV.

20. *Li Po and Tu Fu*, trad. Arthur Cooper, Harmondsworth (Angleterre), Penguin Books, 1973, p. 105.

21. Hanshan, *Montagne froide*, trad. Martin Melkonian, Fourbis, 1996, poème 82.

22. Bernbaum, *Sacred Mountains*, p. 58.

23. H. Byron Earhart, *A Religious Study of the Mount Haguro Sect of Shugendo : An Example of Japanese Mountain Religion*, Tokyo, Sophia University, 1970, p. 31.

24. Bashô, *The Narrow Road to the Deep North and Other Travel Sketches*, trad. et présentation de Nobuyuki Yuasa, Harmondsworth (Angleterre), Penguin Books, 1966. Le poète évoque ici son ascension du Gassan, au nord de l'archipel, effectuée juste après celle du mont Haguro, sommet plus célèbre et haut lieu du culte Shugendo.

25. Gary Snyder, *Mountains and River Without End*, Washington, Counterpoint Press, 1996, p. 153. Snyder a souvent évoqué la montagne, la spiritualité et sa propre expérience. Cf notamment : « Blue Mountains Constantly Walking », *The Practice of the Wild*, San Francisco, North Point Press, 1990 [texte français : *La Pratique sauvage*, trad. Olivier Delbard, Paris, Éditions du Rocher, 1999] ; *Earth House Hold*, New York, New Directions, 1969 ; et son entretien avec John O'Grady publié dans *Western American Literature*, automne 1998.

26. David Robertson, *Real Matter*, Salt Lake City, University of Utah Press, 1997, p. 100.

27. *Ibid.*, p. 100-108.

28. Gary Snyder, « On Climbing the Sierra Matterhorn Again After Thirty-One Years », *No Nature : News and Selected Poems*, New York, Pantheon Books, 1992, p. 362.

10. Des bataillons de marcheurs

1. William Colby, *Sierra Club Bulletin*, 1990.

2. « La formation, en 1857, du Club alpin [britannique] fut suivie en 1863 par la création du Club alpin suisse et de la Société des touristes savoyards. Le Club alpin italien vit le jour un peu plus tard la même année, tandis que la Société Ramond fut constituée en 1865 en vue d'une exploration plus approfondie des Pyrénées. Les Clubs alpins autrichien et allemand apparurent en 1869, le Club alpin français en 1874. De l'autre côté de l'Atlantique, le Club alpin de Williamstown fut créé en 1863, quelques années, donc, avant le White Mountain Club et l'Appalachian Mountain Club, respectivement fondés en 1873 et 1876 » (Clark, *Picture History of Mountaineering*, p. 12). J'ajoute qu'un Club alpin féminin se constitua en 1907.

3. Ella M. Sexton, *Sierra Club Bulletin* 4, 1901, p. 17.

4. Nelson Hackett, lettres des 5 et 18 juillet 1908, archives du Sierra Club.

5. Michael Cohen, *The Pathless Way : John Muir and the American Wilderness*, Madison, University of Wisconsin, 1984, p. 331.

6. Manfred Pils, courrier adressé à l'auteur, oct. 1998.

7. Walter Laqueur, *Young Germany : A History of the German Youth Movement*, New Brunswick et Londres, Transaction Books, 1984, p. 33.

8. Gerald Masur, *Prophets of Yesterday : Studies in European Culture, 1890-1914*, New York, Macmillan, 1961, p. 368.

9. Cf. Shoard, *This Land is Our Land*, p. 264.

10. Chiffre cité par Lynn Maxwell, rédacteur en chef du magazine *Country Walking*, lors d'un entretien avec l'auteur en mai 1998.

11. Entretien avec l'auteur, mai 1998.

12. J'ai puisé l'essentiel des informations qui suivent dans Shoard, *This Land is Our Land*.

13. Cf. Tom Stephenson, *Forbidden Land : The Struggle for Access to Mountain and Moorland*, ouvrage publié sous la dir. d'Ann Holt, Manchester et New York, Manchester University Press, p. 59.

14. Cf. Hill, *Freedom to Roam*, p. 21.

15. Cité dans Ann Holt, « Hindsight on Kinder », *Rambling Today*, printemps 1995, p. 17. Cf. aussi Raphael Samuel qui, dans *Theatres of Memory* (Londres, Verso, 1994, p. 294), écrit : « La lointaine aïeule du National Trust, la "Société pour la sauvegarde des communaux, des espaces naturels et des sentiers", fondée en 1865, représentait une sorte de front libéral qui défendait les revendications des villageois et

des utilisateurs des terrains communaux contre les empiétements auxquels procédaient les propriétaires terriens et les promoteurs [...]. »

16. Crichton Porteous, *Derbyshire*, Londres, Robert Hale Limited, 1950, p. 33.

17. Howard Hill, *Freedom to Roam*, p. 24.

18. Raphael Samuel, *Theatres of Memory*, p. 297. L'auteur ajoute que « la "liberté d'errer à son gré" était un cheval de bataille de la gauche. Elle avait bénéficié sous Edouard VII d'un soutien populaire massif lorsque la Clarion League, une organisation de jeunesse forte de quarante mille adhérents, entreprit de diffuser le message socialiste sur les places de village. Dans l'entre-deux-guerres, elle fut défendue par la Woodcraft Folk (sorte de version antimilitariste et mixte du scoutisme, qui alliait le discours du pacifisme au mysticisme de la nature) ; par l'Association des Auberges de jeunesse, née en 1930 ; et par cette grande armée de randonneurs qui, les jours fériés et pendant les vacances, partaient arpenter les montagnes et les landes. L'attirance qu'exerçait la randonnée sur la bohème bourgeoise tient essentiellement au fait qu'elle remplaçait avantageusement les sorties au dancing, et coûtait moins cher ».

19. Ann Holt, *The Origins and Early Days of the Ramblers' Association*, discours prononcé en avril 1995, publié dans une brochure de la Ramblers' Association.

20. Benny Rothman, *The 1932 Kinder Scout Trespass : A Personal View of the Kinder Scout Mass Trespass*, Altrincham (Angleterre), Willow Publishing, 1982, p. 12.

LA VIE DES RUES (p. 223 à 312)

11. Marcher dans la solitude des villes

1. Harriett Lane Levy, *920 O'Farrell Street*, Berkeley, Heyday Books, 1997, p. 185-186.

2. Cf. la lettre de Jack Kerouac datée de mai 1961, reproduite dans la revue *Atlantic Monthly* (novembre 1998, n° 68) : «[*Sur la route*] était vraiment une histoire à propos de deux copains catho partis à la recherche de Dieu. Et nous l'avons trouvé. Je l'ai trouvé dans le ciel, à Market Street, à San Francisco (deux visions). »

3. Jane Jacobs, *The Death and Life of Great American Cities*, New York, Vintage Books, 1961. Cf. tout le chapitre intitulé « The Uses of Sidewalks : Safety ».

4. Cité dans Peter Jukes, *A Shout in the Street : An Excursion into the Modern City*, Berkeley, University of California Press, 1991, p. 184.

5. Cité dans Ray Rosenzweig et Elizabeth Blackmar, *The Park and the People : A History of Central Park*, Ithaca, Cornell University Press, 1992, p. 223.

6. Bernard Rudofsky, *Streets for People : A Primer for Americans*, New York, Van Nostrand Reinhold, 1982.

7. Edwin Denby, *Dancers, Buildings and People in the Streets*, introduction de Frank O'Hara, New York, Horizon Press, 1965, p. 183.

8. Joseph Addison et Richard Steele, *The Spectator*, vol. 1, Londres, J. M. Dent and Sons, 1907, p. 96. (Première parution dans *The Spectator*, n° 26, 30 mars 1711.)

9. John Gay, « Trivia, or the Art of Walking the Streets of London », livre 3e, dans *The Abbey Classics : Poems by John Gay*, Londres, Chapman and Dodd, s. d., p. 78.

10. William Wordsworth, *The Prelude*, p. 286.

11. William Blake, « London », dans J. Bronowski, sous la dir. de, *William Blake*, Hardmonsworth (Angleterre), Penguin Books, 1958, p. 52.

12. Cf. Richard Holmes, *Dr Johnson and Mr. Savage*, New York, Vintage Books, 1993, p. 44, où l'on trouve cette citation de Sir John Hawkins à propos des habitudes noctambules de Johnson : « Johnson m'a dit que Savage et lui passaient des nuits entières en conversations de ce genre, pas sous le toit hospitalier d'une taverne, dont la chaleur eût pu ravigoter leurs esprits et le vin dissiper leur prudence, mais en déambulant [...] autour des places de Westminster, celle de St. James en particulier, à une époque où tout l'argent dont ils disposaient à eux deux ne suffisait pas, loin s'en faut, à leur assurer l'abri et le sordide réconfort d'une cave où passer la nuit. »

13. James Boswell, *Boswell's London Journal*, publié sous la dir. de Frederick A. Pottle, New York, Signet, 1956, p. 235.

14. Cf. Henry Mayhew, *London Labour and the London Poor*, vol. 4 (1861-1862), nouvelle éd. New York, Dover Books, 1968, p. 211 ; l'auteur cite ici le chiffre avancé par M. Coleridge, fonctionnaire de police ayant mené sur le sujet une « fastidieuse enquête ».

15. *Ibid.*, p. 213.

16. Richard Symanski, *The Immoral Landscape : Female Prostitution in Western Societies*, Toronto, Butterworths, 1981, p. 175-176.

17. Dolores French et Linda Lee, *Working : My Life as a Prostitute*, New York, Oxford University Press, 1973, p. 233.

18. « Marcheur », en anglais. *(N.d.T.)*

19. Raymond Williams, *The Country and the City*, New York, Oxford University Press, 1973, p. 233.

20. De Quincey, *Confessions of an English Opium-Eater*, New York, Signet Books, 1966, p. 42-43 (même référence pour les citations suivantes). [Texte français : *Les Confessions d'un mangeur d'opium anglais*, trad. Pierre Leyris, Paris, Gallimard, « L'Imaginaire », 1990.]

21. G. K. Chesterton, *Charles Dickens, a Critical Study*, New York, Dodd, Mead, 1906, p. 47.

22. *Ibid.*, p. 44.

23. Dickens à John Forster, cité dans Ned Lukacher, *Primal Scenes: Literature, Philosophy, Psychoanalysis*, Ithaca, Cornell University Press, 1986, p. 288.

24. Charles Dickens, *The Uncommercial Traveller and Reprinted Pieces Etc.*, Oxford et New York, Oxford University Press, 1958, p. 1. [Texte français : *Le Commis voyageur et autres contes*, Paris, Nathan, 1987.]

25. « Shy Neighborhoods », *ibid.*, p. 94.

26. *Ibid.*, p. 95.

27. «On an Amateur Beat », *ibid.*, p. 345.

28. «The City of the Absent », *ibid.*, p. 233.

29. «Night Walks », *ibid.*, p. 127.

30. Patti Smith, interviewée dans l'émission « Fresh Air » de la National Public Radio, 3 oct. 1997.

31. Virginia Woolf, lettre du 19 août 1924 à Vita Sackville-West, *The Letters of Virginia Woolf*, t. III, *A Change of Perspective*, publié sous la dir. de Nigel Nicholson, Londres, Hogarth Press, 1975-1980, p. 126. [Cette lettre ne figure pas dans l'édition française de la *Correspondance* entre V. Woolf et V. Sackville-West, trad. R. Las Vergnas, Paris, Stock, 1985. *(N.d.T.)*]

32. Virginia Woolf, « Au hasard des rues. Une aventure londonienne », *La Mort de la phalène*, trad. Hélène Bokanowski, Paris, Le Seuil, 1968, p. 127-128.

33. *Ibid.*, p. 127.

34. *Ibid.*, p. 140.

35. Tony Hiss, éditorial, *New York Times*, 30 janv. 1998.

36. Walt Whitman, « Recorders Ages Hence », *Leaves of Grass*, New York, Bantam Books, 1983, p. 102.

37. *Ibid.*

38. *Ibid.*, «To a Stranger », p. 103.

39. Allen Ginsberg, « Howl », dans *The New American Poetry*, publié sous la dir. de Donald M. Allen, New York, Grove Press, 1960, p. 182.

40. *Ibid.*, p. 186.

41. Frank O'Hara, « Meditations in an Emergency », dans *The Selected Poems*, New York, Vintage Books, 1974, p. 87.

42. « Walking to Work », *ibid.*, p. 57.

43. «F. (Missive and Walk) I. # 53 », *ibid.*, p. 194.

12. Paris, ou « herboriser sur le bitume »

1. Walter Benjamin, *Paris, capitale du XIXe siècle, le livre des passages*, trad. Jean Lacoste, Paris, Éditions du Cerf, 1997, p. 440.

2. Benjamin, « Chronique berlinoise », *Écrits autobiographiques*, trad. Christophe Jouanlanne et Jean-François Poirier, Paris, Christian Bourgois, 1990, p. 249-250.

3. *Ibid.*, p. 283.

4. Gershom Sholem cité dans Frederic V. Grunfeld, *Prophets without Honor : A Background to Freud, Kafka, Einstein and their World*, New York, McGraw Hill, 1979, p. 233.

5. Priscilla Parkhurst Ferguson, « The Flâneur : Urbanization and Its Discontents », dans Suzanne Nash, sous la dir. de, *From Exile to Vagrancy : Home and Its Dislocations in 19th Century France*, Albany, State University of New York, 1993, p. 60, n. 1. Cf. aussi, du même auteur, *Paris as Revolution*, Berkeley, University of California Press, 1994.

6. Elizabeth Wilson, « The Invisible Flâneur », *New Left Review*, n° 191, 1992, p. 93-94.

7. Charles Baudelaire, « Le peintre de la vie moderne », *Œuvres complètes*, Paris, Gallimard, « La Pléiade », 1961, p. 1160.

8. Walter Benjamin, *Charles Baudelaire, un poète lyrique à l'apogée du capitalisme*, trad. Jean Lacoste, Paris, Payot, 1982, p. 57.

9. *Ibid.*, p. 81.

10. À propos de l'inexistence du flâneur, Rob Shields observe : « En vérité, force est de reconnaître que [...] les récits de voyage du XIXe siècle n'évoquent la flânerie que comme un mythe urbain. Le principal habitat du flâneur se trouve dans les romans d'Honoré de Balzac, d'Eugène Sue et d'Alexandre Dumas » (« Fancy Footwork : Walter Benjamin's Notes on the Flâneur », dans Keith Tester, sous la dir. de, *The Flâneur*, Londres, Routledge, 1994).

11. Victor Hugo, *Les Misérables*, Paris, Gallimard, « La Pléiade », 1951, livre 12, « Corinthe », p. 1109.

12. Frances Trollope, *Paris and the Parisians in 1835*, New York, Harper and Brothers, 1836, p. 370.

13. Muhammed Saffar, *Disorienting Encounters : Travels of a Moroccan Scholar in France, 1845-1846*, trad. et présenté par Susan Gilson Miller, Berkeley, University of California Press, 1991, p. 136-137.

14. Baudelaire, *Correspondance*, Paris, Gallimard, « La Pléiade », 1973, t. II (1860-1866), p. 153.

15. Nicolas Edmée Rétif de La Bretonne, *Les Nuits de Paris ou le Spectateur nocturne*, Paris, Gallimard, « Folio », 1986, p. 276.

16. *Ibid.*, p. 277.

17. Benjamin, *Baudelaire*, p. 61.

18. *Ibid.*, p. 65.

19. George Sand, « Histoire de ma vie », *Œuvres autobiographiques*, Paris, Gallimard, « La Pléiade », t. II, p. 117-118.

20. Charles Baudelaire, « Les foules », *Petits poèmes en prose*, dans *Œuvres complètes*, Paris, Gallimard, « La Pléiade », 1961, p. 243-244.

21. Ces commentaires sur les transformations opérées par Haussmann s'appuient sur le livre de David Pinkney, *Napoleon III and the Rebuilding of Paris* (Princeton, Princeton University Press, 1958), et, dans une moindre mesure, sur celui de Wolfgang Schivelbusch, *Histoire des voyages en train* (Paris, Le Promeneur, 1990) ; selon ce dernier auteur, l'« Attila de la ligne droite » qu'était Haussmann entreprit ses grands travaux à des fins exclusivement utilitaires.

22. Baudelaire, « Le cygne », *Les Fleurs du mal*, dans *Œuvres complètes*, p. 82.

23. Edmond et Jules de Goncourt, *Journal*, Paris, Robert Laffont, « Bouquins », 1989, t. I, p. 632.

24. Cité dans Schivelbusch, *Histoire des voyages en train*.

25. Cité dans Susan Buck Morse, *The Dialectics of Seeing : Walter Benjamin and the Arcades Project*, Cambridge (Massachusetts), MIT Press, 1991, p. 33.

26. Cité dans l'Introduction à une édition américaine du livre de Louis Aragon, *Paris Peasant*, trad. Simon Watson Taylor, Cambridge (Massachusetts), Exact Change, 1994, p. VIII.

27. Philippe Soupault, *Les Dernières Nuits de Paris*, Paris, Gallimard, « L'Imaginaire », 1997, p. 42-43.

28. *Ibid.*, p. 57.

29. André Breton, *Nadja*, Paris, Gallimard, « Folio », 1972, p. 93.

30. Michael Sheringham, « City Space, Mental Space, Poetic Space : Paris in Breton, Benjamin and Réda », dans Michael Sheringham, sous la dir. de, *Parisian Fields*, Londres, Reaktion Books, 1996, p. 89.

31. Djuna Barnes, *Le Bois de la nuit*, trad. Pierre Leyris, Paris, Le Seuil, 1957, p. 74.

32. Cité dans Grunfeld, *Prophets Without Honour*, p. 245.

33. Hannah Arendt, « Introduction » à *Illuminations : Essays and Reflections*, New York, Schocken Books, 1969, p. 18.

34. *Ibid.*, p. 21.

35. Guy-Ernest Debord, « Introduction à une critique de la géographie urbaine », *Les Lèvres nues*, n° 6, sept. 1955, p. 11 (rééd. Paris, Allia, 1995).

36. *Ibid.*, p. 13.

37. *Ibid.*, p. 14.

38. Guy-Ernest Debord, « Théorie de la dérive », *Les Lèvres nues*, n° 9, nov. 1956, p. 6 (rééd. Paris, Allia, 1995).

39. Jean-Christophe Bailly, cité dans Sheringham, « City Space, Mental Space, Poetic Space », *Parisian Fields*, p. 111.

13. Dans la rue, citoyens ! Fêtes, processions et révolutions

1. Apparu dans les années quatre-vingt-dix dans la foulée du postmodernisme, le mouvement « queer » est baptisé d'un terme qui signifie « bizarre » en anglais, et que l'on pourrait dans ce contexte traduire par « inclassable ». Il revendique une totale liberté dans l'exercice de la sexualité et brouille volontairement les distinctions d'usage entre les identités et les pratiques sexuelles. S'affirmer « queer », c'est se situer au-delà de la différence des sexes (ni homme ni femme, ou bien les deux) et des normes ou des catégories de la sexualité (ni hétérosexuel ni homosexuel, ou bien les deux). *(N.d.T.)*

2. Saint patron de l'Irlande dont la fête, le 17 mars, correspond au jour de la fête nationale irlandaise. *(N.d.T.)*

3. Eric Hobsbawm, « Cities and Insurrections », *Revolutionaries*, New York, Pantheon, 1973, p. 222.

4. *Ibid.*, p. 224.

5. Mavis Gallant, *Paris Notebooks : Essays and Reviews*, New York, Random House, 1988, p. 3.

6. George Rude, *Crowd in the French Revolution*, Oxford, Oxford University Press, 1972, p. 66.

7. Simon Schama, *Citizens*, New York, Knopf, 1989.

8. Cf. John Borneman, *After the Wall : East Meets West in the New Berlin*, New York, Basic Books, 1991 : « Un manifestant fut condamné à six mois de prison pour avoir crié "Non-violence" une quinzaine de fois » (p. 23-24).

9. Timothy Garton Ash, *The Magic Lantern : The Revolutions of 1989 Witnessed in Warsaw, Budapest, Berlin and Prague*, New York, Random House, 1990, p. 83.

10. Michael Kukral, *Prague 1989 : A Study in Humanistic Geography*, Boulder (Colorado), Eastern European Monographs, 1997, p. 110.

11. Cité dans *Time*, 4 déc. 1989, p. 21.

12. Marguerite Guzman Bouvard, *Revolutionizing Motherhood : The Mothers of the Plaza de Mayo*, Wilmington (Delaware), Scholarly Resources, 1994, p. 30.

13. *Ibid.*, p. 70.

14. Marjorie Agosin, *Circles of Madness : Mothers of the Plaza de Mayo*, Freedonia, White Pine Press, 1992, p. 43.

15. Victor Hugo, *Quatrevingt-treize*, Paris, Pocket, « Classiques », 1992, p. 125-126.

16. George Orwell, *Homage to Catalonia*, Boston, Beacon Press, 1952, p. 5.

17. Cité dans *Do or Die* (bulletin britannique de l'association « La Terre d'abord »), n° 6, 1997, p. 4.

14. La rue la nuit. Scènes de la vie nocturne

1. Glen Petrie, *A Singular Inquiry : The Campaigns of Josephine Butler*, New York, Viking, 1971, p. 105 *sq.*

2. Cité dans Carol Brooks Gardner, *Passing by : Gender and Public Harassment*, Berkeley, University of California Press, 1995, p. 26.

3. Gerda Lerner, *The Creation of Patriarchy*, Oxford, Oxford University Press, 1986, p. 135.

4. Richard Sennett, *Flesh and Stone : The Body and the City in Western Civilization*, Londres et Boston, Faber and Faber, 1994, p. 34.

5. Mark Wiggins, « Untitled : The Housing of Gender », dans Beatriz Colomina, sous la dir. de, *Sexuality and Space*, Princeton, Princeton University Press, 1992, p. 335.

6. Joachim Schlor, *Nights in the Big City*, Londres, Reaktion Books, 1998, p. 139.

7. Glen Petrie, *A Singular Inquiry*, p. 160.

8. Cité dans *ibid.*, p. 182.

9. Il s'agit de Mrs Percy, domiciliée à Aldershot, mentionnée dans la préface de Petrie, *A Singular Inquiry*, et p. 149-154. Cf. aussi Paul McHugh, *Prostitution and Victorian Social Reform*, New York, St. Martin's Press, 1980, p. 149-151.

10. Cf. Glenna Matthews, *The Rise of Public Woman : Woman's Power and Woman's Place in the United States, 1630-1970*, New York et Oxford, Oxford University Press, 1992, p. 3.

11. Djuna Barnes se porta volontaire pour être nourrie de force afin de pouvoir décrire la méthode utilisée. Sur le mouvement suffragiste en général, cf. notamment, pour la Grande-Bretagne, Midge Mackenzie, *Shoulder to Shoulder*, New York, Knopf, 1975 ; et, pour les États-Unis, Doris Stevens, *Jailed for Freedom : American Women Win the Vote* (1920), nouv. éd. présentée par Carol O'Hare, Troutdale (Oregon), New Sage Press, 1995.

12. B. Houston, « What's Wrong with Sexual Harassment », cité dans June Larkin, « Sexual Terrorism on the Street », dans Alison M. Thomas et Celia Kitzinger, sous la dir. de, *Sexual Harassment : Contemporary Feminist Perspectives*, Buckingham, Open University Press, 1997, p. 117.

13. Selon un sondage cité dans Jalna Hanmer et Mary Maynard, sous la dir. de, *Women, Violence and Social Control*, Houndmills (Angleterre), MacMillan, 1987, p. 117.

14. Eileen Green, Sandra Hebron, Diane Woodward, *Women's Leisure, What Leisure*, Houndmills (Angleterre), MacMillan, 1990, p. 89.

15. June Larkin, « Sexual Terrorism », p. 120.

16. Helen Benedict, *Virgin or Vamp : How the Press Covers Sex Crimes*, New York et Londres, Oxford University Press, 1992, p. 208.

17. Virginia Woolf, *Une chambre à soi*, trad. Clara Malraux, Paris, Denoël-Gonthier, 1951, p. 65.

18. Sarah Schulman, *Girls, Visions and Everything*, Seattle, Seal Press, 1986, p. 17.

19. *Ibid.*, p. 97.

20. *Ibid.*, p. 157.

21. *Ibid.*, p. 157-159.

LE BOUT DE LA ROUTE (p. 313 à 368)

15. Sisyphe fait de la gymnastique

1. Robert Fishman, *Bourgeois Utopias : The Rise and Fall of Suburbia*, New York, Basic Books, 1987. Les observations qui suivent doivent beaucoup à cet ouvrage.

2. *Ibid.*, p. 81-82.

3. C'est en effet à seize ans que les jeunes Américains peuvent passer leur permis de conduire. *(N.d.T.)*

4. Philip Langdon, *A Better Place to Live : Reshaping the American Suburb*, Amherst, University of Massachusetts Press, 1994, p. XI.

5. Jane Holtz Kay, *Asphalt Nation : How the Automobile Took Over America and How We Can Take It Back*, New York, Crown Publishers, 1997, p. 25.

6. Cf. Gary Richards, « Crossings Disappear in Drive for Safety : Traffic Engineers Say Pedestrians Are in Danger Between the Lines », *San Jose Mercury News*, 27 nov. 1998.

7. Cité dans Rudofski, *Streets for People*, p. 106.

8. Lars Eigner, *Travels with Lizbeth : Three Years on the Road and on the Streets*, New York, Fawcett Columbine, 1993, p. 18.

9. Betsy Thaggard, « Making the Streets a Safer Place », *Tube Times*, bulletin de la Coalition cycliste de San Francisco, déc. 1998-janv. 1999, p. 5.

10. *San Francisco Chronicle ;* cf. aussi le compte rendu de la campagne « Droit de passage » lancée par l'association Time's Up dans *Tube Times*, p. 3.

11. Richard Walker, « Landscape and City Life : Four Ecologies of Residence in the San Francisco Bay Area », *Ecumene* 2, 1995, p. 35.

12. Howard V. Hong et Edna H. Hong, *Søren Kierkegaard Journals and Papers*, p. 415 (1847).

13. *Life*, 1998 (numéro spécial sur le millénaire).

14. Schivelbusch, *Histoire des voyages en train*, p. 53.

15. Paul Virilio, *L'Art du moteur*, Bruxelles, Galilée, 1993, p. 85.

16. Un même terme, *treadmill*, désigne en anglais cette invention à usage disciplinaire et le tapis de jogging. *(N.d.T.)*

17. James Hardie, *The History of the Tread-Mill, containing an account of its origins, construction, operation, effects as it respects the health and morals of the convicts, with their treatment and diet…*, New York, Samuel Marks, 1824, p. 16.

18. *Ibid.*, p. 18.

19. *Ibid.*

20. Robert Graves, *The Greek Myths*, vol. 1, Harmondsworth (Angleterre), Penguin Books, 1957, p. 168.

21. Eduardo Galeano, *The Book of Embraces*, trad. par Cedric Belfrage, New York et Londres, W. W. Norton, 1989, p. 162-163.

16. La marche envisagée comme l'un des beaux-arts

1. Allan Kaprow, « The Legacy of Jackson Pollock », dans Jeff Kelley, sous la dir. de, *Essays on the Blurring of Art and Life*, Berkeley, University of California Press, 1993, p. 7.

2. Cité dans Lucy Lippard, *Overlay : Contemporary Art and the Art of Prehistory*, New York, Pantheon, 1993, p. 125.

3. *Ibid.*

4. *Ibid.*, p. 132.

5. Richard Long, « Five Six Pick Up Sticks, Seven Eight Lay Them Straight », dans R. H. Fuchs, *Richard Long*, New York, Solomon R. Guggenheim Museum / Thames & Hudson, 1986, p. 236. (Les œuvres évoquées sont toutes reproduites dans cet ouvrage.)

6. Sur Stanley Brouwn, cf. Lippard, *Six Years : The Dematerialization of the Art Object*, New York, Praeger Publishers, 1973 ; le travail de cet artiste est également décrit en détail dans Antje von Graevenitz, « We Walk on the Planet Earth : The Artist as a Pedestrian : The Work of Stanley Brouwn », *Dutch Art and Architecture*, juin 1977.

7. Thomas McEvilley, *Marina Abramović : Objects Performance Video Sound*, Oxford, Museum of Modern Art, 1995, p. 63. Sur les sculptures d'Abramović, cf., du même auteur, « Abramović / Ulay / Abramović », *Artforum International*, sept. 1983.

8. McEvilley, *ibid.*, p. 150.

9. McEvilley, *The Lovers*, livre catalogue sur la performance de la Grande Muraille, Amsterdam, Stedekijk Museum, 1989, p. 175.

10. *Ibid.*, p. 103.

11. *Ibid.*, p. 31.

12. Cité dans Kelley, *Essays on the Blurring of Art and Life*, p. 9.

17. Las Vegas, ou le plus long chemin entre deux points

1. Peuple indien d'Amérique apparenté aux Aztèques et établi sur une large partie de ce qui est aujourd'hui le sud-ouest des

États-Unis. Il se composait de deux grands groupes, les Païutes du Nord et les Païutes du Sud. *(N.d.T.)*

2. Ou, pour donner la traduction française du terme, la rue la plus commerçante de la ville. Le mot *strip* (« bande ») s'applique par extension au phénomène relativement nouveau des commerces implantés en bordure de route, à la périphérie des villes. *(N.d.T.)*

3. J. B. Jackson, « Other-directed Houses », dans Ervin H. Jube, *Landscapes : Selected Writings of J. B. Jackson*, University of Massachusetts Press, 1970, p. 63.

4. *Ibid.*, p. 62.

5. Communication personnelle d'un chercheur au Las Vegas Convention Center, 29 décembre 1998.

6. *Sands* veut dire « Sables », *Pioneer* « Pionnier » et *Golden Nugget* « Pépite d'or ». *(N.d.T.)*

7. Sur la grève du personnel du Frontier Club, cf. Sara Mosle, « How the Maids Fought Back », *New Yorker*, 26 fév. et 4 mars 1996, p. 148-156.

8. Sigle désignant l'American Federation of Labor and Congress of Industrial Organizations, une fédération de syndicats indépendants qui fut fondée en 1955 par la fusion de la « Fédération américaine du travail » et de l'« Union des organisations industrielles ». *(N.d.T.)*

9. En abrégé ACLU, l'Association américaine pour la défense des libertés civiques. *(N.d.T.)*

10. Le *Las Vegas Review-Journal* a consacré plusieurs articles à ces tentatives pour privatiser l'espace public. Cf. notamment « Petitioners Claim Rights Violated » (27 mai 1998) ; « Clark County Charts Its Strategy to Resurrect Handbill Ordinance » (18 août 1998) ; « Lawyers to Appeal Handbill Law Ruling » (26 août 1998) ; « Police Told to Mind Bill of Rights » (20 oct. 1998).

11. Michael Sorkin, *Variations on a Theme Park*, New York, Hill and Wang, 1992, « Introduction », p. xv.

12. Cf. Benjamin, *Baudelaire*, p. 58.

Remerciements

Ce livre a vu le jour grâce aux remarques d'amis qui, intrigués par ma propension à parler de la marche dans des textes portant sur de tout autres sujets, m'ont engagée à m'y intéresser de plus près. Il s'agit notamment de Bruce Ferguson, qui m'a demandé d'écrire sur ce thème pour le catalogue de son exposition *Walking and Thinking and Walking*, présentée en 1996 au musée Louisiana, au Danemark ; de l'éditeur William Murphy, qui après avoir lu ce texte m'a conseillé d'envisager un livre entier sur la question ; et de Lucy Lippard qui, un jour que nous flânions ensemble dans un endroit interdit non loin de chez elle, régla définitivement la question en s'exclamant : « J'adorerais travailler là-dessus mais je n'ai pas le temps. Alors, à toi de t'y mettre ! » (Même si, bien sûr, ce livre est très différent de celui qu'aurait pu signer Lucy.) Un des grands plaisirs que j'ai pris à l'écriture de cet ouvrage tient à ce que, loin d'être un domaine réservé à quelques spécialistes, la marche attire au contraire une multitude d'amateurs : tout le monde marche, et en sus de nourrir les réflexions d'un nombre de gens étonnant cette activité a une histoire qui recoupe des tas de disciplines différentes. Aussi, tous ceux que je connais ou presque ont apporté leur pierre à ce projet par une anecdote, une référence, une observation qui m'ouvrait de nouvelles perspectives. Si donc l'histoire de la marche est l'histoire de tout le monde, la version que j'en donne ici ne serait pas ce qu'elle est sans les contributions des personnes suivantes, que je tiens à remercier du fond du cœur : Mike Davis et Michael Sprinker, qui m'ont très tôt encouragée et indiqué des pistes fructueuses ; mon frère David, le premier à m'avoir initiée à la manifestation de rue et entraînée dans les marches de protestation sur le site d'essais nucléaires du Nevada ; mon frère Stephen, cycliste militant et fier de l'être ; John et Tim O'Toole, Maya Gallus, Linda Connor, Jane Handel, Meridel Rubenstein, Jerry West, Greg Powell, Malin Wilson-Powell, David Hayes, Harmony Hammond, May Stevens, Edie Katz, Tom Joyce et Thomas Evans ; Jessica, Gavin et Daisy, à Dunkeld ; Eck Finlay à Édimbourg et son père à Little Sparta ; Valerie et Michael Cohen au bord du lac June ; Scott Slovic à Reno ; Carolyn, de l'association Reclaim the Streets à Brixton ; Iain Boal ; Bonnie Nadell, mon agent ; Paul Slovak, mon éditeur chez Viking Penguin, qui a tout de suite adhéré à l'idée de publier un livre sur l'histoire de la marche et a rendu ce projet possible ; enfin, et plus particulièrement, Pat Dennis, car il a écouté cette histoire chapitre après chapitre, a comblé mes lacunes sur l'histoire de l'alpinisme et le mysticisme asiatique, et m'a accompagnée pas à pas pendant l'élaboration de cet ouvrage.

Table

Du même auteur

Ces hommes qui m'expliquent la vie
Éditions de l'Olivier, « Les Feux », 2018
Points, « Féminismes », 2021

La Mère de toutes les questions
Éditions de l'Olivier, « Les Feux », 2019

Souvenirs de mon inexistence
Éditions de l'Olivier, 2022

RÉALISATION : NORD COMPO À VILLENEUVE-D'ASCQ
ACHEVÉ D'IMPRIMER SUR ROTO-PAGE
PAR L'IMPRIMERIE FLOCH À MAYENNE
DÉPÔT LÉGAL : JUIN 2022. N° 1899-04 (103786)
IMPRIMÉ EN FRANCE